정조준

정조준

발행일   2024년 3월 20일

지은이   정욱
펴낸이   손형국
펴낸곳   (주)북랩
편집인   선일영   편집   김은수, 배진용, 김다빈, 김부경
디자인   이현수, 김민하, 임진형, 안유경, 신혜림   제작   박기성, 구성우, 이창영, 배상진
마케팅   김회란, 박진관
출판등록 2004. 12. 1(제2012-000051호)
주소   서울특별시 금천구 가산디지털 1로 168, 우림라이온스밸리 B동 B113~115호, C동 B101호
홈페이지 www.book.co.kr
전화번호 (02)2026-5777   팩스   (02)3159-9637

ISBN   979-11-7224-023-3 03810 (종이책)   979-11-7224-024-0 05810 (전자책)

(주)북랩 성공출판의 파트너

북랩 홈페이지와 패밀리 사이트에서 다양한 출판 솔루션을 만나 보세요!

홈페이지 book.co.kr   •   **블로그** blog.naver.com/essaybook   •   **출판문의** book@book.co.kr

작가 연락처 문의 ▸ ask.book.co.kr

작가 연락처는 개인정보이므로 북랩에서 알려드릴 수 없습니다.

그의 이름은 정조준. 이름 때문인지 그의 인생엔 정조준해야 할 장애물이 많다.

칼을 든 100여 명의 성난 사내들에게 둘러싸이고, 불법 파업의 한가운데에서 몸을 던져 일하며, 사제총을 쏘아대는 격앙된 무리 앞에 맨몸으로 홀로 맞서는 등 보통 사람들은 겪지 않아도 될 일을 맞닥뜨린다. 그리고 그런 장애물을 피하지 않고 정조준한다.

16세기 스페인에서 시작된 늑대 같은 인간 아돌포와의 악연. 21세기의 정조준을 끈질기게 추적하며 거칠게 괴롭히는 아돌포를 단순히 전생의 기억으로 치부할 수 있을까?

최초의 해가 지지 않는 나라 스페인의 종교관이 16~17세기 스페인에서 활동한 의사, 시인, 화가의 삶에 투영되며, 우리 인류가 존속하기 위해 필수불가결한 요소인 성행위가 쾌락, 사랑, 그리고 건강까지 우리에게 허락한다는 설정하에 주인공 정조준과 장수진의 로맨스가 펼쳐진다.

386세대 정조준의 뜨거운 가슴은 과연 중년의 586세대가 된 후에도 식을 줄 모르며 그의 이름 정조준처럼 정치인들을 정조준하고 악연인 아돌포를 처단할 것인가?

소설 속에서 소설을 쓰는 작가 정조준이 소설 『정조준』 2편을 쓸 수 있게 되기를 간절히 기원한다.

2024년 3월
세 번째 장편소설을 내며
멕시코에서
정욱

제3장

바로크 미술의 최고 거장

제4장

스페인 르네상스의 최고 시인

제5장

총을 물리치다

제6장
세비야의 의사

제7장
불의에 맞서다

제8장

소설 속으로

제1장

정조준한다

독도는 우리 땅

"에라, 이 쪽발이 새끼들아. 내가 네놈들을 정조준한다. 우리 바다에, 우리 땅에, 우리 독도에 단 한 발도 들여놓지 못하도록 하겠다. 어떻게 한번 들이대보려고 하는 것 같은데, 그런 생각을 갖지 못하도록 내가 항상 네놈들을 정조준하고 있을 것이다. 후쿠시마 방사성 오염수를 방류해서 지구의 바다를 오염시키는 건 우리 모든 인류와 후손들에게 씻을 수 없는 죄를 짓는 것이다. 그 오염수가 너희 말처럼 그렇게 안전한 처리수라면 그냥 너희 나라에 보관하든가 너희들이 마시면 될 것 아니냐? 네놈들이 원전에서 사용 끝난 핵연료를 재처리해서 얻은 플루토늄의 양이 이미 핵탄두 6,000개를 만들 수 있는 분량이라는 것을, 그리고 아직도 플루토늄을 계속 얻으려 한다는 것을 전문가들은 다 알고 있다. 또다시 그 미친 제국주의 망령을 부활시킬 속셈인가 본데 그렇게는 안 될 것이다. 우리 자랑스런 역사가 어떻게 이어져왔는데, 수많은 침략과 국난을 우리가 어떻게 극복해냈는데, 감히 너희들이 우리 땅을 넘보려고 하느냐? 비록 우리가 한때 근대화에 뒤처진 결과로 너희 왜놈들의 지배하에서 온갖 수모를 겪었던 것은 사실이다. 그리고 일제 침략에 빌붙어 부와 권력을 유지해온 친일

정조준

매국노들과 그 후손들이 아직도 우리 한반도에서 떵떵거리며 잘살고 있는 것도 사실이다. 하지만 합리적인 사고방식과 올바른 애국심으로 무장한 똑똑하고 양심적인 국민들이 이 나라의 주인이다. 임진왜란 중 선조 임금이 도망갔을 때 의병을 일으켜 나라를 지킨 것은 바로 백성들이었다. 네놈들이 우리 한반도를 강제로 침탈하고 총칼로 짓밟았을 때 '대한 독립 만세!'를 외치고 독립군을 조직해 봉오동 전투와 청산리 전투를 승리로 이끈 사람들도, 또 대한민국 임시 정부를 수립하여 항일정신으로 독립을 위해 노력했던 사람들도 모두 일반 국민들이었다. 지금 우리 국민들도 다르지 않다. 현 정부가 네놈들에게 협조하고 있지만, 대다수 국민들의 뜻이 아니다. 국민들이 참고 있는 것이다. 그리고 우리에게는 막강한 50만 대군과 275만 예비군이 있다. 쪽발이 새끼들아, 허튼짓하지 마라. 독도는 우리 땅이다. 역사가 증명한다. 우리 땅을, 우리 독도와 동해를 넘볼 생각도 하지 마라. 우리는 먼저 침략하는 침략주의자가 절대 아니지만, 우리 영토를 넘본다면 철저하게 응징할 것이다. 다시는, 다시는 지지 않을 것이다. 나와 내 친구들이 그리고 우리 국민들이 네놈들을 항상 정조준하고 있을 것이다…"

정조준이 말을 멈추었다.

잠시 눈을 감고 숨을 고르더니 다시 말을 이어갔다.

"죄송합니다. 반말을 사용한 점과 일본인을 폄하하는 단어를 사용한 것에 사죄드립니다. 단, 정상적으로 생각하고 행동하는 일본 국민들께 사죄드리는 것입니다. 후쿠시마 방사성 오염수 방류에 찬성하는 일본인, 플루토늄 확보와 침략을 지지하는 일본인, 소녀상 철거를 주장하는 극우 일본인에게 사죄드리는 것이 절대 아님을 분명히 밝힙니다. 전범국인 독일의 수상은 몇 차례나 폴란드 국민 앞에 무릎 꿇었고 또 유대인들에게 사죄해오고 있습니다. 그렇기 때문에 독일은 국제 사회에서 존경받는 국가가 된 것 아니겠습니까? 이러한 독일의 사죄에 동의하는 일본인, 일제 강점기의 위안부 피해자들과 강제징용 피해자들에게 보상하는 게 옳다고 생각하는 양심적인 일본인은 우리의 이웃이자 친구가 될 수 있다고 생각합니다. 이런 일본인이라면 함께 동북아시아의 평화를 위해 노력하고 인류와 지구의 공존을 위해 협력할 수 있을 것입니다. 그러나 이런 일본인이 없다면, 또는 있다해도 일본 정부가 극우를 지향한다면, 일본은 결코 우리의 이웃이 될수 없습니다."

2023년 10월 25일, 정조준이 침착하게 좌중을 둘러볼 때 순국선혈의 외침인 듯 엄숙하게 밀려오는 파도가 독도에 모인 수백 명의 마음을 엄중하게 때리고 있었다.

천주교 정의 구현 사제단의 사제 3명, 헐리우드 배우 노조연맹의 알렉산더와 최근 헐리우드에서 연기력을 인정받는 중년 여배우 비너스를 비롯한 30여 명의 헐리우드 배우들, 배우 손인구, 가수 이정설, 가수 김창헌을 비롯한 100여 명의 배우들과 가수들, 민간 외교 사절단과 독도 캠페인을 벌여온 기업 측 10명, 독립 유공자 후손 50여 명, 20여 명의 국회의원들, 그리고 국내외의 기자 및 관계자까지 수백 명이 정조준을 바라보고 있었다.

연신 터지는 카메라 플래시 소음은 깊고 푸른 동해가 뿜어내는 파도 소리에 묻혔으나, 정조준의 목소리는 인터넷을 통해 생방송되고 있었다.

독도 아리랑

정조준이 잠시 말을 멈췄다.

좌중을 둘러보는 그의 눈동자에 그리고 참석한 모든 이들의 눈동자에 독도와 푸른 동해가 비쳤고, 인터넷을 통해 시청하는 모든 사람들에게 역사적으로 분명한 우리 땅 독도 그리고 우리 문화와 역사만큼 깊은 동해가 비쳤다.

"오늘 여기 우리 땅 독도에서 열린 '독도 아리랑' 행사에 오신 분들 대부분이 알고 계시겠지만… 저는 제가 갖고 있는 재산의 대부분인 10억 원을 오늘 이 행사를 위해 기부했습니다. 조사해보십시오. 제가 갖고 있는 것이라고는 용인에 약 2억 5천만 원 하는 빌라 한 채 그리고 멕시코에서 운영하고 있는 직원 다섯 명 규모의 리크루팅 회사가 전부입니다. 은행 잔고는 한국과 멕시코에 있는 것 모두 합해 봐야 1억 원 정도입니다. 나이 쉰여섯에 노후 준비도 전혀 못 했지만 10억 원을 아낌없이 기부했습니다. 요즘 정치가 하도 답답해서 말입니다… 독립군을 이끌었던 훌륭한 홍범도 장군의 흉상을 이동시키려는 사람들, 후쿠시마 오염수를 실제로 갖다주면 마시지도 못할 거면서 일본 정부를 대변하는 사람들, 수해로 국민이 사망했는데 진심 어린 사과조차 하지 않고 책임 전가하기 바쁜 사람들, 문제가 터질 때마다 전 정부 탓만 하는 사람들…. 일일이 열거하자니 너무 많고 이미 우리 기억에서 사라지고 있는 사건들도 많습니다. 저는 국민에게 봉사하는 국회의원이 아님에도 불구하고 제가 갖고 있는 재산의 대부분을 기부했습니다. 국회의원님들은 국민에게 봉사하기 위해 선출되셨죠? 저보다 훨씬 더 훌륭하신 분들이고요. 국민의 세금으로 많은 급여와 혜택을 받고 계시죠. 진심으로 온몸을 바쳐 국민에게 봉사하시기 바랍니다. 재산 기부든, 월급을 반납하든, 부끄러움 없이 성실히 의정 활동을 하든…. 제가 10억 원을 기부하자 좋은 뜻을 가진 배우분들과 가수분들, 일반 시민분들과 기업들이 추가로 기부를 해주셔서 많은 돈이 모였습니다. 고맙습니다….”

많은 사람들이 진심을 담아 박수를 보냈다. 그리고 ‘독도 아리랑’ 행사는 깊고 푸른 동해에 중요한 역사로 남게 되었다.

제2장

칼을 물리치다

칼에 포위되다

- 2001년 8월

정조준했다.

칼로 무장한 사람들을 그가 할 수 있는 가장 강렬한 눈빛으로 정조준했다, 바로 그의 이름 정조준처럼.

멕시코 남부 해발 2,100미터 고산지대에 위치한 뿌에블라(Puebla) 시 외곽, 고산지대이기에 해는 일찍 떨어졌고, 붉은 저녁노을이 서쪽에 머뭇거릴 때 동쪽 어두운 곳으로부터 섬뜩한 금속 마찰음이 들려왔다.

할부로 구입한 지 얼마 안 된 SUV 차량의 문을 반쯤 열어놓은 채 운전석에 앉아 있던 정조준은 흠칫 놀랐지만, 삼십 대 초반의 남자답게 고개를 들고 겁먹지 않은 표정으로 차에서 내렸다. 멕시코가 위험한 나라로 알려져 있지만 일반인을 상대로 한 생계형 범죄가 없다는 그의 소신도 작용했다.

소리 나는 쪽을 바라보니 아스팔트 바닥에서 불꽃이 튀었다. 아차 싶었지만, 이미 늦었다. 챙이 넓은 멕시코식 모자를 쓴 한 무리의 농부들이 길을 가득 채우며 다가오고 있었는데, 길이 1미터에 이르는 칼인 마체떼(주로 시골에서 작업용으로 사용)를 아스팔트 바닥에 질질 끌고 있었기에 불꽃이 튀고 있었다.

"팅, 챙, 티팅, 채챙, 티티팅….'"

날카로운 금속음이 귀를 찢을 듯 커질 때 수많은 불꽃은 어둠을 찢으며 선명해졌다.

'불꽃놀이야, 뭐야?' 정조준은 침착해지기 위해 의도적으로 다른 생각을 했다.

"당신이 한국인 매니저 라파엘이요?"

무리들 중 가장 앞장선 사람이 모자 아래 뚜렷하게 주름진 입을 움직이며 정조준에게 첫 마디를 던질 때 나머지는 느릿느릿 마체떼 칼을 끌며 정조준과 그의 새 차를 에워쌌다.

얼핏 봐도 100여 명은 되어 보였다.

정조준은 그가 근무하는 DM사의 정문 밖에 있었는데, 이미 포위당한 상황이라 정문을 열고 안으로 들어갈 수 없었고 또 들어가기도 싫었다. 그의 새 차를 지키고 싶었다. 정문 경비실 안에 있던 경비가 어쩔 줄 몰라 하며 불안한 눈빛으로 정조준을 바라보고 있었다.

"안녕하세요? 제가 라파엘입니다. 무슨 일로 저희 회사에 오셨는지요?"

정조준은 유창한 스페인어로 대답했으나, 두려웠다. 이들이 누구인지, 왜 왔는지 짐작할 수 있었다. 정조준은 천진난만하고 예쁜 얼굴의 아시아계 미국인 수잔 창(Susan Chang)을 떠올렸다. 수잔 창을 의

심하는 눈빛이 내려앉는 어둠을 잠시 밀어내기라도 하듯이 더욱 강
렬히 빛났다.

　'수잔…'

수잔
- 2001년 1월

전 세계적인 스포츠 브랜드 L사의 멕시코 지역 인권 담당인 수잔 창은 승진은 고사하고 해고될 수도 있다는 두려움에 사로잡혀 있었다. 근로자들의 인권 보호라는 임무를 수행하는 그녀로서는 스스로 자신의 해고를 걱정하는 처지에 이르게 된 상황이 도무지 이해되지 않았다.

L사에 입사한 지 4년이 넘었으나, 멕시코 지역 담당으로서 긴 출장에 시달리고 있었다. 게다가 10개월 전부터 동거 중인 남자친구 마크는 6개월 전 직장을 그만뒀고, 그 후 아파트 월세와 관리비는 그녀가 내고 있었다.

수잔이 긴 출장을 마치고 LA 집에 돌아온 어느 오후, 마크는 그녀에게 눈길도 주지 않은 채 새것으로 보이는 핸드폰에만 집중하고 있었다. 수잔을 따스하게 맞아준 것은 서쪽을 향해 나 있는 거실 창문으로부터 들어오는 저녁 햇살이었다. 바다가 보이는 부촌에 위치한 아파트와는 거리가 멀었지만, 창문 넘어 멀리 태평양을 상상하며 바다 건너 그녀의 고국을 잠시 떠올렸다. 부드러운 햇살에 마음이 포근해졌으나,

그 햇살이 선명히 비춘 마크의 핸드폰은 못 보던 것이었다.

'얼마 전 노키아(NOKIA)가 출시한 최신형 핸드폰 같은데… 돈이 어디에서 난 걸까? 월세도 내가 지불하고 있는데.'

수잔이 복잡하고 우울한 생각을 하며 짐을 풀고 집 안을 정리할 때 식탁과 소파 등 여기저기에서 여러 개의 긴 머리카락을 발견했다. 그녀의 진한 갈색 머리카락이 아닌 금발이었다. 그녀는 마크가 바람을 피우고 있을 거라 짐작했지만, 애써 태연한 척했다.

"마크, 일자리는 구하고 있어? 너는 재능 있는 컴퓨터 엔지니어니까 곧 좋은 자리가 나올 거야."

"걱정하지 마, 수잔. 헐리우드의 영화사 한 곳으로부터 데이터 분석 일을 제안받을지 몰라. 그보단 언제까지 이렇게 멕시코로 출장을 다닐 거야? 이번 달엔 네가 집에 있었던 기간이 일주일도 안 되는 것 같아. 뭐, 난 이제 습관이 되어 괜찮긴 하지만…"

수잔은 대답 대신 생각에 잠겼다.

'마크, 이 나쁜 새끼… 어떻게 우리 집에 다른 여자를 끌어들일 수 있는 거니?'

수잔은 미국의 한 주립대학교에서 스페인어를 전공하며 17세기 스페인의 바로크 미술에 심취했었다. 특히 그녀의 직관으로는 인류 역사상 최고의 화가인 디에고 벨라스께스(Diego Velázquez)가 그린 그림들을 좋아했었기에 자연스럽게 벨라스께스의 그림 하나를 떠올렸다. 바로 '불카누스의 대장간'.

'로마신화에서 불의 신 불카누스의 부인 비너스가 불카누스 몰래

정조준

마르스와 바람을 피웠지… 마르스는 오늘날 영어 이름으로 마크인데
…. 설마 마크가 미의 여신인 비너스처럼 아름다운 여자에게 홀려서
바람을 피우는 걸까?'

수잔의 머릿속은 점점 더 복잡해졌다.

'내가 출장 때문에 너무 오랜 기간 집을 비웠기 때문에 외로웠을까?
하지만 나도 외로워. 마크, 나쁜 놈. 금발 머리의 여자가 마크에게 핸
드폰을 사줬을까? 나보다 예쁠까? 마크는 정말 나를 사랑하지 않는
걸까…. 그래, 지금 이 고비만 잘 넘기고 내년 1월에 승진만 하면 출
장 기간을 줄일 수 있어, 주디를 멕시코에 출장 보내고 난 중요한 미팅
있을 때만 출장 가면 될 거야. 그럼 한 달에 일주일 정도만 출장 다니
면 충분할 텐데…. 마크는 유능한 컴퓨터 엔지니어니까 곧 좋은 회사
에 취직할 거야. 6개월 전까지만 해도 마크의 월급이 내 월급보다 훨
씬 많았어…. 그래, 내가 수퍼바이저로 승진하고 출장만 줄이면 마크
는 다시 나를 사랑할 거야. 마크가 취직하면 월급도 많이 받을 거고,
난 앞으로 2년이면 미국 유학 때문에 이모에게 빌린 돈을 다 갚을 수
있어. 마크가 내게 청혼한다면 그래서 우리가 결혼한다면… 은행 대출
로 집도 살 수 있을 거야. 마크의 월급으로 생활하고 내 월급으로 은
행 대출을 갚아나가야지.'

잠자리에 들었으나 수잔은 잠을 이룰 수 없어 뒤척이고 있었다. 바
로 어제 그녀가 방문한 한국계 회사인 치와코레(Chihua-Core)의 최승수
사장과 나눈 대화 내용이 그녀의 머릿속을 떠나지 않았다.

한국계 회사, 스페인계 회사, 아랍계 회사는 물론 순수 멕시코 자본
으로 운영되는 회사까지 다양한 회사의 사장, 법인장, 공장장을 만나

왔지만, 최승수 사장은 특별한 사람이었다. 멕시코 법규 위반은 물론 L사의 윤리규정을 준수하지 못하고 있었으나, 부당 해고된 근로자들은 노동 소송은커녕 노조연맹과의 접촉조차 시도하지 않았다.

"치와코레의 근로자들은 왜 최 사장에게 '미스터 최'라고 부르지 않고 '띠오 최'라고 부르는 걸까? 띠오(tío)는 스페인어로 아저씨나 삼촌이란 뜻인데…"

수잔은 자신도 모르게 중얼거렸고 머리는 점점 더 복잡해졌다.

"분명히 좋은 분이야. 하지만, 위반 사항이 너무 많아. 노조라도 침투하면 위반 사항들이 개선될지 모르지만…. 최 사장님이 치와코레를 운영하는 데 어려움이 많아질 거야. 어쨌든, 위반 사항이 하루빨리 개선되어야 해. 그래야 내가 실적을 올릴 텐데…"

마낄라도라 산업

- 2001년 1월

"최 사장님, 제가 지난번 평가 진행한 후 평가서에 문제점들을 나열했고, 사장님과 제가 함께 확인한 후 서명했어요. 전체 300명 중에서 사회보장보험 미가입 근로자가 50명이 넘어요. 부당 해고된 근로자들은 어떻게 하실 건가요? 자그마치 80명입니다. 너무 불쌍해요. 게다가 해고비는커녕 연말 상여금과 휴가비를 비율 계산한 청산금도 지급하시지 않았어요. 저는 마음이 너무 아픈데 사장님은 어떠세요? 감사보고서에 상호 서명한 후 벌써 2주가 지났는데 말이에요."

"미안합니다. 시간을 좀 주시면 저희가…."

"사장님, 임신한 여성 근로자도 2명이나 해고하셨잖아요. 이건 정말 심각한 문제예요. 아직 공장에 노조가 결성되지는 않았지만, 해고당한 근로자들 중 누군가 노조연맹에 찾아가 이 사실을 폭로한다면 당장 노조 결성이 진행될 거고 매스컴도 부정적인 기사들을 쏟아낼 거예요. 법에 의해 집회결사의 자유가 보장된다는 것 아시죠? 물론, 저희 L사의 윤리규정에서도 명확히 보장하고 있고요. 더군다나 멕시코 노동부는 노조에 매우 호의적입니다."

"오더 수량이 줄었어요. 수잔도 잘 알겠지만, 여기 치와와(Chihuahua) 시에 있는 의류 제조업체들 중 몇몇 회사가 DM사로부터 오더를 받고 있어요. DM사는 미국의 L사로부터 오더를 받고요. 그런데 몇 개월 전부터 L사, 바로 수잔 당신이 일하는 그 L사로부터 오더 수량이 감소하니 DM사는 당연히 자신의 생산 라인을 우선적으로 채우기 위해 우리 같은 하청업체에 할당하던 오더 수량을 대폭 줄였어요. 더군다나 DM 사는 얼마 전 뿌에블라(Puebla)시에 대규모 공장을 지었으니 그 공장의 생산 라인부터 가동시켜야 하겠죠. 우리는 오더가 없어서 생산 라인을 가동할 수 없고 근로자들은 할 일이 없어 그냥 재봉기 앞에 앉아 있는데, 계속 급여를 지급해야 하나요? 어쩔 수 없이 해고한 겁니다. 해고된 근로자들 중에 재봉기를 잘 다루는 숙련공도 여럿 포함되어 있어서 저도 매우 안타까워요. 남은 근로자들에게 제때에 급여 지급하기도 힘든 상황입니다. 원인 제공은 L사가 했는데 왜 우리만 힘들어야 하는지…. 죄송합니다. 뭐, 그렇다는 얘깁니다."

"아무리 그래도 사회보장보험 미가입, 해고비 미지급 등은 멕시코 노동법 위반이에요. 즉시 해결하셔야 합니다. 이게 제 입장에서 드릴 수 있는 의견입니다."

"죄송해요, 수잔. 그런데…."

"죄송하다고 해결될 일이 아닙니다. 법을 지켜야 하고요 또 노조라도 침투하면 어떻게 하실 건가요? 그럼 사장님과 회사만 더 힘들어지지 않겠어요? 물론 저는 노조에 반대하는 사람은 아니에요. 단, 건전하고 합법적인 노동 운동이라면요…."

"이 얘기는 L사와 관련된 것이 아니라서 수잔이 관여할 일은 아니지

정조준

만, 사실 L사의 오더 수량이 감소한 후 저희 회사는 자구책을 강구했고, 바로 국경 너머 미국에 있는 다른 원청업체로부터도 오더를 받고 있어요. 그런데 이 업체는 저희에게 원단을 롤째로 공급하지 않고 원단을 이미 재단해서 앞판, 등판, 소매 등을 묶어서 보내주는데요, 오더 수량 대비 겨우 2% 정도 얹어서 보내주고 있어요. 즉, 봉제 불량률만 매우 빡빡하게 감안해준 것이죠. 게다가 공임도 매우 낮게 책정하고 있습니다. 만약 원단을 통째로 보내준다면 저희가 기술적으로 재단을 잘해서 원단을 남기고, 이 잉여 원단을 이용해 싸구려 옷이라도 만들어 팔면 공장 수지 개선에 조금이나마 도움이 되겠죠. 하지만…"

"사장님, 지금 말씀하신 것은 정말 안타까워요. 하지만, 저는 지금 법규 위반과 불쌍한 근로자들에 대해 말씀드리는 거예요."

한국어로 주고받는 대화는 점점 더 격앙되고 있었다.

"수잔, 저도 그 업체로부터 원단을 재단 상태로 받아서 꿰매기만 하는 건 싫어요…. 공임도 너무 낮고… 저도 법을 지키고 싶지만, 방금 말씀드렸듯이, L사가 오더 수량을 줄였고 그래서 DM사도 저희에게 오더를 조금밖에 안 줘요. 그런데 저희는 작년에 DM사의 요구로 생산 라인과 설비를 늘렸어요. 그때 DM사 영업팀장은 앞으로 L사의 오더 수량이 계속 증가할 거라고 했죠. 그 말을 듣는 게 아니었어요…."

"사장님, 그리고 산업안전위생 관련 법규 미준수 내용들은… 그래요, 이건 문제도 아니에요. 이건 그냥 하나씩 정정하고 보완해나가면 됩니다. 제가 담당자와 수시로 메일 주고받으며 정정 사항을 사진으로 하나씩 확인해나가면 되겠죠. 하지만, 봉제 반장은 걸핏하면 소리 지르고 거친 언어를 내뱉었어요, 성희롱도 했고요."

"아, 그 봉제 반장은 즉시 해고했습니다, 해고비도 모두 지불했고요. 그리고 제가 성희롱당한 여직원과 대화했어요. 제가 봉제 반장 대신 사과하며 진심으로 미안하다 말했고, 그 여직원은 알겠다며 문제 삼지 않기로 했습니다."

"네, 그건 잘 처리하셨네요. 하지만 나머지 모든 문제들은…"

"수잔, 말 끊어서 미안해요. 제가… 뭐… 저희 회사가 작고, 자본도 충분치 않고 또 제 능력이 이것밖에 안 돼서… 제가 조만간 중요한 결심을 해야겠어요…"

미국 국경과 맞닿아 있는 멕시코 북부 지역에 위치한 수없이 많은 마낄라도라(maquiladora) 업체들 중에서 특히 의류 제조업체에서는 연일 문제가 터지고 있었다. 마낄라도라는 미국으로의 수출을 장려하기 위해 수출업체에게 혜택을 주는 제도로써 수출을 위한 제품을 제조하는 데 사용되는 기계, 부품, 자재 등을 무관세로 수입하게 하는 보세 가공 제도이며, 1965년 멕시코에서 시작되었다.

하지만 마낄라도라 제도의 진정한 수혜자는 누구일까? 기업인들은 혜택을 받기 위해 멕시코에 공장을 짓거나 생산 라인을 증설했고, 외국계 기업들의 투자가 증가했으며, 모든 마낄라도라 기업들은 실제로 정부로부터 무관세 혜택을 받았지만, 이 사실을 미국의 바이어들이 모를 리 없다. 미국의 바이어들은 멕시코 수출업자들에게 가격 인하를 요구했다. 더욱 싼 가격에 수입하면서 자신들의 이익을 늘리며 동시에 소비자들에게는 조금 더 싸게 판매했다.

물론 멕시코에는 여러 공장이 신설되었고 게다가 외국인 투자까지 증가해 달러가 유입되었다. 또한 노동집약적 산업인 의류 제조 분야에 많은 일자리가 생겨났기에 멕시코에도 유리했지만, 진정한 수혜자는 미국의 바이어들과 소비자들이었다.

이뿐만 아니라 1992년 미국, 캐나다, 멕시코 간에 북미자유무역협정(NAFTA)이 체결되어 미국의 바이어들은 멕시코로부터 제품을 수입하며 관세를 지불하지 않게 되었다. 이로써 미국 바이어들의 이익은 더욱 늘고 소비자들은 더욱 저렴하게 제품을 구입할 수 있었다.

그러나 미국 내에서 유사한 제품을 생산하는 기업들에게는 경쟁력 하락을 야기하는 심각한 문제였다. 특히 어느 나라와 마찬가지로 많은 노동력을 필요로 하는 미국의 의류 제조 분야에서 활동하는 노조에게는 큰 타격이었다. 옷을 생산하는 회사들의 경쟁력 하락으로 고용이 줄었고, 고용 감소는 노조원의 감소 그리고 노조비의 감소로 이어졌기 때문이다.

한편, 멕시코에서 많은 근로자들을 고용하여 옷을 만드는 의류 제조 분야에서는 단 하루도 조용한 날이 없었다. 미국 바이어들로부터 오더 수량이 감소할 경우 옷을 만드는 회사가 즉각적으로 할 수 있는 일은, 아니, 해야 하는 일은 근로자들을 해고하는 것이었다. 가장 대표적 노동집약적 산업인 의류 산업에서 제조 원가에 많은 영향을 주는 것은 인건비였기 때문이다.

수잔은 수시로 각 업체를 방문하며 평가를 실시했지만, 대부분의 경우 이미 심각한 문제들이 발생한 후에 방문하는 상황이었기에 수습은커녕 상황 파악하여 보고서 작성하고 업체별 정정 사항 확인하는 것만 해도 벅찼다. 그리고 노조가 활동하고 있는 업체의 경우 노조와 경영진 간의 갈등 때문에 문제 해결에 더욱 어려움이 많았고, 수잔은 노조와도 대화를 나누어야 하는 경우가 있었기에 멕시코의 노조에 대해 어느 정도 이해하게 되었다.

수잔은 감당하기 어려운 스트레스로 머릿속이 복잡해졌다.

'법규를 위반하거나 우리 L사의 윤리규정을 심각하게 위반하는 업체들과는 과감히 거래를 끊는 게 좋을 텐데…. 하지만 팀장님은 그런 업체들에게 거래가 중지될 수 있음을 암시하더라도 가능하면 모든 업체들을 끌고 가는 게 좋다고 했어. 지금 오더 수량이 감소해도 갑자기 오더 수량이 늘었을 때 생산 라인이 부족하면 곤란하다고 했지.'

수잔의 머릿속에 한 가지 의문이 맴돌았다.

'오더 수량은 왜 감소하고 또 왜 늘어나는 걸까…. 도대체 왜?'

칼끝에서 노래하다

- 2001년 8월

칼로 무장한 100여 명의 농부들과 정조준 사이에 팽팽한 기 싸움이 이어졌다. 일촉즉발의 상황, 어느 한쪽이 먼저 작은 움직임이라도 보이면 바로 싸움이 시작될 판이었다. 물론 싸움이 될 수는 없었다. 정조준은 자신이 얼만큼 다치고 어떤 모습으로 굴복할 것인지를 걱정해야 했다. 키가 크고 운동으로 단련된 정조준이었지만, 맨몸으로 칼을 든 100여 명에게 대항할 수는 없는 노릇이었다.

정조준은 차 문이 반쯤 열려 있고 열쇠가 꽂혀 있음을 인지하고 있었다. 날렵하게 차에 올라타서 왼손으로 문을 닫으며 잠그고 오른손으로 시동 거는 장면을 떠올려봤다.

'저 사람들이 칼로 내 차를 내리치겠지? 창문도 부술 거야. 나는 차를 움직여야 할 테고…. 그럼 몇 사람이 차에 치어 다칠 수도 있겠지. 일이 매우 복잡해지는 거야. 나는 피해자이면서 동시에 가해자도 될 테고. 게다가 이건 할부로 산 새 차인데….'

그때 불현듯 노래가 하나 떠올랐다, K대학교 스페인어학과 1학년 때 스페인어 노래 서클에서 배운 노래.

> 캘리포니아로 가는 길에 나는 소 한 마리를 만났어.
> 이름이 없으니까 수사나라고 부를게.
> 오, 수사나, 너는 소잖아.
> 네 꼬리를 잡아당기면 너는 음매 하겠지.

원래 미국의 민요 작곡가 포스터의 노래인데 스페인어권 어린이들을 위해 번안된 가사였다.

'내가 지금 무슨 생각을 하는 건가, 이 위험한 상황에서? 아냐! 이럴 때일수록 배짱이 있어야지. 그런데 이 노래는… 우리나라에서 오, 수재너로 알려져 있어. 그런데 난 왜 갑자기 이 노래를…. 그래! 수재너(Susannah)가 바로 수잔(Susan)이지. L사의 수잔 창 때문에 이 상황에서 이 노래를….'

정조준은 자신도 모르게 피식 웃음이 나왔다.

앞장선 사람이 오히려 당황하며 물었다.

"라파엘, 당신은 지금 이 상황이 우습소? 우리는 우리 자식들 때문에 하던 일을 팽개치고 당신네 회사에 왔어…."

여기저기서 욕설이 터져 나왔다.

"아닙니다. 우스운 게 아니라 한 사람이 떠올랐기 때문이에요. 수사나, 그러니까 영어로는 수잔인데요, L사의 인권 담당으로 사실 이 사람이 작성한 평가서 때문에 여러분들의 자녀들이 동요했을 가능성이 큽니다. 저는 여러분들이 칼을 들고 있지만 실제로 저를 공격할 나쁜 사람들이라고는 생각하지 않습니다. 자, 칼 내려놓고 제 설명을 들어보기 바랍니다. 오늘 하루 종일 회의가 이어졌습니다. 국제노동기구(ILO)와 또….”

DM사 멕시코 법인의 인사, 총무, 노무, 수출입 등 관리 업무를 담당하는 정조준이 차분하고 논리적으로 설명하기 시작했다.

노조 분쟁의 발단

- 2000년 ~ 2001년 7월

정조준은 K대학교 스페인어학과를 졸업한 후, 섬유업계에서 일하며 아름다운 친환경 국가 코스타리카에 주재원으로 파견 나가 임무를 마쳤다. 그 후, 무덥고 위험한 나라 온두라스로 발령되어 근무했고, 3천 명의 생명을 앗아간 허리케인 미치(Mitch)가 온두라스를 휩쓸었을 때 목숨 걸고 홍수 속에 뛰어들어 피해 상황을 사진에 담는 등 회사를 위해 헌신했다.

이 때문에 정조준은 조기 승진하여 또래보다 일찍 과장이 되었고, 섬유업계에 정조준의 이름이 알려졌으며, 결국, DM사에 스카우트되어 1999년 말 멕시코 뿌에블라(Puebla)에 도착했다. DM사 회장의 아들인 박상대 과장이 먼저 도착해 있었는데, 정조준보다 한 살 위였다. 스페인어에 능통하고 이미 중미에서 수년 간 경험을 쌓은 정조준을 박상대는 높이 평가했고, 부잣집 아들답지 않게 소탈하고 명석한 박상대를 정조준은 믿고 의지했기에 두 사람은 사석에서 호형호제하게 됐다.

두 사람은 멕시코의 복잡한 법인 설립 절차, 토지 구매와 등기 및 여러 인허가 절차를 마무리했고, 2000년 한 해 동안 공장 건축이 진행

정조준

되어 2000년 12월에 완공되었다. 그러나 DM사가 투자를 결정하기 전에 뿌에블라 주정부의 경제부 공무원들이 제공한 정보와는 달리 뿌에블라에는 일할 사람이 부족했다. 이 때문에 정조준은 매주 토요일과 일요일을 반납한 채 회사에서 1시간 넘는 거리에 위치한 여러 마을을 방문하며 마을 유지 및 성당 신부님을 만나 인사하고 조언을 구했다. 마을 회관에 모인 농부들에게 DM사에 대해 설명했고, 그들의 자녀들이 DM사에 입사할 경우 받게 될 급여와 인센티브 등 조건도 제시하며 인원 모집에 열과 성을 다했다.

2000년 12월 31일 저녁, 정조준과 박상대는 멕시코 식 스테이크 식당에서 아라체라(arrachera: 치마살)와 떼낄라(tequila)를 주문했다.

"고기는 4분의 3으로 구워주시고, 떼낄라는 돈 훌리오(Don Julio) 아네호 한 병 주세요."

떼낄라는 아가베(agave: 용설란)의 액을 발효시켜 만드는 멕시코의 전통 술로 알코올 함량이 40도에 이르는 독주이다. 보통 세 등급으로 나뉘는데, 블랑꼬(blanco: 흰색, 실제론 투명함), 레뽀사도(reposado: 가라앉은, 술로서 '숙성된'), 아네호(añejo: 오래된, 술로서 '오래 숙성된')라고 한다.

돈 훌리오는 멕시코의 여러 브랜드 중에서 고급 브랜드이다.

두 사람은 떼낄라를 잔에 가득 부어 연거푸 두 잔을 들이켰다. 식도가 뜨거워지며 취기를 느꼈을 때 세 번째 잔을 비우고 서로 바라보며 크게 웃었다.

"상대 형, 차장 승진을 진심으로 축하드립니다. 조금 전 승진자 명단을 메일로 받았어요. 형도 보셨죠?"

"정 과장, 미안해. 나만 승진해서. 일은 정 과장이 다 했는데 말이야."

"무슨 말씀이세요? 회장님 아들이라 승진하신 것은 아니라고 생각합니다. 거의 1년 동안 건축 현장에서 흙먼지 다 뒤집어 쓰시며 꼼꼼히 살피셨잖아요. 제 집 짓는다고 해도 그렇게는 못할 거예요. 또 본사에서 요구하는 여러 사항들 다 살피며 대응하셨고요. 게다가 관리부에 부장이 없는 상태에서 형이 부서장 역할을 하고 있으니까 직급이 최소한 차장은 되어야죠."

"그래도 내 마음이 좀 안 좋아. 네가 지금까지 토요일이고 일요일이고 단 하루도 쉬어본 적이 없어서 늘 마음에 걸려. 우리 조금 더 노력해서 공장에 근로자 1,200명 채우고 L사와 N사 오더 잘 처내기 시작하면, 내가 무슨 수를 써서라도 네가 휴가 갈 수 있게 해줄게. 한 일주일 푹 쉬게 말이야. 깐꾼(Cancún)에 보내줄까? 비행기표와 호텔까지 내가 다 해줄게. 여자친구는 알아서 사귀고, 하하하…."

"상대 형, 그 약속 꼭 지키세요. 저 내년에 깐꾼 갑니다, 하하하. 이왕이면 여자친구도 좀 소개해주시고요. 하하하!"

"알았어. 하하하! 아… 그리고 1월 2일에 박영우 법인장님이 부임할 거야. 내가 마중 갈 테니 넌 걱정하지 마."

"네, 알겠습니다. 박영우 법인장님은 멕시코나 중미에 대한 경험이 없다고 들었어요. 여기 상황을 이해하실지 모르겠네요."

"그러게 말이야. 느려터진 공무원들과 복잡해도 너무 복잡한 인허가 절차에 노동력 부족 현상까지 이해하실지… 걱정이야. 그나저나 조준아, 1월 2일에 몇 명이나 올까? 난 글쎄 한 800명만 오면 좋겠어."

"좀 더 쓰시죠. 전 1,000명이요."

"우리 DM사가 투자를 결정하기 전에 뿌에블라 주정부 공무원들의 말을 너무 믿은 게 잘못이었나…."

"뭐, 그렇긴 한데요, 알아보니 뿌에블라주뿐만 아니라 멕시코의 모든 주에서 노동력이 부족하다고 해요. 미국에 가서 일하는 멕시코인들이 워낙 많고 또 북미자유무역협정(NAFTA) 때문에 외국인 직접 투자가 증가하고 그래서 일자리도 함께 증가해 발생하는 자연스런 현상이기도 하죠."

"일할 사람이 많아야 옥석을 가릴 수 있을 텐데…. 지금 상황은 제발 우리 회사에 와서 일 좀 해달라고 부탁하면서 모셔 와야 하니, 허허."

"기대해봐야죠, 뭐. 1월 2일에 인원이 부족하면 제가 인원 구하러 이 마을 저 마을 계속 방문해야죠, 하하하. 한잔 더 하시죠."

"2001년을 위해, 살룻(salud: 건강, 술자리에서 '건배')!"

"우리 DM사를 위해, 살룻!"

다가설 듯 가까이 버티고 서있던 눈 덮인 화산 뽀뽀까떼뻬뜰(Popocatepetl: 활화산, 5,426m). 피타고라스의 삼각형을 떠올리게 하는 무거운 듯 균형 잡혀 보이는 화산에 부드러운 저녁 노을이 붉게 물들며 붉은 빛을 은은하게 발산했으나, 곧이어 어둠에 묻혔다. 화산이 빛을 삼켰는지, 어둠이 화산을 삼켰는지 구분할 수 없었다.

이틀 후 새벽, 출근길에 올라 쭉 뻗은 도로를 따라 운전하는 정조준의 두 눈에 아름다운 풍경이 들어왔다. 불꽃처럼 강렬한 아침 노을에 대지가 놀랐는지 후다닥 잠에서 깨어나며 붉은 태양을 쏘아 올렸다. 뽀뽀까떼뻬뜰에 쌓인 하얀 눈이 붉게 빛나며 붉은 기운을 주위에 뿌려댔다. 화산은 다시 자신의 존재를 드러냈다.

정조준은 자신도 모르게 중얼거렸다.

"화산이 모습을 드러내듯 오늘 몇 명이나 입사하게 될지 드러날 거야…."

하지만, 2001년 1월 2일, DM사 뿌에블라 공장을 찾아온 입사 희망자들은 전체 필요 인원인 1,200명에 턱없이 부족한 약 500명이었다. 이에 정조준은 먼 거리까지 마을 방문을 지속했고, 한편으로는 박상대 차장과 함께 변호사는 물론, 시청 공무원과 주정부 공무원을 만나 조언을 구했다.

이들의 한결같은 조언은 노조를 잘 활용하라는 것이었다. 일반적으로 근로자가 100명 넘는 공장에는 거의 100% 노조가 활동하게 되는데, 지나치게 비협조적인 노조가 침투하기 전에 대화가 잘 통하는 노조연맹과 미리 대화 및 협의하여 노조와 단체협약을 맺고 노조의 도움으로 인원을 모집하라는 것이었다.

이에 정조준과 박상대는 DM사에 부임한 박영우 법인장과 함께 경제부 공무원들이 추천한 '근단노연(근로자 단결 노조연맹)'과 몇 차례 미팅하며 합의에 이르렀다.

근단노연 간부가 근로자들에게 근단노연과 노조 활동에 대해 설명했고, 이어서 노조가 결성되어 DM사와 단체협약을 맺었다. 근단노연은 많은 인원을 끌어왔고, DM사는 매일 약 열 명씩 숫자를 늘려갔다. 이 과정에 대부분은 근단노연에 가입했으나, 간혹 노조에 가입을 원하

정조준

지 않는 근로자들도 있었다. 매 급여에서 노조비가 공제되는 것을 원치 않는 근로자들이었다.

500명에 불과했던 직원 숫자가 서너 달 경과 후 목표 숫자인 1,200명으로 증가했을 무렵, 멕시코 북부 치와와시에서 치와코레를 운영하던 최승수 사장이 공장을 폐업하고 DM사에 입사하게 되었다. 직급은 이사, 직책은 공장장이었다. 온화한 성품으로 근로자들을 가족처럼 아끼는 최승수 이사는 DM사에 입사한 지 불과 몇 개월 만에 생산성은 올리고 불량률은 낮추며 공장을 안정시켰다.

2001년 7월 초, 근로자 식당에서 식사하던 포장반 근로자 마놀로가 소리를 질렀다.

"바퀴벌레! 바퀴벌레가 내 밥에 있어."

근로자들이 모두 놀라 식사를 멈췄다. 나이 지긋한 식당 서비스업체 사장이 사과하며 식사를 다시 준비하겠다고 말했지만, 많은 근로자들이 식사를 중단한 채 식당 밖으로 나가버렸다. 오후 근무 시간이 시작되기 전에 정조준은 최승수 이사와 박상대 차장에게 상황을 보고하며 협의했고, 소동을 막고자 공장 전체에 방송을 했다.

"안녕하세요? 모든 직원들의 노고에 늘 감사드리며, 오늘은 죄송하다는 말씀을 드립니다. 오늘 점심시간에 한 접시에서 바퀴벌레가 발견되어 많은 직원들이 불쾌해했고 또 식사를 중단하기도 한 것을 잘 알고 있습니다. 회사가 여러분들께 무료로 제공하는 식사지만, 이런 문제가 발생하여 다시 한번 더 죄송하다는 말씀을 드리며, 오늘 식사에 상응하는 금액을 모든 직원들에게 이번 급여에 포함하여 지불하겠습니다. 아울러 식당 서비스업체 측과 대화하여 앞으로 더욱 청결에 신경 쓰도록 하겠습니다."

다음 날, 근로자들은 정상적으로 출근했고 아무런 동요도 없었다. 심지어 점심시간에 모두들 즐겁게 식사했다. 서비스업체 측이 사과하는 뜻에서 고기완자를 듬뿍 제공했기 때문이었다.

바로 그날 아침, L사의 인권 담당인 수잔 창(Susan Chang)이 DM사를 방문했다. DM사의 인권 및 노동 환경을 평가하기 위한 방문이었다. 수잔 창은 급여대장, 각 근로자 인사파일 관리 상태, 각종 인허가 관련 서류, 공장의 안전·위생 상태 점검 및 근로자 대상 무작위 인터뷰를 진행하기 전에 정조준과 최승수 이사와 미팅하기 위해 회의실에 들어섰다.

정조준은 수잔을 중국계 미국인이라 생각하여 우선 영어로 인사하며, 라파엘(Rafael)이라는 가톨릭식 스페인어 이름이 함께 새겨진 명함을 내밀었다.

"굿모닝, 관리부 매니저 정조준입니다. 먼 길 오시느라 수고 많으셨습니다. 혹시 스페인어를 하시는지요?"

"네, 물론… 물론입니다. 안… 안녕하세요?"

수잔이 영어가 아닌 스페인어로 대답했는데, 눈빛은 심하게 동요했고 고개를 숙이고 있었다. 수잔의 명함에는 'L사 컴플라이언스팀 멕시코 담당, 수잔 창'이라고 표기되어 있었는데 명함을 건네는 수잔의 손이 몹시 떨리는 것을 정조준은 눈치챘다.

정조준은 '이 여자가 왜 이렇게 떠는 거야? 고개는 왜 푹 숙이고?'라고 의아하게 생각하며, 유창한 스페인어로 화답했다.

"미스 수잔, 반갑습니다. 스페인어를 잘하시니 대화가 잘될 듯하여 대단히 기쁩니다. 요즘엔 근로자들 인권 보호, 노동법 준수, 안전·위생 관리 등을 통틀어 '컴플라이언스(compliance: 준수, 순응)'라고 부르나 보죠? 오늘 저희 DM사 뿌에블라 공장이 L사로부터 첫 번째 컴플라이언스 평가를 받게 되었는데요, 아무쪼록 잘 부탁드립니다. 점검하셔야 할 서류들은 즉시 확인하실 수 있도록 이미 다 준비해놓았습니다."

그때 회의실로 최승수 이사가 들어왔다.

"최 이사님, L사의 컴플라이언스 담당인 미스 수잔 창이 오셨…"

정조준이 채 말을 끝내기 전에 최 이사가 수잔을 향해 한국어로 반갑게 인사했다.

"수잔, 잘 지냈어요? 몇 개월 만에 만나네요. 치와와시에서 내가 운영하던 치와코레를 위해 수잔이 많이 힘써줬는데, 제가 가진 돈으로는 더 이상 회사를 운영하기 힘들어 폐업했어요. 그 당시에 해고비와 청산금을 지불하지 않은 채 수십 명을 해고한 상태였기에 사실 법규를 어겨도 한참 어긴 상태였었죠. 기계, 설비 그리고 제 집도 팔아서 직원들의 급여, 해고비 그리고 청산금까지 모두 지급했습니다. 수잔 때문에 그렇게 한 것은 절대 아니니까 걱정하지 마세요. 제 감성이 그렇게 하는 게 옳다고 저 스스로에게 말했기 때문이에요. 이건 진심이에요. 그리고 운 좋게도 DM사가 부족한 저를 불러줘서 얼마 전부터 공장장을 맡고 있어요."

최 이사는 수잔에게 반갑게 인사하며 다소 놀란 정조준에게 말했다.

"정 과장, 여기 미스 수잔 창, 그러니까 장수진 씨는 한국인이야. 영어를 매우 잘하시고 스페인어도 잘하시지."

정조준은 잠시 생각했다.
'이 여자, 얼굴은 예쁜데… 도대체 뭐야? 처음부터 한국어로 인사하면 될 것을… 내 스페인어 실력을 테스트한 건가? 명함 줄 때 손은 왜 그렇게 떨었나 몰라. 그런데 어디에서 들어본 이름인가?'

수잔은 몹시 당황했다.
치와코레가 몇 개월 전 폐업했을 때 L사에는 작은 소동이 발생했다. L사는 전 세계 여러 나라의 공장들은 물론 멕시코 치와와시에 위치한 몇몇 공장들로부터 옷을 수입하는데, 이 공장들 중에서 치와코레는 어려운 스타일의 옷을 잘 만들고 적기에 출고하는 우수한 공장이었다.
L사는 옷을 수입하며 국경 근처 텍사스주 물류창고로 입고시켰고, 그 물류창고로부터 텍사스주의 여러 도시에 위치한 L사의 매장들로 배송했기에 물류비와 시간 절감에 유리했다.
L사의 컴플라이언스팀장 윌리엄은 심하게 고개를 푹 숙이고 있는 수잔을 질책했다.
"수잔, 네가 도대체 무슨 짓을 한 건지 알아? 치와코레가 생산하는 옷은 대부분 꿰매기 어려운 스타일임에도 불구하고 불량률이 가장 낮아. 최고 품질의 옷을 만든다는 뜻이야. 급여대장 점검하고, 안전·위생 관련 문제점 정정하게 하고, 근로자들의 인권 등 살피면서 컴플라이언스를 유지시키라고 했지 내가 언제 공장 문 닫게 하라고 했어? 치와코레가 담당하던 스타일들을 다른 공장들로 급히 이동시켜 생산하고 있지만, 품질도 떨어지고 또 물류 비용이 더 발생하게 됐단 말이야. 내가 구매 총괄 부사장님한테 몇 통의 전화를 받았는지 알아? 오 마이 갓! 도대체 내가 왜 너하고 일하고 있는 건지 네 입으로 말해봐."

"그게, 저는 그저… 죄송합니다. 불쌍한 근로자들이 해고됐는데, 해고비가…."

"해고비가 뭐? 치와코레 사장, 이름이 뭐였지…. 그래, 미스터 최, 좋은 사람 아니야? 근로자들 몰래 기계와 설비 팔아먹은 돈 갖고 야반도주하는 다른 사장들과 다르잖아. 미스터 최는 기계, 설비는 물론 자신의 집까지 팔아서 근로자들 급여, 청산금, 해고비까지 모두 지불했다며? 그런 사람이 계속 회사를 경영하게 도와줬어야 하는 것 아냐?"

"…게다가 임신한 여성 근로자 2명이 해고돼서…."

"임신한 여성을 해고하면 안 되는 것 누가 몰라? 그런데 그 여성들이 아무런 문제를 제기하지 않았잖아. 그 여성들이 노조라도 찾아갔나? 일을 좀 유연하게 해야지, 너무 감성적으로 대하는 것 아냐? 컴플라이언스를 잘 지키도록 유도하고 시간을 줘서 개선하게 해야지…. 오 마이 갓! 수잔, 이래 가지고 내년 1월에 승진은커녕 네 책상이나 지킬 수 있겠어? 나는 네 밑에 있는 주디의 일 처리가 더 깔끔하다는 생각이 들어."

점심시간이 되었고 정조준은 박상대 차장을 찾아갔다.

"박 차장님, L사의 수잔 창과 함께 식사하러 나가시죠."

"야야, 우리끼리 있을 때는 그냥 형이라고 해."

"회사 안에서는 안 됩니다, 하하."

"수잔 창이 한국인이라며? 미국 영주권자 아니면 시민권자인가?"

"글쎄요, 아직 질문 안 해봤습니다."

"오늘 점심 먹으면서 내가 분위기 좀 잡아줄까? 혹시 알아? 네가 수잔 창과 좋은 인연이 될지…."

정조준이 새로 구입한 미국 쉐보레의 배기량 5,700cc SUV의 묵직한 엔진 소리가 한적한 식당 주차장의 적막을 깼다. 소음 때문에 나무에 있던 새들이 날아갔기 때문인지, 바람 때문인지 나뭇가지가 하늘하늘 떨렸다. 세 사람은 그 밑에 있는 테이블에 자리를 잡았다.

박상대 차장과 명함을 주고받는 수잔 창의 손은 여전히 떨렸다.

'나뭇가지도 아닌데 왜 이렇게 손이 떨리지? 마음도 진정되지 않고. 도대체 정조준이 왜 하필이면 DM사에 있는 거야… 여전히 멋있네. 쳇!'

수잔이 잠시 생각할 때 박상대가 대화를 이끌기 시작했다.

"미스 수잔 창, 한국인이라면서요? 그럼 한국 이름이 어떻게 되나요?"

"장수진입니다."

수잔은 간단히 대답하고 잠시 생각하더니 말을 이었다.

"K대학교 영문학과 졸업한 후, 미국의 한 주립대학교에 학부로 들어가 스페인어를 전공했어요. 그 후, L사에 입사했고요."

"아, 그러셨군요…. 아 참, 정 과장도 K대학교 나왔잖아?"

"네, 차장님. 저는 스페인어학과 87학번입니다."

"아, 그렇지, 나보다 한 살 어리니까 87이지…. 장수진 씨는 몇 년도에 입학하셨나요?"

"저도 87학번이에요."

"아, 그럼… 장수진 씨와 정 과장이 학교에서 여러 번 마주쳤었겠는데요? K대학교 외국어대학 안에 함께 있었으니…"

"아마, 그랬을 수도 있을 겁니다. 제가 1학년 마치고 군대에 입대했으니까 시간이 많지는 않았겠지만요."

수잔은 잠시 생각했다.

'그랬을 수도 있을 거라고? 내가 너를 얼마나 좋아했었는데…. 넌 늘 여자들한테 둘러싸여 있었으니 네 눈엔 내가 안 보였다는 거니?'

캠퍼스에서의 분쟁

- 1987년

　점프 볼은 점프력이 좋은 정조준 담당이었다. 농구공을 앞으로 살짝 쳐 하프 라인 바로 앞에 있는 윤표에게 전달했다. 윤표는 가드답게 침착함을 유지하며 동료들을 관찰했다. 윤표가 몇 발짝 앞으로 드리블하면서 정조준을 봤다. 정조준은 지그재그로 빠르게 움직이며 이미 오른쪽 엔드 라인까지 이동하고 있었다. 윤표가 정조준에게 롱 패스를 했다.

　정조준이 공을 받을 때 영문학과의 덩치 큰 놈이 정조준을 덮치듯 달려들었다. 정조준은 등 뒤로 공을 드리블하며 큰 덩치를 피했다. 덩치 녀석이 엔드 라인 밖으로 쏠릴 때 왼손으로 공의 좌측을 살짝 받치고 오른손으로 슛을 준비했다. 백보드의 측면이 링을 반쯤 가렸지만 개의치 않았다. 왼쪽으로 비스듬히 점프하며 링을 정조준했다.

　슛!

　스냅이 들어간 공은 뱅글뱅글 돌며 포물선을 그리더니 그대로 링에 꽂혔다.

　경기 시작한 지 몇 초 지나지 않은 상황에서 첫 골이 터지자 스페인어학과 학생들 모두 환호성을 질렀다. 숙적인 영문학과 학생들은 정조준에게 야유를 보냈으나, 단 한 명, 장수진은 예외였다.

'멋있는 정조준, 파이팅!'

장수진은 마음속으로 정조준을 응원하고 있었다.

정조준, 윤표, 공형진, 오재아, 김동원, 민정규 등이 주축인 스페인어학과는 기술과 스피드에서 영문학과를 압도했다. 전반전을 30 대 22로 앞서며 끝낸 스페인어학과는 축제 분위기였으나, 영문학과는 초상집 분위기였다.

개교 이래 스페인어학과와 영문학과는 늘 서로 부딪쳤다. 학교 축제의 연극, 춤, 음악 동아리 공연에서 또 각종 운동 경기에서 지나친 경쟁으로 과열되곤 했다.

후반전이 시작되었는데 영문학과 농구팀의 분위기가 바뀌었다. 예비역 두 명이 교체되어 들어왔는데, 이들은 농구를 모르는 듯 공수 전환이나 경기의 흐름과 전혀 상관없이 움직였다. 의도적으로 욕을 내뱉으며 과격한 반칙을 서슴지 않았다. 급기야 스페인어학과 한 명이 넘어지며 무릎에 상처가 났고 교체가 필요했다. 그때 임진영이 교체 멤버를 자처했다. 농구를 잘하지는 못했으나 힘깨나 쓰는 임진영에게 스페인어학과 4학년 선배들이 어서 들어가 뛰라고 응원했다.

농구 경기라 할 수 없는 거친 경기가 진행된 지 불과 몇 분 지나지 않아 정당한 몸싸움이 아닌 싸움이 벌어졌다. 거칠게 구는 영문학과 예비역 두 명 중 하나가 임진영의 힘에 밀리자 바짝 따라붙으며 임진영의 종아리를 걷어찼고, 결국 임진영의 주먹이 영문학과 예비역 턱에 날아들었다. 영문학과 예비역이 쓰러지자 또 다른 예비역이 임진영에게 달려들었다.

경기를 보며 응원하던 스페인어학과 교수가 경기장으로 들어와 호통치며 싸움을 말렸고, 잠시 서로들 떨어졌는데, 영문학과 선수 하나가 한 발 나서며 욕을 해댔다. 그 선수가 교수에게 욕한 것으로 판단한 정조준은 들고 있던 공을 그 선수에게 던졌다. 그런데 하필 바로 그 순간 그 선수가 뒤로 한 발 물러섰고, 농구공은 허공을 날아가 영문학과 응원석에 있던 장수진의 얼굴을 때렸다.

양 팀 모두 흥분한 상태였다. 정조준은 공이 엉뚱한 곳으로 날아간 것을 알았지만, 다시 싸움이 벌어질 수 있는 상황이었기에 공이 날아간 곳을 신경 쓰지 않았다.

장수진의 예쁘장한 얼굴에 코피가 흘렀고, 그녀가 좋아하는 스포츠 브랜드 L사의 옷에 코피가 얼룩졌다. 그러나 장수진은 그녀 때문에 또다시 싸움이 번질까 걱정되어 주위 사람들에게 자신은 괜찮다며 자리를 떴다. 외국어대학 건물 화장실로 향하는 그녀의 눈에서 눈물이 뚝뚝 떨어졌다. 코는 아프지 않았다. 마음이 너무 아팠다.

"얼룩이 지워질까? 새로 산 L사 옷인데…. 옷이 무슨 소용이람? 정조준이 잘해내는 게 중요하지. 정조준이 골을 더 많이 넣어야 할 텐데. 이런 내 마음을 알까?"

감성적인 장수진이 중얼거릴 때 그녀의 얼굴은 장밋빛 사랑으로 불타올랐다.

정조준

경기가 재개됐고, 스페인어학과 농구팀이 영문학과보다 확실히 우위에 있었다. 가장 키가 큰 센터 공형진이 상대편 골 밑을 휘저었고, 가드 윤표의 찌르는 듯 정확한 패스와 민정규의 노 룩 패스가 공형진에게 전달되면 공형진의 장기인 훅 슛이 성공했다.

학과의 모든 일에 성실한 오재아는 수비에서도 성실했다. 수시로 공을 가로챘고, 민첩하게 상대편 코트로 뛰어 들어가는 정조준에게 패스하면 정조준은 그의 특기인 레이업 슛을 성공시켰다. 심지어 레이업 슛 동작으로 점프하여 수비를 제끼며 링 밑을 지나 뒤로 백보드를 맞추어 슛을 성공시켰다. 그 당시 일반 학생들의 경기 수준에서는 묘기에 가까운 슛에 스페인어학과는 열광했고, 영문학과 농구팀은 힘을 잃어갔다.

장수진이 멀리서 이 장면을 바라보며 생각했다.

'아, 정조준, 너무 멋져! 내가 지금까지 세 번이나 너한테 말을 걸었는데… 너는 아직도 나를 기억 못 하는 거니? 학기 초 복도에서 네가 떨어뜨린 볼펜을 내가 주워서 네게 전달했을 때, 생맥줏집에서 마주쳤을 때, 테니스 치고 땀 흘리는 너한테 내가 부끄러움을 무릅쓰고 음료수 한 병 건넸을 때… 그때 넌 내게 고맙다고 말하며 누구냐고 물었지. 내가 영문학과 장수진이라고 대답할 때 넌 이미 내게 등을 돌려 동료들이 부르는 쪽으로 가버렸고. 내 이름은 기억하지 못하더라도 오늘 네가 던진 공이 내 얼굴을 때려 내가 코피까지 흘렸는데, 최소한 내 얼굴은 기억해줘야 하는 것 아니니?'

정조준은 상대편의 파울로 얻어낸 자유투까지 모두 깨끗이 성공시켰다. 그리고 종료 직전 왼쪽 엔드 라인에서 링을 정조준했다. 그의 손을 떠난 공은 정확히 날아가 깨끗이 링을 통과했다.

경기 종료 휘슬이 울리자 정조준은 상대편 골대 쪽으로 뛰어가 점프하더니 링에 잠시 매달리며 존재감을 과시했다. 스페인어학과의 대승이었다. 스페인어학과 학생들은 서로 부둥켜안고 승리를 만끽했다.

1987년 여름, 여느 대학교와 마찬가지로 K대학교 학생들은 '6월 민주항쟁'에 적극 참여했고, 학생들보다 나이가 많은 1950년대 생 넥타이 부대까지 합세하여 대통령 직선제를 이끌어냈다.

무더웠지만 민주주의의 시작으로 후련해진 여름이 지나갔고 가을은 잠시 들르는 듯 바삐 떠나더니 어느새 겨울이 찾아왔다. 그 무렵까지 장수진과 정조준은 몇 번 더 마주쳤다. 여학생들에게 인기가 많았던 정조준은 늘 여러 여학생들과 함께였다. 장수진은 그 여학생들이 무척 부러웠지만 함부로 다가설 수 없어 늘 마음만 애태웠다.

마지막 만남은 겨울의 문턱에 들어선 어느 날이었다. 정조준과 주로 함께 다니는 스페인어학과 여학생들이 왁자지껄 떠드는 소리를 듣고 정조준의 생일임을 알게 되었다. 장수진은 정조준에게 어울릴 만한 붉은색 목도리를 하나 샀고, 생일 카드에 다음과 같이 적었다.

생일 축하합니다.
농구 잘하고, 테니스 잘 치고, 노래도 잘하는 정조준 씨에게 내 마음을 드려요.

우리 이제 곧 방학이니 / 월 초에 한 번 만나요….

영문학과 87학번 장수진 드림.

PS… tel: 000-0000

장수진은 자신이 썼지만 몹시 낯 뜨거운 내용이라 생각했다. 얼굴이 화끈거림을 느꼈지만 망설임을 이겨내고 카드를 목도리 위에 놓은 채 정성껏 포장했다.

장수진은 K대학교 캠퍼스 내 외국어대학 건물과 정원은 물론, 정문 밖까지 정조준이 나타날 만한 곳을 배회하다가 여러 학생들이 정조준과 함께 생맥줏집으로 들어가는 것을 봤다. 장수진도 몇 번 가본 적 있는 생맥줏집 '실연'이었다.

'어떡해… 스페인어학과 사람들이 저렇게 많으니…. 오늘은 항상 함께 다니는 여학생들뿐만 아니라 남학생들도 많잖아. 게다가 왜 하필이면 실연이야? 우린 아직 연애를 시작하지도 못했는데….'

일찍 찾아온 매서운 추위에 장수진은 코트 깃을 올리고 고개를 푹 숙인 채 밖에서 벌벌 떨며 1시간가량을 망설였다. 더 이상 기다릴 수 없을 정도로 한기를 느끼게 되었고, 장수진은 떨어지지 않는 발걸음을 옮기기 시작했다. 2층으로 올라가는 계단이 아득히 높게 느껴졌다. 하루는 걸린 것 같았다.

'실연'의 문을 열고 들어선 장수진은 가장 시끄러운 쪽을 향했다. 그녀는 누군가 뒤에서 그녀의 코트를 잡아당기는 듯한 느낌을 받았지만, 억지로 용기를 냈다. 스페인어학과 학생들이 있는 테이블 앞에서 고개를 들지 못한 채 기어들어가는 목소리로 말을 꺼냈다.

"저, 이거… 그러니까…."

여기저기서 수군대는 소리가 들렸다.

"누구…."

"누구야?"

"뭐야!"

"조준아, 네 여자친구야?"

"안돼!"

장수진은 여러 목소리 중에서 반가운 정조준의 목소리를 식별해 냈다.

"내가 아무나 만나는 것 봤어?"

단호한 정조준의 목소리가 장수진의 가슴을 때렸을 때 여러 여학생들이 웃기 시작했다.

"호호호, 후후후…."

장수진에겐 그 웃음소리가 아주 멀게 느껴졌다. 그녀는 선물을 테이블 위에 놓고 빠른 걸음으로 그 자리를 떠나버렸다.

밖은 여전히 추웠고, 정조준이 남긴 목소리는 차가운 절망의 비수가 되어 장수진의 가슴을 후벼팠다. 추위도 절망도 눈물도 감당할 수 없었던 장수진은 바로 앞 주점으로 들어가 창가에 앉았다.

정조준의 생일을 축하하는 자리는 흥겹고 떠들썩했다. 평소 정조준과 가까웠던 이희원과 유지연이 말했다.

"조준아, 우리 이 선물 풀어보자."

여러 사람이 호기심에 찬 시선을 집중시키자 정조준이 선물 포장을 풀었다. 정조준이 카드를 집어 빠르게 훑고 안주머니에 집어넣을 때 나머지는 목도리를 들어 서로의 목에 대보기도 하며 웃고 떠들었다.

맥주 파티를 끝낸 후 밖으로 나왔는데, 옷을 따뜻하게 입지 않은 이희원이 심하게 떨고 있는 것을 본 정조준이 말했다.

"희원아, 너 많이 춥구나. 이 목도리 너한테 줄까?"

"아니야, 내가 왜? 아무리 모르는 사람이 준 거라 해도 선물인데…."

"뭐 어때? 네 말처럼 잘 모르는 사람이고, 무엇보다 네가 지금 너무 추운 것 같아서."

정조준이 이희원의 목에 목도리를 둘러줬다. 정조준은 생일 카드에 적혀 있던 '영문학과'는 떠올렸지만, 그 시대 다소 흔한 이름이었던 '수진'은 입 안에서 맴돌 뿐 정확히 기억하지 못했다. 그리고 그날 받은 선물을 바로 다른 사람에게 준 것이 미안했고, 또 어떤 여학생인지 궁금하기도 하여 1월 초에 한번 만나봐야겠다고 생각했다. 다만, 자신을 좋아해주는 친구들 앞에서 내색하지 않았을 뿐이었다.

장수진은 주점 창가에 앉아 흐느끼며 잘 마시지도 못하는 소주를 몇 잔 들이켰다. 그랬더니 뿌옇던 눈앞이 맑아졌다. 늘 유쾌한 스페인어학과 학생들이 우르르 길가로 쏟아져 나오는 게 창문 너머로 보였다.

그리고 부지불식간에 안타까운 시선으로 정조준을 쫓던 그녀는 짧은 비명을 지르고 말았다.

"아아! 어떻게 저럴…."

장수진이 조금 전 선물로 준 목도리를 정조준이 다른 여자에게 친절히 둘러주는 것을 봤다. 장수진의 눈은 눈물로 다시 뿌옇게 됐다.

눈물 몇 방울이 소줏잔에 떨어졌다. 그녀는 눈물과 소주를 한 번에 들이키며 생각했다.

'나쁜 놈. 이 나쁜 놈아…. 난 오늘 생맥줏집 실연에서 실연당한 거네. 밤마다 네 생각 하며 얼마나 내 마음을 애태웠는데…. 너한테 말 한 번 걸기 위해 얼마나 내 마음을 졸이고 긴장했는데…. 그래, 다 필요 없어. 이제 공부에 집중할 거야. 대학교 졸업하면 미국으로 유학 갈 거야. 그래, 미국에서는 스페인어를 공부해야겠어. 그럼 난 영어와 스페인어를 모두 하게 되고, 스페인어학과 너희들보다 내가 더 앞서 나갈 수 있어.'

정조준

노조 분쟁의 전개

- 2001년 7월

장수진은 DM사의 박상대 차장, 정조준 과장과 식사를 마친 후 다시 업무에 몰두하며 생각했다.

'오늘 첫 번째 평가인데… 내가 생각한 것 이상으로 준비가 잘되어 있어. 새 건물이니까 당연히 모든 게 깨끗하게 보일 수는 있지만, 새로 설립된 공장이라 각 부서나 팀에 아직 미흡한 게 많을 텐데… 이건 뭐 거의 완벽하잖아. 각종 인허가 서류는 물론 급여대장, 사회보장보험, 인사파일까지 뭐 흠잡을 게 없어. 정조준이 일을 잘하는 건가? 하긴 스페인어도 굉장히 유창하고, 멕시코인 직원들과 소통도 잘하는지 직원들이 잘 따르는 것 같고…. 쳇! 뭘 이렇게 다 잘하는 거야? 최승수 사장, 아니, 이제 최승수 이사지. 하여튼, 이 사람이 치와코레를 폐업하는 바람에 나는 내년에 승진 못 할지도 몰라. 어쩌면 해고당할 수도 있겠지…, 아, 최 이사도, 정조준도 정말 다 밉고 싫다.'

장수진은 멕시코인 노무 매니저로부터 받은 1,200여 명 근로자 명단에서 무작위로 스무 명을 선정했고, 한 명씩 인터뷰하기 시작했다. 소리 지르는 상관이 있는지, 잔업을 강요하는지, 화장실은 언제든지 갈 수 있는지, 성희롱하는 상관 있는지, 부당한 대우를 당하지는 않는지, 인센티브는 공정하게 지급하는지 등.

장수진은 무엇이든 좋으니 문제점 하나라도 잡아내려고 했지만, 온화한 성품으로 근로자들을 아끼는 최승수 이사 때문인지 또는 정조준과 멕시코인 노무 매니저가 일을 잘하기 때문인지 인터뷰 결과도 거의 완벽했다.

마지막 인터뷰 대상 근로자는 포장반의 마놀로였다.

여러 질문에 대해 부정적인 답변은 없었다. 그런데 인터뷰 끝에 마놀로가 할 말이 있는지 잠시 주저했다. 이를 눈치챈 장수진이 마놀로에게 말했다.

"마놀로, 처음 시작할 때 말했듯이 내 이름은 수잔 창이에요. 인터뷰 내용에 대해 제가 DM사의 경영진과 대화하더라도 절대 어떤 직원이 말한 것인지는 밝히지 않아요. 제가 보장합니다. 그러니 무엇이든 불편한 게 있으면 말해보세요."

"저, 사실은…."

"네, 뭔가요? 인터뷰에 참여한 직원에 대해 회사는 어떠한 불이익도 줄 수 없어요. 저희 L사가 보장해요. 뭔가 부당한 일이 있었나요?"

"사실은… 어제 제 밥에서 바퀴벌레가 나왔어요. 제가 깜짝 놀라 소리치자 식당 사장이 와서 미안하다고 했죠."

"오… 바퀴벌레라니 정말 끔찍해요. 이건 말도 안 되는 일이죠. 평소에 음식은 어때요? 좋은가요, 아님 형편없나요?"

"아뇨, 먹을 만해요. 저희 집에서 먹는 것보다는…."

"그럼, 음식이 좋다는 뜻인가요? 좋지 않다는 뜻인가요?"

"뭐, 그게… 하지만 오늘은 음식이 아주 잘 나왔고, 또 회사가 어제 음식값에 대해 보상해주겠다고 했어요. 다음 급여에 포함해서요."

"그럼, 회사가 보상할 예정이군요. 그리고 DM사 직원들 대부분이 '근단노연(근로자 단결 노조연맹)'에 가입한 것 같은데 근단노연은 뭐라고 하나요?"

"저는 노조에 가입하지 않아서 잘 모르겠어요."

"왜 노조에 가입하지 않았죠?"

"제 급여에서 노조비가 공제되는 게 싫어서요. 노조비가 적은 노조가 있다면 가입하고 싶어요."

"대부분 노조들의 노조비는 비슷해요. 독립노조일 경우에는 노조비가 적을 수도 있겠지만요."

"독립노조는 어떻게 만드는 건가요?"

"어떤 노조연맹에 소속되는 게 아니라 마음 맞는 근로자들이 모여서 독립노조를 구성하고 노동부에 등록할 거예요. 그럼 노조비도 적게 책정할 수 있겠죠. 최소 인원 다섯 명만 모이면 노조를 구성할 수 있다는 것 같아요…. 물론 노동부와 확인해봐야겠죠. 민주주의 국가라면 집회결사의 자유는 어느 회사에서든 보장되니까요. 저기 공장 입구에 게시되어 있는 저희 L사의 윤리규정에도 적혀 있어요."

"하긴 저처럼 근단노연에 가입하지 않은 동료들이 좀 있는데… 대화 좀 해봐야겠어요."

마놀로의 말에 대해 장수진은 자신이 뭔가 의견을 잘못 전달한 것은 없는지 잠시 생각한 후, 마놀로에게 말했다.

"마놀로, 독립노조를 만들라는 뜻은 아니에요. 다만, 집회결사의 자유는 저희 L사뿐만 아니라 모든 의류 회사의 윤리규정에 포함되어 있다는 뜻이에요. 또 DM사도 모든 근로자들에게 동일하게 교육했을 겁니다, 멕시코 노동법에도 있는 내용이니까요. 자, 그리고 이건 제 명함이에요. 인터뷰에 응한 모든 근로자들에게 전달하는 명함입니다."

장수진은 평가서를 작성했다. DM사가 L사의 컴플라이언스 평가에 대비해 잘 준비했기에 내용은 거의 완벽했으나, 기타 사항에 다음과 같이 적었다.

노동법 준수, 투명한 급여대장 관리, 안전·위생, 각종 인허가 등 우수함.
단, 근로자 밥에서 바퀴벌레 나옴, 근로자 식당의 평소 음식 상태 점검 필요, 많은 근로자들이 식사 못 했으며 회사가 이를 보상할 예정.

틀린 표현은 하나도 없지만, 어딘가 사무적인 내용이었다. 바로 그 시간 은행 시스템에 문제가 발생하여 정조준은 박상대와 함께 급히 은행에 가야 했고, 이에 장수진은 박영우 법인장에게 평가서를 내밀었다. 박영우는 평가서 대부분의 항목에 'OK'로 표기된 것과 식당 관련 내용을 확인한 후 서명했다.

장수진은 자신의 부하 직원이지만 어느새 승진 경쟁자가 되어버린 주디로부터 메일을 한 통 받았다.

> 미스 수잔 창, 내일 일정이 취소되었어요.
> 오늘 오후와 내일 오전까지 멕시코에서 휴식한 후, 예정대로 내일 밤 LA로
> 와서 모레 출근하면 됩니다.
> 그리고 윌리엄 팀장님 말씀 전합니다. '너무 감성적으로 일하지 말 것.'

하지만 장수진은 컴플라이언스팀장 윌리엄에게 잘 보이기 위해 다음 날 출근하기로 마음먹었다. 그녀는 비행기 시간을 변경한 후, DM사를 나왔다.

전화로 요청한 택시가 도착하여 택시에 올라탈 때 누군가 기웃거리며 자신을 관찰하는 듯한 느낌을 받았지만, 마음이 급해서 신경 쓰지 않았다. 뿌에블라시 고속버스 터미널로 이동한 후 다시 멕시코시티 국제공항까지 고속버스로 이동해야 했기 때문이다.

늑대처럼 느릿느릿 어슬렁거리며 수잔 창을 관찰하던 남자가 중얼거렸다.

"L사 컴플라이언스팀의 수잔 창, 흐흐흐…. 너는 내가 꿈속에서 항상 그리던 이상형이야. 우리 앞으로 잘해보자고, 수잔… 스페인어로는 수사나, 흐흐흐."

그날 밤, 장수진은 LA로 이동하여 자정 넘어 아파트 앞에 도착했다. 그런데 불빛이 환한 입구에서 남녀가 뜨겁게 입맞춤하는 모습이

보였다. 선뜻 입구를 지나치기가 망설여져 잠시 기다렸는데⋯. 선글라스를 낀 늘씬한 금발 미녀와 입 맞추는 사람은 바로 자신의 남자친구 마크였다.

'마크, 이 나쁜 새끼⋯. 금발 머리카락이 바로 저 여자 것이었네.'

마크와 금발은 마치 영화의 한 장면처럼 격렬히 입맞춤하며 엘리베이터에 탔다.

장수진은 기내 가방을 들고 자신의 아파트가 있는 4층까지 계단으로 올라갔다. 숨이 턱에 찼지만, 숨소리를 죽이고 현관문 손잡이를 조심스럽게 돌렸다.

'얼마나 좋으면⋯ 도대체 얼마나 급하길래 문도 안 잠그고 들어간 거야⋯.'

장수진은 컴플라이언스 평가에 사용하는 카메라와 소형 녹음기를 꺼내 들었고, 녹음기를 작동시켰다.

"오, 마크, 내 사랑. 넌 너무 멋져."

"비너스, 당신이야말로 너무 매력적이야. 난 지금 너무 흥분되어 주체를 못 하겠어."

옷을 벗어 내팽개치는 소리가 들리더니 침대에 충격을 주며 쓰러지는 소리도 들렸다.

'이 개자식들⋯ 어떻게 내 침대에서 뒹굴 수 있는 거야⋯. 뭐, 비너스? 그럼, 벨라스께스의 그림 불카누스의 대장간 내용과 일치하는 거야? 비너스가 마르스, 그러니까 마크와 바람 피우는 그 내용 그대로⋯.

정말 어이가 없네.'

장수진은 화를 참으며 계속 녹음했다. 거친 숨소리와 신음 소리까지 모두 녹음하며 카메라를 들고 방 안으로 들어갔다.

"찰칵, 찰칵, 찰칵!"

"어, 뭐야? 수잔! 어떻게 오늘 온 거야?"

"찰칵, 찰칵!"

"오 마이 갓! 마크, 어떡해? 내 옷 어디 있지?"

"찰칵!"

"이 년놈들…. 이 개 같은 년놈들아, 여기 내 집이야, 내 침대고. 나만 사랑한다더니…. 마크 넌 정말 개새끼야. 아파트 월세와 관리비도 내가 다 내고 있어. 네가 이 아파트로 와서 월세 몇 번 내다가 1년 전부터는 한 푼도 안 내고 있잖아. 그래, 돈이 문제가 아니야. 이건 신의 문제야. 네가 사람이라면 어떻게 이럴 수 있니? 그리고 너 금발, 넌 뭐야? 넌 뭐 하는 미친년이야? 한국 여자가 얼마나 독한지 한번 볼래? 내가 너희 같은 개자식들을 보려고 미국까지 와서 힘들게 공부하고 일하는 줄 알아?"

"수잔, 진정해! 그리고 정말 미안해, 진심이야. 비너스… 그러니까 이 사람이 나한테 헐리우드의 한 영화사에 일자리를 연결해줬어. 몇 달 전에 한 번 말했는데… 데이터 분석 일이라고."

"마크, 넌 입 닥쳐! 너, 금발, 미친년! 어디 한번 말해봐. 잠깐, 너 어디에서 본 것 같은데…."

삼십 대 초중반으로 보이는 비너스가 아름다운 나체를 그대로 드러낸 채 침착하게 입을 열었다.

"수잔, 침착해요. 무엇보다 정말 미안해요. 이미 녹음하고 사진까지 다 찍었으니 숨기지 않을게요. 내 이름은 비너스, 한 3년 전까지만 해도 꽤 잘 나가는 배우였는데 지금은 헐리우드에서 아무도 나를 찾지 않아요. 연기력이 떨어진다는 평가 때문인데 내겐 너무나 큰 콤플렉스죠…. 연기력을 향상시키고 싶은 마음에 제가 마크를 유혹했어요. 연기하듯이 유혹하고 연애하면서, 그러니까 실전 경험으로 연기력을 향상시키고 있었는데, 어쩌다 보니 마크를 정말 사랑하게 됐어요."

"오, 비너스, 나도 정말 당신을 사랑해."

벌거벗은 마크가 감동한 표정으로 끼어들자 장수진이 목소리를 높였다.

"마크! 넌 입 닥치고 있어. 어떻게 내 집에서 다른 년과 옷 벗고 뒹굴며 그런 말을 하는 거야? 너, 금발, 미친년… 비너스라고 했니? 그래서 뭐?"

"수잔, 정말 미안해요. 당신의 심정을 충분히 이해해요. 이 상황에서 당신이 믿기는 어렵겠지만, 내가 인간관계는 매우 좋아요. 여러 배우들, 또 여러 영화사의 관계자들과 좋은 친분을 맺고 있죠. 마침 나와 친한 조감독이 일하는 한 영화사에 데이터 분석 자리가 있어서 내가 몇 달 전부터 요청해왔고, 드디어 마크가 그 일을 맡게 됐어요. 저… 수잔, 우리 냉정하게 이 일을 해결하는 게 좋지 않을까요? 마크도 나를 사랑한다고 하니 이제 나는 헐리우드나 대중에게 숨기지 않고 당당하게 마크와 교제하고 싶어요. 마크를 내 집으로 데려갈게요. 그리고 마크가 그동안 수잔에게 신세 진 금액의 네다섯 배를 제가 며칠 내로 보내드릴게요. 10만 달러 정도면 되지 않을까요? 수잔이 들고 있는 그 녹음기에 지금 내가 하는 말까지 모두 녹음되고 있죠? 그리고 마크와 내가 사랑하는 모습까지 그 카메라에 담았죠? 그 증거물은 수잔이 평생 갖고 계세요. 저는 절대로 그 증거물을 빼앗으려 하지 않을게요. 약속해요. 다만, 수잔의 남자친구를 내가 가로챈 사실만은 비밀로 해주세요. 대신 언젠가 내가 이 신세는 꼭 갚을게요. 이 사실까지 세상에 알려지면 나는 배우로서 더 이상 헐리우드에서 일할 수 없을 거예요. 부탁입니다. 방금 한 말도 모두 녹음되었죠? 증거물로 잘 보관하세요. 그리고 수잔이 무언가 원할 때 내가 반드시 도와줄게요."

그날 밤, 마크는 짐을 챙겨 비너스를 따라나섰다.

다음 날, 장수진은 극도의 스트레스에 시달렸지만 업무에 매달려야 했고, DM사에서 평가 진행한 후 작성한 평가서를 컴플라이언스팀장 윌리엄에게 보고하기 위해 팀장실 문을 열고 들어갔다.

"수잔, 네가 기타란에 쓴 내용은 모두 사실이야?"

"네, 윌리엄, 그렇습니다. 평가서에 DM사 법인장이 서명했습니다."

"급여, 사회보장보험, 인사파일, 안전·위생 관련해서는 거의 완벽에 가까운데… 알았어. 평가 내용은 전체 현황표에 옮겨 적고 팀원들에게 공유하도록 해. 근로자들이 크게 동요하지 않는지 잘 관찰하도록 하고…. 4주 후에 DM사를 재방문해서 근로자 식당과 음식 상태를 확인하고 문제가 없으면 마무리하라고. DM사에 대한 다음 정기 평가는 6개월 후로 하고. 수잔, 잘할 수 있겠지? DM사처럼 큰 회사를 잘 관리해나가면, 내년 1월에 승진 대상으로 검토는 해볼 테니까."

그때, 주디는 문이 열려 있는 팀장실 밖에서 이 대화를 모두 엿들으며 생각했다.

'안돼, 윌리엄. 승진은 내가 해야 하는데…. 수퍼바이저는 내가 해야 해. 수잔은 너무 감성적이라 우리 일에 적합하지 않아…'

며칠 후, 장수진이 은행 업무 때문에 잠시 자리를 비웠는데 장수진의 컴퓨터에서 '띠리링' 하고 메일 수신되는 소리가 들렸다. 전체 현황표의 DM사 평가 부분을 살피고 있던 주디가 고개를 돌렸다. 의자에 앉은 채 슬며시 장수진 책상 쪽으로 이동하더니 메일 내용을 재빠르게 확인했다. 메일은 스페인어로 씌어 있었지만, 주디도 장수진처럼 스페인어를 잘했다.

미스 수잔 창, 안녕하세요?
DM사 포장반 근로자 마놀로입니다. 저는 오늘 결근했어요. 지금 쓰고 있는 메일을 수잔에게 보내기 위해서입니다. 저희 집에 컴퓨터가 없어서 제 동료와 친분이 있는 독립노조 전문가의 사무실에 왔어요.
바퀴벌레 사건에 대해 또 수잔의 조언에 대해 친한 동료들과 대화했고 또 독립노조 전문가의 도움을 받았어요. 저를 포함해 열 명이 독립노조를 구성하려고 합니다. 이름은 'DM 근로자 독립노조'로 정했고, 내일 저희 열 명이 모두 뿌에블라 주정부의 노동부에 출석해서 독립노조로 등록할 예정입니다.
전문가 말로는 일단 독립노조로 등록이 되면, 현재 DM사에서 활동하는 '근단노연(근로자 단결 노조연맹)'에 가입한 근로자들 중 일부가 근단노연

정조준

을 탈퇴하고 독립노조에 가입할 수도 있을 거라 합니다.

그리고 저는 원치 않지만 동료들이 자꾸만 권해서 제가 노조위원장이 될 예정입니다. 마놀로.

주디는 마놀로의 메일 주소를 메모했다. 그리고 급히 전화기를 들었다.

"데이빗 아저씨, 저 주디예요. 지난번에 가상으로 말씀하셨던 일이 실제로 일어났어요… 네, 내일 노동부에 등록할 예정이고, 이름은 'DM 근로자 독립노조' 그리고 노조위원장은 마놀로…."

주디는 생각했다.

'내 이름은 주디. 예수 그리스도를 배반한 유다에서 파생된 이름이겠지. 하지만 난 배신자가 아니야. 나는 우리 팀을 배신하는 것도, L사를 배신하는 것도 아니야. 우리 미국을 위한 일이라고 데이빗 아저씨가 분명히 말씀하셨어. 우리 위대한 아메리카를 위한 일이라고… 그리고 내가 수잔 대신 이 일을 잘 해결하면 내년 1월에 내가 승진하는 거야. 수잔, 넌 영어도 완벽하지 않은 한국인이잖아, 게다가 너무 감성적이고. 그동안 내가 너를 선배로 대우해준 것만 해도 나한테 감사해야 하는 것 아냐?'

LA에 어울리지 않는 먹구름이 잔뜩 긴 날, 장수진은 자신의 계좌에 10만 달러가 입금된 것을 확인했다.

'비너스… 참 쿨하네. 내 남자친구 마크를 유혹하고 내 아파트에서 마크와 뒹군 것은 용서할 수 없지만…. 어쩌면 잘된 일인지도 몰라. 잘생긴 마크가 언젠가 바람피울 수 있다는 걱정은 늘 했던 것이니까. 또 비너스 도움으로 유망한 분야인 데이터 분석 일자리를 얻었다니 마크가 능력을 발휘하게 되겠지. 그럼, 나는 어떻게 되는 거지? 정조준 이 나쁜 놈은 정말 나에 대한 기억이 하나도 없나? 비너스와 마크의 불륜 현장에 대한 증거는 내가 갖고 있는데…. 비너스는 내가 무언가 원할 때 꼭 도와주겠다고 했으니까 그럼, 정조준을 내게 보내달라고 해볼까? 미쳤나 봐…. 내가 지금 무슨 생각을 하는 거야…. 하여튼 언젠가 비너스에게 뭐든 큰 것을 당당히 요구할 거야.'

노조 분쟁의 위기

- 2001년 8월

"우리는 DM 근로자 독립노조! 독립노조가 진정한 노조!"
"근단노연은 물러가라!"
"식사를 개선하라! 생산 성과급을 인상하라!"
"경영진은 각성하라!"

월요일 아침 조업 시작 시간에 농성이 시작됐다. 독립노조의 노조 위원장이 된 포장반 근로자 마놀로는 어느새 투사가 되어 있었다. 열 명이 시작한 독립노조였지만, 근단노연(근로자 단결 노조연맹) 소속의 많은 근로자들이 근단노연을 탈퇴하며 독립노조에 가입했고, 순식간에 300명이 되었다.

독립노조 300명이 나머지 대다수인 900명에게 독립노조에 가입할 것을 강요하며 공장 조업 시작을 방해하자 싸우기 싫은 대부분의 선량한 근로자들은 집으로 돌아갔다. 이 틈을 타 독립노조가 공장 건물을 에워싸버렸다.

불법 파업은 이렇게 시작됐다. 300명의 독립노조 소속 근로자들은 정문까지 통제했고, 사무실 외부를 에워싸 정조준과 멕시코인 노무 매니저는 사무실에 갇히고 말았다.

이틀이 지난 3일째 새벽, 동이 텄다. 사무실에 갇혀 잠도 제대로 못 자고 식사도 하지 못한 두 사람이 창밖을 보니 독립노조원들 중 100여 명은 포기하며 농성 대열에서 빠진 듯 약 200명이 바닥에 앉거나 누워서 벌벌 떨고 있었다.

"우고, 우리 나가볼까?"

"네, 라파엘. 나가죠. 노동부를 찾아가서 불법 파업에 대해 설명하고 신고해야죠."

"그래. 독립노조가 전기 브레이크를 내리는 바람에 인터넷과 전화가 안 되지만, 정문 앞까지 온 박 차장님께 방금 무전기로 설명했어. 우고, 어떻게 생각해? 마놀로가 너무 나갔지? 노조에 대해 잘 알지도 못하면서 선량한 근로자들을 내쫓고 불법 파업을 자행한 결과를 초래했잖아?"

"맞아요. 마놀로도 나쁜 놈은 아닐 텐데요⋯. 일단 나가보죠. 만약 라파엘에게 해코지하는 놈 있으면 제가 막을게요."

"야야, 우고. 네 몸이나 걱정하라고, 하하하."

정조준은 긴장을 이겨내기 위해 웃었지만 그의 눈빛은 무언가를 정조준하듯 강렬했다.

두 사람이 사무실 밖으로 나오자 추위에 얼어붙은 얼굴들이 일제히 두 사람을 향했고, 정조준이 입을 열었다.

"직원 여러분, '좋은 아침'이라고 인사해야 하는데 지금 이 상황이 좋

정조준

진 않죠?"

"…"

"지금 여러분의 친구인 노무 매니저 우고와 내가 감금당한 건가요?"

"노(No: 아니오)!"

독립노조 200명이 합창하듯 함께 대답할 때 정조준이 정문 쪽으로 걷기 시작했고 우고도 그 뒤를 따랐다.

정조준의 당당함에 아무도 막아서지 못했고, 모세가 홍해를 가르듯 200명이 길을 열어주었다. 정조준은 정문 한가운데까지 걸어갔고, 왼발은 정문 안쪽, 그리고 오른발은 정문 바깥쪽에 놓고 굳건히 서며 말했다.

"여러분들이 방금 내가 감금당한 게 아니라고 말했어요. 그렇다면 난 회사 밖으로 나갈 수도, 또 회사 안으로 들어올 수도 있는 건가요?"

"씨(Sí: 네)!"

농성 중인 독립노조 근로자들이 일제히 대답하자, 우고가 말했다.

"이제 불법 파업을 풀고 집에 가서 쉬도록 해요. 우리 내일부터 정상적으로 옷을 만드는 생산활동에 전념하기로 해요. 그리고 라파엘과 내가 회사 밖으로 나갈 수도 또 들어올 수도 있다면, 다른 관리자들과 직원들도 출입할 수 있는 거죠?"

근로자들이 험악한 표정으로 변하며 아우성치듯 대답했다.

"노(No: 아니오)!"

"그렇게는 안 돼!"

"우리의 요구 조건을 들어줘…"

독립노조 200명은 불법 파업과 농성을 풀지 않았다. 정문 밖에는 근단노언 소속의 선량한 근로자들 수백 명이 일하러 왔다가 들어가시 못한 채 서성이고 있었는데, 최승수 이사와 한국인 관리자들이 근로자들과 대화하며 돌려보내고 있었다. 반면에 박영우 법인장은 신변의 위협을 느낀다며 코빼기도 안 내밀고 집에 틀어박혀 있었다.

정조준과 우고는 정문 밖에서 기다리던 박상대 차장과 만났고, 가까운 따꼬(taco) 전문점에 들러 허기를 달랬다.

"야, 정 과장. 나 원 참… 너 진짜 배짱 한번 두둑하다. 어떻게 200명을 뚫고 나올 생각을 한 거야?"

"배고파서요, 하하하…."

"야, 조준이 너 그걸 말이라고…. 만에 하나 육체적 충돌이라도 일어났으면 어떻게 하려고, 하하하…."

정조준이 말을 이었다.

"상대 형, 그런데요… 아까 보셨죠? 정문 밖에 여러 개의 간이 화장실이 설치되어 있더라고요. 쓰레기통엔 음식물 포장이 가득했고요."

정조준은 자신이 한 말을 우고에게 스페인어로 설명했고, 우고가 대답했다.

"음식은… 근로자들이 돈 걷어서 사 올 수도 있다고 쳐요. 하지만, 간이 화장실은 돈이 꽤 들었을 텐데요. 어떠한 노조연맹이라도 독립노조를 도와줄 리는 없어요. 제 생각엔 누군가… 어쩌면 큰 조직이 금전적으로 독립노조를 도와주고 있는 것 같아요."

"누가, 어떻게 도와준다는 거지? 더군다나 불법 파업이고 게다가 이제 막 시작한 독립노조를 누가 도와줄 수 있을까?"

정조준

극우 세력

"헬로우, 에버렛? 어떻게 되어가나? 자네 이름의 뜻인 '용감한 멧돼지'처럼 좀 용감하게 진행해보게. 우리 위대한 아메리카를 위해서 말이야."

"데이빗, 걱정하지 마십시오. 돈은 벌써 보냈고, 저희 노조연맹의 간부 한 명이 이미 멕시코 뿌에블라시에서 DM사를 표적으로 삼아 관찰해왔습니다. 그리고 현재 DM사의 독립노조를 돕고 있습니다. 저, 그보다는 데이빗…"

"뭔가? 주저하지 말고 말해보게."

"멕시코에 있는 DM사가 상당히 긴 기간 동안 생산을 못할 테니 L사가 DM사에 할당해놓은 오더를 빼내도록 하는 게 중요합니다. 그 오더가 미국 내 우리 노조연맹이 활동하고 있는 의류 제조업체에 배치되도록 해야 합니다. 그래야 고용이 늘고, 당연히 노조원도 증가할 것이고, 그러면 우리가 노조비를 많이 걷을 수 있습니다."

"오케이! 이미 몇몇 의류 제조업체 사장들이 L사의 구매팀장들을 만나기 시작했어. 옷이든 자동차든 생산은 우리 미국에서 해야지. 안 그런가? WTO(국제무역기구)도 좋고 NAFTA(북미자유무역협정)도 좋지만, 지금 우리 미국의 무역 적자가 너무 심해. 수입을 줄여야 해. 아, 그리고 말이야 에버렛, 자네의 노조연맹에 협조적인 시민 단체에 연락해두었어. 곧 데모를 시작할 테니 자네가 연맹 차원에서 노조원들을 많이 보내 규모를 키우도록 하게."

L사 앞에는 엄청난 규모의 데모 대열이 모였다.
"L사는 각성하라!"
"멕시코 근로자의 식사를 개선하라!"
"멕시코 근로자의 노동 착취를 중단하라!"
"멕시코 근로자의 인권을 보장하라!"
"여러분, 노동 착취로 생산된 L사의 옷을 구매하지 맙시다!"

장수진은 L사 컴플라이언스팀장실로 불려 갔다.
"수잔, 도대체 어떻게 된 거야? 멕시코 DM사의 급여, 사회보장보험, 인사파일, 안전·위생 등은 거의 완벽하니 식당과 음식만 개선되는지 확인하라고 했잖아? 도대체 독립노조는 왜 결성된 거야?"
"그게… 미스터 윌리엄, 저는 그냥 우리 L사의 윤리규정 내용처럼 집회결사의 자유가 있다고 설명만…"
"노조연맹이고 독립노조고 상관없어. 그저 우리 L사의 제품이 멕시코… 이름이 뭐지? 그래, 그 개 같은 뿌에블라 DM사에서 우리 옷을 잘 생산하면 된다고. 그런데 공장이 멈춰버렸어. 구매 1팀장 말로는, 일주일이면 우리 L사의 후드 스타일 옷 8만 장이 생산되지 못해. 다음 주까지 이어지면 16만 장. 오 마이 갓! 수잔, 너는 도대체 뭐 하는 사람이야? 우리 회사가 네 영주권까지 다 진행해줬는데, 너는 회사를 위해서 뭘 했지? 방금 구매팀장들과 미팅했는데, 나한테 뭐라고들 하는지 알아? 컴플라이언스팀의 존재 이유를 모르겠다고 비아냥거렸어. 그뿐만이 아니야. 예정된 시간에 우리 제품을 매장에 공급하기 위해서는 당장 미국 내 여러 의류 제조업체에 오더를 새롭게 배치해야 하는데, 멕시코보다 미국의 인건비가 훨씬 비싸기 때문에 이런 업체에 제품 값을 지불하고 나면 우리 영업 이익이 마이너스가 된다는 거야. 꼴도 보기 싫으니 나가. 아, 그리고 주디에게 내 방으로 오라고 해. 주디를 DM사로 출장 보내야겠어."

DM사의 박상대 차장, 정조준 과장 그리고 노무 매니저 우고는 노동부를 방문하여 감독관과 미팅한 후 신고서를 접수했다. 독립노조가 구성된 것은 인정하지만, 불법 파업, 회사 정문 통제, 공장 건물 출입을 막은 점, 조업 방해로 3일째 조업을 못하고 있는 점, 불법 파업이 언제 종료될지 알 수 없고, 이로 인한 예상 손실 금액이 시시각각 증가되고 있다는 내용 등을 자세히 기재했다.

불법 농성을 어떻게 해산시킬 수 있는지 질문하자, 노동부 감독관은 주정부 경찰청에 신고하는 수밖에 없다고 조언했다. 세 사람이 노동부에서 대기하는 동안 노동부 감독관이 DM사 정문 앞까지 방문하여 상황을 확인하는 데 또 하루가 소요됐다. 그리고 오후 늦게 노동부 감독관과 차관이 확인 서명한 신고서 두 장을 받아 들고 나왔다.

독립노조의 불법 파업 4일째, 세 사람은 주정부 경찰청을 방문하여 전날 노동부가 서명한 신고서 한 장을 제출하며 불법 파업과 회사 건물 불법 점거를 신고했다.

다음 날인 5일째 오후, DM사 후문에 100여 명의 경찰기동대가 도착했다. 경찰 두세 명이 후문을 넘어 들어가 문을 열었다. 정문까지 약 400미터의 거리를 경찰기동대가 군화 발걸음 소리를 크게 내며 전진하자 농성 중인 200명은 혼비백산하여 정문 밖으로 달아났다.

이렇게 한 주가 지났고, 토요일과 일요일 정조준과 최승수 이사는 DM사 인근은 물론 먼 거리에 있는 마을까지 찾아다니며 독립노조의 불법 파업은 종료됐고, 월요일부터 정상 조업이 시작된다고 알렸다. 그러나 한번 흐트러진 질서를 바로잡는 데는 시간이 필요했다. 월요일에 500명, 화요일에 600명… 금요일에 900명이 출근했다. 독립노조 300명이 빠진 숫자였다.

DM사는 독립노조 300명을 무단결근으로 해고했다. 해고 통지서를 각 직원에게 우편으로 발송하며, 청산금 수령을 위해 DM사를 방문하라는 내용도 추가했다.

L사 컴플라이언스팀 주디와 인사를 나눈 정조준이 질문했다.

"미스 수잔 창이 저희 DM사 담당인 줄 알았는데, 이번엔 미스 주디가 오셨군요. 잘 부탁드립니다."

"네, 저희 팀장님 지시로 앞으로는 제가 DM사를 담당하게 됐어요. 수잔 창은 너무 감성적이거든요."

"아 네…. 그런데 컴플라이언스는 감성적으로 접근하는 게 맞지 않나요? 무엇보다 중요한 게 근로자들을 진심으로 바라보며 정당하게 대우해주는 것이니까요. 저희 최 이사님이나 저나 이런 자세로 일하고 있습니다만…."

"뭐, 그건 됐고요… . 우선 지금 출근하고 있는 직원들 대상으로 인터뷰를 진행할게요. 이들 900명은 모두 근단노연 소속인가요?"

"네, 그렇습니다. 독립노조 소속 근로자들 300명은 2주 동안 무단결근했기에 해고된 상태입니다."

주디는 900명 중에서 무려 50명을 인터뷰했다. 그러나 모두가 DM사에 긍정적이었다. 식사도 좋고 관리자들이 자신들에게 잘 대해주며 특히 최승수 이사, 정조준 과장, 노무 매니저 우고는 자신들을 친구로 대해주고 이야기도 잘 들어준다고 했다. 그리고 독립노조가 자신들의 출근을 방해하는 경우가 많아 불편하고, 독립노조의 주장은 터무니없는 거짓이라고 말했다.

7시간 넘도록 인터뷰를 진행해도 DM사에 대한 부정적인 내용을 얻지 못한 주디는 인터뷰 내용에 대해서는 형식적으로만 평가서에 기입했고, 독립노조에 불리한 내용은 아예 기재하지 않았다.

주디는 잠시 생각하며 중얼거렸다.

"나쁜 내용이 있어야 이 점을 부각시켜 팀장님께 보고할 텐데… 전부 좋은 내용뿐이니… 이렇겐 안 되겠어. 아무래도 그 사람을 만나고 독립노조의 노조위원장인 마놀로도 만나봐야겠어."

다음 날, 주디가 그녀의 화려한 복장에 전혀 어울리지 않는 식당으로 들어갈 때 청바지와 검은색 티셔츠 차림에 베이지색 배낭을 멘 곱슬머리 남자가 느릿느릿 어슬렁거리며 다가왔다.

"헬로우, 미스 주디? 제 이름은 아돌포입니다."

"네, 에버렛으로부터 들었어요. 멕시코계 가정에서 태어난 미국인이시죠?"

"네, 스페인어를 완벽하게 할 뿐 저는 위대한 미국의 시민입니다, 하하하… 마놀로한테는 제가 이미 설명했어요. 그리고 에버렛이 보내준 돈으로 제가 마놀로와 독립노조를 지원하고 있고, 또 에버렛이 제게 준 지침대로 마놀로와 진행하고 있어요. 저기 마놀로가 오네요. 이제부턴 스페인어로 대화하시죠."

"올라(hola: 여보세요, 안녕), 마놀로. 저는 주디에요."

"께 딸(qué tal: 어때요, 어떻게 지내세요)? 저는 DM 근로자 독립노조의 노조위원장 마놀로입니다."

"뭐 좀 주문하시겠어요?"

"실례가 안 된다면 저는 떼낄라(tequila)를 좀 마셔야겠어요. 솔직히 요즘 맨정신으로 버티기 어려워서요…. 사실 투쟁하자고 외치며 앞장섰을 때 공장장과 라파엘의 얼굴을 쳐다보지 못하겠더군요."

"왜요? 공장장이면 미스터 최, 그리고 라파엘은 관리과장인데…. 그 사람들이 위협하던가요?"

"아니오, 띠오(tío: 아저씨, 삼촌) 최와 라파엘은 정말 좋은 사람들이에요. 늘 근로자들의 친구이고 따뜻한 사람들이죠. 그래서 사실 마음이 무거워요. 솔직히 뿌에블라시에 다른 공장들과 비교해도 DM사의 급여가 오히려 높은 편이고…."

술기운이 오른 마놀로가 다소 괴로운 표정을 짓자 아돌포가 말했다.

"마놀로, 마음 약해지면 안 돼. DM사의 음식도, 식당도 개선하고

정조준

무엇보다 근로자들의 권리를 찾아야지. 왜 독립노조가 승리해야 하는지 내가 설명해줬잖아."

해고된 300명은 매일 아침 DM사 앞으로 몰려왔고, 자신들은 독립노조인데 회사가 자신들을 들어가지 못하게 한다며 농성했다. 그리고 이들 중 일부는 정상적으로 출근하는 근단노연 소속 근로자들에게 위협을 가했고, 이들 근로자들은 출근을 포기하고 집으로 돌아갈 수밖에 없는 상황이 발생했다. DM사는 정상 조업을 할 수 없었고, 생산에 막대한 차질이 발생하여 손실 금액이 쌓여갔다.

이렇게 며칠이 지나자, 취재하는 기자들의 숫자가 하나둘 늘어나 연일 매스컴에 DM사와 관련된 기사가 오르내렸고, 어느 순간부터 독립노조 300명에게 다소 유리한 필체의 기사가 많아졌다. 곱슬머리 아돌포는 늘 그렇듯 청바지와 검은색 티셔츠 차림에 베이지색 배낭을 멘 채 느릿느릿 어슬렁거리며 DM사 주위를 기웃거렸고, 간혹 사진도 찍으며 독립노조 300명을 계속 지원했다.

미국에서는 L사 제품에 대한 불매운동이 벌어지고 있었다. L사 브랜드의 옷을 만드는 멕시코 근로자들이 인권과는 거리가 먼 열악한 환경에서 노동착취를 당한다는 이유였다.

급기야 국제노동기구(ILO) 멕시코 지역 매니저인 알렉산더가 DM사를 방문했고, 이틀 후 아침, 제법 큰 회의가 열렸다. 참석자는 국제노동기구의 알렉산더, L사 컴플라이언스팀의 주디, DM 근로자 독립노조의 노조위원장 마놀로와 간부 2명, 근단노연(근로자 단결 노조연맹)의 연맹장과 간부 2명, DM사의 박영우 법인장, 공장장인 최승수 이사, 박상대 차장 그리고 정조준 과장이었다.

독립노조의 마놀로가 먼저 발언권을 얻었다. 정조준은 마놀로의 눈빛이 흔들리는 것을 간파했으나, 마놀로는 제법 강한 어조로 자신과 독립노조의 입장을 밝혔다. 근단노연의 연맹장은 독립노조원들의 위협 때문에 선량한 근로자들이 출퇴근에 어려움을 겪고 있고 또 일을 제대로 못해 생산성 인센티브를 전혀 받지 못한다고 말했다.

이어서 정조준 차례가 되자 정조준은 잠시 부드러운 눈길을 마놀로에게 보내더니 말했다.

"마놀로, 네가 이러는 이유를 정말 모르겠어. 우리 모두 DM사의 직원이고, 너도 이미 알겠지만, 뿌에블라시 섬유업계의 그 어떤 공장과 비교해도 우리 DM사의 급여나 복지제도가 월등하잖아. 그런데 왜?"

"…."

마놀로는 아무 말도 하지 못했고 눈을 내리깔고 있었다.

정조준이 여러 사람들을 둘러보며 설명하기 시작했다.

"여기 두 가지 서류가 있습니다. 하나는 노동부로부터 받은 서류인데요…. DM사는 독립노조를 인정하지만, 불법 파업, 회사 정문 통제, 공장 건물 출입을 막은 점, 조업 방해로 조업 중단된 점, 불법 파업이 언제 종료될지 알 수 없고, 이로 인한 예상 손실 금액이 시시각각 증가되고 있다는 내용입니다. 저희가 노동부에 접수했고, 노동부 감독관이 당사를 직접 방문하여 확인한 후, 노동부 차관의 서명을 받은 서류입니다. 그리고 다른 하나는 전 세계적인 스포츠 브랜드를 소유한 L사 컴플라이언스팀의 수장 창이 작성한 공장 평가서입니다. 마놀로의 밥에서 바퀴벌레가 발견됐을 때 식당 서비스업체 사장과 저희 DM사가 즉시 적절히 조치를 취했음에도 불구하고 앞뒤 내용을 생략한 채 '근로자 식당 음식 상태 점검 필요'라고 기재했기에 마치 문제가 있는 것처럼 보입니다. 하지만 평가서에서 이 부분을 제외하면 거의 완벽에 가깝게 저희가 공장을 운영하며 근로자들의 안전·위생은 물론 급여와 생산성 인센티브도 공정하고 투명하게 지불하고 있음을 알 수 있습니다. 이렇게 근로자들을 생각하는 저희가 근로자들의 식사에 문제가 있다면 그냥 방관하겠습니까? 절대 그렇지 않습니다. 그런데 이 평가서가 작성된 후, 며칠 지나지 않아 독립노조가 결성되었습니다. 왜 그럴까요? 이 평가서와 독립노조 간에 무슨 관계가 있는 게 아닌지 의심하지 않을 수 없습니다."

정조준의 설명이 끝나자마자 L사 컴플라이언스팀의 주디가 반박했다.

"말도 안 돼요. 우리 L사가 작성한 평가서와 독립노조 간에 무슨 관계가 있다는 거죠? 더군다나 평가서에는 박영우 법인장님의 서명도 있어요. 절대로 없는 내용을 덧붙인 평가서가 아닙니다. DM사가 평소 근로자들에게 잘 대해줬다면, 왜 독립노조가 결성되겠어요?"

모두가 웅성웅성할 때 주디는 잠시 생각했다.

'이 머저리들아, 호호호. 수잔 창은 그냥 평가서를 작성한 것뿐이야. 마놀로가 수잔 창에게 발송한 메일을 내가 우연히 봤고, 내가 그 내용을 데이빗 아저씨에게 알려줬기 때문이야. 데이빗의 말이라면 꼼짝도 못 하는 에버렛이 곱슬머리 아돌포와 함께 독립노조를 지원하고 있어. 너희들이 이걸 알 리가 없지…. L사는 지금 잠시 매출이 떨어져 힘들 수도 있지만, 결과적으로는 우리 미국에서의 생산을 늘리고, 더 많은 근로자들을 고용하고, 그만큼 세금도 많이 걷히고… 또… 데이빗 아저씨가 뭐라고 했더라…. 그래, 수입을 줄여서 미국의 무역 적자 규모도 줄일 수 있다고 했어. 위대한 아메리카를 위해 내가 힘을 좀 보탠 거야. 난 우리 컴플라이언스팀도, L사도 배신한 게 아니야. 난 진정으로 우리 미국을 위한 일을 한 것뿐이라고…'

장시간 대화했으나 결론이 나지 않았다. 다음 날 회의는 다시 이어졌고, 잠시 대화가 중단되기도 했다.

박영우 법인장은 구두를 벗고 의자 위에 양반다리를 한 채 앉아 있었고, 레몬을 손으로 짜서 물컵에 넣으며 레몬에이드가 완성되었다고 말했다. 지루한 회의 중 농담을 던진 것이었지만, 이 행동을 본 사람들은 눈살을 찌푸렸고, 분위기는 점점 더 무거워지며 각자의 주장만 되풀이했다.

모두들 지쳐갈 때 경험 많은 알렉산더가 무겁게 입을 열었다.

"저는 10년 남짓 ILO에서 일하며 여러 경험을 쌓았습니다. 동남아시아 섬유업체의 열악한 환경을 개선하며 근로자들의 이익을 위해 싸우기도 했고, 때로는 노조가 아닌 기업의 편에 서기도 했습니다. 물론 노조가 불법을 저질렀기 때문입니다. 지금 우리가 직면한 이 현실에서는 시간이 지나면 지날수록 모두에게 손해고, 어느 누구에게도 이익이 없습니다. 독립노조 300명은 해고된 상태이므로 급여를 받지 못하고, 근단노연 소속 근로자들도 정상적으로 생산활동을 하지 못해 생산성 인센티브를 전혀 받지 못하고 있습니다. DM사의 손실은 이루 말할 수 없지요. 아마 가장 큰 피해자는 DM사일 거라 생각합니다. 그리고 세계적인 브랜드를 갖고 있는 L사는 옷을 제때 매장에 공급하지 못할 수도 있고 또 미국에서의 불매운동 등으로 브랜드 이미지에 타격을 입을 수도 있습니다. 멕시코에서 훌륭하게 노조연맹을 이끌고 있는 근단노연 측이 조금 양보할 수 있다면… 그래서 DM사 내에 근단노연과 독립노조가 공존하는 것은 어떻겠습니까? DM사는 독립노조 소속 300명에 대한 해고 통지를 철회하고 최대한 빨리 생산 현장으로 돌아오게 하고요. 물론, 복귀 전까지는 무노동 무임금 원칙을 적용하는 겁니다. 정상적으로 생산활동이 이뤄져야 DM사도 살고 L사도 살지 않겠습니까?"

결국 ILO에서 잔뼈가 굵은 알렉산더의 의견대로 정리되었다. 이미 막대한 손해를 본 DM사로서는 다른 선택의 여지가 없었고, 근단노연 입장에서는 생산 인센티브를 받지 못하는 노조원들의 원성을 더 이상 감당할 수 없었기 때문이다. 물론, 독립노조와 L사에는 전혀 손해날 게 없는 결정이었다.

늦은 오후, 합의서를 작성했고 모두 서명했다.

칼을 물리치다

- 2001년 8월

　"…이렇게 된 겁니다. L사 컴플라이언스팀의 수잔 창이 쓴 평가서 내용 때문이라고 단정 지을 순 없지만, 그 평가서가 작성된 후 며칠 지나지 않아 독립노조가 결성되었기 때문에 저는 의심을 지울 수가 없습니다. 하지만 오늘 하루 종일 국제노동기구(ILO), L사의 컴플라이언스팀, 독립노조, 근단노연의 연맹장과 마라톤 회의를 했고, 잘 마무리되었습니다. 독립노조와 근단노연 소속 노조는 저희 DM사 공장에 공존할 것이고, 여러분들의 자녀도 모두 복직될 겁니다."

　농부들은 하나둘씩 마체떼(주로 시골에서 작업용으로 사용하는 칼)를 허리춤에 있는 칼집에 집어넣었다. 주위는 어두웠지만 이들의 표정은 밝아졌다.

　"그럼, 우리 애들 급여는 어떻게 되는 거요?"

　"L사, 근단노연, 독립노조 그리고 DM사 중에서 가장 많은 손해를 본 측은 저희 DM사입니다. 입장 바꿔놓고 생각해보세요."

　농부들이 또다시 마체떼 칼을 빼어들 수도 있다는 아찔한 생각이 정조준의 뇌리를 스쳤지만, 그는 정면을 정조준하며 거침없이 말했다.

"독립노조원들 그러니까 여러분들의 자녀들은 근단노연 소속 근로자들의 출근을 방해했고 불법 파업을 강행했습니다. 게다가 회사 정문 통제, 공장 건물 출입을 막은 점, 조업 방해는 분명히 불법입니다. 하지만 저희 DM사는 어느 누구도 고발하지 않았고 오히려 복직시키는 것입니다. 분명히 말씀드리지만, 파업 기간 동안의 급여는 지불되지 않습니다."

"맞아… 그건 아니지."

"저 사람 말이야, 회사에서 높은 사람 같은데… 이렇게 자세히 설명해줬잖아…"

"이 자식들이 왜 독립노조에 참여해서…"

저마다 한마디씩 했지만, 대부분 긍정적이었다.

"자, 이제 모두들 댁으로 돌아가세요. 독립노조의 노조위원장인 마놀로와 간부 2명이 오늘 회의에 참석했으니 노조원들에게 복직을 알리겠지만, 여러분들도 자녀들에게 알리세요. 모레부터 출근하면 됩니다."

농부들이 돌아갔다. 마체떼 칼을 바닥에 질질 끄는 소리는 더 이상 들리지 않았다. 농부들의 웅성거리는 소리와 발걸음 소리가 멀어지자 정조준은 자신의 차 운전석에 털썩 주저앉았다.

담배 한 개비를 입에 물고 불을 붙였다. 깊게 한 번 빨아 스트레스와 함께 내뿜으며 혼잣말을 했다.

"에이씨! 내가 지금 무슨 짓을 한 거야… 남들처럼 조용히 일할 수는 없는 건가? 열심히 일한 것뿐인데 왜 이렇게 장애물이 많은 거야… 온두라스에선 홍수 때문에 죽을 뻔했는데, 멕시코에선 칼까지, 이런 개 같은⋯. 하지만 칼을 물리쳤어. 그래, 앞으로 어떤 일이 벌어져도 또는 위협이나 칼이 나를 막는다 해도 절대 굴복하지 않을 거야. 내 이름처럼 항상 정조준하며 살 거야⋯."

청바지와 검은색 티셔츠 차림에 베이지색 배낭을 멘 곱슬머리 아돌포가 늑대처럼 느릿느릿 어슬렁거리며 정조준과 DM사 주위를 기웃거리고 있었다. 정조준은 인기척을 느꼈으나 대수롭지 않게 여겼다.

일단락된 노조 분쟁

- 2001년 8월

이틀 후, 아침부터 분주한 정조준에게 박상대가 다가와 어깨를 툭치며 말했다.

"정 과장, 힘들지? 이런 개 같은 경우가 다 있냐…."

"박 차장님, 어젯밤에 회장님과 통화하셨죠? 뭐라고…."

"하하하, 웃자고. 뭐, 엄청 깨졌지. 아들놈이라고 멕시코에 보내놓았더니 회사 말아먹고 있다고…. 그래도 끝에 한 말씀 하시더라. 몸 다치지 않게 주의하고, 한국인 관리자들도 절대로 다치지 않게 늘 신경 쓰라고…. 한국인 관리자 조금이라도 다치면 다 내 책임이란다. 야, 너 조준이 앞으론 술도 마시지 마. 술 마시고 취해서 넘어지면 내가 책임져야 하니까, 하하하."

"하하하, 그런데 어떻게 하죠? 오늘 독립노조와 단체협약 맺고, 저녁에는 근단노연 연맹장과 한잔하기로 했는데요…. 위로 좀 해주려고요. 사실 근단노연 입장에서는 잘못한 게 없으니까요. 물론, 한 가지 있긴 해요. 채용 시 근단노연 노조에 가입을 꺼리는 구직자에 대해서는 노무 매니저 우고와 상의하며 채용 진행을 안 했어야 우리에게 유리했겠죠. 물론 이렇게 하면 차별이 되니까 노동법이나 바이어들의 윤리규정을 위반하는 것이 되겠지만요."

"우리 DM사가 필요로 하는 인원을 빨리 채워준 것은 분명히 잘한 것인데… 옥에 티었어. 아 참, 좋은 소식이 있어. 오늘 박영우 법인장 출근 안 했지?"

"네, 안 보이시던데요."

"내가 회장님 아들이라서 회장님께 고자질한 것은 아닌데…. 내가 다른 것은 몰라도 그저께 회의 중에 말이야…. 구두 벗고 의자 위에 양반다리를 한 채 앉아 손으로 레몬 짜면서 레몬에이드 만든 것은 정말 못 참겠더라고. 우리 섬유맨은 젠틀맨 아니냐? 어떻게 그런 행동을 할 수 있는지…. 내가 다 부끄럽더라. 회장님께서 박 법인장에게 전화하셨어, 그만두라고."

DM 근로자 독립노조의 노조위원장을 비롯한 간부들 그리고 박상대 차장과 정조준 과장이 마주 앉았고, 국제노동기구(ILO)의 알렉산더가 참관인 자격으로 배석했다. 미리 작성해둔 단체협약 내용을 상호 확인한 후 서명했다. 이로써 독립노조와 DM사 간에 단체협약이 체결되었다.

회의가 끝난 후, 알렉산더가 정조준에게 말했다.

"라파엘, 내가 몇 가지 조언을 좀 해도 될까?"

"물론이야, 알렉산더. 감사히 들을게. 단, 복잡한 얘기는 스페인어로 해. 스페인어 잘하잖아? 나는 영어가 짧고. 아님 한국어 좀 배우라고, 하하하."

"하하하! 그래, 다름이 아니고… 그동안 네가 일하는 모습을 쭉 지켜봤는데, 넌 생각이 바르고 합리적이며 일 처리도 매우 빠르고 멋진 사람이야. 그래서 내가 선을 좀 넘어서 말하는 건데… 이제부터 2개의 노조가 DM사 공장에서 공존해야 하는데 과연 이게 가능할까? 서로 밥그릇 싸움을 할 거야. 이에 따른 갈등, 생산성 하락 등은 모두 DM사가 감수해야 할 거고."

"하지만, 방금 독립노조와 단체협약을 맺었는데 이제 와서…."

"내 말은 독립노조와 근단노연, 둘 중 하나가 떠난다면 공장이 편해진다는 거야. 물론, 독립노조가 떠나야 한다면 또다시 시끄러워지겠지…. 그렇다면 누가 떠나야 할까?"

"근단노연? 하지만 근단노연은 멕시코에서 가장 큰 노조연맹 중 하나인데…."

"맞아. 그러니까 신중히, 매우 조심스럽게 말이야…. 근로자들이 근단노연을 탈퇴하고 독립노조에 가입하도록 유도해야겠지. 노조원 구성이 역전되어 독립노조 소속 근로자 숫자가 더 많아졌을 때 근단노연과 협상하면 좋을 듯해. DM사가 내년에 2공장 건축한다며?"

"아, 그럼… 2공장 건축을 시작하기 전에 새로운 법인을 먼저 설립해야겠어. 2공장이라 부르지 말고, 새로운 법인의 공장으로 하고… 근단노연이 새로운 법인 시작 초기부터 활동할 수 있도록 배려하면 되겠네. 근단노연 입장에서도 지금 여기 DM사 공장에서 독립노조와 함께 공존하는 게 자존심 상할 테니까."

"그렇지, 라파엘, 바로 그거야. 그리고 한 회사에 2개의 노조가 있을 경우 어느 한쪽이 노동부에 '자격 심의'를 요청할 수 있어. 절차가 좀 복잡하긴 한데… 요청이 받아들여지면, 노동부 감독관이 공장에 와서 각 노조원들을 분리해놓고 숫자를 파악하지. 숫자가 많은 쪽이 이기는 것이고, 적은 쪽은 물러나야 해. 물론, 지금은 문제가 겨우 봉합된 상태니까 내일 당장 독립노조의 노조원 수가 많아진다 해도 독립노조가 '자격 심의'를 요청할 수는 없겠지. 때를 기다려야 해. 때가 빨리 오게 만들어야 하고."

"큰 도움이 되는 조언이야. 내가 박상대 차장, 노무 매니저 우고와 신중히 대화해봐야겠어. 아, 그리고 L사의 컴플라이언스팀에서는 더 이상 수잔 창이 우리 DM사를 평가하지 않아. 다행이지, 뭐. 수잔 창이 평가서에 식사 문제를 언급하는 바람에 이 난리가 벌어진 것 같아서…"

"글쎄… 사실 미스 수잔 창 때문은 아니야. 다른 이유가 있는데…. 나중에 정보가 있으면 알려줄게."

"알렉산더, 정말 고마워, 진심이야."

"라파엘, 고맙긴 뭘, 우리 이제 친구 아닌가? 다음에 우리가 다시 만날 땐 내가 한국어 몇 마디는 꼭 할게. 내가 친구로서 약속하지, 하하하."

두 사람은 굳은 포옹을 하며 헤어졌다.

그날 저녁, 정조준은 근단노연 연맹장과 만났다. 솔직한 모습을 보여주고 싶어서 정조준은 떼낄라를 마음껏 들이켰다. 사실 그 스스로 취하고 싶기도 했다.

"이봐, 홀리오. 지금 8월이니까… 약 6개월 후 2002년 초에 우리 DM사가 말이야… 공장을 하나 더 짓기 시작할 거야. 그 전에 새로운 법인부터 설립할 거고, 새로운 법인 말이야."

"라파엘, 그게 정말이야?"

"이 친구야, 내가 쓸데없는 소리 하는 사람으로 보여? 하하하, 난 지금 너한테 우리 회사의 중요한 프로젝트를 미리 알려주는 거야. 비밀 유지해야 해. 내 말 이해하지? 그리고 그 새로운 법인의 공장에는 근단노연 외에 다른 노조가 들어오지 않도록 해야 좋지 않을까 몰라…."

"아… 물론이지. 알려줘서 고마워."

"자, 우리 한잔 더하자고. 근단노연을 위하여, 살룻(salud: 건강, 술자리에서 '건배')!"

"비바(viva: 만세) 멕시코! 살룻!"

손해가 컸고 상처도 컸지만, 정조준과 박상대는 우애를 돈독히 하며 DM사의 멕시코 법인을 꾸려갔다. 그리고 2002년이 되어 2공장 프로젝트가 한창 진행될 때 정조준은 국제노동기구의 알렉산더로부터 전화를 받았다.

"마이 프렌드, 라파엘, 잘 지내? DM사 소식은 듣고 있어. 근단노연은 나갔고 독립노조만 남게 되었더군. 쉽지 않았을 텐데 잠음 없이 진행하느라 애 많이 썼겠어. 새로운 법인 설립하고 공장 건축도 잘 진행된다며? 다만, 좀 걱정되는 게 있어서 그러는데, 혹시 말이야… 곱슬머리 아돌포라고 들어봤어? 맨날 똑같은 청바지와 검은색 티셔츠 차림에 베이지색 배낭을 메고 다니는 놈인데… 멕시코계 미국인으로 멕시코와 중미 국가에서 악의적으로 노조 분쟁을 사주하는 놈이라고 하더군. 바로 이놈이 DM사의 독립노조를 도운 거야. 물론, 아돌포 뒤에는 매우 큰 조직이 있는 것 같고. 그러니까 미스 수잔 창에게 원인이 있었던 것은 아니야. 너도 알다시피 내가 속해 있는 국제노동기구(ILO)는 노동자들의 권익과 노동 환경을 위해서 일하지만, 결코 노동 분쟁을 야기하는 기구는 아니야. 기업들이 어떻게 운영해야 하는지 조언도 하고 있고 또 여러 국가의 여러 단체들과 정보도 주고받고 있는데… 내가 자세한 내용까지 전부 네게 말해줄 수는 없지만, 미국에는 말이야… 임금이 저렴한 나라에서 제품을 만든 후 미국으로 수입해서 판매하려는 기업들만 있는 게 아니야…. 그 반대 세력도 있고 또 극우 세력도 있어. 그냥 이 정도만 말할게. 혹시 곱슬머리 아돌포가 공장 건축하는 곳에 어슬렁거리거나 기웃거린다면 DM사의 새로운 법인도 표적이 될 수 있다는 뜻이야. 근로자들 앞에 항상 노출되어 있는 너도 표적이 된다는 뜻이고. 곱슬머리 아돌포는 질이 좋지 않은 놈이야. 미국 시민이기 때문에 어느 나라에서든 자신에게 함부로 대하지 못한다는 것을 잘 알고 이를 악용하는 놈이지. 게다가 곱슬머리 아돌포를 돌봐주는 큰 조직이 있어서 법을 무시하며 겁없이 행동한대. 라파엘, 네가 근단노연에게 협조하는 사실까지 곱슬머리 아돌포가 이미 알고 있을 수도 있어. 이놈이 만약 다른 불량한 세력과 결탁한다면 네가 위험에 빠질 수도 있다는 생각에 너한테 전화한 거야. 내 말 허투루 듣지 말라고. 진심으로 너를 좋은 친구로 생각해서 알려주는 거야."

알렉산더와 대화한 날로부터 몇 주 후, 정조준은 박상대와 함께 2공장 건축 현장을 누비고 있었는데 현장 밖에 청바지와 검은색 티셔츠 차림에 베이지색 배낭을 메고 다니는 곱슬머리 남자가 보였다. 사진을 찍으며 노트에 뭔가 열심히 적고 있었다.

"박 차장님, 잠시만요. 밖에 좀 나갔다가 올게요."

"갑자기 왜?"

"제가 지난번에 알렉산더와 전화 통화한 내용을 보고드렸잖아요? 바로 그 곱슬머리 아돌포를 방금 본 것 같아요."

"정 과장, 그럼 나가지 마. 저기 뒤에서 관찰하는 게 좋겠어."

두 사람은 철골구조물 옆으로 막 지어 올린 벽 뒤에서 밖을 관찰했다. 느릿느릿 어슬렁거리면서 기웃거리는 늑대 같은 놈이 있었다. 알렉산더가 알려준 인상착의와 동일했다. 바로, 곱슬머리 아돌포였다.

"조준아."

"네?"

"음… 안 되겠다. 알렉산더 말처럼 자칫 네가 위험해질 수도 있겠어. 너 얼마 전에 다른 회사로부터 스카우트 제의 받았다고 했지? 연봉도 우리 DM사보다 높다며? 내년에 과장 4년 차 조건이고."

"상대 형, 그건 제가 형을 믿고 숨김없이 그냥 말씀드린 거죠. DM사에서 일하며 노조에 대한 경험도 쌓고 또 노조 분쟁을 해결했기 때문에 몸값이 뛴 것이고요…."

"아니야, 내가 보기엔… 알렉산더 말을 흘려들으면 안 될 것 같아. 너한테도 안 좋고 또 우리 DM사에도 안 좋아. 그동안 반신반의하며 좋게만 생각하려고 했는데, 실제로 곱슬머리 아돌포가 나타났으니… 이제 결심을 해야겠어."

정조준은 박상대의 배려로 신속히 사직 절차를 마무리할 수 있었다. 그리고 11월 초 섬유업계의 강자로 급성장 중인 준영양행에 입사하기로 결정지었다.

정조준의 환송식에서 DM사의 직원들은 서로 충분히 아쉬움을 나눴으나, 이와는 별도로, 9월 마지막 주말에 정조준과 박상대는 멕시코 시티로 향했다.

멕시코시티에 있는 한국식당에서 삼겹살에 소주를 흠뻑 취하도록 마시고, 노래방에 가서 못다 한 대화를 이어갔다.

"상대 형, 정말 고맙습니다. 그나저나 2공장 건축 현장에 최 대리만 보내도 괜찮을까요?"

"다른 뾰족한 수가 없으니까… 근단노연 측에서 매일 사람들을 보내 현장 주변을 관찰하기로 했고, 최 대리로부터는 아침, 저녁으로 보고 받으면 되지. 문제없을 거라 믿어야지 뭐, 별수 있겠니? 허허허."

"아 참, 요즘엔 꼬요떼(coyote: 개과의 동물)들이 더 기승을 부려서 국경 넘어 미국으로 밀입국하는 사람들이 더 많다고 해요. 새로운 공장에 인력이 부족할까 봐 걱정이에요."

"야야, 이제 여기 걱정은 하지 말고, 준영양행에서 일 잘할 생각이나 해. 그런데 꼬요떼는… 밀입국 주선하고 돈 뜯어내는 놈들을 뜻하는 거지?"

"네, 형. 맞아요. 스페인어 실력이 갈수록 좋아지는데요? 하하하."

"어이구, 외국어 공부는 정말 싫어. 조준아, 노래나 한 곡 해봐. 꼬요 떼 얘기가 나왔으니… 코요태의 '실연' 한번 불러봐."

두 사람은 어깨동무한 채 '실연'을 부르기 시작했다.

    넌 나를 떠나 정말 괜찮은 거니…

노래를 부르는 동안 '실연'이라는 단어가 정조준의 머릿속을 맴돌았다.
'실연? 실연은… 그래, 우리 K대학교 앞에 있던 생맥줏집 이름이야.
1987년 겨울에 친구들이 실연에서 내 생일 파티를 해줬어…. 그때 고
개를 폭 숙인 한 예쁜 여학생이 우리 테이블에 와서 나한테 선물을…
말 한마디 제대로 못 하고 그냥 가버렸지. 목도리였나? 생일 카드도 있
었고. 맞아, 붉은색 목도리! 밖에 나왔을 때 날씨가 너무 추워서 내가
목도리를 희원이에게 둘러줬지. 아 이런… 생일 카드에는… 영문학과
… 이름은 기억나지 않지만, 분명히 영문학과라고 적혀 있었어. 1월 초
에 만나볼 생각이었는데 내가 군대에 가는 바람에 못 만났어. 생일 카
드는 내 비망록 상자에 넣어두었는데, 이름이 혹시 장….'

그날 밤, 정조준은 한국에 계신 어머니께 전화했다.
"엄마, 자주 전화 못 해서 죄송해요."
정조준은 어머니께 간단히 안부를 물은 후, 책상 아래 비망록 상자
안에 생일 카드 한 장 있는지 찾아봐달라고 부탁했다.
"가만있어 봐. 어휴! 이 오래된 게 아주 잘도 보관되어 있구나. 맨
위에 카드가 있어. 그런데 조준아, 결혼은 언제 할 거니? 아들놈 키워
놓았더니 외국으로만 나돌고…."
"엄마, 그 카드에 뭐라고 써 있어요? 그것 좀 읽어주세요."

"호호호! 우리 아들, 연애했었니? 어디 보자…. '생일 축하합니다…. 정조준 씨에게 내 마음을 드려요.' 호호호! 얘, 너무 웃긴다."

"엄마, 그만 웃고, 그다음에 이름 적혀 있지 않아요?"

"그다음에… 그래, 있어. '1월 초에 한 번 만나요…. 영문학과 87학번 장수진'이라고 적혀 있네. 아주 재밌다, 얘. 이 여자애와 어떻게 된 거니? 사귀니?"

"아뇨, 하지만… 사귀게 될지도 몰라. 엄마, 다시 전화할게요. 운동 열심히 하세요."

흠뻑 마신 술이 다 깨는 것을 느낀 정조준은 호텔 비즈니스 센터 컴퓨터 앞에 앉았다. DM사의 메일 시스템을 열어 L사 컴플라이언스 팀 관련 메일을 보관해둔 폴더를 열었다. 여러 이메일 중에서 2001년 말 이메일의 참조에 포함되어 있는 수잔 창의 메일 주소를 확인했다.

정조준은 즉시 수잔 창에게 메일을 쓰기 시작했다. 1987년 겨울에 목도리를 선물한 영문학과 장수진이 맞는지 물으며 정말 죄송했다는 내용의 메일을 발송했으나, 30초도 채 지나지 않아 L사 메일 시스템으로부터 메일이 반송됐다. 반송 사유는 메일 주소가 존재하지 않는다는 것이었다.

정조준은 자신도 모르게 신음 소리를 냈다.

"아… 안 돼! 이러면 안 돼! 내가 너무 지나쳤어. 1987년 그날뿐만 아니라 그 전에도 몇 번 마주쳤나? 그랬을 거야, 어쩌면 테니스 코트에서…. 아, 그래서… DM사에서 만났을 때 그렇게 손을 떨었던 건가? 아, 장수진… 미안해서 어쩌나… L사를 그만뒀나?"

정조준

2002년 10월의 첫날, 멕시코시티를 이륙한 비행기 안에 정조준이 있었다. 비행기는 정조준이 대학 시절 스페인어를 깊이 있게 공부했던 스페인으로 향하고 있었다. 준영양행의 과테말라 지사에 입사해야 하는 시점까지 한 달간의 여유, 쉼 없이 달려온 자신에게 스스로 부여한 휴가였다. 1993년에 그가 공부했던 스페인의 살라망까(Salamanca)시를 다시 둘러보며 충분한 휴식을 취하기 위함이었다.

스페인의 수도 마드리드(Madrid)에 도착한 정조준은 렌터카를 빌려 서북쪽에 있는 한적한 호텔에 짐을 풀었다. 살라망까로 이동하기 편한 지역이었다. 그곳에서 2시간 거리에 있는 살라망까로 이동하기 전에 며칠 동안 마드리드를 관광하기로 마음먹었다. 특히, 그 유명한 프라도 미술관(Museo del Prado)을 제대로 보고 싶었다.

모처럼 느긋하게 아침식사를 한 정조준은 호텔 밖으로 나와 파란 하늘을 바라봤다. 멀리 서북 방향으로 과다라마 산맥(Sierra Guadarrama: 해발 2,428미터)이 하얀 구름을 찌르고 있었다.

'멋진 그림이네. 그래, 스페인에 오길 잘했어. 프라도 미술관에 가면 더 멋진 그림들이 많겠지? 특히 그 유명한 벨라스께스의 그림들을 자세히 봐야겠어.'

제3장

바로크 미술의 최고 거장

스페인으로

카페는 사람들의 함성 소리로 들썩거렸다. 스페인 사람들이 함성을 지를 때 장수진은 조용히 침묵했고, 스페인 사람들이 우려의 표정을 지을 때 장수진은 크진 않아도 소리를 내며 응원했다. 2002년 6월 22일, 월드컵 8강전인 대한민국과 스페인의 경기가 진행될 때 스페인의 수도 마드리드에는 지나다니는 차량조차 없었다. 모든 사람들이 카페에서, 광장에서, 집에서 생중계를 보며 열띤 응원을 펼치고 있었다.

'내가 우리나라와 축구 강국 스페인의 경기를 바로 여기 스페인에서 보다니, 후훗….'

장수진이 이런 생각을 하고 있을 때 학원 친구들이 장수진에게 말했다.

"수사나(Susana), 하하하! 걱정하지 마. 이슬람 세력이 우리 이베리아 반도를 침략한 후 781년 동안 전쟁을 했고 또 200년 이상 전 세계를 누비다가 몰락하기도 했던 우리는 열린 사고방식을 갖고 있는 사람들이야. 더군다나 우린 함께 공부해온 친구들이잖아? 네가 꼬레아(Corea: 한국)를 응원한다고 절대 눈살 찌푸리지 않아. 너희들도 그렇지?"

"그럼, 당연하지."

정조준

"얘들아, 우리 수사나의 나라 꼬레아도 응원해주자. 발레(vale: 오케이, 좋아)?"

"발레!"

연장전까지 0 대 0.

전쟁만큼이나 처절했다. 양측 모두 온몸을 던져 혈투를 벌였으나, 승부를 내지 못하자 결국 두 나라는 승부차기에 이르렀다. 마지막 홍명보 선수의 차례에서 장수진은 눈을 감아버렸다.

"오, 노(No)!"

"안 돼!"

"수사나… 축하해… 한국이… 이겼어…."

장수진에겐 모든 소리가 아득하게 느껴졌다.

2002년 1월 2일, L사 게시판에 승진자 명단이 붙었다.

장수진은 자신이 승진하지 못할 것을 알고 있었으나, 혹시나 하는 마음에 게시판을 확인했다. '수잔 창'이란 이름은 없었고, 같은 컴플라이언스팀의 후배인 주디가 승진자 명단에 이름을 올렸다.

고개를 푹 숙인 채 자신의 책상으로 온 장수진은 미리 작성해놓은 사직서를 꺼내 들었다. 컴플라이언스팀장 윌리엄의 사무실로 갔다. 문을 열고 들어간 그녀는 사직서를 제출했다.

"수잔, 그동안 수고 많았어. 내가 충고 하나 하지…. 너는 지나치게 감성적이야. 그걸 좀 고쳐야 직장생활에서 성공할 수 있을 거야. 업무 인수인계는 필요 없겠지? 전체 현황표로 업무는 이미 공유되어 있고, 최근에 너는 출장도 없었으니까. 그럼, 행운을 빌어."

장수진은 짐을 정리해서 나왔다. 장수진과 매우 가까웠던 구매팀의 소피아(Sophia)가 주차장까지 짐을 들어주었다.

두 사람은 비슷한 시기에 L사에 입사하여 5년 이상 서로 마음을 터놓고 지낸 사이였다. 독일인이었던 소피아는 장수진이 한국인으로서 미국에서 느끼는 어려움만큼은 아니었겠지만 외국인의 고충을 잘 이해했다. 그래서 장수진은 마크와 동거했던 사실, 그리고 마크가 힐리우드 여배우와 바람피웠던 것까지 모두 얘기하기도 했다.

"소피아, 배웅해줘서 고마워. 언제 다시 만날지 모르겠지만, 우리 자주 연락하자."

"물론이야, 수잔. 저… 나도 곧 그만둘 거야. 사실 우리 아빠가 독일에서 국회의원인데…."

"정말? 그럼 소피아 네가 독일 정치인의 딸이네. 이거 영광인걸?"

"그런 말 하지 마. 후후훗! 아빠는 아빠고, 나는 나니까. 그런데 요즘 내 생각이 좀 바뀌었어. 이번 달에 L사 그만두고 독일로 돌아갈 거야. 우리 아빠 사무실에서 무보수로 일하면서 많이 배우고 또 고민해보려고. 특히 유럽 연합의 수장 격인 독일이 유럽에서 어떤 역할을 해야 하는지 연구할 거야. 그리고…."

"그리고? 혹시 소피아 너도 정치하려고?"

"응, 국회의원에 도전해보는 게 내 꿈이야."

"오 마이 갓! 그럼 난 국회의원을 친구로 두는 거네. 고마워, 소피아. 후후!"

"수잔, 난 늘 열심히 일하는 네 모습도 좋았지만, 특히 감성적인 면이 훌륭하다고 생각했어. 사무적인 일을 처리하면서도 공장의 근로자들을 위해 감성적으로 고민하고 진심으로 걱정하던 네 모습 말이야. 어쩌면 정치인이 되려고 하는 내가 배워야 할 자세야."

차를 몰아 L사 주차장을 빠져나왔다. 그리고 자신의 아파트로 향하며 생각에 잠겼다.

'5년 넘도록 일한 결과가 겨우 이건가? 내가 지나치게 감성적이라고? 위에서 볼 때는 그럴 수도 있겠지. 하지만 소피아는 나의 감성적인 면이 훌륭하다는데? 그리고 나까지 사무적으로 냉정하게 일한다면 어떻게 공장 근로자들의 마음을 헤아리고 또 그들이 정말 안전하고 공정한 노동 환경에서 일하는지 확인할 수 있겠어? 감성적으로 다가서서 공감해줘야 이해하고 또 해결할 수 있는 것 아닐까? 어쨌든, 윌리엄 팀장은 내가 감성적이라 직장생활에 어울리지 않는다는 건데…. 하긴 그럴지도 모르지. 내가 우리나라에서 K대학교에 다닐 때에도 L사 브랜드를 좋아했고 그래서… 여기 미국에서 공부한 후에 그런 감성으로 L사에 입사했지. 아, 그래, 대학교 1학년 때였지…. 농구 경기 중에 정조준이 던진 공에 맞아 코피 흘렸을 때에도 L사 브랜드 옷을 입고 있었어. 그 옷이 코피에 얼룩졌지만, 난 정조준을 응원했어. 내가 지나치게 감성적이라 그토록 정조준을 좋아했었나? 정조준은 내가 누구인지도 잘 몰랐는데, 나 혼자 그토록 애처롭게…. 하지만 그 생맥줏집 실연은 나한테 너무 큰 상처를 줬어. 내가 선물한 목도리를 정조준이 다른 여자 목에 둘러줬잖아. 그런데… 그게 정조준만의 잘못일까? 사실 실연에서 내 이름을 떳떳이 밝히지도 못했으니까…. 아, 정조준은 잘 지내고 있을까? 하긴 요즘 DM사의 컴플라이언스는 완벽하니까…. 정조준이 잘 해내고 있다는 뜻이겠지. 그동안 정조준… 너를 잊으려 했는데, 내 마음이 감성적이어서 그런가? 아니면 6개월 전에 우연히 널 다시 만나서 그런가? 넌 날 기억조차 하지 못하는데, 난 널 못 잊었나 봐….'

그날 이후 장수진은 미국을 떠나기로 마음먹었고, 스페인으로 가기 위한 방법을 알아보기 시작했다. 대한민국 여권으로 방문하지 못할 나라는 거의 없었지만, 단순히 관광객으로 방문하는 것이 아니라 스페인에서 살기 위한 방법을 여러 각도로 고민했고, 스페인과 관련된 것들을 인터넷에서 검색했다.

17세기 유럽 바로크 미술의 최고 거장인 디에고 벨라스께스(Diego Velázquez)의 그림이 많이 전시된 프라도 미술관을 우연히 검색하다가 연관된 내용으로 미술관 투어, 투어를 위한 가이드, 스페인 관광 가이드, 가이드 자격증까지 검색하기에 이르렀다.

며칠 후, 장수진은 스페인 관광청이 공인한 학원들 중 마음에 드는 한 곳과 장시간 통화했다. 미국 대학교에서 배운 스페인어는 사실 멕시코식 스페인어에 가까웠으나 전혀 불편하지 않았다. 다만 말이 좀 빨라서 천천히 말해달라고 부탁했다. 억양이 매우 강했지만, 친절했다. 여러 설명을 들으며 메모한 후, 인터넷을 통해 입학 신청서를 제출했다.

주미 스페인 영사관을 방문하여 이 사실을 설명하며 몇몇 정보를 얻었고, 등록금과 1년 치 학비를 학원에 송금한 후, 스페인 영사관에서 학생비자를 발급받았다.

장수진은 짐을 정리했다.

마크와 비너스의 불륜 증거는 노트북은 물론 대용량 하드에도 저장

정조준

해두었는데 이젠 화도 나지 않았다. 그 증거가 오히려 실소를 자아냈다.

장수진은 이베리아 항공 에어버스에서 대서양을 바라보며 조용히 혼잣말을 했다.

"완전히 멀어진 줄 알았던 정조준과 나는… 사실 북아메리카 대륙에 함께 있었던 거야, 비행기로 불과 4시간 거리에…. 그것도 모르고 지내다가 겨우 한 번 만났는데 또 헤어졌어. 넌 야속하게도 날 기억조차 못했고. 정조준, 우리 다시 만날 수 있을까? 다시 만난다면 나를 기억해줄 거니? 난 이제 스페인 마드리드로 가. 흑, 흐흑, 흐흐흑…."

애처로움의 결정체가 눈물이 되어 장수진의 예쁜 얼굴을 적실 때 승무원이 장수진에게 음료를 권했고, 그녀는 눈물을 훔치며 가장 스페인다운 음료인 상그리아(sangría: 적포도주에 탄산수, 과일 등을 섞은 음료)를 주문했다. 과일 맛과 포도주가 잘 어울려 자신감이 상승하는 느낌이었다.

'그러고 보니 방금 저 승무원의 억양과 정조준 네가 하는 스페인어 억양이 똑같은 것 같아. 왜 그런 거니? 혹시 스페인어에서 공부했던 거니? 우린 어떤 인연인 걸까? 그래, 난 이제 마드리드에서 열심히 공부할 거야. 스페인에서 정식으로 관광 가이드 자격증을 딸 거야. 만약에 우리의 인연이 얽혀 있다면, 다시 만날 수도 있겠지….'

"수사나… 너 괜찮아? 한국이… 너희 나라가 이겼어… 축하해…."

갑자기 들려오는 소리에 눈을 뜬 장수진이 대답했다.

"아 그래, 고마워. 너희들 정말 좋은 친구들이야. 미안하기도 하고…. 오늘 밥은 내가 살게. 날씨 더운데 우선 가스빠초(gazpacho: 냉수프) 시키고, 그다음에 빠에야(paella: 스페인 식 볶음밥)와 감바스 알 아히요(gambas al ajillo: 마늘, 올리브유 곁들인 새우 요리) 그리고 포도주 한두 병 더 시킬까?"

"올레(olé: 잘한다, 힘내)!"

"아 그리고, 얘들아! 우리 9월에 관광 가이드 시험 보잖아? 우리 모두 합격해서 가이드 자격증을 받았으면 좋겠어."

모두들 포도주 잔을 높이 들었다.

"가이드 자격증을 위하여!"

"살룻(salud: 건강, 술자리에서 '건배')!"

디에고 벨라스께스(Diego Velázquez),
바로크 미술의 최고 거장

붓을 들고 정면을 정조준했다.

다섯 살배기 마르가리따(Margarita) 공주가 산만하게 움직였지만, 디에고 벨라스께스는 전혀 개의치 않았다. 평소 자신을 잘 따르는 공주를 수시로 관찰해왔기 때문이다.

골똘히 생각에 잠긴 디에고는 붓을 들고 허공에 이리저리 움직여 상상의 그림을 그리면서 중얼거렸다.

"유럽 왕실 간 근친혼으로 인한 유전적 결함 때문에 폐하처럼 턱이 조금씩 길어지는 듯하군. 나는 사실 그대로 묘사하는 것을 좋아하지만… 마르가리따만큼은 예쁘게 그려야 해. 나를 띠오(tío: 아저씨, 삼촌)라고 불러주는 공주가 있기에 내 귀족 신분이 더 빛나는 것 아닌가? 자 그럼, 마르가리따를 주인공으로 정중앙에 배치하고, 으음… 양옆에 시녀 마리아와 이사벨을 그려 넣으면 중심이 잡히겠군. 오른쪽엔 독일에서 온 난쟁이 광대 마리바르볼라, 그 옆엔 어릿광대 니꼴라시또를 그려야겠어. 그래! 목장에서 데려온 마스띤(mastín: 스페인의 목장에서 사용되는 대형견)의 등 위에 니꼴라시또가 손이 아닌 발을 올려놓았었지. 그림이 재미있어지겠군. 뒤에는 시녀장과 관리인을, 안쪽엔 경호원 호세를,

으음… 그런데 안쪽에 빛이 너무 부족해. 빠체꼬 선생님에게 배운 원근법은 잘 나타나지만 너무 어두우면 그 효과가 반감된단 말이야… 그렇지! 호세가 문을 열면 가을 햇볕이 좀 들어오겠군, 가을이라 그림자가 길지도 짧지도 않고. 됐어! 구도는 다 잡았어."

1655년 가을, 디에고 벨라스께스는 대형 캔버스를 펼쳤다. 허공에 그려봤던 구도에 맞춰 과감하고 빠르게 자유로운 붓질을 시작했다.

"폐하, 이쪽으로 드시옵소서."
"아니야, 됐네. 지금 벨라스께스가 집중하고 있지 않나? 나와 황후만 조용히 들어가겠네."
펠리뻬 4세와 황후 마리아나는 조용히 벨라스께스 뒤로 다가갔다.
"디에고, 이번엔 어떤 대작품을 그리는 것인가?"
"읍! 아… 폐하, 제 작업실까지 어쩐 일로 오셨습니까?"
"하하하, 디에고, 이 사람아. 우리끼리 있을 땐 그냥 '펠리뻬'라고 부르게. 우린 좋은 친구 아닌가? 우리 대 스페인 제국에서 유일하게 나를 그릴 수 있는 자격을 가진 자네는 내 친구일세."
"네, 폐하… 펠리뻬… 마르가리따 공주님을 그리려고 합니다."
"참으로 대단하네. 어떻게 붓질을 많이 하지도 않으면서 동시에 이토록 자유롭게 그릴 수 있는 것인가?"
"네, 그게… 에레라(Herrera) 선생님, 그러니까 제 첫 번째 선생님이 털이 긴 붓으로 그리는 방법을 가르쳐줬기 때문입니다."
"원근감이 뚜렷한 구도와 빛의 조화는 자네 부인 후아나(Juana)의

정조준

부친에게서 배웠고…"

"네, 그렇습니다. 두 번째 선생님이었던 빠체꼬(Pacheco) 선생님으로 부터는 그림뿐만 아니라 철학과 르네상스에 대해서도 배웠지요."

"하하하, 르네상스…. 그래서 여성의 나체를 그렸나? 뒷모습이지만 대단히 선정적이야. 하하하!"

"아, 그 그림은 이탈리아반도에 갔을 때 그렸습니다. 종교재판을 우려하지 않은 것은 아니지만, 폐하를 믿었습니다. 왕실에 그런 그림 하나 정도는 필요할 수도 있고 또…"

"또 뭔가?"

"우리 스페인에는 종교재판에 대한 두려움 때문에 르네상스 화풍의 누드화가 없습니다. 그래서 폐하의 보호 아래 있는 저라도 작품 하나는 남기고 싶었습니다."

"잘했네. 비너스의 아들 큐피드가 화살 대신 거울을 들고 있어서 재미있고, 그래서 덜 선정적으로 보이기도 해. '거울 앞의 비너스'라는 제목도 좋고. 그런데… 디에고, 지금 그리고 있는 이 그림 속에는 자네 모습도 멋지게 그려 넣으면 어떻겠나?"

"아, 네… 그래도 되겠습니까?"

"물론이지, 어디 보세. 나도 자네한테 그림을 좀 배웠으니 구도를 좀 볼까? 으음… 여기 왼쪽에 자네를 그려 넣는 게 좋을 듯한데. 자네의 모습도 내 가족과 함께 남겨야지…"

"네, 알겠습니다. 그런데 가족이라고 말씀하셨으니 폐하와 황후 마리아나도 포함시켜서 구도를 다시 잡겠습니다."

"디에고, 이 사람아. 난 자네의 영감을 믿네. 자네가 이미 구도를 잡았으니 사실에 입각한 자네의 영감을 이 구도에 불어넣었다는 뜻 아닌가?"

"네, 펠리뻬. 사실에 입각한 것은 맞습니다. 제가 폐하에 의해 궁정 화가로 임명된 1623년에 그린 '기마상'을 기억하시는지요? 폐하께서 타고 계셨던 말의 입에서 떨어지는 침까지 사실적으로 그렸지요?"

"하하하! 물론. 그 떨어지는 침은 정말 아무도 생각해낼 수 없는 사실적인 묘사였어. 그래서 말인데, 나와 마리아나는 지금 저 앞에 마르가리따 공주와 함께 있는 게 아니야. 지금 우리는 자네와 함께 저 앞을 바라보고 있단 말이야. 그러니 우리를 그려 넣지 말게. 다만, 사실과는 다르지만 자네만은 그림에 포함시키라는 거야. 자네를 저 앞 왼쪽에 세우고 내가 직접 자네를 그리고 싶지만, 내 붓질 실력이 부족해서 그림의 수준을 떨어트릴까 봐 안 하는 걸세. 하하하!"

"그렇다면, 펠리뻬… 저기 안쪽 거울에 두 분이 비치는 모습을 그리면 어떻겠습니까?"

"거울에 비친 모습이라… 자네는 정말 천재군. 전 유럽 바로크 미술의 최고 거장일세. 그 어떤 훌륭한 화가라 해도 디에고 자네를 따라올 수는 없지, 몇 세기가 지나도 말이야. 아마 후대의 화가들이 자네의 화풍을 흉내 내거나 또는 자네의 그림에서 영감을 얻겠지."

"과찬이십니다, 펠리뻬. 성심껏 그리겠습니다."

"이보게, 디에고. 자네의 모습을 그릴 때 말이야… 이왕이면 큼직하게 그리게… 또 화가 복장을 한 모습으로 그리지 말게, 자네는 이미 지체 높은 귀족이니까 말일세. 자네가 귀족이면서 동시에 궁정 화가이기에 내가 자네의 훌륭한 그림에 대해 보상할 수도 있는 것 아닌가? 그런데 귀족들은 그냥 그렇게 받아들이면 될 것을… 돈을 받고 그림을

정조준

그러면 귀족이 아니라며 자네의 신분에 대해 반발하고 불평을 늘어놓고 있어서… 내가 그런 꼴을 봐줄 수가 없네. 아예 빌미를 만들지 말라는 뜻일세."

"네, 펠리뻬. 모든 배려에 그저 깊은 감사를 드릴 뿐입니다."

"내 친구, 디에고. 몇백 년 후대에까지 길이 남을 대작을 기대하겠네."

디에고 벨라스께스는 힘차게 붓질하며 동시에 형태, 질감, 원근감은 물론 빛을 이용한 강렬함과 생동감까지 섬세하게 표현하며 생각했다.

'우리 집안 조상 중에 가톨릭으로 개종한 유대인이 있어. 귀족들이 이를 싫어하지, 쳇… 할아버지는 스타킹 제조업자였고… 그나마 다행인 것은 어머니 쪽이 이달고(hidalgo: 하급 귀족)였다는 거야. 그리고 펠리뻬 폐하 덕분에 떳떳한 귀족이 됐어. 5년 전 이탈리아반도에서 그린 교황 인노첸시오 10세의 초상화는 예리한 눈빛, 찌푸린 미간, 꽉 다문 입술, 고민하는 모습을 사실적으로 묘사해서 교황 성하께서도 당황하셨었지, 허허헛. 많은 사람들이 그 그림을 인류 역사상 최고의 초상화라고 평가하는데, 내가 뭘 더 증명해야 하는 것인가? 왜 아직도 나를 무시하는 귀족들이 있는 것인가? 이번 그림은 특히 더 잘 그려야겠군….'

1656년, 대 스페인 제국의 펠리뻬 4세가 고개를 끄덕이자, 그림을 덮고 있던 천이 서서히 걷히며 가로 3.18미터, 세로 2.76미터에 이르는 엄청난 크기의 그림이 그 모습을 드러냈다. 그림을 바라보는 모든 사람들은 벌어진 입을 다물지 못했다. 완벽한 원근감과 실물 크기에 가깝게 그려진 등장인물들의 모습 때문에 그림이 아닌 실제 상황이 눈앞에 펼쳐진 것처럼 느꼈다. 그림과 현실을 구별할 수 없었다.

"그림은 도대체 어디에 있는 것인가?"라고 웅성거리는 소리가 들릴 때 펠리뻬 4세가 활짝 웃으며 입을 열었다.

"궁정 의전관을 거쳐 1652년 이래 궁정 시종직을 충실히 수행하는 지체 높은 귀족 디에고 벨라스께스! 그대는 동시에 진정한 예술가로서 우리 스페인 제국을 더욱 빛나게 하고 있소. 진심으로 감사하오."

"폐하, 과찬이십니다. 소신 디에고 벨라스께스는 그저 폐하와 황실 가족을 위해 봉사할 뿐입니다."

"비율이 매우 자연스러워서 그림 속 사람들의 입체감이 더욱 살아나는 듯하오. 경들은 어떻게 생각하시오? 내가 벨라스께스로부터 그림을 좀 배워서 경들에게 한 말씀 드리는데, 여기 이 작품은 몇백 년, 아니 몇천 년 후대에까지 최고의 작품으로 평가될 것이라고 나는 믿소. 아, 그런데… 벨라스께스, 이 그림의 제목이 무엇이오?"

"폐하, 황공하오나 소신이 아직 제목을 붙이지 못했나이다."

"흐음… 그래요? 제목은 차차 생각해보기로 합시다."

벨라스께스의 귀족 신분을 못마땅히 여기는 사람들 중에는 이 위대한 작품을 '벨라스께스의 초상화'라고 부르며 비아냥거리는 이들도 있었다. 벨라스께스가 자신을 크게 그려 넣었기 때문이다.

이렇게 3년이 흘렀다. 왕궁 내에는 간혹 잡음이 있었는데 이는 벨라스께스와 관련된 것이었다.

"불가합니다. 디에고 벨라스께스는 완전한 귀족이 아니기에 산띠아

정조준

고 기사단에 입단할 수 없다고 사료되옵니다."

"그렇지 않소. 벨라스께스는 궁정 시종이오, 그대들과 마찬가지로 지체 높은 귀족이란 말이오."

"…"

"711년 이슬람 세력에게 국토의 대부분을 빼앗겼지만, 꼬바동가(Covadonga: 스페인 북부의 성지)의 기적으로 722년에 이슬람 대군을 물리치며 레꽁끼스따(Reconquista: 국토회복운동)를 시작한 우리 선조들은 813년 산띠아고(Santiago: 사도 성 야고보)의 무덤을 발견한 후 가톨릭 신앙을 더욱 굳건히 한 덕분에 1492년 이사벨 여왕께서 마지막 이슬람 세력까지 몰아내셨고, 아메리카 대륙을 발견했으며, 내 할아버지 펠리뻬 2세와 내 아버지 펠리뻬 3세께서 유럽, 아메리카, 아시아, 아프리카에 이르는 역사상 최초의 해가 지지 않는 대제국을 건설하셨소. 그런데 말이오…. 내가 경들에게 질문 하나 하겠소. 우리 스페인의 수호 성인 산띠아고가 예수 그리스도의 제자가 되기 전에 무슨 일을 했었는지 아시오?"

펠리뻬 4세가 잠시 멈췄다가 말을 이었다.

"야고보는 어부였소. 하지만 예수 그리스도께서 아끼는 제자였고, 바로 여기 우리의 땅 이베리아반도에서 복음을 전파한 후, 예루살렘에서 순교하셨소. 순교 후 그의 유언대로 시신을 우리 땅으로 운구했으나, 수백 년 동안 행방이 묘연하던 중 813년에 야고보 그러니까 산띠아고(사도 성 야고보)의 무덤이 발견된 것이오. 어부였던 산띠아고의 이름으로 산띠아고 데 꼼뽀스뗄라(Santiago de Compostela)라는 도시가 만들어졌고, 그곳까지 이어지는 산띠아고 순례길이 여러 개 있소. 그런데 이 순

레길과 순례자들을 지키는 기사들이 반드시 귀족이어야만 하오?"

"하지만 산띠아고는 사제 집안에서 태어난…."

"예수 그리스도를 믿는 사제 집안이 아니었잖소! 유대교의 사제 집안이었겠지…."

"하오나 폐하, 벨라스께스는 돈을 받고 그림을 그리기도 하는 화가입니다."

"벨라스께스는 귀족으로서, 시종으로서 일한 것에 대한 보수를 받은 것이오. 경들이 '벨라스께스의 초상화'라고 비아냥대는 그 작품을 생각해보시오. 만약 그가 돈을 받고 그림을 그렸다면 공주 옆에 자신을 그토록 커다랗게 그려 넣을 수 있었겠소? 그는 그저 왕실의 즐거움을 위해 그림을 그린 것이오. 이런 것을 일일이 증명하기는 어렵지 않겠소? 증명하기 불가능한 것을 증명할 필요는 없다고 생각하오. 게다가 교황청으로부터 필요한 서류도 받아두었으니 나는 디에고 벨라스께스를 산띠아고 기사단의 기사로 임명해야겠소. 그리고 오늘 이후 저 위대한 작품은 '펠리뻬 4세의 가족'이라 부르기 바라오."

1659년 11월 27일, 마드리드의 예수 성체 수도원(Convento de Corpus Christi)에 펠리뻬 4세가 들뜬 모습으로 나타났다.

불만을 품은 기사들은 오지 않았는지 군데군데 빈자리가 보였다. 하지만 펠리뻬 4세는 개의치 않았고, 좌중을 바라보며 자신감 넘치는 목소리로 말하기 시작했다.

"인류 역사상 최초의 해가 지지 않는 위대한 제국인 스페인의 모든 신하들, 가톨릭 신앙으로 무장한 용감한 산띠아고 기사단원들, 그리고

정조준

본 임명식에 참석한 모든 시민들에게 감사의 인사를 전하며 선언하오. 나 펠리뻬 4세는 디에고 벨라스께스를 산띠아고 기사단의 기사로 임명하며 성스러운 임무를 맡기는 바이오.”

펠리뻬 4세는 한쪽 무릎을 꿇은 벨라스께스에게 붉은색 십자가 문양이 선명한 산띠아고 기사단복을 전달했다. 감동한 벨라스께스의 눈빛과 자랑스러움이 넘쳐나는 펠리뻬 4세의 눈빛이 잠시 교차했다.

며칠 후, 벨라스께스의 작업실에 두 사람이 어깨를 나란히 한 채 서 있었다.

“디에고, 지난번 자네가 골라준 이 붓으로 덧칠하면 되겠나?”

“네, 저에게는 큰 영광이오나, 굳이 이렇게까지 안 하셔도 됩니다.”

“그게 무슨 말인가? 내 진정한 친구인 디에고 자네가 산띠아고 기사단의 기사가 되어 기사단복까지 갖추고 있는데, 이 그림 속 자네의 복장엔 기사단의 상징인 붉은 십자가 문양이 없으니 내가 만족할 수 없네. 난 오늘 반드시 이 그림에 붉은 십자가를 그려 넣어야겠어.”

“네. 그렇다면 펠리뻬, 붓은 잠시 내려두시고… 십자가의 위에서 아래로 또 왼쪽에서 오른쪽으로 몇 번의 붓질을 할 것인지 상상해보시옵소서.”

“으음… 이렇게 또 이렇게… 좋아! 자네만큼은 못하지만 할 수 있을 듯하네.”

“펠리뻬, 준비되셨으면, 이제 붓을 드시지요.”

디에고 벨라스께스가 수개월 동안 그려 1656년에 완성한 ‘펠리뻬 4

세의 가족'은 1659년 왕궁 내 벨라스께스의 작업실로 잠시 옮겨져 있었고, 굳은 우정을 나누는 두 사람이 대작품 바로 앞에 섰다.

펠리뻬 4세가 붓을 들고 덧칠할 곳을 정조준했다.

프라도(Prado) 미술관

2002년 10월 초, 지중해성 기후의 내륙 기후대에 속하는 마드리드의 하늘은 파랗다는 표현으로는 부족할 정도로 청명했다. 파란 하늘 아래 하얀 건축물 프라도 미술관은 하늘을 더욱 파랗게 만들고 있었다. 프라도 미술관은 미술 회화 작품과 조각품으로는 전 세계 최대 미술관이며 특히, 모든 작품들이 왕가의 소장품과 개인 소장품을 모은 것이기에 다른 나라로부터 훔쳐 온 작품이 하나도 없는 것으로 유명하다.

파란 하늘과 하얀 프라도 미술관처럼 장수진은 파란 자켓에 하얀 바지 차림이었다. 날씬하고 자신감 넘치는 그녀는 예전과 사뭇 다른 분위기였다. 고개를 들고 미술관 내부를 천천히 걸으며 관광객들에게 설명을 덧붙이고 있었다.

"사실 저 그림 속 벨라스께스의 옷에 붉은색 십자가를 그려 넣은 사람은 아마도 벨라스께스 자신이었을 거라는 판단이 더 우세합니다. 하지만 일부 역사학자들은 펠리뻬 4세가 십자가를 그려 넣었다는 견해를 갖고 있어요. 어쨌든, 오늘날 '시녀들(Las Meninas)'이라고 부르는 이 작품은 역사상 가장 수수께끼 같은 작품이며, 벨라스께스가 유럽 바로크 미술의 최고 거장이라는 것에 이의를 제기하는 사람은 없다고 봐도 지나치지 않습니다. 특히 벨라스께스의 작품 중에서 제가 개인적으로 가장 좋아하는 것은 바로 여기… 이 그림입니다. 제목은 '불카누스의 대장간'이고요. 스승이자 장인인 빠체꼬로부터 미술뿐만 아니라 철학도 배우며 그리스와 로마신화에 심취했었던 벨라스께스는 신화적인 요소를 자신의 그림에 반영하기도 했습니다. 대표적으로 '실 잣는 여인들과 아라크네', '바쿠스의 승리 또는 술 취한 사람들' 그리고 바로 지금 보시는 이 그림 '불카누스의 대장간'입니다. 이 그림에서 제 시선을 가장 사로잡는 것은 대장간 모습도, 사물에 빛이 반사된 모습도, 울퉁불퉁 근육이 오른 남자들도 아닙니다. 바로 저기… 오른쪽에서 두 번째 사람의 얼굴 표정입니다. 로마신화에서 '태양과 음악의 신' 아폴로가 '불의 신' 불카누스에게 엄청난 사실을 알려주는 장면을 묘사한 것인데요, 바로 불카누스의 부인인 '미의 신' 비너스가 '전쟁의 신' 마르스와 바람을 피우고 있었다는 사실이죠. 이 얘기를 들은 불카누스가 깜짝 놀라는 모습도 사실적으로 묘사되었지만, 오른쪽에서 두 번째 사람의 벙찐 표정이 정말 기막히지 않습니까? 어떻게 저런 벙찐 표정을 붓으로 그려낼 수 있을까요…"

정조준은 전날에 이어 프라도 미술관을 다시 방문했다. 사진 촬영이 금지되어 있기에 벨라스께스의 그림들을 다시 한번 자세히 보면서 눈으로 찍어 마음속에 현상해두고 싶었기 때문이다. 언제나 그렇듯이 '시녀들' 앞에는 많은 사람들이 있었고, 정조준도 그 틈에 끼어 있었다.

'시녀들'을 멀리서 바라보던 정조준은 자신의 눈을 의심했다. 관광객들에게 열정적으로 설명하고 있는 날씬하고 아름다운 여성이 그의 눈에 들어왔다.

"어? 장수진? 장수진이야…."

정조준은 자신의 심장이 뛰는 소리를 들으며 장수진과 그 일행을 멀찌감치 쫓기 시작했다. 몇 분 후, 장수진은 관광객들을 미술관 밖 벨라스께스의 동상 앞으로 안내했고, 사진 찍는 것을 도운 후 작별 인사를 했다. 관광객들은 인솔 가이드와 함께 자리를 떴고, 장수진이 몇몇 스페인 가이드 친구들과 인사하고 있을 때 정조준이 다가갔다.

"저, 잠시만요…. 저, 장수진 씨…."

"…."

"수사나, 누구야?"

"올레(olé: 잘한다, 힘내)!"

"아주 멋진 남잔데, 누구야? 한국 사람이야?"

몹시 당황한 장수진을 본 정조준이 끼어들며 말했다.

"잠시만요, 저 스페인어 합니다. 죄송하지만, 제가 지금 수사나와 꼭할 얘기가 있어요."

스페인 가이드들이 웃으며 자리를 비켜줬다.

두 사람은 벨라스께스의 동상 앞에서 서로 어색하게 마주 본 채 잠시 말이 없었다. 이들을 내려다보고 있는 벨라스께스도 말이 없었다.

어색한 침묵의 압력을 이겨내기 어려워졌을 때 정조준이 무겁게 입을 열었다.

"저, 장수진 씨, 정말… 정말 죄송합니다. 아, 그게… 얼마 전에 기억이 났어요. '실연'이라는 노래를 부르다가 학교 앞 생맥줏집 '실연'이 떠올랐죠. 제 생일에 선물해주신 붉은색 목도리, 그리고 생일 카드…. 그 카드를 그냥 비망록 상자에 보관만 했어요. 다행히 얼마 전에 내용을 확인했고… 영문학과 87학번 장수진…."

"정조준 씨, 그 카드에 '내 마음을 드린다'고 썼던 그 마음을 제가 아직도 온전히 유지하고 있다면 믿으시겠어요? DM사에서 우리가 다시 만난 후에 제 마음이 변치 않았다는 것을 깨닫게 됐어요. 물론 원망도 많이 했지만요, 아주 많이요."

"그게… 그럼… 절 용서해줄 수…."

"용서요? 그건 그렇게 쉽게는 안 되죠. 1987년 그 겨울에 제가 선물한 목도리를 어떤 늘씬한 여자에게 둘러주는 것을 봤거든요. 내가 얼마나 울면서 원망했는지 아마 상상도 못 할 거예요."

"아… 그걸 봤어요? 정말 죄송해요. 그리고 그때… 그러니까 겨울방학 중 1월에 제가 연락을 드리려고 했어요. 이건 정말 사실이에요. 그런데 1월 초 군대에 입대하는 바람에…."

"용서받고 싶으세요?"

"물론이죠…. 이렇게 만났으니 용서받고 또…."

"그럼 우선, 우리 말부터 놓기로 해요. 같은 대학교 87학번 동기니까 말… 놓는다…. 조준아, 그때도 지금도 내 마음은 항상 네 것이었어. 우리 오늘부터 사귀면 내가 널 용서할 수 있을지 생각해볼게."

"어… 그래…. 그럼, 나도 말 놓을게. 수… 진아. 이렇게 아름답고 날

정조준

씬한 여성이 사귀자는데 거절한다면 그건 미친놈이지. 당연히 사귀어 야지. 고마워."

"1987년에 조준이 넌 캠퍼스에서 가장 멋있는 남자였어. 물론 지금 도 멋있고, 후훗."

장수진이 정조준 옆으로 다가와 어색하게 팔짱을 꼈다. 그리고 벨 라스께스 동상을 가리키며 말했다.

"인류 역사상 가장 훌륭한 화가 벨라스께스가 증인이다."

"그럼, 증인 앞에서 약속할게. 솔직히 난 수진이 너를 아직 잘 모르 지만, 우리는 운명적으로 얽혔다는 생각이 들어. 그렇지 않고는 어떻 게 DM사에서 또 여기 스페인에서 만날 수 있겠어? 오늘부터 너를 알 아갈 거야. 그리고 오늘부터 매일 너한테 용서를 빌며 진심으로 너만 을 사랑할 거야."

"증인도 있는데 그게 다니? 쳇… 여기 스페인이야. 자유로운 곳이라고."

"그래, 나도 알아. 그런데 무슨 뜻…."

"어머! 벨라스께스가 증인까지 서주는데 뽀뽀 정도는 해줘야지. 여 자인 내가 먼저 말해야 하니?"

"아 그게… 갑자기 들이대면 네가 놀랄 수…."

그때 장수진이 정조준 가슴으로 몸을 돌렸고 발뒤꿈치를 들어올리 며 얼굴을 가까이했다.

정조준의 입술이 장수진의 입술에 가볍게 닿았다. 전기가 흐르는 듯해 두 사람 모두 흠칫 놀라 잠시 떨어졌지만, 두 사람의 입술은 떨어 지기 싫었는지 다시 붙었다. 그러나 그뿐이었다.

더 바짝 다가가야 할지 머뭇거릴 때 정조준의 긴장한 콧바람 소리가 새어나왔다. 콧바람 소리가 귀에 거슬린 정조준은 그대로 있을 수는 없다고 생각했다. 정조준이 입술에 힘을 주어 조금 더 다가가자 장수진의 입술이 열렸다.

부드럽고 촉촉했다.

자유로운 스페인에서 자유로운 입맞춤을 이어갔다.

정조준은 여학생들에게 신경 쓰느라 진정으로 자신을 사랑했던 장수진을 무시하고 살았던 세월을 후회하며 그녀만을 사랑하겠노라 다짐하고 또 다짐했다. 장수진은 정조준을 짝사랑하며 애태웠던 그 모든 간절함을 보상받았다.

10분 정도 지났을 때 한국 관광객들이 왔는지 한국말이 들려오자, 두 사람은 입맞춤을 멈추고 멋쩍은 표정으로 잠시 서로를 쳐다봤다. 장수진은 키가 큰 정조준을 바라보기 위해 고개를 들어 약간 뒤로 젖히고 있었다.

"수진아, 너 정말 예쁘다. 너무 아름다워. 그리고 네 눈동자에 내 얼굴과 파란 하늘이 비치고 있어…. 우리가 만든 아름다운 그림인가? 앞으로 너만 사랑할게, 사랑해."

"나도 사랑해. 그런데 우리… 여기 벨라스께스 앞에서 약속한 거다, 그렇지?"

"응, 맹세할게. 그런데 말이야…. 난 입맞춤이 이렇게 달콤한 건지 몰랐어."

"치! 거짓말. 학교에서 항상 여학생들한테 둘러싸여 있었으면서…. 목도리 둘러준 여자랑 사귀는 것 아니었니?"

"아… 희원이…. 친했지만 사귀는 사이는 아니었어. 그냥 가깝고 친한 친구. 네가 믿을지 모르지만, 나 지금까지 제대로 연애해본 적이 단한 번도 없어. 또 이런 입맞춤은 처음이야. 좋다는 말로는 표현이 안되네, 꿈결 같은 입맞춤이야. 어쨌든, 목도리에 대해선 내가 할 말이 없어. 정말 매일 너한테 용서를 빌게."

아름다운 사랑이 시작되었다. 호텔에 있던 정조준의 짐은 장수진의 아파트로 옮겨졌다. 서른다섯의 청춘 남녀는 그날 1987년부터의 모든 시간과 공간을 뛰어넘었다. 사랑하고 또 사랑했다. 사랑하면서 환상과 현실을 넘나들었다. 현실임을 인지하면 사랑하는 사람의 존재를 깨닫게 되었고 그래서 사람에 그리고 사랑에 매달리며 다시 가볍게 환상으로 이동했다. 잠에 빠져들다 다시 사랑에 빠져들기를 반복했다. 수줍은 달이 커튼 사이로 새벽녘 곤히 잠든 두 사람을 엿보고 있었다.

정오를 향해 느릿느릿 움직이는 아침, 정조준이 살며시 침대를 빠져나왔다. 전날 사두었던 붉은색 목도리를 들고 살금살금 침대로 다가갔다. 인기척에 눈을 뜬 장수진이 상체를 일으키며 두 팔로 가슴을 가렸다.
정조준이 장수진의 부드러운 목덜미에 목도리를 둘러줬다. 감동한 장수진이 두 팔을 들어 정조준의 목을 감을 때 붉은색 목도리가 그녀의 하얀 가슴 위로 떨어졌다.
아름다웠다.

옷을 입으며 장난스런 대화를 나누었다.
"수진아, 피곤하지 않아? 어제 우리 4시간이나 잤나? 도대체 몇 번을…. 으흠!"

"아이, 그런 말은 하지 마. 나 창피해, 후훗. 그런데 정말 이상해. 하나도 안 피곤해. 조준이 네가 옆에 있어서 그런가?"

"나도 그래. 전혀 피곤하지 않고 오히려 힘이 솟는 것 같아, 하하하."

"사랑을 많이 하면… 더 힘이 나는 건가?"

"글쎄, 연구해볼 가치가 있겠는데…. 그럼 지금 우리 다시 침대로…."

"어머! 짐승…. 지금은 안 돼! 오늘 우리 구경할 데가 많잖아? 웃겨! 호호호."

마드리드의 '스페인 광장(Plaza de España)' 옆에 위치한 장수진의 아파트는 시내 구경에 적합했다. 1.3킬로미터에 이르는 그란 비아(Gran Vía: 중앙대로)가 시작되는 지점이었고, 그 길을 중심으로 볼거리가 많았다. 며칠 동안 추로(churro: 추러스, 스페인식 꽈배기)부터 해물 요리까지 장수진이 잘 아는 맛집을 돌아다녔고, 시장은 물론 여러 공원과 광장을 둘러봤다.

왕궁을 구경한 후, 동편 광장 한가운데에 있는 말을 탄 펠리뻬 4세의 조각을 보며 장수진이 말했다.

"벨라스께스가 그린 '펠리뻬 4세의 기마상'을 토대로 만들어진 기념상이야. 그리고 벨라스께스 얘기가 나왔으니 꼭 봐야 할 곳이 있어. 바로 저기야."

두 사람은 150미터 정도 걸어 라말레스 광장(Plaza de Ramales)에 도착했다.

"아마도 벨라스께스는 천연두에 걸려 사망한 것 같아, 산티아고 기사단원이 되고 바로 이듬해인 1660년에. 사망한 지 8일 만에 부인 후

아나(Juana)도 사망했어. 12세기에 건축된 세례자 요한 성당 내 산티아고 기사단 소성당 아래에 부부가 묻혔는데, 바로 지금 우리가 서 있는 이 자리였대. 그런데 19세기 초 정신 나간 제국주의자 나폴레옹의 침략 때 그의 형인 조제프 보나파르트가 길을 정비한답시고 성당을 허물어버렸어. 그래서 인류 역사상 가장 위대한 화가인 디에고 벨라스께스의 무덤 위치는 정확하지 않고, 그냥 여기쯤 있을 거라고 추측하고 있어."

"혹시 그 나폴레옹의 형 별명이 주정뱅이 아냐? 스페인 역사책에서 읽은 것 같아."

"오, 멋진 남자! 스페인어학과 출신이라 확실히 다르구나, 호호호. 우리 빵 하나 먹을까? 바로 저기 꾸아드라 빠니스(Cvadra Panis, 옛날식으로 u를 v로 표기)라고, 내가 알기론 마드리드에서 크로아상을 가장 맛있게 만드는 빵집이야."

크로아상을 먹으며 두 사람은 왕궁 앞 지하 주차장 쪽으로 걸어갔다. 그리고 정조준이 공부했던, 그래서 정조준이 잘 아는 도시 살라망까로 출발했다.

사랑으로 온전히 얽힌 두 연인은 서로 손을 꼭 잡은 채 자동차 창문을 통해 천천히 지나가는 풍경을 감상했다. 곳곳에 찌를 듯 서 있는 사이프러스나무와 빽빽이 심어진 소나무의 푸르름이 파란 하늘과 아름다운 조화를 이루었다. 멀리 과다라마산맥 기슭까지 펼쳐지는 주택 단지의 붉은 지붕은 푸른 숲을 더욱 돋보이게 했다.

나무에 의한 강렬한 푸르름이 부드러워지는 듯싶더니 목초지대가 펼쳐졌다. 검은 점, 누런 점이 느릿느릿 움직였는데, 가까이 온 것들을 보니, 바로 스페인을 대표하는 소였다.

목장지대를 지나자 추수가 끝난 광활한 대지가 끝없이 펼쳐지며 중간중간 작은 마을이 동화처럼 자리 잡고 있었다. 군데군데 푸릇푸릇 싹이 돋은 곳은 이 시기에 어울리는 또 다른 농작물이었다. 누런 대지는 끊임없이 숨 쉬며 생명을 불어넣고 있었다.

"조준아, 나… 꿈꾸고 있는 기분이야."

장수진이 고개를 돌려 운전하고 있는 정조준을 사랑스럽게 바라보며 속삭였다. 정조준이 장수진에게 슬쩍 눈길을 주더니 갓길에 차를 세웠고, 그녀의 크고 맑은 눈을 보며 말했다.

"수진아, 1987년부터 지금까지 우리가 잃어버린 세월이 15년인가? 이 세월을 다 보상하고도 남을 만큼 열심히, 열렬히 사랑할게. 사랑해, 수진아."

정조준은 장수진의 반쯤 열린 입을 잠시 바라보더니 그의 입술을 가져갔다.

아름다운 두 연인이 영화처럼 아름다운 한 장면을 남겼다.

마드리드로부터 서쪽으로 2시간, 해발 800m에 위치한 살라망까 (Salamanca)에 도착했다.

수천 년의 역사를 품은 채 유유히 흐르는 또르메스강(Río Tormes)을 건널 때 살며시 내려앉은 붉은 석양이 화려한 르네상스 도시를 붉게

정조준

물들였다. 그러나 그것은 짧은 순간이었다.

강한 황금빛을 발산하는 황금도시로 변신하는 데 얼마 걸리지 않았다. 우뚝 솟은 황금도시는 그 문화적, 역사적 위용을 자랑하고 있었다.

제4장

스페인 르네상스의 최고 시인

프라이 루이스 데 레온
(Fray Luis de León)

"어제 우리가 말했듯이(como decíamos ayer)…."

5년 만에 살라망까 대학교 강단으로 돌아온 그의 입에서 나온 첫 마디였다. 마치 5년 동안 아무 일도 없었다는 듯이. 부드럽지만 무게 있는 루이스 데 레온 교수의 목소리가 5년 만에 신학과 강의실을 학구열로 뜨겁게 달구고 있었다.

1218년에 개교했으며 교황청의 인증 기준으로는 유럽에서 가장 오래된 대학교인 살라망까 대학교(Universidad de Salamanca)의 도서관 앞에 한 시각장애인이 앉아 있었다. 청각이 발달했기에 경쾌한 발걸음 소리를 감지하더니 벌떡 일어나 소리 나는 쪽으로 몸을 돌리며 말했다.

"내가 존경하는 시인이자 신학자인 내 친구 루이스 데 레온, 자네를 기다리고 있었네."

"위대한 음악가이자 오르간 연주인인 내 친구 프란씨스꼬 살리나스, 왜 나와서 기다리는가? 현자 알폰소 10세께서 1254년에 세우신 도서관에서 기다리면 될 것을."

두 사람은 등을 두드리며 반갑게 포옹했다.

정조준

"어차피 난 글을 읽을 수 없으니 도서관 안보다는 밖이 더 어울릴지도 모른다네, 하하하."

"프란씨스꼬, 자네가 글을 읽을 수는 없지만, 세상의 아름다움을 읽고 있지 않나? 그래서 그 아름다움을 음악으로 표현하는 것이고."

"루이스, 거의 5년 전이었나? 자네가 강의하던 중에 잡혀갔지…. 무엇이 중요하고 왜 중요한지 제대로 이해하지도 못하고 또 이해하려 하지도 않는 멍청한 놈들…. 내가 증인으로서 종교재판소에 출석해 자네를 옹호하는 증언을 했지만, 역부족이었나 보네. 미안하이. 자네처럼 위대한 신학자를 바야돌릿(Valladolid) 감옥에 5년이나 가둬놓다니. 그래도 나이가 들어서 그런지 5년이 눈 깜짝할 사이에 지난 듯하네."

"그래서 오늘 강의 시작할 때 내가 뱉은 첫 마디가 '어제 우리가 말했듯이'였다네. 하하하!"

루이스 데 레온은 아무렇지도 않다는 듯 대답하며 크게 웃어제꼈다.

잠시 후, 두 사람은 즐겨 찾던 따베르나(taberna: 선술집, 주점)로 들어가 자리 잡고 앉았다. 딱딱한 빵을 포도주로 녹여 씹으며 두 사람의 대화가 이어졌다.

1544년 17세의 나이로 아우구스티누스 수도회의 수도자가 된 루이스 데 레온은 신학 공부에 전념한 결과 1559년 32세의 나이로 살라망까 대학교에서 신학을 강의하기 시작했다.

그러나 도미니크회 소속 교수들이 주류를 이루었던 대학 내에는 젊은 루이스 데 레온을 시기하는 사람들이 많았다. 대다수의 진부한 교수들은 루이스 데 레온이 모든 면에서 능동적이고 깊이 있는 학문적

견해를 거침없이 표현한다는 점은 인정하면서도 사상을 앞서가는 듯한 그의 관점을 경계하며 문제점을 들춰내려고 했다. 타고난 부지런함에 신학을 향한 지칠 줄 모르는 열정으로 무장한 루이스 데 레온의 학문은 갈수록 거대해졌고 틈틈이 쓰는 서정시는 학생들은 물론 일반 시민들에게까지 큰 감동을 선사했다.

결국 10여 년이 지나며 노교수들, 특히 도미니크회 소속 교수들과의 마찰이 심해져 거의 적대적인 관계가 형성되었다. 성경의 여러 구절에 대한 해석 차이는 물론이고, 그리스어와 라틴어로 된 고전 서적을 루이스 데 레온이 번역한 것 관련 반론과 비판이 끊이지 않았다.

1572년 3월, 유럽 최고의 대학교인 살라망까 대학교의 신학대학 강의실은 여느 때와 다름없이 뜨거운 열기로 가득했다. 열정적인 루이스 데 레온의 목소리에 진리 탐구를 향한 수많은 학생들의 눈빛이 만들어내는 아름다운 조화는 범접 불가하며 고귀한 것이었다.

그러나 그 고귀함을 깨는 파열음이 들렸다.

"프라이(fray: 가톨릭 수사) 루이스 데 레온!"

루이스 데 레온과 학생들의 시선이 일제히 강의실을 침입한 한 무리에게 향했다.

"신학대학 교수, 루이스 데 레온 수사는 대답하시오!"

분명히 권위적인 목소리였지만, 루이스 데 레온 교수의 귀에는 서릿발 같은 엄중함으로 들리지 않았다.

"은총과 도움을 주시는 성모 마리아를 공경하고, '한마음 한 뜻'이라

정조준

는 영성 하에 자기 자신과의 일치, 이웃들과의 일치, 형제들과의 일치, 그리고 하느님과의 일치를 추구하는 아우구스티누스 수도회 소속 수사이며 살라망까 대학교 신학대학 정교수인 루이스 데 레온이 바로 나요. 당신들은 무슨 이유로 이 고귀한 강의실에 들이닥쳤는가?"

거침없는 루이스 데 레온의 목소리가 무례한 무리에게 엄중히 전달될 때 학생들 중 일부는 그들의 교수에게 존경과 감탄의 눈빛을, 또 다른 일부는 침입자들에게 경멸의 눈빛을 보내고 있었다.

"루이스 데 레온 수사, 당신을 종교재판에 회부하라는 명령을 실행한다."

학생들이 웅성거렸다. 여기저기서 '교수님은 죄가 없다'라는 외침이 들릴 때 루이스 데 레온이 학생들을 향해 말했다.

"사랑하는 학생들이여, 나는 타협하고 침묵하지 않습니다. 내가 잘못한 것이 있다면 인정하겠지만, 내가 옳다고 믿는 것을 옳지 않다고 말하는 사람들에게는 나의 신앙과 학문을 걸고 투쟁할 것입니다."

루이스 데 레온은 바야돌릿으로 끌려갔고, 수차례에 걸려 종교재판(la inquisición)에 서야 했다. 느릿느릿 어슬렁거리며 법정으로 입장하는 재판관들은 유사한 질문을 반복했다.

"루이스 데 레온 수사, 그대의 어머니가 유대인이었기 때문에 그대는 히브리어 성경을 라틴어 성경보다 더 중요시하는 것인가?"

"내 어머니가 유대인 가문 출신인 것은 맞지만 이미 가톨릭으로 개종한 충실한 가톨릭 신자입니다. 게다가 나는 어린 나이에 아우구스티누스 수도회에 입회하여 열일곱 살에 수사가 되었습니다. 물론, 13

세기에 설립된 도미니크 수도회의 정통 신앙에 입각한 엄격한 생활과 학문 연구를 저는 존중합니다. 그리고 동시에 5세기 초 시작된 아우구스티누스 수도회가 추구하는 하느님과의 친교, 형제자매들에 대한 사랑, 사도적 가난과 헌신, 봉사와 친절한 마음을 실천하고자 노력하는 교수입니다. 구약은 애초에 히브리어로 쓰였기에 그 내용을 히브리어 성경에서 확인하고자 했을 뿐입니다."

"루이스 데 레온 수사, 그대는 어찌하여 구약의 일부를 라틴어가 아닌 대중 구어체로 번역했는가?"

"형제자매들에 대한 사랑을 실천하기 위함이었습니다. 우리 스페인어가 라틴어에 기초하고 있지만, 예전 라틴어를 일반 대중이 이해하지 못하는 것이 안타까웠기에 이들이 성경을 이해할 수 있도록 스페인어로 번역한 것일 뿐, 다른 의도는 없었습니다."

어느 날, 바야돌릿 감옥 안에서 루이스 데 레온은 살라망까 대학교의 동료 교수이자 가까운 친구인 프란씨스꼬 살리나스가 위험을 감수하면서까지 자신을 위해 증언한 사실을 전해 들었다. 감동과 고마움, 그리고 친구에 대한 그리움으로 가득한 그는 마음을 달래기 위해 펜을 들고 중얼거렸다.

"정조준한다, 펜을 들고… 내 생각을 정조준한다, 저 깨우치지 못한 사람들을 향해. 그리고 고마운 내 친구 프란씨스꼬 살리나스를 위해 오늘 시 한 편을 써놓으리라."

종교재판소의 논리는 루이스 데 레온의 논리를 넘어서지 못했고,

결국 무죄가 선포되었다. 1576년 12월, 5년 가까운 긴 감옥살이 끝에 강단에 복귀하여 학생들을 향해 던진 첫 마디 '어제 우리가 말했듯이'는 담대한 그의 성격을 여과 없이 보여주는 것으로 학생들 사이에 널리 퍼져나갔다.

그리고 이듬해인 1577년, '음악에 대한 일곱 가지 기술(De Música Libri Septem)'을 쓴 프란씨스꼬 살리나스의 오르간 연주회가 끝나자 우레와 같은 박수 소리가 터져 나왔다. 박수가 끝나자 루이스 데 레온이 일어서서 청중을 향해 말했다.

"사랑하는 학생들, 그리고 훌륭하신 교수님들과 시민 여러분, 제가 이 자리를 빌어 특별히 존경하는 제 친구 프란씨스꼬 살리나스 교수를 위해 쓴 오다(oda: 송가, 시)를 낭송하고자 합니다. 이 시는 '어제 우리가 말했듯이' 제가 그곳에 있을 때 씨두었습니다. 제가 비로 어제 또는 불과 얼마 전까지 무려 5년 동안 어디에 있었는지는 다들 아시지요?"

눈살을 찌푸리는 사람은 거의 없었다. 많은 사람들이 웃음과 함께 박수를 보냈고, "어제 우리가 말했듯이"라고 화답했다.

그리고 신학자이자 시인이며 살라망까 대학교 신학대학 교수인 루이스 데 레온을 기대에 찬 눈빛으로 바라봤다.

프란씨스꼬 살리나스에게 바치는 송가

살리나스, 그대의 완벽히 통제된 현명한 손에 의해
최고의 음악이 연주될 때

대기는 청명해지며

아름다움과 아무도 손대지 않은 빛으로

갈아입는다.

(총 10연 중 제1연, 각 연 5행, 국문으로 표현할 수 없지만 1연의 각 행이

'a'로 끝나는 운율 시)

살라망까 대학교(Universidad de Salamanca) 도서관 앞에 있는 프라이 루이스 데 레온의 동상을 바라보며 정조준의 설명이 이어졌다.

"프라이(fray: 가톨릭 수사) 루이스 데 레온은 항상 정의로웠고, 심오한 지식을 바탕으로 당대의 저명한 인사들과 우정을 나눴지만, 겸손하고 소탈했다고 해. 그리고 신학 외에 천문학에도 조예가 깊었어. 그래서 오차가 많은 율리우스력을 오늘날 우리가 사용하는 달력인 그레고리력으로 변경하는 연구가 교황청의 지시에 의해 바로 여기 살라망까 대학교에서 이뤄졌을 때 루이스 데 레온도 그 연구에 참여했었지. 스페인 르네상스의 최고 시인이었던 그는 1591년 아우구스티누스 수도회의 관구장으로 임명된 지 얼마 안 되어 사망했어."

"아, 정말 대단한 인물이네. 가이드가 되기 위해 학원에서 스페인 역사를 공부할 때 조금 배우긴 했는데, 이렇게 자세한 설명을 들으니까 감동적이야. 조준아, 살라망까에 오길 정말 잘한 것 같아."

정조준

유럽의 문화 수도

구시가지 전체가 유네스코 인류문화유산으로 등재된 살라망까, 구시가지 한복판에 있는 프라이 루이스 데 레온의 조각상 앞에 선 아름다운 두 연인은 손을 꼭 잡은 채 잠시 위대한 시인이자 학자를 바라봤다.

"조준아, 살라망까가 2002년 바로 올해 '유럽의 문화 수도'로 지정됐는데, 알고 있었니?"

"아니, 지금 너한테 처음 듣는 얘기야. 역시 스페인 정부가 인정한 가이드라 아는 게 많구나, 하하하… 혹시 살라망까의 표어는 뭔지 알아?"

"어머, 가이드라고 어떻게 그런 것까지 다 아니? 후훗, 난 위대한 화가 디에고 벨라스께스에 대해서만 자세히 알지… 아, 그런데 뭐야, 그 표어가?"

"내가 살라망까 대학교에서 공부할 때 들었는데… '예술, 투우 그리고 정통 스페인어'야. 프란씨스꼬 살리나스 같은 대음악가는 물론 로마네스크 양식, 고딕 양식 그리고 르네상스 양식의 아름다운 건축물로 가득한 예술의 도시이고, 예로부터 투우 경기로 유명해. 또 스페인에서 가장 정확한 정통 스페인어를 구사하는 도시 중 하나로 시민들의 긍지가 대단하지. 수진아, 우리 살라망까를 구석구석 둘러보자."

정조준과 장수진은 로마교를 거닐었다. 완벽하게 보존되어 여전히 보행자들이 사용하고 있는 다리가 2천 년 전 또르메스강(Río Tormes) 위에 건설되었다는 게 믿기지 않았다.

손을 꼭 잡은 채 강 주위 숲길을 산책할 때 흙냄새가 이리저리 흩어지고 있었다. 흙냄새를 따라 발걸음을 옮길 때마다 강렬한 듯 자극적이지 않은 냄새가 스멀스멀 올라오며 두 사람의 영혼을 깨웠다. 사랑한다는 말로는 영혼을 충분히 감동시킬 수 없었는지 두 사람은 누가 먼저랄 것도 없이 입맞춤을 시작했다.

깊은 입맞춤은 두 사람에게 시간이 멈춘 듯한 몽롱함을 선물했다. 몽롱함으로부터 빠져나오기 싫은 마음과 건강한 신체의 변화는 성적 욕망을 끌어올렸다. 잠시 서로 바라보고 멋쩍게 웃으며 다시 걷기 시작했다.

살라망까에는 사암이 많다. 그래서 대부분의 건축물들이 황금색 사암으로 지어졌다. 12세기 건축물인 구 대성당, 16세기에 지어진 신 대성당, 유명한 조개의 집, 서기 1103년에 건축된 산 마르띤 성당을 지나 유럽에서 보행자 통행량이 가장 많다는 중앙광장(Plaza Mayor)에 도착할 때까지 모두 사암으로 지어진 건축물들이었다.

18세기 초 알베르또 추리게라(Alberto Churriguerra)가 설계하여 건축된 중앙광장에 들어선 두 사람은 사람들로 북적대는 카페의 테라스에 앉아 이른 밤의 정취를 즐겼다.

"저⋯ 10월 31일에 과테말라로 가는 거야?"
"어, 그렇지⋯. 11월 4일에 준영양행에서 첫 근무를 시작해. 미리 도착해서 회사가 정해준 숙소에 짐 풀고, 과테말라에 있는 동문들 만나서 정보도 좀 얻고…."

"응…."

"수진아, 나… 네가 너무 보고 싶을 텐데…. 어떻게 하지?"

"조준아, 안 가면 안 되겠지?"

"그게… 내가 홍수도 경험하고 노조도 경험했잖아? 그래서 이제 섬유업계에 이름이 좀 알려졌고 또 연봉도 많이 올라서…."

"이해해. 나도 미국 생활 정리하고 스페인에서 정식 가이드가 되어 자리 잡는 게 쉽지 않았어. 이렇게 노력해서 얻어낸 것을 포기할 수는 없지…. 너무 보고 싶을 땐 내가 과테말라로 가든가 네가 스페인으로 오면 되지, 뭐."

"내가 알아봤는데, 스페인과 과테말라 사이에 이베리아 항공 직항이 있더라. 수진아, 너도 섬유업계의 제조업체들이 어떻게 일하는지 대충 알잖아? 사실 피 말리는 스트레스를 감당하며 높은 연봉을 받는 거라… 내가 스페인으로 자주 오기는 힘들 것 같아. 연말연시에 일주일 남짓 그리고 정기 휴가 때는 내가 꼭 스페인으로 올게."

"조준아, 그럼 나머지 시기엔 내가 과테말라로 자주 갈게. 나는 가이드라 스케줄 조정을 편히 할 수 있으니까… 너 보고 싶을 때마다…. 글쎄, 한 달에 한 번 또는 두 번이라도 과테말라로 갈게. 미리 여러 개의 항공권을 한 번에 구입하면 할인 혜택을 많이 받을 수 있을 거야."

"고마워, 수진아. 항공권 구매할 돈은 내가 송금할게. 그리고 네가 올 때마다 좋은 호텔에 예약해놓을게. 우리의 불타는 밤을 위해서…."

"어머! 지금 그런 얘기를 그렇게 큰 소리로 말하면 어떡해? 아무리 한국어를 이해하지 못하는 사람들만 있다고 해도. 웃겨! 후훗."

어두운 밤하늘 아래 정방형 광장을 둘러싸고 있는 바로크 양식의 사암 건축물은 황금빛으로 불타고 있었다. 그때 가벼운 천둥소리와 함께 빗방울이 떨어지며 자연이 연주하는 세레나데가 시작됐다.

"투둑, 투두둑, 투두두두둑…."

돌로 포장된 광장 바닥에 빗물이 흥건했고 황금빛 건축물이 바닥에 비쳤다.

"강수량이 적은 지역이라 지금 이런 모습을 보는 게 쉽지 않은데…"

"저… 조준아."

"응?"

"나… 몰라, 이런 말 하기 좀 부끄러운데… 지금 이 황금빛으로 타오르는 광장 모습이 너무 예쁘고 또… 나도 타오르는 것 같아서…"

마침 두 사람이 묵고 있는 호텔은 중앙광장 근처였다.

"수진아, 타오르는 광장도 예쁘지만, 타오르는 네가 더 아름다워. 사랑해."

유럽의 문화 수도 살라망까의 밤, 황금빛이 정조준과 장수진을 비추었다. 그리고 이들의 불타는 사랑이 밤하늘에 빛을 더했다. 깊은 사랑을 나누었다. 깊고 깊은 곳에서 서로를 꼭 붙잡고 간절히 매달렸다.

제5장

총을 물리치다

총성 속으로

- 2003년 5월 초

"삐이이이익!"

타이어가 주차장 바닥을 거칠게 자극하는 마찰음이 정조준의 귀에 꽂힐 때 검은색 SUV 차량 한 대가 매우 급히 방향을 전환하며 끼어들었다.

"뭐야, 이 개자식이…"

정조준의 입에서 욕설이 튀어나왔다. 요금 정산소를 향해 지하 주차장의 중앙 통로를 따라 서행하던 정조준은 왼쪽 작은 통로로부터 지나치게 빠른 속도로 돌진해 온 차량이 꺾어 들어오자 급히 브레이크를 밟았다. 상대 차량의 오른쪽 앞 부분과 정조준 차의 왼쪽 앞 부분이 한 뼘 간격을 두고 급정지했다.

갑작스런 상황에 화가 난 정조준은 운전석 창문을 내리며 검은색 SUV 차량 운전자를 향해 욕을 퍼부으려고 했다. 바로 그때 검은색 차량의 조수석 창문이 내려갔다. 그리고 운전자가 권총을 들어 조수석 창문을 통해 정조준을 겨누었다. 정조준은 이미 창문을 내렸기에 상대방을 똑똑히 볼 수 있었다. 불과 2미터 남짓 거리였다. 검은색 셔츠

정조준

차림, 검은색 선글라스 그리고 대머리인 백인 남자는 매우 자연스럽게 정조준을 향해 권총을 겨누고 있었다. 굳이 뚫어져라 관찰하지 않아도 한 눈에 조폭임을 알 수 있었다.

당황한 정조준은 시간을 벌어야 한다고 생각하며 배짱 좋게 말했다.

"쏠 건가?"

"…"

백인 남자는 말없이 매우 천천히 고개를 두 번 끄덕였다. 표정이 섬뜩했고, 총구는 여전히 정조준을 향하고 있었다. 정조준은 불현듯 중학교 1학년 때 본 영화 '인디아나 존스' 시리즈의 1편인 '레이더스'의 한 장면을 떠올렸다.

'주인공 앞을 막아선 거구가 한참 동안 칼을 휘두르며 위협하자 그 모습을 지켜보던 주인공이 가소롭다는 듯 총을 꺼내 쏴버렸지. 칼은 총에 위협이 되지 않아. 게다가 난 칼도 없어.'

정조준은 얼어붙은 듯한 미소를 살짝 보내며 왼손과 오른손을 편 상태로 들어 보인 후 오른손만 천천히 내렸다. 왼발로 클러치를 밟으며 오른손으로 수동 변속기를 후진에 넣었고, 신속히 왼발을 클러치에서 떼며 동시에 오른발로 가속 페달을 밟았다.

"끼이익, 쿵!"

뒤에 있던 차를 살짝 박았다.

"탕!"

대머리 백인 남자가 총을 쥔 왼손을 창밖으로 뻗어 허공을 향해 발사했다. 분노를 참지 못한 것인지, 정조준에게 경고한 것인지 알 수 없었다. 다행히 검은색 SUV 차량은 요금 정산소를 통과하며 주차장 밖으로 나갔다.

팔다리가 후들거리는 듯한 느낌에 정조준은 세 번 정도 심호흡을 한 후, 차에서 내렸다. 뒤에 있는 차 운전석 쪽으로 다가갔다. 여성 운전자였는데 두 손으로 얼굴을 감싸고 있었다. 정조준이 창문을 두드리며 미안한 표정을 짓자 여성 운전자가 안심했는지 창문을 내렸다.

"괜찮으세요? 죄송합니다. 제가 위험했던 상황이라 급히 후진하는 바람에 당신 차를 살짝 박았습니다."

"저는… 괜찮아요. 방금, 그… 검은색 차… 초… 총 쐈죠? 당신은 괜찮은가요?"

"네, 괜찮습니다. 검은색 차는 갔으니, 잠시 내려서 보시겠어요? 제가 앞 범퍼를 살짝 박았고 조금 찌그러졌어요. 보험회사에 전화하겠습니다."

"아니에요, 괜찮아요. 저는 지금 너무 무섭고 떨려서요…. 그냥 가고 싶어요."

정조준은 지갑에서 명함을 꺼내 여성에게 건넸다.

차를 몰아 주차장 밖으로 나온 정조준은 근처에 자주 가는 식당의 테라스 옆 주차장에 잠시 차를 세웠다.

"에이 씨… 이런 개 같은!"

정조준이 2002년 11월 초 섬유업계의 강자로 떠오르고 있는 준영양행에 입사한 후 벌써 6개월이 지났다. 인사·총무팀을 총괄하며 본사의 지시에 따라 섬유업계 최초로 컴플라이언스팀을 창설했다. 스페인어에 능통한 정조준이었지만, 새로운 나라에 적응하고 새로운 회사에서 업무 파악하며 역할을 수행하는 게 쉬운 일은 아니었다.

정조준

게다가 근로자들의 인권 보호, 노동법 준수, 안전·위생 관리 등을 통틀어 '컴플라이언스(compliance: 준수, 순응)'로 지칭하는 미국의 대형 의류 브랜드가 하나둘 늘어났고, 이들은 각기 컴플라이언스팀을 운영하며 생산 공장에 대한 평가를 수시로 진행했다. 평가 점수가 나쁠 경우 공장 또는 제조업체는 오더 감소 또는 거래 중지 등의 불이익을 감수해야 했다.

이에 준영양행도 '컴플라이언스'라는 단어를 사용하기 시작했고, 회사 내부적으로 그 중요성은 급상승했다. 그리고 컴플라이언스팀을 창설한 정조준은 그 팀장을 겸임했기에 그의 어깨는 더욱 무거워졌다. 정조준은 과테말라인 직원들을 채용하여 과테말라 노동법, 환경법 등을 함께 파악했고 본사에 수시로 보고하며 매뉴얼과 자체 평가를 위한 평가서를 한국어와 스페인어로 완성했다.

평가 리스트의 중요한 부분인 대 근로자 인터뷰를 위한 질문 내용은 여자친구인 장수진의 도움을 받았다. 한때 장수진이 전 세계적으로 유명한 스포츠 브랜드 L사의 컴플라이언스팀 직원으로 일했었기 때문이다.

과테말라시는 여러 구역으로 나뉘어져 있는데 10, 14, 15구역은 전통적인 부촌이며 타 구역에 비해서는 안전한 곳이었다. 그런데 정조준은 바로 10구역에 있는 인터컨티넨탈 호텔에서 바이어와 컴플라이언스 관련 미팅을 마치고 나오다가 봉변을 당할 뻔했던 것이다.

허공에 대고 욕을 퍼부었다. 과테말라의 파란 하늘이 정조준의 눈에 들어왔고 튀어나오던 욕이 잦아들었다. 따스한 햇살이 어깨를 풀어주고 부드러운 미풍이 이마를 스치자 다소 진정이 됐다.

핸드폰을 들어 장수진에게 전화했다. 예쁜 목소리가 들려왔다.

"올라(hola: 여보세요, 안녕), 어머! 조준아, 나도 지금 너한테 전화할까 말까 고민하고 있었는데, 네가 너무 바쁘니까…."

"수진아, 무슨 소리야? 언제든지 전화해. 높은 사람과 미팅 중이라 해도 네 전화는 받을 거야. 보고 싶다…."

"나도 보고 싶어, 많이… 아 참, 컴플라이언스 내부 평가를 위한 리스트는 완성했어?"

"그럼. 네 도움이 컸지. 고마워."

"아니야, 사실… DM사에 독립노조가 결성되며 불법 파업 일어났던 것 관련해서 내가 작성한 공장 평가서가 원인이었나 하는 생각이 들기도 했거든. 마음의 빚이 조금 있었는데, 네가 준영양행으로 옮기자마자 맡은 큰일에 도움이 됐다니 정말 다행이야."

"그건 아니야. 나도 사실 처음엔 네가 작성한 공장 평가서를 원망했었지…. 하지만 근로자의 밥에서 바퀴벌레가 나온 것은 분명한 사실이고, 네 입장에서 그 내용을 평가서에 쓰지 않는다면 그건 업무를 잘못하는 거니까…. 그리고 말이야, 국제노동기구의 알렉산더와 친분을 쌓으며 정보를 얻게 되었는데, 알렉산더에 의하면 '곱슬머리 아돌포'라는 놈이 DM사의 독립노조를 사주한 거래. 그놈 뒤엔 큰 조직도 있다고 했어. 게다가 그놈이 DM사 2공장 건축 현장에도 어슬렁거렸어. 사실 그래서 내가 준영양행으로 옮기게 된 거고. 그런데 나… 조금 전에 큰일 날 뻔했어. 글쎄 주차장에서 어떤 미친놈이 나한테 총을 겨눴어."

"뭐라고? 다치진 않았어? 괜찮아?"

"응, 괜찮아. 과테말라가 위험하다는 건 알았지만, 이 정도일 줄은 몰랐어. 수진아, 너 과테말라에 올 때마다 정말 조심해야겠어. 다음

정조준

일정이 언제더라?"

"다음 달 첫째 주 목요일 이베리아 항공편으로 오후 3시에 도착이야."

"수진아, 절대로 혼자 공항에서 나오면 안 돼. 내가 아무리 빨리 가도 밤 8시는 넘을 텐데… 미안하지만 내가 공항에 도착할 때까지 꼭 공항 안에서 기다려. 지난번에 내가 준 싸구려 핸드폰 켜놓고, 알았지?"

"응, 알았어. 너무 걱정하지 마. 나보단 과테말라에서 일하는 네가 더 조심해야지. 그나저나 아직도 한 달이나 남았네. 너무 보고 싶은데 5월까지는 관광객이 많아서…. 하지만 6월부터는 관광객이 줄어드니까 더 자주 갈게."

"타앙!"

강력한 총성에 준영양행 정문 앞은 아수라장이 됐다. 갸냘픈 여성의 등에 총알이 파고들었고, 피를 흘리며 쓰러진 여성은 꼼짝도 하지 않았다.

사망한 여성은 준영양행 1공장의 봉제 라인 반장이었다.

40명 정도를 관리하는 반장을 조폭들이 협박해왔고, 반장은 급여가 지급되는 매주 토요일마다 반원들로부터 일정 금액을 걷어 자신의 돈과 합쳐 조폭들에게 상납해왔다. 수개월 동안 지속되었으나 반원들이 더 이상 돈을 내지 못하겠다고 하자 반장은 자신의 돈만 조폭에게 전달했다. 그러나 금액이 적은 것을 확인한 조폭은 다른 반장들도 상납금을 줄이는 도미노 현상이 벌어지지 않도록 하기 위해 본보기로 그 반장을 살해했던 것이다.

정문 경비가 총무팀으로 연락했고, 정조준은 정문 쪽으로 뛰어왔다.

"에이 씨… 이런 개 같은!"

정조준은 입을 다물지 못한 채 씩씩대며 하늘을 잠시 쳐다봤다. 과테말라의 아름다운 파란 하늘이 우울해 보였다. 퇴근길에 일어난 비극으로 근로자들은 물론 수십 명의 반장들이 몹시 동요했다.

그리고 며칠 후, 정조준이 온두라스에서 일할 때 거래하던 재봉사 생산업체의 안 법인장이 1년 전부터 과테말라로 이동해 근무하고 있다며 연락을 해 왔다. 이에 점심을 함께 먹기로 했고, 정조준은 관리 총괄 서영식 상무에게 보고한 후, 자재팀장을 안 법인장에게 소개해주기 위해 함께 약속 장소로 나갔다. 그러나 약속 시간이 지나도 안 법인장이 나타나지 않았다.

정조준은 핸드폰을 들었다.

그 시각으로부터 조금 전, 안 법인장은 공장 근로자들의 급여 때문에 은행을 방문했다. 근로자들이 50여 명밖에 안 되었기에 은행에서 직접 현금을 찾았다. 맨 마지막 창구에 있던 은행원이 안 법인장을 힐끔힐끔 쳐다보며 어디론가 전화하고 있었다. 안 법인장은 이를 느꼈으나, 대수롭지 않게 생각하고 은행 밖으로 나와 자신의 차에 올랐다.

안 법인장이 정조준과 만나기로 한 식당으로 이동하던 중 신호등 바로 앞에 정차했는데, 오토바이 한 대가 운전석 바로 옆에 멈추더니 검은 헬멧을 쓴 놈이 권총을 꺼내들었다. 놀란 안 법인장이 급히 가속 페달을 밟았다. 하지만 총이 빨랐다.

"탕!"

정조준

총성이 공기를 찢을 때 총알은 차 유리창을 찢어버렸다.

총알이 안 법인장의 이마를 살짝 스쳐 정신을 잃었고, 안 법인장이 가속 페달에서 발을 떼지 못하는 바람에 차는 앞으로 튀어나갔다. 다행히 좌측에서 달려오던 차와 부딪히지는 않았으나, 사거리 건너 가로수를 들이받았다.

검은 헬멧을 쓴 놈이 오토바이를 몰아 안 법인장의 차 옆으로 다가갔고, 권총을 든 채 대담하게 오토바이에서 내렸다. 주위를 휘휘 둘러보며 경계했고, 차 안에 있는 돈가방을 꺼내더니 다시 오토바이를 타고 유유히 사라졌다.

잠시 후, 지나가던 몇몇 행인들이 안 법인장의 차로 몰려왔고, 안 법인장을 도와주려고 했다. 바로 그때 안 법인장의 핸드폰이 울렸다. 행인 한 명이 안 법인장의 핸드폰을 들고 말했다.

"사고가 났어요. 지금 전화하는 분이 누군지 모르겠는데요… 핸드폰 주인이 지금 총에 맞았고 또… 차는 가로수를 들이받았어요."

핸드폰 너머 들려오는 다급한 목소리에 정조준은 깜짝 놀랐지만, 침착하게 대화하며 장소를 확인했다. 그리고 즉시 자신의 차를 몰아 사고 지점으로 향하면서 사회보험기관으로 전화하여 앰뷸런스를 요청했다. 사고 지점에 정조준이 도착했고, 안 법인장을 살피며 소리쳤다.

"안 법인장님! 안 법인장님! 에이 씨… 이런 개 같은!"

"삐오, 삐오, 삐오…"

사이렌 소리가 점점 크게 들려왔고, 구급대원들이 안 법인장을 앰뷸런스로 옮길 때 정조준이 말했다.

"10구역의 메디컬 센터로 가주세요. 저는 제 차로 앰뷸런스를 따라

가겠습니다."

다행히 안 법인장은 생명엔 지장이 없었으나, 총상을 입은 이마를 꿰매야 했고 에어백이 터지지 않아서 갈비뼈에 금이 갔다.

2003년 5월 초, 불과 열흘도 안 되는 기간 동안에 총과 관련된 사건을 세 번이나 겪은 정조준의 어깨가 움츠러들었다. 자신이 직접 총기 위협을 받으며 총소리를 들었고, 봉제 라인 반장이 총에 맞아 사망했으며, 자신의 지인까지 총에 맞아 병원에 입원해 있는 상황을 이해할 수 없었다.

여러 가지 복잡한 생각이 교차했다.

'생각해보자…. 나는 과연 여기 과테말라에서, 여기 준영양행에서 계속 일해야 하는 건가? 이렇게 위험한데? 아, 수진이 보고 싶어…. 수진이와 결혼해서 멋진 삶을 시작하고 싶어. 그런데 모아놓은 돈이 없지…. 지금까지 열심히 일했지만, 월급의 대부분을 써버렸어. 회사 동료들과 또 친구들과 술 마시고, 놀고, 여행 다니느라…. 내년이면 차장으로 진급이야. 회사에서 내 입지도 좋으니까 이대로 열심히 일하며 임원까지 도전해보고 싶어. 잃어버린 세월 15년을 수진이에게 보상해주려면 돈을 모아야 해. 지금 이 일을 팽개치고 스페인으로 간다면…. 아냐, 그건 아니야. 패배자가 될 수는 없어. 정조준, 힘내자, 힘….'

일요일 오후, 정조준은 후배 직원인 이상정과 테니스를 치며 땀을 흠뻑 흘렸다. 세미 웨스턴 그립 포핸드와 백핸드로 날아오는 공을 반대편 코트로 돌려보내며 녹초가 되었을 때 겨우 머리를 식혔다는 느낌이 들었다.

하지만 이상정이 운전하는 차를 타고 숙소로 돌아가는 길에 이상정과의 대화에만 집중하려 해도 복잡한 생각이 정조준의 머리를 떠나지 않았다. 그는 부지불식간에 눈에 힘을 주며 무언가 중얼거리고 있었다.

"과장님, 괜찮으세요?"

"어? 아, 상정아, 내가 혼자 중얼거렸지. 머리가 너무 복잡해서…. 그나저나 네 포핸드 스트로크가 너무 강해져서 아까 많이 당황했다."

"아, 정말요? 하하하! 두 손 백핸드 스트로크는 어땠나요?"

"톱스핀이 아직 부족해. 공을 라켓에서 좀 더 굴려야지, 헤헤헤…. 상정아, 저기가 총성이 울리는 곳이겠지?"

"갑자기 무슨 말씀이세요?"

"상정아, 난 그래도 물러서지 않을 거야. 그래, 난 정조준이야…. 정조준한다, 총성이 울리는 곳을 향해!"

노조 분쟁의 발단

- 2003년 5월 중순

1공장장 이성재는 마음이 급했다.

준영양행 과테말라 법인의 오청길 법인장이 장로로 있는 교회에 다니면서 여러 번 눈도장을 찍은 덕분에 준영양행 1공장장으로 입사할 수 있었다. 급성장 중인 준영양행은 원래 1공장장을 맡고 있던 유종구 부장을 신설 4공장장으로 발령했고, 1공장장을 새로 채용해야 했는데, 주로 교회와 관련된 사람들을 눈여겨보던 오 법인장이 1공장장으로 이성재를 채용한 것이었다.

이성재는 옷을 만드는 전반적인 기술은 물론 공장을 관리하는 능력도 좋았으나, 전 직장인 코콘펙에서 일하며 코콘펙의 김 사장으로부터 여러 편법과 불법적인 것을 적당히 이용하는 방식으로 일을 잘못 배웠다. 규모가 작은 코콘펙에서 일하던 이성재가 준영양행으로 옮겨 일을 시작해보니 1공장만 해도 코콘펙 규모의 두 배에 달하고, 1공장부터 4공장까지 네 개 공장 간에 경쟁도 매우 심했다. 요일별 결근률, 각 봉제 라인별 1일 손익, 공장 전체 1일 손익, 주간과 월간 손익은 물론, 불량률 분석과 개선 방안 마련, 적자 원인 분석 그리고 컴플라이언스

정조준

까지 정신을 차릴 수가 없었다.

게다가 생산하기 편리하면서도 공임이 높은 스타일을 배정받아야 흑자를 낼 수 있는데, 생산에 투입되어 있는 다섯 개 스타일 모두 난이도가 높아 생산성은 떨어지고 연일 적자를 내고 있었다.

입사한 지 수개월이 지나도록 적자를 면치 못하는 상황에서 노무 매니저가 사직서를 제출하자 이성재는 코콘펙의 노무 매니저 알렉스에게 연락하여 지인을 소개해달라고 부탁했다. 과테말라의 특수부대 장교 출신인 알렉스는 마침 코콘펙을 그만둔 상태였다. 며칠 후, 알렉스는 준영양행 1공장의 노무 매니저로 입사했다.

그리고 어느 토요일 오후, 모든 근로자들이 퇴근한 후에 1공장장 이성재, 총무 차정후, 노무 매니저 알렉스가 머리를 맞대고 있었다.

"차정후, 그럼 입사한 지 5년이 넘은 근로자들 중에서 가장 일을 못하고 맨날 불량만 내고 있는 놈들이 몇 명이야?"

"다섯 명입니다. 해고를 해야 생산성 향상에 도움이 되는데요, 해고비는 근속년수 1년마다 1개월분 급여를 지급해야 하므로, 당장 비용이 상승하게 됩니다. 이번 달에도 2만 불 정도 적자가 예상되는데 해고비까지 추가되면 적자 폭이 더 커지게 되고요."

"알렉스, 이 다섯 명 말이야…. 해고비 지불 안 하고 내보낼 수 있는 방법이 있을까?"

"예전에 제 부하였던 하사관 두 명이 얼마 전에 제대했습니다. 이들에게 용돈 좀 주면 충분히 가능합니다."

"알렉스! 그리고 공장장님! 제대한 군인들을 데리고 뭘 어떻게…"

"알렉스, 오케이! 그렇게 해. 그리고 차정후, 재단 과정에 발생하는 자투리 모아놓은 것은 언제 내보내지?"

"다음 주에 예정되어 있습니다. 분량은 반 트럭 정도 됩니다."

"지난 몇 달 동안 스트라이프 원단 사용이 매우 많았잖아? 재고에서 누락시킨 양이 꽤 되지?"

"네, 한 트럭 반 정도 됩니다."

"그럼 말이야, 그 원단을 화물칸 안쪽에 싣고 문 가까이엔 자투리를 실어서 내보내. 두 번 출고하면 전부 처분할 수 있잖아?"

"공장장님 지시대로 원단을 재고에서 누락시키긴 했지만, 이제 등록 처리하고 통합 원단 창고에 입고시켜야 하는데요…. 어디로…."

"당연히 코콘펙으로 보내야지. 내가 코콘펙 김 사장님에게 미리 전화해놓을게. 김 사장님이라면 원단 받기 전에 미리 돈을 보내줄 거야. 그 돈을 알렉스에게 주라고. 그럼 알렉스가 예전 부하들에게 전달하고, 그 부하들이 다섯 놈을 알아서 잘 처리하겠지. 흐흐흐…."

근육질에 험상궂게 생긴 두 놈이 준영양행 정문 밖에서 서성였다. 점심 식사를 하기 위해 쏟아져나오는 수천 명의 근로자들을 뚫어져라 관찰하던 놈들이 다섯 명의 근로자들을 뒷골목 으슥한 곳으로 위협하며 데려갔다. 돈을 빼앗진 않았다. 하지만 품속에 감추어둔 총을 슬쩍 보여주며 주먹으로 이들의 가슴과 얼굴을 마구 때렸다.

"너희들, 한 번만 더 이 회사에 나타나면… 탕! 흐흐흐… 그냥 황천길이야. 급여고 정산금이고 받으러 올 생각도 하지 말라고, 알겠어? 꺼져버려!"

정조준

그날 이후 다섯 명의 근로자들은 더 이상 출근하지 않았다. 험상궂은 두 놈이 준영양행 정문 앞에 다시 나타났는데, 1공장 노무 매니저 알렉스가 나오자 반색을 하며 쫓아갔다. 알렉스는 이들과 악수하며 인사하더니 돈봉투를 건넸다.

"알렉스 대위님, 언제든지 불러주십시오."

두 놈은 노무 매니저 알렉스에게 깍듯이 거수경례를 하고 사라졌다.

그때 정문 근처에서 어슬렁거리며 기웃거리는 남자가 있었다. 잠시 가로수 뒤로 숨더니 놀란 눈으로 이들을 관찰했다. 청바지와 검은색 티셔츠 차림에 베이지색 배낭을 멘 남자, 곱슬머리 아돌포였다.

다섯 명이 출근을 멈춘 날, 알렉스는 숙련공 다섯 명을 입사시켰다. 3일 정도 경과하자 숙련공 다섯 명이 포함된 봉제 라인들이 흑자로 전환되었고, 1공장장 이성재는 웃음을 참으며 생각했다.

'그래, 이거야. 조금만 더 이렇게 하면 곧 공장 전체가 흑자로 전환되겠어. L사 영업을 총괄하고 있는 본사 영업본부 강인수 이사가 앞으로 L사의 몇몇 스타일을 1공장에 배정해주겠다고 약속했어. 10개 라인은 채울 거라고 했지, 흐흐흐. 지난번에 강인수 이사가 왔을 때 술 마시며 친해져서 정말 다행이야, 더군다나 나와 고향도 같고…. 그래도 그렇지, 10개 라인씩이나 채워주다니, 흐흐흐. 게다가 스트라이프도 없고 세탁 공정도 없는 스타일이 주로 배정될 거라고 했어. 그럼 불량은 줄고 생산성은 올라갈 거야. 내가 1등 공장장이 될 수 있어. 성과급도 두둑이 받게 될 거고….'

봉제 라인 반장이 살해된 후, 정조준은 준영양행이 위치한 비야누에바(Villanueva)시 경찰서장 안또니오와 긴밀히 협조했다. 식사도 하고 술도 한잔씩 하며 개인적인 얘기도 나누는 가까운 사이가 되었다. 경찰에 몸담은 지 거의 25년이 된 안또니오 서장은 차분하고 침착한 사람으로 몇 년 전부터 야간 대학에서 경영학을 전공하고 있었다.

어느 날 아침 10시, 대부분의 관공서와 학교 그리고 기업들이 아침 7시 30분에 시작하기 때문에 아침 10시는 집중해서 일해야 하는 시각이었는데, 정조준의 핸드폰이 울렸다. 안또니오 서장이었다.

"올라(hola: 여보세요, 안녕), 안또니오! 좋은 아침이야."

"좋은 아침! 라파엘, 경찰청장님을 만나고 싶어 했잖아? 청장님이 11시에 잠시 시간이 빈다는데 방문할 수 있겠어?"

"당연히 가야지, 지금 바로 출발하면 11시에 도착할 수 있을 거야."

"오케이, 경찰청 정문에 도착해서 '준영양행 매니저 라파엘 정'이라고 말하면 바로 통과시켜줄 거야."

정조준은 즉시 관리 총괄 서영식 상무와 오청길 법인장에게 보고한 후, 차를 몰아 준영양행 정문을 빠져나왔다. 그때 정문 옆 작은 가게 안으로 후다닥 숨는 듯한 사람이 있었다. 뒷모습만 봤는데, 청바지와 검은색 티셔츠 차림에 베이지색 배낭을 멘 곱슬머리였다.

"저건, 혹시… 곱슬머리 아돌포? 딱 그놈 같은데…. 저 새끼 피하느라 멕시코에서 상대 형과 헤어져 과테말라로 왔는데…. 설마 또 무슨 일이 일어나는 건가?"

정조준

"깜짝이야! 왜 한참 일할 시간에 갑자기 외출을 하는 거야?"

곱슬머리 아돌포는 가게에서 나와 중얼거리며 숨을 고르더니 어디론가 전화를 걸었고, 곧바로 상대방의 싸늘한 목소리가 들렸다.

거대한 극우 세력

"아돌포, 고생 많지? 과테말라 상황은 어떤가?"

"에버렛, 안녕하세요? 여기 준영양행에 말도 안 되는 사건이 벌어지고 있어요. 반장이 반원들의 급여를 갈취하고 있어요. 또 험상궂은 놈들이 나타나서 일부 근로자들을 때리고 협박하며 회사에서 쫓아냈어요. 제가 쫓겨난 근로자들 중에 한 명을 만나봤는데, 군인처럼 생긴두 놈이 총으로 위협하며 주먹으로 마구 때렸다고 해요. 회사에 얼씬거리면 총으로 쏴 죽이겠다고 협박했답니다. 제가 만난 근로자에게 이내용에 대해 간단히 글로 쓰게 했고 서명까지 받아두었습니다. 아마매우 유용하게 사용할 날이 올 겁니다."

"하하하, 잘했네. 그런데 왜 협박해서 내쫓았다고 하나?"

"그 근로자 말로는 이유를 모르겠다고 합니다. 자신은 5년 이상 근속했는데 왜 이런 협박을 받아야 하는지 이해가 안 된다고 했어요. 그리고 자신과 함께 협박받아 쫓겨난 네 명의 동료들도 모두 5년 이상근속했다고 합니다."

"그래…. 5년 이상 근속했다? 으음… 준영양행의 규모가 어느 정도되지?"

"엄청난 규모입니다. 4개 공장을 다 합하면 아마 5,000명은 넘을 겁

　　　　　　정조준

니다. 그리고 여러 협력업체들과 거래하고 있는 것 같아요."

"으음… 2001년에 우리가 공격한 멕시코의 DM사보다 몇 배로 큰 규모야. 제대로 걸렸군. 알겠네. 내가 즉시 데이빗 님에게 보고해야겠어. 아, 그리고 주디 알지? 세계적인 스포츠 브랜드 L사 컴플라이언스팀의 주디 말이야."

"물론이죠. 지난번 멕시코 DM사 독립노조 파업 때 만났었지요."

"오케이, 주디가 과테말라로 출장 가면 잘 협조하게."

"네, 알겠습니다. 그리고 에버렛, 준영양행 1공장의 몇몇 근로자들에게 독립노조를 구성하는 방법에 대해 알려줬고, 제가 금전적으로 도움을 줄 수 있다고 말했습니다. 이미 활동비도 좀 줬고요. 가장 대표격인 녀석의 이름은 쎄사르, 요즘 독립노조에 호의적인 근로자들을 열심히 찾고 있을 겁니다."

"오케이! 돈 걱정은 말게. 내가 자네 계좌로 송금해놓을 테니."

미국 LA, L사 컴플라이언스팀 수퍼바이저 주디의 핸드폰이 울렸다.

"데이빗 아저씨, 안녕하세요?"

"그래, 주디. 잘 지내니? 네가 L사 컴플라이언스팀의 수퍼바이저가 된 지 벌써 1년 하고도 몇 개월이 지났구나."

"네, 아저씨 덕분이에요."

"무슨 소릴…. 다 네가 잘해서 승진한 거지. 무엇보다도 우리의 위대한 아메리카를 위해 일한다는 자부심을 갖기 바란다."

"네, 물론이죠. 그런데 어쩐 일이세요?"

"과테말라에 있는 준영양행에도 너희 L사의 오더가 많이 배정되어 있지?"

"그럼요, 제가 2002년부터 관리하고 있는 회사예요. 마침 오늘 아침에 구매팀 수퍼바이저와 미팅이 있었는데요, 현재 준영양행 4개 공장의 총 60개 봉제 라인 중 15개에서 저희 L사의 다양한 스타일들이 생산되고 있어요. 다음 달에는 10개 라인 정도 추가될 예정이고요. 구매팀 수퍼바이저가 제게 신신당부했어요, 컴플라이언스 문제가 발생되지 않도록 해달라고요. 그래서 제가 6월 초에 과테말라로 출장 갈 예정이에요."

"음, 그래. 주디 너도 이해하겠지만, 과테말라에서 컴플라이언스 문제가 생기고 안 생기고는 중요하지 않단다. 우리의 위대한 미국에서 생산을 늘리고 수입은 줄이면서 미국에 이익이 되도록 하는 게 가장 중요한 것이지. 내 말 무슨 뜻인지 이해하겠니?"

"네, 아저씨. 잘 이해하고 있어요. 제가 과테말라로 출장 가면 아돌포를 만나볼게요."

"그런데 말이다. 내가 조금 전에 에버렛으로부터 들었는데, 현재 준영양행 과테말라 법인에 심각한 컴플라이언스 문제가 2개나 발생했다는구나. 알고 있었니? 근로자들의 급여 갈취, 그리고 선량한 근로자들을 폭행하고 협박해서 내쫓은 사건이야."

"정말이요? 오 마이 갓! 이 문제들을 바로 저희 L사 컴플라이언스팀장에게 보고해야겠어요. 저나 제 동료들은 공장에서 근로자들을 인터뷰할 때 항상 명함을 주고 있어요. 그렇기 때문에 어떤 근로자로부터 정보를 받았다고 설명하면 되거든요."

"그래, 주디. 난 아직도 네가 어린애인 줄 알았는데 어느새 똑똑한

정조준

숙녀가 되었구나. 난 네가 정말 자랑스럽단다. 내 정신 좀 보게! 난 이제 몇몇 의류 제조업체 사장들과 대화를 해야겠어, 많은 양의 오더를 생산할 준비가 되어 있는지 확인해야 하니까. 허허허!"

노조 분쟁의 전개

- 2003년 5월 말

경찰청장 미팅에서 정조준은 조폭들이 준영양행 근로자들을 대상으로 금품을 갈취하고 있다는 점을 설명하며 출퇴근 시간 및 중식 시간에 순찰 강화를 요청했다. 특히, 근로자들이 매월 15일과 말일에 급여를 수령하므로, 퇴근 시간에 맞추어 경찰의 순찰 차량이 준영양행 정문 앞에서 잠시 정차 및 사이렌을 간혹 울려주면 큰 도움이 될 거라고 말했다.

경찰청장은 순찰 강화를 흔쾌히 약속했다. 그리고 늘 예산 부족에 시달리는 경찰청을 위해 무엇이든 좋으니 공식적으로 기증을 해주면 감사히 받겠다는 말을 덧붙였다.

미팅을 마친 후 경찰청 근처 식당에서 정조준과 안또니오가 마주 앉았다.

"안또니오, 어떤 물품을 경찰청에 기증하면 좋을까?"

"컴퓨터가 유용할 거야. 그리고 경찰기동대가 사용하는 생활관에 텔레비전도 좋겠지."

"오케이, 좋은 생각이야. 열 대씩이면 충분할까?"

"물론이지. 라파엘, 고마워."

정조준은 즉시 인사·총무팀의 이영규 사원에게 전화하여 신속히 견적 받아 품의서 작성해놓으라고 지시한 후, 다시 안또니오와 대화를 이어갔다.

"경영학 공부는 어때?"

"아직 2학년 1학기를 마치지 못했어. 경찰서에 일이 많아… 야간 대학이라 수업이 밤에 있지만, 밤에도 사건이나 사고가 끊이지 않아서 수업에 제대로 출석을 못 해. 과테말라시와 인근 수도권에서만 하루 평균 50명이 총이나 칼에 의해 살해되고 있거든…"

"그렇게나 많이… 안또니오, 실례되는 질문인데, 지금 급여가…"

"박봉이지, 허허허. 올해 우리 아들 후안도 대학교에 입학해서 집안 살림이 아주 어려워."

"안또니오, 우리 회사에서 일하면 어떨까? 경비 총괄 책임자로. 지금 받는 급여의 두 배 정도 지급할 수 있을 거야. 학교 수업 빠지지 않도록 내가 도와줄게. 물론, 법인장님 재가를 받아야 하지만, 지금 우리 회사가 위험에 노출된 상황이라 좋아하실 거야."

이틀 후, 정조준은 준영양행의 오청길 법인장과 경찰서장 안또니오와 함께 경찰청을 다시 방문했다. 공식적으로 기증하는 컴퓨터와 텔레비전을 앞에 놓고 경찰청장과 기념 촬영을 하며 잠시 환담했다.

경찰청장의 기분이 좋은 상태임을 확인한 안또니오는 경찰청장에게 사직 의사를 밝혔다. 마침 안또니오 서장 바로 아래 부하가 서장 진급

대상이었기에 신속히 진행되었다.

안또니오는 25년 가까이 입었던 경찰 제복을 벗고 준영양행에서 경비 총괄 책임자로 일하기 시작했다. 그리고 안또니오의 부하였던 신임 서장은 준영양행에 적극적으로 협조했다.

주디로부터 보고를 받은 L사 컴플라이언스팀장 윌리엄은 몹시 당황했다. 직속상관인 관리 총괄 부사장에게 보고한 후, 구매 총괄 부사장에게도 보고했다. 그리고 자신의 방으로 돌아와 심각한 표정으로 이메일을 쓰기 시작했다.

To: 준영양행 오청길 법인장, 서영식 상무, 정조준 과장
From: L사 컴플라이언스팀장 윌리엄
CC: L사 컴플라이언스팀 수퍼바이저 주디

제목: 매우 심각한 컴플라이언스 문제 2건
우리의 정보에 의하면 현재 준영양행에서 근로자들의 급여를 갈취하는 무리가 있고, 5년 이상 근속한 5명의 근로자들을 폭행 및 협박하여 내쫓은 사건이 발생했습니다.
당장 귀사와 거래를 중지할 수도 있는 매우 심각한 문제임을 인식하기 바랍니다.
제가 저희 팀 수퍼바이저 주디와 함께 6월 첫째 주 금요일 아침 귀사를 방문하겠으며, 9시에 미팅 진행을 제안합니다. 그 시점까지 문제 2건에 대해 준영양행 본사의 컴플라이언스팀과 함께 철저한 조사 및 대책을 강구하여

미팅에서 발표해주시기 바랍니다.

L사 컴플라이언스팀장, 윌리엄.

안또니오는 적절한 시기에 준영양행에서 근무를 시작했다. 출퇴근 시간과 중식 시간에 근로자들의 안전을 위해 안또니오가 경찰서 순찰대와 긴밀히 협조하자 조폭들이 얼씬거리지 못했고, 더 이상 근로자들이나 반장들이 급여를 갈취당하는 일은 발생하지 않았다.

옷을 만드는 공장이 어떻게 돌아가는지 아직 잘 모르는 안또니오였지만, 며칠 동안 그의 눈은 매섭게 반짝이며 여러 움직임을 관찰했다. 범죄가 기승을 부리는 나라이므로, 공단 밖은 물론 공단 안에 4개 공장과 창고를 자주 관찰했다.

'라파엘이 알려준 바로는 옷을 만드는 공장에서 가장 비싼 자재는 원단이라고 했어. 각 공장에서 생산 후 남는 잉여 원단은 통합 원단 창고로 입고시킨다고 했지. 그리고… 1공장장이 입사한 지 몇 달밖에 안 되어 아직 관리가 허술할 수도 있다고 했지. 어디 보자…'

1공장을 유심히 살피던 그는 전직 경찰서장답게 수상한 낌새를 알아차렸다. 1공장 자체 원단 창고의 도크에 회사 트럭이 주차되어 있었는데, 원단을 싣는 근로자들 뒤에 있던 한국인 관리자가 자꾸만 두리번거렸다. 그리고 실어야 할 것으로 보이는 원단이 더 남아있는데 중단시켰고, 트럭은 자물통을 채우지 않은 채 바로 옆 건물인 재단반 뒤로 이동했다. 근로자들이 무언가 더 싣고 있었다.

'저건, 원단이 아니라 자투리야…. 원단과 자투리가 섞이면 안 될 텐데…'

트럭이 출발하자 안또니오는 자신의 승용차로 트럭을 쫓기 시작했다. 약 15분 후, 트럭이 작은 회사로 들어가는 것을 보며 안또니오가 중얼거렸다.

"코콘펙? 작은 규모의 의류 제조 회사군…."

안또니오는 정조준에게 전화했다.

"라파엘, 바빠? 뭔가 좀 수상한 게 있어서."

"안또니오, 내가 지금 관리 총괄 서 상무님 그리고 오 법인장님과 미팅을 시작하려고 해. 바이어로부터 매우 심각한 내용의 메일이 와서…. 간단히 설명할 수 있겠어?"

"각 공장의 잉여 원단은 공단 안에 있는 통합 원단 창고로 이동해야 하지?"

"맞아. 정확히 기억하고 있군."

"그럼, 자투리는?"

"자투리는 원단을 재단하는 과정에 자연스럽게 발생하는데, 자투리를 헐값에 구매해 가는 업자들이 있어. 업자들이 공장에 돈을 지불하면 공장 총무는 회계팀에 금액만 보고해. 적은 돈이라 공장장이 재량껏 사용할 수 있게 하고 있는데, 주로 잔업하는 근로자들에게 음료수를 사주지. 전체 원단 중량에서 자투리만큼 부족해지지만, 이 정도는 자연 손실로 인정이 되어 수출입 프로그램을 유지하는 데 문제가 없어."

"오케이, 이해했어. 그러니까 잉여 원단은 외부로 나가면 안 되는 것이고, 잉여 원단과 자투리가 한 트럭에 실려서도 안 되는 거네. 그럼 이건 도난 사건인데…."

"뭐라고? 안또니오, 지금 어디야?"

정조준

"작은 회사인데, 이름은 코콘펙."

"코콘펙? 1공장장 이성재가 몇 달 전까지 코콘펙에서 일했었는데…"

"아, 그래? 어차피 내가 코콘펙에 들어갈 수는 없어. 난 이제 경찰도 아니고 또 영장도 없으니까. 트럭이 나오면 좀 더 조사해봐야겠어. 앗, 지금 트럭이 나오고 있어. 라파엘, 내가 다시 전화할게."

안또니오가 트럭을 쫓았고, 예상대로 트럭은 다시 1공장 자체 원단 창고의 도크에 주차되었다. 첫 번째와 동일했다. 잉여 원단을 싣더니 옆 건물인 재단반 뒤로 이동하여 트럭 문 쪽에 자투리를 실었다.

안또니오가 먼저 정문으로 이동해 경비실로 들어갔다. 경비실에서 트럭이 처음 나갈 때 제출한 출문증을 보며 생각했다.

'그렇지, 자투리라고만 적혀 있군. 많은 양의 원단을 실었는데 자투리만 실은 것처럼 거짓으로 기재했어. 잠시 후, 트럭이 두 번째로 나갈 때 제출할 출문증도 마찬가지겠지. 정문에서 잡는 것보다는 코콘펙 앞에 도착했을 때 잡아야 더욱 확실하겠어.'

안또니오는 코콘펙으로 이동하며 비야누에바시의 신임 경찰서장에게 전화했다.

"안또니오 서장님, 안녕하십니까?"

"까를로스 서장, 나는 더 이상 서장이 아니니 그냥 안또니오라고 부르게. 그보단… 지금 바로 순찰차를 코콘펙으로 보내줄 수 있겠나? 도난 사건이 일어나고 있어서 말이야."

"도난 사건이요? 네, 알겠습니다. 지금 바로 출동시키지요."

오청길 법인장, 서영식 상무, 정조준 과장은 L사 컴플라이언스팀장 윌리엄이 보내온 메일에 큰 충격을 받았고, 아침부터 모여 심각하게 대책회의를 하고 있었다.

"정 과장, 우리가 섬유업계 최초로 컴플라이언스팀까지 만들었는데, 도대체 이게 어떻게 된 일이야? 정 과장이 컴플라이언스팀장까지 겸하고 있는데 말이야…."

"법인장님, 죄송합니다. 2개 문제 중 첫 번째는 근로자들의 급여 갈취에 대한 것으로 이미 상무님과 법인장님께서도 알고 계신 내용입니다. 봉제 라인 반장은 사실 반원들의 급여를 갈취했다기보다는 협박하는 조폭의 요구대로 반원들로부터 일정 금액을 걷고 자신이 내야 하는 금액까지 합쳐서 조폭에게 상납했던 것입니다. 몇 개월 동안 지속되었는지는 모릅니다만, 결국 반원들이 견디지 못하고 거부하자, 반장은 더 이상 반원들에게 종용하지 않고 자신의 급여에서만 일부 금액을 상납했는데… 조폭이 반장을 총으로 살해했습니다. 5월 초에 일어난 사건이며, 그 당시 많은 근로자들과 반장들이 동요했지만, 때마침 전 경찰서장 안또니오가 경비 총괄 책임자로 근무하게 되었고, 현 경찰서장이 적극적으로 협조하고 있어 더 이상 조폭들의 급여 갈취는 없는 것으로 파악됩니다."

"좋아, 정 과장, 수고 많았어. 법인장님, 첫 번째 것은 해결되었다고 볼 수 있습니다. 물론 금품을 갈취했던 심각한 문제인 것은 분명하나, 과테말라에 워낙 총기로 무장한 조폭들이 기승을 부린다는 점, 그리고 매우 안타깝지만 우리 봉제 반장이 살해되었다는 점을 잘 설명하고, 현재 경비를 강화하여 금품 갈취는 더 이상 발생하지 않는다고 설

정조준

명하면 될 듯합니다. 두 번째 문제는 5년 이상 근속한 다섯 명의 근로자들을 폭행하며 내쫓았다는 것인데요… 이런 일을 대담하게 저지를 사람이 어디 있겠습니까? 정 과장은 어떻게 생각하나?"

바로 그 순간 정조준의 핸드폰이 울렸다.

"죄송합니다. 경비 총괄 책임자 안또니오로부터 매우 급한 전화인데요, 잠시만 통화하고 이 내용에 대해서도 지금 바로 보고드리겠습니다… 안또니오, 뭐라고? 다시 코콘펙에? 경찰이 마침 도착했고, 음… 알았어. 지금 바로 보고드린 후에 전화할게."

전화를 끊은 정조준이 오청길과 서영식을 향해 무겁게 입을 열었다.

"저, 상무님, 법인장님… 우리 트럭이 코콘펙 정문 앞에 있는데요, 안또니오와 경찰서의 순찰차가 그 트럭을 잡았습니다. 트럭 화물칸 안에는 많은 원단이 실려 있고 문 쪽에만 소량의 자투리가 실려 있다고 합니다. 제 추측, 아니 기의 확실하다고 판단되는데요… 작업 중인 원단을 빼돌리면 생산에 차질이 생길 것이므로, 보나마나 잉여 원단일 것이고, 당연히 통합 원단 창고로 이동시켜야 함에도 불구하고 몰래 트럭에 실은 듯합니다. 문 쪽에 자투리를 실은 것은 출문중에 '자투리'로 기재해서 정문을 통과하기 위함이었을 겁니다. 간혹 우리 정문에서 화물칸을 검사하는데, 이때 경비가 트럭의 문을 열어서 검사해도 '자투리'만 보이도록 위장한 것으로 판단됩니다. 그리고 트럭이 이미 한 번 코콘펙에 원단을 실어 날랐고, 두 번째로 싣고 갔다가 잡힌 것입니다."

"법인장님, 보통 문제가 아닙니다. 코콘펙은 현재 우리의 협력업체도 아니므로 트럭이 코콘펙으로 향할 아무런 이유도 없습니다. 정 과장, 어느 공장의 원단이지?"

"그게… 1공장입니다. 그리고 트럭이 원단을 싣고 간 코콘펙은… 바로 이성재 공장장이 몇 개월 전까지 일했던 회사입니다."

"으음…. 이게 무슨 일이냐? 이성재가 그럴 사람이 아닌데, 그럼! 주일 예배에 빠지지도 않고 항상 열심히 기도하며 찬송하는 모습이 좋아 보이는데 말이야…."

오청길 법인장의 얼굴이 흙빛으로 변했다.

"저… 안또니오에 의하면, 경찰이 출동했으므로, 일단 경찰이 트럭째 압수할 거라 합니다. 제가 생산기획팀장과 함께 경찰서에 가서 잉여 원단인지 확인해보겠습니다."

"서 상무, 서 상무도 함께 가서… 사건으로 키우지 말고 그냥 덮어달라고 부탁하는 게 좋겠어. 트럭과 원단도 찾아오고 말이야…. 정 과장, 안또니오가 경찰서장과 대화하면 그렇게 처리할 수 있겠지? 1공장이 수개월째 적자라서 이성재 공장장이 얼마나 힘들겠어? 그럼! 이런 상황에 도난 사건까지 벌어지면 안 될 일이지. 그럼! 게다가 L사 오더가 늘어나서 1공장에 열 개 라인 정도 추가될 예정이잖나? L사 오더를 차질 없이 생산하는 게 중요하지. 그럼!"

"네… 저… 알겠습니다. 그런데 원단이 코콘펙으로 갔으면 코콘펙 사장이 원단 값을 지불했거나 지불할 예정일 텐데요. 이건 회사의 자산을 빼돌려서 이익을 취한…."

"정 과장, 일을 부풀리지는 말자고. 이번 일은 그냥 덮고, 잉여 원단은 통합 원단 창고로 입고시키면 되지 않겠어?"

"…."

"저, 법인장님, L사 컴플라이언스팀장의 메일 내용 중 두 번째 문제인, 5년 이상 근속한 다섯 명의 근로자들을 폭행 및 협박하여 내쫓았다는 것 관련해서도 조사를 시작해야 합니다. 정 과장!"

"네, 상무님!"

"4공장은 시작한 지 얼마 안 되었고, 3공장도 3년밖에 안 되었으니, 1공장과 2공장에서만 5년 이상 근속한 근로자들 중에 최근 출근하지 않고 있는 근로자들을 조용히 파악해보도록 해."

"네, 알겠습니다. 컴플라이언스팀원들에게 즉시 지시하겠습니다. 저 … 본사 컴플라이언스팀 전장훈 대리에게 연락해서 사실을 설명하고 출장 일정 잡으라고 요청해야겠지요?"

"할 수 없지, 바이어가 요구하는 거니까. 그렇게 하고… 서 상무는 본사 부회장님께 보고드리면서 영업본부 강인수 이사도 출장 올 수 있도록 요청하지. 강 이사가 L사 영업을 총괄하고 있으니까."

2003년 5월 31일 토요일, 과테말라 아우로라(Aurora)국제공항에 준영양행 본사 컴플라이언스팀의 전장훈 대리가 도착했고, 기다리고 있던 정조준과 만났다. 두 사람은 처음으로 직접 대면하는 것이었지만, 이미 업무 때문에 무척 가까운 사이가 되어 있었다. 본사에 컴플라이언스팀이 창설되며 동시에 과테말라 법인에도 창설되었는데, 바이어들이 원하는 컴플라이언스는 본사에 대한 것이 아니라 공장이 있는 해외 법인에 대한 것이었기에 전장훈이 정조준을 지원하는 형태였다. 더군다나 정조준은 멕시코에서부터 컴플라이언스를 경험하며 노조 파업 문제까지 해결한 후 준영양행으로 스카웃되었기에 전장훈은 정조준을 신뢰하고 있었다.

한국 음식점으로 옮긴 두 사람은 소줏잔을 기울이며 대화를 시작했다.

"전 대리, 아까 얼핏 들었는데 스페인어를 잘하는 것 같아요. 어디에서 배웠어요?"

"정 과장님, 저는 H대학교 스페인어학과 출신입니다. 과장님보다는 조금 부족하지만, 업무 진행에 문제는 없습니다. 하하하."

"아, 어쩐지…. 우리가 출신 학교는 서로 다르지만 전공이 같아서 그런지 뭔가 유대감이 더 생기는 것 같은데요."

"네, 그렇습니다. 저… 과장님, 저는 92학번이고 이제 대리 1년 차입니다. 말씀 편하게 하셨으면 좋겠습니다. 과장님은 홍수에 노조 파업까지 많은 어려움을 겪으시며 진급이 빨랐다고 들었습니다. 이미 과장 4년 차라 내년에 차장 진급 대상이시잖아요?"

"아, 뭐… 그렇게까지 목숨 걸고 일할 필요는 없었는데… 내가 좀 지나치게 했죠. 하하하!"

"저, 회사 밖에서는 형이라고 불러도 되죠? 조준이 형…."

"하하하! 그렇게 합시다. 그럼… 장훈아, 하하하."

식사를 마친 두 사람은 준영양행의 숙소로 이동했다. 마침 정조준이 사용하는 숙소에 출장자를 위해 방을 하나 비워두었기에 전장훈이 사용하게 되었다.

과테말라가 자랑하는 최고의 럼주 싸까빠(Zacapa)가 한 순배 돌자 업무에 관한 대화가 오가기 시작했다.

"조준이 형, 그럼 L사 컴플라이언스팀의 윌리엄이 지적한 문제 2개 중에서 첫 번째, 근로자 급여 갈취 건은 해결된 것이고요, 두 번째, 5

년 이상 근속한 다섯 명의 근로자들을 폭행 및 협박하며 내쫓았다는 것만 빨리 조사하고 해결책을 내놓으면 되는 거네요?"

"그렇지. 설립한 지 5년 넘은 공장은 1공장과 2공장이야. 내 생각엔 2공장은 조사할 필요가 없어, 시간 낭비지. 문제는 1공장에 있는 거야."

"왜 그렇죠? 1공장 이성재 공장장이 일 잘하는 사람이라고 본사 영업본부 강인수 이사님이 칭찬을 엄청 하던데요. 그래서 1공장에 L사 오더를 많이 배치할 거라고요."

"그게, 1공장에서 원단이…. 아니다, 그건 나중에 말할게. 내가 이미 컴플라이언스팀원들을 시켜서 조심스럽게 1공장만 조사했는데… 해고 관련 기록도 없고 또 사직 관련 기록도 없는데 어느 날 갑자기 출근하지 않는 근로자들이 정확히 다섯 명 있어. 다섯 명 모두 5년 이상 근속했고."

"아, 벌써요? 형이 팀원들 교육을 잘 시켜주셨네요. 정말 대단하세요."

"좋은 직원들을 채용한 거지. 또 본사 컴플라이언스팀에서 장훈이 네가 엄청 도와줬잖아? 하하하!"

"제가 도운 게 뭐 있나요? 컴플라이언스 매뉴얼은 물론, 우리 스스로 우리 공장과 협력업체들을 평가하기 위한 평가서 양식도 사실 형이 다 만든 거잖아요. 그 내용 그대로 우리 인도네시아 공장에도 적용하고 있어요. 그리고 특히 평가서 양식의 가장 중요한 부분인 대 근로자 인터뷰를 위한 질문 내용도 형이 다 구상한 것이고요. 그것도 영어, 스페인어, 한국어로요."

"사실 근로자 인터뷰를 위한 질문 내용은 내 여자친구가 만들어줬어. 영어, 스페인어까지 모두 잘하거든, 하하하."

"네? 어떻게요? 그럼 형보다 더 전문가란 얘긴데…."

"L사 컴플라이언스팀에서 5년 넘게 일했으니까 당연히 전문가지. 그런데 지금은 스페인에서 아주 멋진 가이드로 일하고 있어. 우리 인연이 좀 복잡해. 뭐 어떻게 보면 단순하다고 볼 수도 있고. 내가 그냥 바보였고 미친놈이었던 거지. 같은 K대학교 87학번이고, 게다가 같은 외국어대학 건물 안에서 공부했어. 난 스페인어학과, 내 여자친구는 영문학과. 하여튼 15년을 허송세월한 후에 작년 가을 스페인에서 우연히 만났어. 우… 씨, 무지하게 보고 싶다."

"와, 어떻게 그럴 수가 있죠? 내용이 궁금한데요…. 형수님은 미인인가요?"

"으음… 그래. 엄청난 미인이지. 하하하! 이 얘기는 우리 복잡한 컴플라이언스 문제 마무리한 후에 즐겁게 웃으면서 하자고. 사실 다음 주목요일에 과테말라에 올 거야. 금요일에 L사 컴플라이언스팀과 미팅 잘 끝내고 나면 내가 인사시켜줄게. 하여튼, 5년 이상 근속했는데 사직도 해고도 아닌 상태에서 그냥 출근하지 않는 근로자가 1공장에 정확히 다섯 명 있어. 월요일에 이 다섯 명을 직접 찾아가서 대화해보자고."

"네, 알겠습니다. 아 참, 영업본부 강인수 이사가 수요일 저녁 여기 과테말라에 도착할 예정이라고 들었어요. 금요일 L사 컴플라이언스팀과의 미팅에 참석하기 위해서겠죠."

"그래, 나도 올 거라고 생각했어. 사실 컴플라이언스 업무에는 도움이 전혀 안 될 거야. 오히려 방해가 될 수 있지. L사의 구매 관계자가 오는 게 아니라 컴플라이언스팀장이 오는 거잖아? 그런데 우리 회사의 영업본부 이사가 L사의 컴플라이언스팀장을 만날 구체적인 이유는 없는 거지. 뭐, 난 그렇게 생각해. 게다가 조금 전 장훈이 네가 한 말로

정조준

추측해보면… 강인수 이사가 이성재 공장장과 가깝거나 또는 편을 드는 게 아닌가 하는 생각이 드네. 물론, 단순히 강 이사가 담당하는 L 사의 오더를 1공장에 배치하기 위함일 수도 있지만… 더군다나 법인장님도 이성재 공장장을 많이 감싸고 있고. 또 법인장님이 예전에 강 이사와 장우에서 함께 근무했었지. 뭐, 그렇게 따지면 섬유업계에 이렇게 저렇게 얽히지 않은 사람들이 없겠지만 말이야.”

“저도 형과 생각이 같아요. 영업본부 이사가 L사의 컴플라이언스팀장과 만날 필요는 없지요…. 뭐 어찌 되었든 간에 오늘 이렇게 좋은 형이 생겨서 저는 출장 온 보람이 있네요.”

“장훈아, 내일은 일요일이니까 우리 오늘 마음 편히 마시자, 이 럼주 어때?”

“말로만 듣던 싸까빠를 오늘 형 덕분에 처음 마시네요. 정말 맛이 좋아요.”

“그래? 다행이다. 오늘 우리 이 병 다 비우자. 편하게 취하자고. 살룻(salud: 건강, 술자리에서 ‘건배’)!”

“살룻!”

노조 분쟁의 위기

- 2003년 6월 초

2003년 6월 첫째 주 월요일, 준영양행 과테말라 법인의 컴플라이언스팀. 정조준 과장과 전장훈 대리가 들어섰고, 전장훈은 컴플라이언스팀의 팀원 7명과 일일이 인사를 나눴다. 컴플라이언스팀원들 중 수퍼바이저인 암빠로(Amparo)가 정조준에게 보고서를 내밀었다.

/공장에 갑자기 출근하지 않는 5명 관련 보고

5년 이상 근속 (5명 공통)

2003년 5월 /5일 중식 시간에 공장 밖으로 퇴실한 기록은 출퇴근 카드에 표기되었으나 중식 시간 끝난 후 공장으로 입실한 기록은 없음 (5명 공통)

그 후, 5명은 공장에 출근하지 않음. 5명 명단과 집 주소는 다음과 같음…

"암빠로, 고마워. 수고 많았어. 1공장의 이성재 공장장, 총무 차정후 그리고 노무 매니저 알렉스는 눈치채지 못했지?"

"물론이야, 라파엘. 그냥 자체 평가 진행하는 처하면서 조사했으니까 염려 안 해도 될 거야."

정조준은 경비 총괄 책임자 안또니오를 불러 전장훈과 인사시켰고, 암빠로까지 네 사람이 함께 외출했다. 위험한 나라 과테말라에서 다섯 명의 주소만 들고 찾아 나서야 하는 상황이므로 안또니오가 동행하게 되었다. 이동 중에 정조준은 안또니오에게 1공장의 잉여 원단이 어떻게 코콘펙으로 유출되었는지 전장훈에게 설명해줄 것을 요청했고, 설명을 들은 전장훈은 몹시 놀라며 정조준에게 말했다.

"과장님, 속단하는 것은 좋지 않지만요, 아무래도, 잉여 원단을 팔아먹은 것과 다섯 명의 근로자를 폭행 및 협박하여 내쫓은 사건이 연관되어 있을 것 같아요."

"아니길 바라는데…. 나도 왠지 그런 생각을 지울 수가 없어."

다행히 다섯 명을 찾아내는 것은 어렵지 않았다. 두 명은 인사파일에 기재된 주소와 상이했지만, 대부분 서로 가까운 동네에 거주했기에 찾을 수 있었다.

한 명씩 대화했는데, 내용은 모두 동일했다. 중식 시간에 밖으로 나왔는데, 험상궂게 생긴 두 놈이 총을 슬쩍 보여주며 으슥한 곳으로 데리고 가서 주먹으로 이들의 가슴과 얼굴을 마구 때렸고, 회사에 오지 말라고 했다는 것이다. 급여 날짜에 받아야 할 급여고 청산금이고 받을 생각도 하지 말라며 만약 회사 근처에 나타나면 총으로 쏴 죽이겠다는 말도 덧붙였다고 했다.

이에 안또니오가 그들의 팔이나 노출된 신체에 문신이 있었는지, 체격은 어떠했는지 질문했는데 다섯 명의 공통적인 답변은 문신은 보이지 않았고 운동선수처럼 근육질인데 매우 건장한 체격이며 머리가 짧고 눈빛이 날카로웠다는 것이다.

　해 질 무렵 회사로 돌아오는 길에 안또니오가 말했다.

　"내 생각엔 그 두 놈은 조폭이 아니야. 라파엘, 도저히 이해가 안 되는데 말이야… 음, 그놈들은 아무래도 군인이거나 제대한 군인일 듯해. 그것도 일반 군인이 아니라 과테말라의 특수부대… 며칠 전에 1공장 노무 매니저 알렉스와 인사했는데, 그 사람도 보통 체격이 아니었지. 눈매도 매우 날카로웠고…"

　정조준이 깜짝 놀라며 말했다.

　"특수부대? 아니 왜? 혹시 노무 매니저 알렉스와 관계가 있을 수도 있다는 뜻인가… 암빠로, 내일 1공장 노무 매니저 알렉스의 인사파일을 확인할 수 있겠어?"

　"라파엘, 지시하는 것이니 당연히 하겠지만… 이렇게 되면 알렉스가 눈치챌 거야."

　"그렇군, 암빠로 네 말이 맞아. 그럼 이렇게 하자. 내가 사무실에 도착하면 4개 공장의 모든 총무들과 노무 매니저들에게 동시에 이메일을 보내며 노무 매니저들의 인사파일에서 인사기록 카드를 스캔하여 메일로 보내라고 지시할게. 중요한 임무를 맡은 사람들이라 그 서류를 별도로 관리하겠다는 이유로 말이야."

　"과장님, 해외 법인 그것도 생산 기지에서 일하고 관리하는 게 이렇게 어려울 거라고는 상상도 못 했어요. 이번에 정말 많은 것을 배웁니다."

　"나라마다 특징이 있지. 멕시코에는 늘 근로자가 부족하고, 결근률이 매우 높아. 노조 문제도 복잡하고. 과테말라의 경우 근로자는 많고 결근률은 낮은데 조폭 때문에 위험한 게 문제고. 물론 이번에 근로 자 다섯 명을 협박한 놈들이 조폭인지 특수부대 군인인지는 알 수 없 지만…. 가슴이 답답하다. 장훈아, 사무실에 도착하면 너는 일단 오늘 조사한 내용에 대해 보고서 초안을 작성해봐. 나는 공장 총무들과 노 무 매니저들에게 이메일을 쓸 테니."

네 사람은 각기 다른 창문을 통해 과테말라의 석양을 바라봤다. 이 미 해는 져서 석양은 부드럽고 잔잔하게 번지고 있었다. 물에 한 방울 떨어진 붉은 물감처럼.

네 사람은 각기 다른 생각을 했다. 부모님, 남편, 아들, 여자친구….

2003년 6월 첫째 주 화요일, 정조준과 전장훈은 각 공장 총무가 보 내온 노무 매니저들의 인사기록 카드를 확인했다. 1공장 노무 매니저 알렉스의 인사기록 카드를 확인한 두 사람의 얼굴빛이 변했다.

"이런, 젠장! 알렉스 이 새끼… 특수부대 대위로 제대했어. 그리고 얼마 전까지 코콘펙에서 근무했네. 이성재 공장장도 코콘펙 출신이야. 바로 그 코콘펙으로 1공장 원단이 유출된 거고."

정조준은 경비 총괄 책임자 안또니오를 불러 알렉스의 인사기록 카 드를 보여줬다.

"라파엘, 내 짐작이 맞았어. 그리고 근로자 다섯 명을 폭행하고 협 박해서 회사에 못 오게 한 두 놈은 아마 알렉스의 부하였을 거야. 어 떠한 허드렛일도 마다하지 않는, 믿을 만한 부하."

"이놈들이 무슨 일을 저지르고 있는 거지? 도대체 왜?"

정조준과 전장훈은 관리 총괄 서영식 상무의 방으로 갔다. 자초지종을 들은 서 상무가 말했다.

"정 과장 그리고 전 대리, 지금 이 일은 당분간 함구해라. 안또니오와 암빠로에게 내 말 반드시 전해. 알겠지?"

"네!"

두 사람이 동시에 대답했다. 그리고 정조준이 말했다.

"상무님, 혹시 뭔가 짚이는 거라도 있으신지요?"

"정 과장, 사실은 며칠 전에 내가 공장장들과 소주 한잔하는데 말이야… 다들 거나하게 취했거든. 그때 이런저런 얘기 중에 내가 한국에서 몇 년 전 어떤 사람한테 돈을 빌려줬다가 못 받고 있어서 골치가 좀 아프다고 말했더니, 1공장장 이성재가 그러더군. '상무님, 그런 놈은 그냥 총으로 쏴버려야 하는데요. 여기 과테말라 같으면 제가 애들 시켜서 총으로 좀 위협하면 돈 받아낼 수 있는데요. 채무자가 한국에 있다니 어렵겠네요'라고 말하더라고. 그땐 그냥 다들 웃고 말았지. 그런데 지금 정 과장 보고를 받고 보니… 아무래도 이성재 이 자식이… 코콘펙에서 함께 일했던 노무 매니저 알렉스를 우리 회사 1공장으로 불러온 거고, 이성재가 지시하니까 알렉스는 특수부대의 부하들을 시켜서 근로자 다섯 명을 때리고 협박해서 내쫓은 거네. 그런데 왜 내쫓았을까?"

"상무님, 이건 추측인데요… 그 근로자 다섯 명이 협박받은 게 대략 2주 전입니다. 봉제 라인에서 5년 근속했다면 재봉기를 최소한 두 개 이상 능숙하게 다루는 기능공들일 텐데요, 어제 방문해보니 모두 놀고 있었어요. 즉, 기능공이어야 하는데 실력이 좀 부족해서 일자리를 구하지 못한 게 아닐까 하는 생각이 듭니다. 그러니까…"

정조준

"그러니까 생산 중에 불량을 자주 발생시켰거나… 재봉기 다루는 속도가 좀 떨어져서 라인 전체 생산성을 방해한다? 이성재 입장에서는 이들 다섯 명을 해고하고 싶었겠지? 현재 유일하게 적자를 내는 공장이 1공장이야…. 해고비를 지불하면 공장의 적자 폭이 더 커질 테니까 해고비를 지불하지 않으려고…. 게다가 아예 회사 근처에 얼씬거리지도 못하게 협박을 해서 청산금도 지불하지 않으려고 했다? 이렇게 되는 것 같군."

"네, 상무님. 이제 얼추 퍼즐이 맞춰집니다. 잉여 원단을 코콘펙으로 보낸 것도 결국 코콘펙으로부터 돈 받아서 그 돈을 알렉스의 부하들에게 지불했을 거라는 생각이 듭니다. 이성재 이 사람 정말 큰일 낼 사람입니다. 우리와 결이 다른 정도가 아니라 완전히 양아치입니다."

"정 과장과 전 대리는 조금 전에 내가 말했듯이 당분간 함구하도록 해. 법인장님께서 이성재가 같은 교회에 다닌다고 감싸고 도니까 말이야…. 그럼, L사 컴플라이언스팀은 도대체 어떻게 눈치챈 걸까? 또 어디까지 아는 거야?"

"상무님, 사실은… 제가 지난번에 경찰청장과 갑자기 약속이 잡혀서 상무님께 보고드리고 급히 외출했지 않습니까? 정문을 막 통과해 나갔는데 한 놈이 후다닥 가게 안으로 숨는 것을 봤습니다. 청바지와 검은색 티셔츠 차림에 베이지색 배낭을 멘 곱슬머리였는데요…."

"정 과장, 어떻게 그토록 정확하게 기억하는 거니?"

"그게… 제 짐작이 맞다면 '곱슬머리 아돌포'라는 놈인데요, 항상 똑같은 옷에 똑같은 배낭을 메고 있어서 정확히 기억하고 있습니다. 멕시코계 미국인으로 스페인어와 영어를 모두 완벽하게 하고 외모는 멕시코 또는 중미 사람들과 같아서 멕시코와 중미에서 자유롭게 행동하며 악의적으로 노조 분쟁을 사주하는 놈입니다. 이놈 뒤에 거대한 조직이 있다고 들었습니다. 제가 DM사에 근무하던 2001년에 독립노조가 구성되었는데요, 바로 이 곱슬머리 아돌포가 독립노조를 도왔고, 독립노조는 불법 파업을 일으켰습니다. 물론 당시에는 곱슬머리 아돌포가 관련되었다는 것을 몰랐습니다. DM사 파업 문제를 해결할 때 알게 된 알렉산더라는 사람이 있습니다. 국제노동기구(ILO)의 멕시코 지역 매니저인데요, 바로 알렉산더가 저에게 이 모든 내용을 알려줬습니다. 또 미국에는 임금이 저렴한 나라에서 제품을 만든 후 미국으로 수입해서 판매하려는 기업들만 있는 게 아니라 그 반대 세력도 있다고 귀띔해줬습니다."

"그런데 그 곱슬머리 아돌포라는 놈이 여기 나타났다? 그것도 우리 회사 앞에…."

"저… 과장님 그리고 상무님…. L사 컴플라이언스팀의 윌리엄이 메일에 쓴 두 가지 문제는 근로자 급여 갈취 그리고 5년 이상 근속한 다섯 명의 근로자들을 폭행하며 내쫓았다는 것입니다. 윌리엄은 이 사실을 어떻게 알았을까요? 결국 곱슬머리 아돌포가 L사의 윌리엄에게 알려줬다는 뜻이 됩니다."

"정 과장, 어떻게 생각해? 전 대리 말이 충분히 가능할 것 같은데?"

"네, 저도 뭔가 유사한 경로가 있을 거라고 생각합니다."

"그럼… 그 뭐라고 했지? 곱슬머리 아돌포? 그래, 그놈이 L사 컴플라이언스팀장인 윌리엄 또는 팀 내 누군가에게 알려줬을 가능성이 매우 높아. 그럼 곱슬머리 아돌포 뒤에 있는 거대한 조직이 L사라는 얘긴가?"

정조준

"상무님, 그렇진 않을 겁니다. 국제노동기구의 알렉산더가 말한, '임금이 저렴한 나라에서 제품을 만든 후 미국으로 수입해서 판매하려는 기업'의 대표적인 예가 바로 L사일 거라고 생각합니다."

"그렇다면, 그 곱슬머리 아돌포 뒤에 있다는 거대한 조직은 도대체…"

"곱슬머리 아돌포가 노조 분쟁을 사주하는 놈이니까… 미국에 있는 거대한 조직은 노조와 관련된 조직 아닐까요?"

"과장님, 그런데 미국에 있는 그 거대한 조직이 노조라면 왜 멕시코나 과테말라에서 노조 분쟁을 사주하는 거죠? 어떻게 보면 미국의 노조가 멕시코나 과테말라의 노조를 돕거나 또는 노조 분쟁을 사주한다는 뜻이 됩니다. 왜 남의 나라 노조를 도울까요? 도저히 이해가 안 되는데요…"

"전 대리, 좋은 지적이야. 으음…. 정 과장, 지금 우리 준영양행의 과테말라 법인에는 노조가 없는데… 만약 노조가 구성된다면 어떤 일이 벌어질 거라고 생각하나?"

"우리가 상위 노조, 즉 노조연맹과 대화하며 합법적인 노조 활동을 허락 또는 유도하는 게 아니라 갑자기 노조가 구성된다면… 생각하기도 싫습니다만, 보나마나 독립노조가 들어서게 될 거고, 이 과정에서 농성, 파업 등이 벌어질 수도 있을 겁니다. 그럼 생산에 차질이 생기고, 또 L사 컴플라이언스팀이 지적한 그 문제들을 언론에서 떠들어대면 아마 미국에서는 L사 브랜드에 대한 불매운동이 벌어질 가능성이 높습니다. DM사에 독립노조가 구성되었을 때도 그랬습니다. 그런데 DM사는 밥에서 바퀴벌레가 나온 문제였지만, 지금 우리가 당면한 문제는 금품 갈취 그리고 5년 이상 근속한 근로자들을 때리고 협박해서 내쫓았다는 것이니까 훨씬 더 심각합니다. 뿐만 아니라, 우리 준영양행이 생산하는 다른 브랜드에 대한 불매운동도 배제할 수 없을 듯합니다."

"정 과장, 전 대리… 만약 그런 일이 벌어진다면 말이야…. 누가 이익을 보는 거지?"

"그야… 미국에 있는 의류 제조업체 아닐까요? 전 대리는 어떻게 생각해?"

"네, 저도 그렇게 생각합니다. 미국의 L사 또는 다른 유명 브랜드 의류업체들은 우리 준영양행과 디자인 및 샘플을 진행하며 모든 스타일들이 확정되면 우리에게 오더를 주고, 우리가 생산을 시작합니다. 이런 모든 일정은 미국의 소비 시즌에 맞춰 사전에 진행되어야 하고요. 지금 이미 가을 시즌 스타일들을 생산하고 있는데, 만약 우리의 생산에 문제가 생긴다면… L사 그리고 다른 유명 브랜드 의류업체들은 가을 시즌 제품들을 제때에 공급하지 못하게 될 겁니다."

"전 대리 말이 맞습니다. 상무님, 제가 알기로는 미국에서 소비되는 의류의 3분의 1은 미국에서 생산됩니다. 즉, 미국에 의류 제조업체가 매우 많다는 뜻입니다. 그러니까…"

"그거야! 미국에 있는 의류 제조업체가 우리 대신 옷을 생산하는 거야. 그렇게 되면 고용이 늘고 근로자들은 노조에도 가입할 것이고 그럼 노조비를 내야 할 테니 노조연맹은 경제적인 이득은 물론 세력도 더욱 커지겠지. 그러니까 국제노동기구의 멕시코 지역 매니저가 말한 반대 세력이라는 것은 바로 미국의 노조 또는 노조와 관련된 조직이겠지. 그리고 이러한 조직이 곱슬머리 아돌포를 과테말라로 보내서 문제점을 들춰내거나 노조 분쟁을 사주하도록 시키겠지. 과테말라가 시끄

정조준

러우면 생산은 미국에서 하게 되는 거야. 수출입이나 통관 절차 없이 빠르게 미국에서."

"L사 그리고 다른 유명 브랜드 의류업체들은 미국에서 생산하면 인건비 때문에 적자가 날 수도 있겠지만, 시즌에 맞춰 제품을 공급하기 위해서는 울며 겨자 먹기로 미국에서 생산할 수밖에 없겠습니다. 상무님, 갑자기 생각났는데요, 2001년 DM사에서 독립노조가 불법 파업을 강행할 때 회사 밖에 간이 화장실이 여러 개 배치되었고 음식도 끊이지 않고 배달되었습니다."

"바로 그 배후 세력이 DM사의 독립노조를 경제적으로 지원했다는 뜻이군. 멕시코의 독립노조를 위해 약간의 돈을 쓰지만, 결과적으로는 미국의 노조에 이익이 되는 거야. 그렇다면⋯ 이런 노조와 관련된 배후 세력은 어쩌면 미국의 수입을 줄이려는 의도를 갖고 있겠어. 무역 적자를 줄이기 위해서는 미국에서의 생산을 늘려야 할 것이고⋯. 그러니까 미국의 이익만을 추구하는 극우 세력일 가능성이 높겠군."

"상무님, 4공장 노무 매니저가 예전에 노동부에서 근무했기에 노동부 검사원들과 친분이 있습니다. 4공장장인 유종구 부장과 총무 서중연 대리에게 제가 협조를 좀 구하겠습니다. 노무 매니저의 도움이 필요한 상황이라 제가 노무 매니저와 수시로 연락하며 일을 좀 시키겠다고 말하면 이해해줄 겁니다. 그리고 노무 매니저에게는 하루에 몇 번씩 노동부에 연락해서 독립노조가 접수되는지 알아내라고 하겠습니다. 독립노조가 구성되는 것을 막으면 불법이지만, 구성 사실만이라도 미리 알면 어느 정도 대비를 할 수 있을 것입니다. 구성원 명단이 있으면 컴플라이언스팀원들이 미리 대화를 시도해볼 수도 있을 듯합니다.

그리고 불행 중 다행인 것은 독립노조가 구성되어도 1공장에만 구성된다는 것입니다. 우리 준영양행의 4개 공장이 모두 각기 다른 법인으로 구성되어 있기 때문입니다."

"좋아, 그렇게 하고… 금요일 L사 컴플라이언스팀과의 미팅에서 발표할 내용을 영문으로 작성해봐. 뭐, 별 수 있나? 그쪽 메일 내용이 모두 사실이니…. 금품 갈취 문제는 현재 해결된 상태로 기재하고, 5년 이상 근속한 근로자 다섯 명을 폭행 및 협박해서 내쫓은 문제는 사실임을 인정하며 해결 방안으로 다섯 명을 즉시 복직시키고, 이성재 공장장, 총무 차정후, 노무 매니저 알렉스를 해고했다는 내용으로 작성해서 나한테 이메일로 보내줘. 그다음에 내가 법인장님께 보고하고, 즉시 이 사람들을 해고해야겠어. 어디에서 좋은 공장장을 찾나…."

2003년 6월 첫째 주 수요일, 서영식 상무는 오청길 법인장에게 상세히 보고했다.

"나, 이런 참…. 이성재, 이 친구가 그런 사람이 아닌데…. 어쩌자고 이런 무모한 일을 했나? 이게 다 회사에 대한 충성심 때문인데 말이야…."

"법인장님, 죄송하지만 이런 충성심은 회사에 도움이 되지 않습니다. 회사에는 충성심이 아니라 애사심으로 무장한 직원들이 필요하다고 생각합니다."

"아, 그게 그거지. 회사를 아끼니까 이성재가 그랬을 것 아냐? 그럼!"

"네…. 하여튼 지금 바로 해고를 진행하겠습니다. 그리고 잉여 원단을 코콘펙으로 빼돌린 것은 당연히 형사 고발 조치해야 옳겠지만, 남의 나라에서 한국인끼리 소송하는 것은 꼴불견으로 비칠 수도 있으니 그냥 해고로 마무리하겠습니다. L사와의 미팅 전에 모든 것을 끝내놓고, 미팅 시 L사 컴플라이언스팀장 윌리엄과 수퍼바이저 주디 앞에 해고 관련 서류를 보여줘야 미팅이 부드럽게 마무리될 거라 생각합니다. 그래야 L사로부터 받아놓은 오더도 계속 생산할 수 있을 겁니다."

"아냐, 좀 기다려보라고. 오늘 저녁에 본사 영업본부 강인수 이사가 도착하니까 내가 상의를 좀 해봐야겠어. 지금 1공장에 난이도 높은 스타일들이 많이 투입되어 있고 또 조만간 10개 라인에 L사 오더가 배정될 예정인데 기술 좋은 이성재 아니면 누가 1공장을 담당하겠어? 그럼!"

"법인장님, 급한 대로 4공장장인 유종구 부장이 양쪽 공장을 오가면서 감당할 수 있을 겁니다. 유 부장은 불과 몇 개월 전까지 1공장을 훌륭히 운영했었으니 가능할 거라 생각합니다. 물론 적합한 공장장은 최대한 빨리 찾아보겠습니다. 컴플라이언스에 문제가 생기면 어려운 상황이 벌어질 수 있습니다. 더군다나 현재 독립노조가 결성될 가능성이 매우 큰데요… 독립노조가 결성되더라도 어떻게 해서든 노조와 협력하면 되겠지만, 컴플라이언스 문제와 섞이면 감당하기 어려운 혼란과 손실이 발생될 수 있다고 판단됩니다."

"그걸 누가 모르나? 하지만 좀 기다려보라고. 내일 다시 얘기하지."

2003년 6월 첫째 주 목요일 아침, 강인수 이사가 오청길 법인장 방에 들어섰다.

"법인장님, 안녕하세요?"

"오, 강 이사! 어서 와. 어제저녁에 도착해서 피곤할 텐데, 일찍 나왔구나. 애들은 잘 커?"

"네, 큰놈은 고등학교 2학년이고 딸애는 중학교 3학년입니다."

"하하, 그 녀석들 잘 크고 있구만."

"법인장님은 어떠세요?"

"우리 애들은 미국에 정착했고, 마누라는 뭐 맨날 잔소리하고… 늘 그렇지. 야, 옛날이 좋았어. 장우에서 우리 함께 일할 때 말이야…. 내가 부장이고 인수 네가 대리 때였지? 그땐 참 일하면서 보람도 있고 신나는 일도 많았는데 말이야. 요즘엔 뭐가 이렇게 복잡한지 모르겠어. 바이어들은 우리 가격 구조를 너무나 잘 알고…. 그나저나 내가 어제 저녁에 너한테 메일 보냈는데 봤어?"

"네, 법인장님. 첨부된 영문 자료까지 다 봤습니다."

"그 영문 자료는 인사·총무팀장 정조준 과장이 만들었어. 정 과장은 몇 개월 전 컴플라이언스팀을 창설해서 컴플라이언스팀장까지 겸하고 있는데, 스페인어에 능통하고 아주 유능하지. 또 매우 정직하고 청렴결백한 친구야. 다만 좀 고지식해. 아닌 것은 끝까지 아니라 하더라고. 하여튼 그 보고서를 서영식 상무가 검토했고, 내일 아침 9시 L사 컴플라이언스팀과 미팅할 때 서 상무가 발표할 예정이야. 그 내용대로 발표하면 L사가 한발 물러서겠지. L사 입장에서도 우리와 거래해야 이익이 될 테니까. 아마 재발 방지를 위해 노력해달라고 하며 적당히 마무리될 거야. 단, 1공장장 이성재, 총무 차정후, 노무 매니저 알렉스를 해고해야 해. 이것 참, 난감하게 됐어. 더군다나 이성재와는 교회에서 계속 마주칠 텐데…"

"제가 이성재와 꽤 가까워져서 아는데요, 그 친구가 아주 유능합니다."

"그렇지? 그럼! 아, 그런데 서 상무는 이성재를 해고하겠다고 날을

정조준

세우더라고."

"일단 L사와 미팅하면서 그쪽 반응을 보는 게 어떨까요? 그리고 L사와 미팅 중에 서 상무가 우리 입장을 발표하게 하지 말고 법인장님께서 직접 하시는 게 좋겠습니다. 미팅 후에 이성재 거취를 논의하면 되지 않을까요?"

같은 날 오후, 이베리아 항공편으로 과테말라에 도착한 장수진은 정조준이 말한 대로 공항 안에서 시간을 보내고 있었다.

'조준이가 몹시 바빠서 밤 8시는 되어야 공항에 도착할 텐데…. 그런데 이상하게 아침부터 속이 안 좋네. 조준이가 위험하다고 공항 안에 있으라고 했는데…. 안 되겠어. 공항택시 타고 먼저 호텔로 가서 쉬어야겠어.'

다행히 이동 중에 별문제는 없었다.

TF 호텔에 도착하여 체크인을 마친 장수진은 객실 복도 쪽을 향해 로비를 가로질러 걷고 있었다. 반대쪽에서 두 남녀가 걸어오고 있었는데, 하필이면 여자와 눈이 마주쳤다. 장수진은 좀 놀랐다. 상대방도 마찬가지였다. 주디였다. 이미 서로 눈이 마주쳤기에 외면하기도 힘들었다.

"하이, 주디! 오랜만이야."

"하… 하이, 수잔…. 과테말라엔 어쩐 일로…."

주디의 목소리는 기어들어가는 반면 장수진의 목소리는 당당했다.

"난 여행 왔어. 주디 넌? 이 호텔에 있어?"

"아, 아니…. 난 출장 중인데, 미팅이 있어서…."

"L사 컴플라이언스팀은 여전히 바쁜가 보네. 옆에 있는 사람은… 남자친구? 인사 안 시켜줄 거야?”

주디는 늘 그랬듯이 복장이 화려했는데 옆에 있는 곱슬머리 남자는 주디와 전혀 어울리지 않았고 자꾸만 장수진을 힐끔거렸기에 수잔이 의아해하며 말했다.

곱슬머리는 ‘저 여자는 L사 컴플라이언스팀에서 일하던 수잔이야, 내가 항상 꿈속에서 그리던 내 이상형’이라고 생각하며 껴들었다.

“하이! 미스 수잔, 제 이름은 아돌…”

하지만 주디가 아돌포의 말을 막았다.

“아, 아니야! 남자친구 아니야. 일 때문에… 미팅하려고. 이따가 밤엔 윌리엄 팀장님이 와서…”

“곤란하면 그냥 갈게. 난 L사 그만둔 후로 스페인에 살아. 감성적인 나 자신에 맞추어 공부하고 여행하면서. 그럼, 미팅 잘해. 안녕.”

“어? 곤란한 게 아니고…. 그래, 안녕.”

장수진은 다소 놀란 눈동자로 스위트룸을 둘러보며 정조준에게 문자 메시지를 보냈다.

　　미안해, 네 말 안 듣고 나 먼저 TF 호텔에 도착했어.
　　속이 좀 안 좋아서 쉬고 있으려고. 그런데 방이 아주 크고 좋아. 비쌀 텐데
　　스위트룸을 예약한 거야? 게다가 꽃바구니가 침대 위에 놓여 있어.

바쁜 업무 중에 장수진의 문자를 본 정조준은 안도의 한숨을 내쉬며 간단히 회신을 보냈다.

그래, 알았어. 예쁜 꽃 보면서 예쁘게 쉬고 있어. 이왕이면 아무것도 입지 말고…

아이 몰라… 그런데 나도 그러고 싶어, 사랑해.

밤 8시. 정조준이 전장훈을 숙소에 내려줬다.

"과장님, 아니, 회사 밖이니까… 조준이 형. 오늘 수고 많으셨습니다."

"내일 아침 9시 L사와의 미팅 준비는 다 했으니까 편히 쉬라고. 1공장장과 총무와 노무 매니저를 아직 해고하지 못한 게 좀 꺼림직한데… 내일 미팅 중에 서 상무님께서 발표하시면서 세 사람을 곧 해고할 예정이라고 말씀하실 테니까 뭐, 별문제 없을 거야. 해고 진행한 후에 관련 서류를 스캔해서 L사 컴플라이언스팀으로 발송하면 잘 마무리되겠지."

"네, 알겠습니다. 다 잘 되겠죠. 그럼, 형수님과 아주 좋은 밤 보내십시오. 충성!"

"야야, 왜 거수경례를 하는 거야? 하하하. 내일 아침 6시 50분까지 데리러 올게. 여기서 회사까지는 10분이면 가니까."

정조준은 장수진에게 짧은 문자를 보냈다.

수진아, 나 지금 출발. 차 안 막히는 시간이라 30분이면 도착할 거야.

운전 조심해서 천천히 해. 그리고 나… 네가 말한 바로 그 상태로 하고 있어.
몰라, 부끄러워.

침을 꿀꺽 삼킨 정조준은 벌써 온몸에 반응이 오는 것을 느꼈다. 미소를 살짝 머금은 채 천천히 운전했고, 루즈벨트대로에 위치한 TF 호텔 주차장에 차를 세웠다.

시동을 막 끄고 차 열쇠를 뽑았을 때 정조준은 자신의 눈을 의심했다. 약 10미터 앞에 곱슬머리 아돌포가 느릿느릿 어슬렁거리며 지나가는 것이 보였기 때문이다.

"에이씨… 이런 개 같은! 저 새끼가 여긴 왜 나타난 거야?"

정조준의 입에서 욕설이 튀어나왔다. 곱슬머리 아돌포가 완전히 지나갈 때까지 기다린 후, 차에서 내려 엘리베이터로 걸어갔다. 친하게 지내는 TF 호텔 지배인 호세 멘데스 씨가 7층 스위트룸을 저렴한 가격에 예약해줬음을 상기하며 7층을 눌렀다.

7층 스위트룸 문 앞. 정조준이 노크하자, 문 너머 안쪽에서 작고 예쁜 목소리가 들려왔다.

"조준이니?"

"응. 수진아, 나야."

"나 지금… 안 입었어. 그러니까 천천히 들어와."

장수진이 문을 열자마자 침대로 막 뛰어갔는데, 아무것도 입지 않은 그녀의 뒷모습이 정조준의 눈에 들어왔다.

"수진아, 너 정말 예쁘다."

사랑하는 두 사람이 만났다. 눈으로 만난 후 입술로 만났고, 몸과 몸이 만나자 육체에서 뿜어져 나오는 열기가 사랑의 감정을 더욱 자극했다. 팔과 다리가 엉켰다 풀어지기를 반복하며 서로 격렬히 포용했

정조준

다. 입을 통해 표현되는 육체의 울림과 사랑의 속삭임이 입맞춤에 달콤함을 더했다.

밤은 뜨거웠다. 그리고 두 연인은 뜨거운 곳에 오래도록 머물렀다.

뜨거움이 가시지 않은 몸을 서로에게 맡긴 채 바라보며 미소 지었다.

"사랑해, 수진아."

"나도 사랑해."

두 연인은 피곤함을 느끼지 못했다. 서로 만지고 장난쳤다.

"어머! 또 만지는 거야? 그럼 나도, 후후후…. 아참, 내일 L사 컴플라이언스팀과 미팅한다고 했지? 준비는 잘했어?"

"완벽하진 않지만, 잘될 거야."

"내일 미팅에 주디도 참석하지?"

"응, 그런데 어떻게 알았어?"

"그게 아까 로비에서 체크인한 후에 주디와 마주쳤어. 화려한 복장은 여전한데 뭔가 좀 이상했어. 날 보더니 좀 예민해진 것 같기도 하고 … 아니면, 당황한 것 같기도 하고…. 어쩌면 옆에 있는 남자를 숨기고 싶어서 그랬는지도 모르겠어. 주디와 전혀 어울리지 않는 남자였거든."

"그래? 이상하네. L사 컴플라이언스팀은 항상 10구역에 있는 인터컨티넨탈 호텔을 사용하는데 왜 여기 TF 호텔에 왔나…. 주디 그 여자 좀 웃기네, 출장 와서 남자를 만나다니. 어떤 남자였는데 어울리지 않는다는 거야?"

"멕시코인처럼 생기긴 했는데 엄청 못생겼어. 덥수룩한 곱슬머리였고. 나를 자꾸만 힐끔거렸는데, 주디는 의도적으로 나한테 인사시켜주지 않으려는 것 같았어."

장수진의 설명을 들은 정조준은 즉각 반응했다.

"곱슬머리? 혹시 청바지와 검은색 티셔츠 입었어? 베이지색 배낭 멨고?"

"응. 그랬어. 색이 몹시 바랜 베이지색 배낭…."

"그래서 이 새끼가 조금 전 주차장에 얼쩡거렸구나. 이런, 개자식…. 그 새끼는 곱슬머리 아돌포라는 놈인데 멕시코계 미국인이야."

"지난번에 전화로 말했던?"

"응, 맞아. 거대한 조직을 등에 업고 멕시코와 중미에서 악의적으로 노조 분쟁을 사주하거나 독립노조를 돕고 있어. 2001년에 DM사 독립 노조를 도우며 불법 파업을 사주했던 놈이 바로 곱슬머리 아돌포야."

"정말? 아주 나쁜 놈이네. 그런데 어떻게 알았어?"

"지난번에 우리 통화할 때 내가 말했는데, 기억나? 국제노동기구의 멕시코 지역 매니저인 알렉산더가 알려줬어. 나와 꽤 가까운 사이가 됐거든."

"아, 그래. 그리고 알렉산더는 나도 들어본 이름이야. 기업과 근로자 또는 노조 사이에서 매우 합리적으로 조율을 잘하는 사람이라고 들었어."

"그리고 이건 확실한 건 아니고 추측인데… 곱슬머리 아돌포 뒤에 있는 거대한 조직은 아마 극우 세력인 것 같아. 미국의 이익만을 추구하는 극우 세력. 그러니까 무역 적자를 개선하기 위해 수입은 줄이고 미국의 생산은 늘리려 하는 그런 세력 말이야. 미국의 생산을 늘리기 위해 우선 멕시코나 중미의 의류 제조 공장에 문제를 야기하고 그래서 L사 같은 유명 브랜드 의류업체들이 어쩔 수 없이 미국에서 생산하도록 유도하는 거지. 미국에서 생산하려면 근로자들을 채용해야 하고, 근로자들은 노조에 가입하고, 노조는 근로자들로부터 노조비를 걷겠지. 노조는 부유해져서 백만장자 노조가 되고. 그래서 멕시코나 중미의 독립 노조를 경제적으로 지원하는 것 같아. 순진한 독립노조는 자신들의 나라에 일이 줄고 일자리도 준다는 것은 자각하지도 못하는 거지."

"세상에, 어쩜 그럴 수가? 그럼 L사 컴플라이언스팀의 수퍼바이저인 주디가 왜 곱슬머리 아돌포를 만나지? 두 사람은 서로 만날 일이 없는데… 만나서도 안 되고…. L사는 오히려 곱슬머리 아돌포와 거리를 둬야 하는 거잖아?"

"아무래도 주디 이 여자가 곱슬머리 아돌포와 정보를 주고받으며 거대한 극우 세력을 돕고 있는 것 같아."

"그럼 주디가 L사의 직원이면서 L사에 해가 되는 행동을 한다는 거네? 어머! 그런 나쁜 계집애가 나 대신에 수퍼바이저가 된 거야? L사는 미국에서 생산하면 안 되는 회사야. 미국에서 생산하면 옷 가격을 맞출 수가 없어. L사가 소유한 모든 브랜드의 옷 가격이 이미 소비자들에게 인식되어 있어서 가격을 올릴 수 없거든."

"맞아, 그래서 L사 또는 유명 브랜드 의류업체들은 멕시코나 중미의 공장들이 아무 문제 없이 조용하길 바라겠지. 만약 문제가 생기면, 적자인 줄 알면서도 미국에서 생산해야 하니까."

"예전에 컴플라이언스팀장 윌리엄이… 오더 수량이 감소할 때도 있고 증가할 때도 있는데, 증가했을 때 생산 라인이 부족하면 곤란하니까 공장들을 계속 끌고 가야 한다고 말한 적이 있어. 지금 생각해보니 단순히 L사 자체의 문제로 오더가 감소할 수도 있겠지만, 그보다는… 독립 노조 문제 또는 노조 분쟁으로 한 쪽에서 오더가 감소하면 다른 한쪽에선 오더가 늘어나는 것 아닐까? 또는 그 반대의 경우도 있을 거고."

2003년 6월 첫째 주 금요일 오전 9시, 준영양행 과테말라 법인의 대회의실. L사 컴플라이언스팀장 윌리엄, 수퍼바이저 주디, 그리고 준영양행 과테말라 법인의 오청길 법인장, 서영식 상무, 정조준 과장, 본사 컴플라이언스팀의 전장훈 대리, 본사 영업본부 강인수 이사가 인사를 나눈 후 마주 앉았다.

정조준이 영문 자료를 L사 측 2명에게 전달하면 서영식 상무가 설명하면서 재발 방지를 약속할 계획이었다. 그러나 오청길 법인장이 먼저 입을 열더니 회의를 주도하기 시작했다.

"근로자들의 급여 갈취 관련하여 저희 준영양행 컴플라이언스팀이 즉시 조사했습니다. 그 결과 조폭이 몇몇 봉제 라인 반장들을 협박했고, 급여 지급할 때마다 반장들이 반원들로부터 일정 금액을 걷어 자신의 돈과 합쳐 조폭에게 상납했던 것으로 밝혀졌습니다. 물론 반장들은 조폭으로부터 협박을 받았기에 어쩔 수 없이 그랬습니다. 반장들 중 한 명은 매우 슬프게도 조폭이 쏜 총에 맞아 사망했습니다. 반원들이 더 이상 돈을 내지 못하겠다고 하자 반장은 자신의 돈만 조폭에게 전달했고 이에 조폭이 앙갚음한 것으로 보입니다. 많은 근로자들이 동요했으나 저희는 즉시 경찰청과 협력했고, 관할 경찰서가 순찰을 강화했으며 저희 자체적으로도 경비 시스템을 보강하여 현재 근로자들의 급여를 갈취하는 일은 전혀 없습니다. 앞으로 유사한 문제가 재발되지 않도록 노력하겠습니다. 그리고 5년 이상 근속한 5명의 근로자들을 폭행 및 협박하며 내쫓았다는 것 관련해서는… 조사했지만, 밝혀

정조준

진 게 없습니다."

이어서 본사 영업본부 강인수 이사가 매우 떠듬거리며 영어로 말했다.

"L사의 여러 스타일들이 곧 1공장에 배치될 예정이며 L사의 브랜드 이미지를 위해 준영양행이 노력하고 있음을 알아주시기 바랍니다."

정조준 과장, 전장훈 대리, 서영식 상무는 표정 관리를 할 수 없을 정도로 당황했고 놀랐다. 오청길 법인장에게 이미 다 보고했고, 다만 1공장장 이성재, 총무 차정후, 노무 매니저 알렉스에 대한 해고만 미뤄 놓은 상태였기 때문이다.

게다가 발표는 서영식 상무가 해야 하는데, 오청길 법인장이 스스로 나서서 발표했고, 특히 5년 이상 근속한 5명의 근로자들을 폭행하고 협박하여 내쫓았다는 것을 부정했다.

L사 컴플라이언스팀장 윌리엄의 얼굴색이 변했다. 몹시 분노한 표정으로 언성을 높였다.

"지금 우리가 아무 정보도 없이 당신네 회사를 방문했다고 생각합니까? 섬유업계 최초로 컴플라이언스팀을 만든 준영양행이 정말로 이 사건을 모른다고요? 컴플라이언스팀이 정말 조사는 했습니까? 다 조사해놓고 감추는 것 아닌가요? 본사 컴플라이언스팀장은 과테말라에 와서 뭘 했습니까? 오 마이 갓! 믿을 수가 없군요. 나는 이런 회사와 거래를 지속할 수 없다고 생각합니다. 지금 바로 L사 구매 총괄 부사장님에게 보고해야겠어요. 그럼 부사장님은 바로 구매팀장들과 미팅을 진행하여 준영양행 과테말라 법인과의 거래를 중단시킬 겁니다. 나와 우리 팀 수퍼바이저 주디는 지금 바로 호텔로 돌아가겠습니다. 당신들과 대화할 이유가 없군요."

정조준이 무언가 말하려고 했으나, 서영식 상무가 정조준에게 아무 말 말라는 눈빛을 보냈다. 오청길 법인장의 잘못을 확실히 두드러지게 하려는 듯했다.

L사의 윌리엄과 주디는 바로 회의실을 떠나버렸다. 5분 정도 경과했을 때 정조준의 핸드폰이 울렸다. 윌리엄이었다.

"라파엘, 나는 당신이 매우 유능하다고 생각했어요. 그런데 아닌가 보군. 예전에 멕시코 DM사에서는 일 처리를 매우 잘했었는데…. 내가 당신은 믿을 수 있을 것 같아서 마지막 제안을 합니다. 5년 이상 근속한 5명의 근로자들을 폭행 및 협박하며 내쫓은 것 관련, 지금부터 1시간 안에 조사 결과와 해결 방안을 이메일로 보내주기 바랍니다. 어떤 내용인가에 따라 내가 우리 L사 구매 총괄 부사장님에게 보고를 할 수도, 안 할 수도 있습니다."

오청길 법인장이 몹시 계면쩍은 얼굴로 욕심스런 입을 뗐다.
"어이구! 야… 이거 혹 때려다가 혹 붙인 격이구나…"
아무도 말이 없자 강인수 이사가 입을 열었다.
"L사 오더가 매우 중요한데요…. 특히 이번엔 생산성에 도움이 되는 스타일들이라 1공장이 흑자를 낼 수 있습니다. 그래서 이성재 공장장의 역할도 매우 중요하고…"
"강 이사님, 말씀 중에 죄송합니다. 하지만 이성재와 노무 매니저 알렉스는 중대 범죄자입니다. 총무 차정후는 대화를 해보면 알겠지만 어쩔 수 없이 협조했을 것으로 보이고요. 영문 자료에 다 쓰지는 못했지만, 저희가 조사한 바에 의하면, 특수부대 대위로 제대한 알렉스가 이성재의 지시에 의해 전직 군인들을 불러서 근로자 다섯 명을 총으로 위협하며 구타했고, 회사에 나타나면 총으로 쏴 죽이겠다고 협박했습니다. 게다가 이성재는 잉여 원단을 빼돌렸어요. 자신이 얼마 전까지 근무했던 회사에 우리 회사의 자산을 팔아먹은 겁니다. 형사 고발감이지만 해고로 마무리하려고 했던 것입니다. 그리고 방금 L사의 윌리엄이 저에게 전화했는데요, 1시간 안에 조사 결과와 해결 방안을 이메일로 보내주면 L사 구매 총괄 부사장에게 보고하지 않을 수도 있답니다."

정조준이 참지 못하고 거침없이 말하자, 강인수 이사가 놀라며 오청길 법인장을 바라봤다.

"법인장님, 이성재 공장장이 잉여 원단을 팔아먹었나요…"

"아, 그게… 잔업하는 근로자들 음료수 사주며 격려하려고 아마 그런 것 같은데, 뭐 일을 크게 확대시킬 필요는 없지. 그럼!"

이번엔 서영식 상무가 나섰다.

"법인장님, 지금 자투리 원단을 말하는 게 아닙니다. 이미 상세히 보고드렸듯이 트럭 두 대 분량의 잉여 원단을 재고에서 누락시킨 후, 통합 원단 창고로 보내지 않고 빼돌린 것입니다. 이것은 음료수 구매할 정도의 적은 금액이 아닙니다. 그리고 컴플라이언스 관련 심각한 문제인 근로자 다섯 명을 폭행하고 협박해서 쫓아낸 것에 대해서도 상세히 보고드렸습니다. 또한 곱슬머리 아돌포와 미국의 극우 세력 관련해 보고드릴 때 이미 1공장 안에 독립노조가 구성되고 있을 가능성까지 모두 말씀드렸습니다. 이런 심각한 상황에 L사 컴플라이언스팀장 윌리엄을 자극해서 우리가 얻을 게 있겠습니까? 손실만 있을 뿐이라고 생각합니다. 만약에 L사의 오더를 여기 과테말라 법인에서 생산할 수 없게 된다면 법인 전체의 적자는 예상도 할 수 없을 정도로 불어날 것입니다. 지금 바로 윌리엄에게 이메일을 발송해야 합니다."

결국 노트북 컴퓨터로 정조준이 윌리엄에게 이메일을 쓰기 시작했다. 나머지 네 사람도 컴퓨터 화면을 함께 봤다. 착오가 있었다는 내용과 함께 협박에 의해 쫓겨난 다섯 명에 대해 이미 신상 파악을 했으므로, 이들을 즉시 복직시키고 급여가 지급되지 않은 기간에 대해서도 전액 보상하겠다는 내용이었다. 그리고 이성재 공장장, 총무 차정후, 노무 매니저 알렉스를 해고한 다음 관련 서류를 스캔하여 이메일로 발송하겠다는 내용을 덧붙였다.

윌리엄이 요구한 1시간 안에 메일은 발송되었다. 그리고 즉시 세 명에 대한 해고가 진행되었다. 정조준은 해고 관련 서류를 윌리엄에게 보냈고, 그렇게 마무리되는 듯했다, 적어도 L사 컴플라이언스팀장 윌리엄과는….

호텔에 도착한 주디는 곱슬머리 아돌포에게 전화했다.

"하이! 아돌포, 나 주디예요. 오늘 미팅에서 준영양행이 근로자 다섯 명을 협박해서 쫓아낸 사실을 부인했어요."

"하하하! 그래요? 오히려 잘됐어요. 어차피 준영양행 1공장의 쎄사르가 준비를 잘하고 있거든요. 제가 주말에 쎄사르와 만나야겠어요."

"아돌포, 당신 계획은 뭐죠?"

"쎄사르가 다음 주 월요일 노동부에 가서 독립노조로 등록할 수 있도록 돕고요, 그다음엔 노조와 회사 간에 단체협약을 맺어야 해요. 단체협약에 어떻게 임해야 하는지 제가 노조위원장이 될 쎄사르와 노조 간부들에게 잘 가르쳐줄 거예요. 일단은 좀 무리한 요구를 해야 하고요, 회사가 들어주지 않으면 파업 또는 상황에 따라 부분 파업이나 태업을 하는 거죠. 어제 말했던 것처럼 쫓겨난 다섯 명 중 한 명이 폭행 및 협박을 받은 내용에 대해 글로 썼고 서명도 했어요. 이 문서를 내가 갖고 있거든요. 쎄사르에게 이 문서를 전달하면 파업에 대한 정당성을 확보하는 데 도움이 될 거예요. 쎄사르에 의하면 이 문서를 작성한 근로자도 독립노조에 참여할 예정이고 간부가 될 거라고 해요. 필요하다면, 쎄사르와 이 근로자가 함께 노동부에 가서 이 문서를 접수할 수도 있어요. 모양이 아주 좋아지겠네요, 흐흐흐."

"오케이! 데이빗 아저씨가 매우 기뻐하실 거예요. 오늘 저녁에 내가 TF 호텔로 갈게요. 저녁 믹으며 축배를 들어야죠, 준영양행 1공장의 성공적인 파업을 위하여!"

"위대한 미국을 위하여! 흐흐흐…. 이제 저는 에버렛에게 보고해야겠어요. 그럼, 저녁에 만나요."

그날 저녁, 서영식 상무가 정조준 과장과 전장훈 대리를 불렀다.

"이번 주에 애들 많이 썼어. 오 법인장님 때문에 잠시 혼선이 있었지만…. 오늘은 모처럼 정시에 퇴근하자. 내가 저녁 사고 싶은데, 시간들 괜찮니?"

정조준의 머리는 장수진을 떠올렸지만, 입은 "네"라고 대답했다. 바로 그때 전장훈 대리가 나섰다.

"저, 상무님…. 사실은 정 과장의 여자친구가 유럽의 스페인에 사는데 지금 과테말라에 와 있습니다. 정 과장은 그냥 보내주시는 게 진정으로 정 과장을 위하는 것이라 생각합니다. 감히 말씀드려 죄송합니다!"

"아, 그래? 정 과장 너도 참…. 그럼 솔직하게 말하면 되지. 내가 그렇게 꼰대는 아니지 않니?"

"아닙니다, 상무님! 주말에 함께 시간 보내면 됩니다. 어느 식당에 예약하면 좋겠는지요? 한국관으로 할까요?"

"하하하, 정 과장 이 친구 고지식하긴. 가까운 중미도 아니고 여자친구가 스페인에서 여기까지 왔는데…. 전 대리, 우리 이렇게 할까? 정 과장이나 여자친구나 저녁은 먹어야 할 테니까, 우리 모두 정 과장의 여자친구가 있는 호텔로 가서 함께 저녁만 먹고 일찍 헤어지자고. 내가 고급 포도주 한 병 사줄 테니 두 사람은 방에 가서 포도주 즐기면 되지 않을까?"

저녁 7시 30분, 정조준과 장수진 그리고 서영식 상무와 전장훈 대리가 TF 호텔 식당에서 저녁 식사를 시작했다.

"이거 보통 인연이 아니군. 무슨 한 편의 소설을 보는 것 같아. 정 과장과 미스 장이 1987년에 학과는 다르지만 K대학교의 외국어대학 안에서 함께 공부했다는 거잖아? 그리고 2001년에 멕시코 DM사에서 다시 만났는데, 이 멍청한 정 과장이 아름다운 미스 장을 못 알아봤고. 하하하!"

"하하하, 하하하하!"

모두들 크게 웃었다.

정조준

웃음이 그치자 장수진이 말했다.

"상무님, 그런데 우리 조준 씨는 멍청하지 않아요. 결국 저를 기억해 냈거든요, 호호호."

"아 그렇죠, 미스 장. 미안해요. 하하하!"

장수진이 주문한 마르께스 데 까쎄레스(Marqués de Cáceres)는 스페인 최고의 포도주 산지인 리오하(Rioja)의 대표적인 중저가 브랜드로 모두의 기분을 유쾌하게 만들었다.

"미스 장, 1년 반 전까지만 해도 L사 컴플라이언스팀에서 근무하셨고, 더군다나 현재 수퍼바이저인 주디보다도 선배였으니 제가 질문을 좀 하고 싶어요. L사 컴플라이언스팀이 가장 추구하는 게 뭔가요?"

"글쎄요. 저는 일을 잘 못해서 승진에서 누락됐고, 윌리엄 팀장은 제가 너무 감성적이라고 질책하곤 했어요. 그래서 그만두었지만, 한 가지 말씀드리면… 윌리엄 팀장이 원하는 것은요, 오더 수량이 감소할 때도 있고 증가할 때도 있는데, 증가했을 때 생산 라인이 부족하면 곤란하니까 과테말라의 준영양행이든, 멕시코의 DM사든 모든 공장들을 계속 끌고 가야 한다는 거예요. 심지어 멕시코 북부 치와와(Chihuahua)시에 있는 한 회사는 공장 규모가 매우 작았지만 어려운 스타일의 옷을 잘 만들었어요. 그래서 그런 회사까지 모두 필요한 것이죠. 컴플라이언스가 매우 중요하므로 모든 회사들이 준수하게 만들되 떨어져 나가지는 않도록 하라는 것이죠. 바꿔서 말씀드리면 규칙을 상황에 따라 적당히 적용하라는 것인데… 어떻게 보면 매우 불공정한 것이에요. 그리고 이제 생각해보면, 오더 수량이 감소하거나 증가하는 것은 반드시 멕시코나 중미에 있는 어떤 회사의 컴플라이언스 문제는 아닌 것 같아요. 회사에 문제를 일으키는 노조 또는 어떤 세력 때문에 그 회사에 오더 수량이 감소하면 미국에 있는 다른 회사에 오더 수량이 증가하겠죠. 어디에서든 옷은 만들어야 하고, 또 그래야 제때에 공급할 수 있으니까요."

바로 그때 식당 직원이 한 커플을 바로 옆 테이블로 안내했는데, 바로 L사 컴플라이언스팀 수퍼바이저 주디 그리고 곱슬머리 아돌포였다. 모든 사람들의 눈이 이리저리 마주쳤다. 정조준이 주디와 곱슬머리 아돌포를 알아봤을 때 장수진도 주디를 봤다. 그리고 청바지와 검은색 티셔츠 차림에 베이지색 배낭을 멘 곱슬머리가 바로 전날 본 사람과 동일한 사람임을 장수진은 알아챘다. 서영식 상무와 전장훈 대리는 주디를 보며 인사를 하려고 엉거주춤 일어서고 있었다.

"익스큐즈 미!"

주디가 몹시 당황한 듯 작은 소리로 말하더니 뒤로 휙 돌아 자리를 피했고, 곱슬머리 아돌포도 주디를 따라 나갔다.

"상무님, 전 대리, 저놈이 바로 곱슬머리 아돌포입니다."

"뭐라고? 그런데 왜 저놈이 L사 컴플라이언스팀 수퍼바이저인 주디와 함께 있는 거야?"

"어제도 저 둘이 함께 있는 것을 장수진 씨가 봤다고 했습니다. 이 정도면 모든 게 명확해졌습니다. 저 둘은 서로 정보를 주고받고 있는 게 틀림없습니다. 수진아, 네가 감성적이라서 일을 잘 못했던 게 아니라, 주디가 L사를 배반하는 무슨 일을 꾸몄을 거란 생각이 들어…."

"아…."

"이거 보통 일이 아니군. 정 과장, 4공장 노무 매니저가 노동부로부터 뭔가 연락받은 게 있나?"

"오늘 퇴근 전에 통화했는데, 아직 없습니다. 하지만 저 둘이 함께 있다는 것은… 오늘 아침 미팅 시 벌어진 일을 곱슬머리 아돌포가 알 거란 의미이고, 그렇다면…"

"그렇다면 뭔가, 정 과장?"

"곱슬머리 아돌포가 빠르게 움직일 듯합니다. 미팅에서 법인장님이 다섯 명 관련하여 시치미를 뗐으니 주디가 그것을 곱슬머리 아돌포에게 말했을 거고, 아돌포는 당연히 우리를 제대로 골탕 먹일 음모를 꾸미고 있지 않을까요? 차주에 독립노조가 결성되고 파업이 진행될 것 같습니다…. 그렇다고 이를 L사 컴플라이언스팀에 항의할 수도 없습니다. 주디가 누구를 만나든 우리가 간섭할 수도 없고 또 곱슬머리 아돌포에 대해 L사에 알린다고 해도 어떤 증거를 제시할 수 있는 것은 아닙니다. 그리고 실제로 저놈 뒤에 거대한 극우 세력이 있다면 L사도 함부로 대항하진 못할 겁니다."

"정 과장, 곱슬머리 아돌포란 놈 말이야, 질이 좋지 않다고 했지? 멕시코 또는 중미 사람처럼 보이는 외모에 스페인어를 자유롭게 구사하며 미국 시민이란 장점을 이용해서 나쁜 짓도 서슴지 않는다고 했지? 가능하면 저 곱슬머리 아돌포와 마주치지 않도록 앞으로 우리 모두 조심해야겠어. 특히 정 과장, 조심해야 해. 자, 주말이니까 쉬자고. 지금 우리가 할 수 있는 일은 없어. 잘 쉬고 월요일에 우리가 할 수 있는 일을 하자고."

정조준과 장수진의 온전한 시간이 시작되었다. 깊은 밤, 깊은 곳에서 아름답게 사랑했다. 꿈결 같은 이틀을 보냈고, 일요일 오후 두 사람은 공항 출국장에서 마주 섰다.

"수진아, 비행기 타고 한참 가야 하는데 피곤하지 않겠어?"

"아니, 괜찮아. 정말 이해가 안 되는데, 우리가 그렇게 여러 번… 후훗! 몰라, 이상할 정도로 몸이 개운해."

"그렇지? 전혀 피곤하지 않아. 오히려 힘이 솟구치는 느낌이야. 우리가 정말 진심으로 서로 사랑해서 그렇겠지?"

"응. 아, 가기 싫다. 아니면 우리 함께 스페인으로 가면 좋겠어."

"열심히 일해서 돈을 모을게. 우리 결혼해서 함께 살 날을 위해…"

"알았어. 그런데 일도 좋지만 정말 조심해야 해. 내일부터 너한테 힘든 일이 많을까 봐 걱정이야. 절대 위험한 일엔 끼어들지 마. 알았지? 난 3주 후에 다시 올게. 비행기표는 이미 구매해놓았어."

2003년 6월 둘째 주 월요일, 정조준 과장과 전장훈 대리는 긴장된 표정으로 사무실에 도착했다. 전장훈 대리는 남은 5일의 출장 기간 동안 컴플라이언스팀원들과 함께 준영양행 과테말라 법인의 4개 공장과 협력업체를 둘러보며 모든 현황을 정확히 파악하기로 했다.

정조준은 인사·총무팀의 반복되는 업무를 진행하며 수시로 핸드폰에 눈길을 주고 있었다. 전화벨이 울려서가 아니라 울리지 않아 팽팽해진 긴장감이 최고조에 이르렀을 때 전화벨이 울렸다. 오전 시간이 거의 지나갈 무렵이었다. 긴장감이 터져버리며 불안감으로 바뀌었다. 하지만, 심호흡을 크게 하며 침착하려고 애썼다.

정조준이 예상했던 대로 4공장 노무 매니저의 전화였는데, 가깝게

정조준

지내는 노동부 검사원과 확인한 바 1공장에 독립노조가 구성되었다는 것이다. 노동부에 접수된 문서에는 재단반 근로자 쎄사르를 비롯해 예닐곱 명이 이름을 올렸다.

정조준은 즉시 서영식 상무에게 보고했다. 1공장의 공장장, 총무, 노무 매니저까지 모두 공석이므로, 서 상무의 지시에 의해 4공장장인 유종구 부장이 1공장으로 이동하여 업무를 봤고, 생산지원팀장 이강영 대리가 1공장의 총무 역할을 겸했다.

정조준, 이강영, 유종구가 1공장 사무실에서 원단 창고, 재단반, 봉제 17개 라인, 품질관리반, 완성반까지 여러 현황을 파악하며 대화를 나누었다.

"부장님, 신설 4공장장 역할도 힘드실 텐데 1공장장 역할까지 맡게 되어 죄송하고 감사합니다."

"정 과장, 그런 말 하지 마라. 회사가 필요로 하면 함께 뛰어야지. 정 과장도 법인 전체의 인사·총무팀장에 컴플라이언스팀장까지 하느라 바쁘잖아? 게다가 수족 같은 이강영 대리가 1공장 총무 일을 맡게 되어 정 과장도 뭔가 불편할 테고?"

"아닙니다. 이번 주에는 출장 온 전장훈 대리가 컴플라이언스팀을 맡아주어 한결 낫습니다."

"1공장에 벌어진 컴플라이언스 문제에 이성재를 비롯, 총무 차정후와 노무 매니저 알렉스까지 해고하느라 고생이 많았겠지…. 자, 우리 힘을 합쳐보자고."

"네, 부장님. 그리고 현재 컴플라이언스팀원들이 독립노조에 이름을 올린 근로자들과 대화를 시도하고 있는데요…. 쉽지 않습니다. 노동법과 모든 바이어들의 윤리규정에 의해 집회결사의 자유가 보장되기 때문에 노조 활동에 대해 이래라저래라 할 수 없어서 그저 표면적인 대화를 나누며 눈치만 보고 있는 상황입니다. 제 생각엔 내일 또는 모레쯤 독립노조가 회사에 무언가 요구를 해오며 단체협약을 위한 협상을 하자고 제안할 것 같습니다."

정조준

노조 분쟁의 절정

- 2003년 6월 중순 ~ 7월 초

며칠 후, 쎄사르가 1공장 사무실에 모습을 드러냈다. 정조준 과장이 쎄사르에게 음료수를 권했고, 노련한 유종구 부장이 쎄사르에게 인사하며 말을 건넸다.

"쎄사르, 당신은 재단반에서 4년 넘게 일한 기능공이라 우리 회사에 없어서는 안 될 중요한 사람입니다. 독립노조를 만들었다면서요? 우리 회사는 노조 활동에 반대하지 않으니 우리 앞으로 대화를 잘했으면 좋겠어요."

"미스터 유, 고맙습니다. 저도 그러길 바라고요…. 여기 이 문서에 우리의 요구 조건들을 썼어요. 회사와 단체협약 맺기를 원합니다."

쎄사르로부터 문서를 받아들며 정조준이 말했다.

"쎄사르, 독립노조의 노조위원장이 된 것을 축하합니다. 일단 내용을 검토해야 하니 시간이 필요해요. 음, 어디 봅시다…. 여러 가지 내용을 썼네요. 아마 도움을 주는 사람이 있나 봐요?"

"…"

"독립노조에 가입하기 위해 서명한 근로자들이 약 50명이군요. 명단은 아직 없나요? 다음 회의 때 명단을 전달해주세요. 그리고 우리 이틀 후에 대화 나누는 것으로 해요."

"그렇게 기다릴 수는 없어요. 내일부터 단체협약을 위한 협상을 시작하라고…"

"누가 그렇게 시키던가요?"

"아, 아니오…. 우리끼리 그렇게 대화했고 또 너무 시간이 경과하면 좋지 않으니까요…."

유종구 부장, 정조준 과장, 주성규 대리, 이영규 사원, 서영식 상무, 그리고 각 공장의 모든 현황을 분석하는 생산지원팀장 이강영 대리, 법인 전체의 회계와 자금 및 지출을 관리하는 회계팀장 김병석 대리가 모여 머리를 맞댔다. 스페인어 원어민인 주성규 대리가 독립노조의 요구 조건을 간단히 번역한 문서를 참석자들에게 전달하며 설명하기 시작했다.

"현재 독립노조에 가입한 근로자는 약 50명이지만, 단체협약이 체결되면 모든 근로자들에게 적용됩니다. 독립노조가 요구하는 사항들 중에서 근무 환경 개선, 식당 환경 개선, 근로자 사물함 수리, 연말 선물 개선 등은 노사회의에서 대화하며 협상할 수 있습니다. 근로자 체육대회는… 요구 조건을 들어줄 경우 형평성 문제 때문에 1공장만이 아니라 모든 공장들이 함께 실시해야 하는데, 제가 생산지원팀장 이 대리 그리고 회계팀장 김 대리와 함께 모든 공장의 의견을 수렴하여 계획 및 예산을 짜보겠습니다."

정조준이 이어서 설명했다.

"단체협약에는 근로자 체육대회를 개최하되 원자재와 부자재 수급 현황, 생산성과 수출 현황에 따라 조정한다는 식으로 문구를 삽입하면 법인 경영 및 공장 운영에 조금이라도 피해를 줄일 수 있지 않을까 생각합니다."

서영식 상무가 고개를 끄덕이며 말했다.

"역시 우리 주 대리가 스페인어와 한국어를 완벽하게 하고 통역과 번역도 자유로워서 큰 힘이 되는군. 그리고 멕시코에서 노조와 독립노조를 모두 경험하며 관리했던 정 과장의 설명도 명쾌하고. 문제는 급여 50퍼센트 인상과 생산 성과급 50퍼센트 인상이야. 이렇게 터무니없는 요구를 하다니…. 생산지원팀 이강영 대리, 어떻게 생각하나?"

"현재 1공장의 전체 인원 1,300명, 작업 일수, 라인당 비용, 현재 투입 중인 스타일들과 앞으로 투입될 스타일들의 공임, 라인별 생산 수량, 불량률 및 불량으로 인한 손실 비용 등을 감안하면 절대 불가능한 백분율입니다. 가장 생산성이 좋으며 동시에 공임까지 좋은 스타일들만 배치할 경우 혹시 10퍼센트는 가능할지 모르겠습니다. 하지만, 이 경우 1공장은 절대 흑자를 낼 수 없습니다. 그리고 다른 공장들과의 형평성도 생각해야 하는데요…. 특히 다른 공장들의 근로자들도 급여 인상을 요구하지 않을까 걱정입니다."

정조준이 말을 받았다.

"이 대리 의견에 전적으로 동의합니다. 상무님 그리고 유 부장님, 노조가 결성되었으므로 단체협약은 피할 수 없습니다. 단체협약을 체결하기 위해서는 노조와 협상해야 하고요…. 아마 협상이 마무리될 때까지 노조는 파업 또는 부분 파업을 강행할 것으로 예상됩니다. 대단히 죄송하지만, 이것도 감수해야 합니다. 하지만 다른 방법이 없습니다. 협상을 시작하지 않고 시간을 끌면 어차피 파업이 진행될 겁니다. 그러므로 일단 부딪쳐야 합니다. 노조와의 협상이 매끄럽지 못하여 파업이 벌어지고 생산이 중단되더라도 그 기간을 최소화하기 위해 협상을 빨리 끝내야 합니다. 물론 우리에게 불리한 내용은 어떻게 해서든지 줄여야 하므로, 협상 테이블에 앉을 때마다 1안, 2안, 3안 등 우리의 카드를 미리 준비하고 하나씩 꺼내며 밀고 당길 수밖에 없습니다. 제가 주성규 대리, 김병석 대리, 이강영 대리, 이영규와 함께 최선을 다해보겠습니다. 마침 주성규 대리도 전 직장에서 노조와 단체협약을 체결한 경험이 있는데요, 전 직장이 과테말라에 있었기 때문에 저보다 과테말라의 노동법과 현실을 훨씬 더 정확히 파악하고 있습니다. 그리고 제가 예전에 근무했던 멕시코 DM사의 경우, 당시 생산 중이던 스타일들을 다른 협력업체로 배치시켜 생산할 수가 없었습니다. 그 일대에 마땅한 협력업체도 별로 없었고 또 L사 브랜드를 생산하기 위한 L사 컴플라이어스팀의 공장 평가를 통과한 업체가 없었기 때문입니다. 다행히 현재 우리 준영양행의 4개 공장들 중에서는 1공장과 2공장이 L사 컴플라이언스팀의 공장 평가를 유지하고 있습니다. 그리고 협력업체들 중에서는 단 한 군데, 네오텍스만 L사의 공장 평가를 유지하고 있는데요, 물론 여러 사항들을 개선해야 하지만, 제가 저희 컴플라이언스팀원 중 한 명을 네오텍스에 상주시키면서 집중 관리하면 당분간 네오텍스에서 L사의 오더를 생산할 수 있을 겁니다. 이를 위해 상무님께서 네오텍스 최 사장과 대화를 해주시면 감사하겠습니다. 그리고 현재 1공장에서 생산 중인 다른 브랜드의 스타일들은 협력업체에 적절히 분산 배치해야 할 것으로 봅니다. 이를 위해서는 상무님께서 생산

정조준

기획팀장과 대화를 나누셔야겠습니다. 물론, 이렇게 해도 1공장에서 파업이 진행된다면, 매일 1공장 손실만 공임 기준으로 약 32,000불씩 발생하게 되고, 원자재와 부자재를 여러 협력업체로 발송하는 운임과 협력업체에 지불할 공임 등 손실 금액은 수십만 불을 넘어설 겁니다. 그리고 1공장의 10개 라인에 추가될 예정인 L사의 스타일들은…."

"일부는 네오텍스에서 생산할 수 있겠지만, 나머진 어렵겠군. 내가 생산기획팀장 그리고 본사 영업본부와 대화를 나눠야겠어. 아무래도 L사 오더의 일부는 우리가 감당하지 못해서 L사가 회수할 가능성도 있겠어. 정 과장과 주 대리는 내일부터 독립노조와 협상을 시작해봐. 두 사람이 필요로 하는 데이터와 숫자들은 김 대리와 이 대리가 즉시 대응해주고 이영규는 바쁜 정 과장과 주 대리를 대신해서 좀 더 많은 일을 처리해줘. 난 너희들을 믿는다."

그때 출장 중인 진장훈 대리가 문서를 하나 들고 다급한 표정으로 회의실에 들어왔다.

"회의 중에 죄송합니다. 방금 컴플라이언스팀의 암빠로가 1공장에서 근로자들을 인터뷰하는 과정에 한 근로자로부터 이 문서를 받았습니다. 폭행 및 협박으로 쫓겨났다가 복직된 다섯 명 중 한 명이 독립노조 간부가 되었는데요, 바로 그 근로자가 작성한 문서입니다. 건장한 체격의 두 사람이 총으로 위협하며 자신을 구타했고 회사에 나타날 경우 총으로 쏴 죽이겠다고 협박했다는 내용입니다. 근로자가 자필로 써서 서명한 후 노동부에 제출했고, 노동부 검사원의 수령 서명까지 받았습니다. 독립노조는 이 문서의 사본을 모든 근로자들에게 배포한 것으로 보입니다. 아무래도 이 문서 때문에 많은 근로자들이 동요하며 독립노조에 가입할 듯합니다."

"주 대리, 지금까지 독립노조에 가입한 근로자가 50명이라고 했나?"

"네, 그렇습니다."

"정 과장, 어떻게 생각하나?"

"짐작일 뿐입니다만… 아마 300명에서 많게는 500명까지 독립노조에 가입할 것으로 보입니다. 주 대리가 과테말라의 일반적인 근로자들이 노조에 대해 어떻게 생각하는지 잘 아는데요…. 주 대리, 설명 좀 해볼래?"

"간단히 말씀드리면, 일반적으로 근로자들은 노조에 관심이 없습니다. 노조를 기피한다고 볼 수도 있습니다. 이유는 1960년에서 1996년까지 내전 기간 동안 정부에 대항했던 반군 세력이 노조와 한 편인 것으로 인식되었기 때문입니다. 미국이 자국의 영향력 확대를 위해 과테말라 정치에 관여했던 역사적인 배경은 생략하겠습니다. 이 기간 중 약 20만 명이 학살 또는 실종되었기에 노조에 가입하는 것은 위험하다는 인식을 갖게 된 것으로 추측합니다. 하지만, 방금 전장훈 대리가 입수한 문서가 이미 근로자들에게 배포된 상황이라니, 근로자들이 몹시 동요할 것입니다…. 정조준 과장 의견처럼 수백 명이 독립노조에 가입할 듯합니다."

"1공장장에 이성재를 채용하는 게 아니었어…. 아, 법인장님은 도대체 왜 교회와 관련된…. 아니다, 내가 실언을 했네. 하여튼, 만약 이성재를 해고하지 않았으면 상황이 더 심각해질 뻔했어. 이미 벌어진 일이니 우리 각자 또 함께 최선을 다해보자. 전 대리는 컴플라이언스팀원들과 함께 계속 관찰해라. 출장자에게 일을 너무 많이 시켜서 미안

정조준

하다. 그리고 정 과장과 주 대리는 독립노조와 어떻게 협상할 것인지 준비 좀 하고. 난 본사 회장님께 보고드릴 내용을 정리할 테니…"

다음 날, 1공장 회의실. 독립노조의 노조위원장 쎄사르와 간부 3명, 그리고 준영양행 과테말라 법인 인사·총무팀의 정조준 과장과 주성규 대리가 서로 인사한 후 마주 앉았다.

쎄사르와 간부들은 곱슬머리 아돌포로부터 교육을 철저히 받았는지 매우 단호한 입장을 고수했다. 특히, 급여 50퍼센트 인상과 생산 성과급 50퍼센트 인상 관련해 자신들은 조금도 양보할 수 없다며 회사 측의 입장은 들으려고도 하지 않았다.

쎄사르와 간부들은 노조원 명단을 전달하며 즉시 파업을 시작하겠다고 말한 후, 나가버렸다. 1차 협상은 그렇게 결렬되었고, 바로 파업이 시작되었다.

주성규가 노조원 명단을 보며 정조준에게 말했다.

"과장님, 예상은 했지만, 이거 매우 심각한데요…. 350명 가까이 되는 노조원들 중 상당수가 남성 근로자들입니다. 특히 남성이 대다수를 차지하는 재단반과 완성반은 거의 대부분 노조에 가입했어요."

"짐작은 했지만, 심각하네. 이렇게 되면 재단반에서만 부분 파업을 해도 재단물이 봉제 라인으로 공급이 안 되어 결국은 생산이 멈추게 될 거야. 또 완성반에서 부분 파업이 진행될 경우 다림질도 안 되고, 포장도 안 되어 제품을 출고할 수 없고. 주 대리, 넌 어떻게 생각하니? 다른 것은 뭐 적절히 협상한다 치고…. 급여와 생산 성과급 인상 관련

몇 퍼센트에서 합의해야 할까?"

"각각 5퍼센트를 마지노선으로 보고 그 이상은 양보할 수 없다고 생각합니다."

"그렇지? 나도 같은 생각이야. 다른 것을 좀 더 주더라도 급여는 0%로 막으면 더 좋겠는데… 일단 유 부장님과 서 상무님께 보고드리자고. 그리고 오늘 오후에 말이야, 노조의 요구 사항에 대해 우리가 해줄 수 있는 내용을 스페인어 문서로 좀 작성해볼래?"

"네, 알겠습니다. 이왕이면, 단체협약에 바로 적용할 수 있는 적합한 문구로 작성해놓겠습니다."

"주 대리, 네가 있어서 정말 든든하다. 사실 내가 멕시코에서 독립노조와 맞닥뜨렸을 때에는 정말 막막했었거든. 스페인어를 하는 사람은 나밖에 없었고, 아무도 노조에 대한 경험이 없었으니까."

"저야말로 과장님과 함께 일해서 좋습니다. 제가 전 직장에서 노조를 좀 경험했고 또 과장님께서도 노조를, 그것도 독립노조를 이미 경험하셨으니 우리 함께 잘 해결할 수 있을 겁니다."

"그래, 주 대리, 고맙다. 잘해보자고, 하하하."

이후 5일 동안 독립노조와의 협상이 진행됐다. 대화, 정회, 협상, 결렬 그리고 다시 대화가 반복되었지만 정조준과 주성규는 지치지 않았다. 아니, 지치지 않으려고 서로 격려하며 노력했다.

그리고 생산지원팀장 이강영 대리와 회계팀장 김병석 대리가 수시로 여러 데이터와 숫자를 이용하여 1안, 2안, 3안을 만들어 신속하게 서영식 상무에게 보고하면서 정조준과 주성규에게 이메일로 발송했다. 두 사람은 이를 확인하며 노조와 대화를 이어갔다. 막무가내로 나오는 쎄사르와 간부들을 상대로 시종일관 웃으며 너스레를 떨었고 친절하게 대화를 이끌었다.

특히 미국의 극우 세력이나 노조 단체들이 원하는 것은 결국 미국에서의 생산을 늘리는 것임을 설명하면서 준영양행은 미국이 아니라 과테말라에 설립된 회사이며 과테말라를 위해 존재한다는 점을 부각했다. 하루, 이틀 시간이 지남에 따라 쎄사르를 비롯한 간부들은 곱슬머리 아돌포로부터 받은 지침이 무조건 옳은 것인지 의문을 갖게 되었고, 정조준과 주성규에게 조금씩 마음을 열기 시작했다.

주성규가 미리 작성해놓은 단체협약 초안은 협상 시간 단축에 큰 도움이 됐다. 프로젝터를 이용해 대형 스크린에 초안을 띄워놓고 모두 함께 읽고 확인하면서 협상하는 내용을 주성규가 즉석에서 추가하고 정정한 끝에 단체협약을 위한 모든 문구를 마무리했다.

독립노조가 요구한 거의 모든 것을 수용하고, 추가로 노조에 유리한 몇 가지 항목을 포함시키는 대신에 급여 인상은 없는 것으로 하고 생산 성과급만 5퍼센트 인상한다는 내용으로 마무리했다. 그다음 날, 마침내 독립노조의 노조위원장 쎄사르와 간부들 그리고 준영양행 과테말라 법인의 오청길 법인장, 서영식 상무, 정조준 과장과 주성규 대리가 단체협약에 서명했다.

정조준은 서명된 단체협약을 스캔하여 전장훈 대리에게 이메일로 발송했다. 출장을 마치고 본사로 복귀한 지 며칠 안 된 전장훈은 이메일을 수신하자마자 정조준에게 전화했다.

"과장님! 아니, 조준이 형! 수고 많으셨어요. 정말 대단하십니다."

"야야, 무슨 소리야? 하하하! 나보단 주성규 대리가 정말 애 많이 썼다. 주 대리에게 전화 한번 하렴. 둘이 아마 나이도 같을걸?"

"네, 알겠습니다. 아, 그리고… 저 인사 발령 받았습니다. 다음 달에 니카라과 법인 인사·총무팀장으로 나갑니다. 현재 근무 중인 장대훈 대리가 사직서를 냈다고 하네요. 형과 함께 니카라과에 컴플라이언스팀도 만들라고 합니다. 그리고 형이 과테말라 법인과 니카라과 법인 컴플라이언스팀을 총괄하게 된다고 들었어요. 형이 너무 바빠지겠어요…. 아마 니카라과 법인으로 자주 출장을 가셔야 할 거예요. 뭐, 저는 형과 자주 만날 수 있을 것 같아서 좋고요, 헤헤헤. 그리고 윗선에도 변화가 있을 것 같은데, 아직 자세한 내용은 모릅니다."

주말을 제외하고 근무 일수로만 7일 동안 지속된 파업으로 1공장의 피해는 막심했다. L사의 일부 스타일을 협력업체인 네오텍스에서 생산했기에 공임과 운송비가 추가되었으며, 수십만 불에 이르는 손실 금액은 고스란히 준영양행 과테말라 법인의 손익에 영향을 끼쳤다.

그뿐만 아니라, 항공 운송 비용도 추가되었다. 완제품의 선적이 7일 이상 지연되었지만, L사를 비롯한 바이어들의 판매 계획에 차질이 발생하지 않도록 하기 위해 출고하는 모든 완제품을 비행기로 실어 보냈기 때문이다.

이에 L사는 매우 놀라워하며 계획되어 있던 모든 오더를 계속해서 준영양행 과테말라 공장에 배정하기로 했다. 물론, 컴플라이언스에 문제가 없어야 한다는 조건이 붙었고, 정조준은 더욱 업무에 몰두했다.

정조준

"헬로우, 에버렛! 일 처리가 매끄럽지 못했어. 어떻게 이럴 수가 있는 건가? L사의 구매팀장들이 전혀 움직이지 않았어. 우리 위대한 아메리카의 의류 제조업체들에게 오더를 배정해야 하는데… 하나도 진행되지 않았단 말이야. 도대체 준영양행은 무슨 수로 독립노조와 그토록 빨리 단체협약을 체결한 건가?"

"데이빗, 그게 저… 죄송합니다. 준영양행의 1공장 생산을 최소한 3주 이상 중단시키기 위해 아돌포가 최선을 다했고, 저도 아돌포에게 금전적으로 충분히 지원했는데, 준영양행에 라파엘 정조준이라는 한국인이…."

"자네에게 매우 실망이네. 내가 자네를 믿고 우리 위대한 미국을 위해 일할 수 있는 건가?"

"데이빗, 죄송합니다. 다음 주에 아돌포를 니카라과로 보낼 예정입니다. 준영양행의 협력업체 중 하나가 심각한 자금난에 빠져 근로자들에 대한 대우가 좋지 않습니다. 조만간 문제가 발생할 것으로 예상되는데, 그때 제대로 한 방 먹이겠습니다."

총을 물리치다

- 2003년 7월

2003년 7월 초, 전장훈 대리가 준영양행의 니카라과 법인에 도착했고, 비슷한 시기 과테말라의 오청길 법인장은 고문으로 직책이 변경되며 니카라과 법인으로 발령 났다. 그리고 과테말라에는 김명준 법인장이 부임했다.

김명준 법인장 부임을 환영하는 회식 자리에서 정조준, 주성규, 김병석, 이강영, 이영규는 기분 좋게 마셨다. 서영식 상무가 독립노조와의 단체협약을 잘 마무리했다고 칭찬하며 계속해서 따라주는 소주가 달았다.

회식이 끝난 후, 정조준 과장과 세 명의 대리들과 사원 한 명이 자리를 옮겨 맥주병을 들고 건배했다.

"김 대리, 이 대리, 주 대리 그리고 이영규까지 다들 수고 많았고 정말 고맙다. 너희들 아니었으면 단체협약을 7일 만에 체결하지 못했을 거야."

"무슨 말씀이세요? 과장님의 역할이 컸습니다."

"그나저나 노사회의를 일주일에 한 번 하자는 독립노조의 요구를 들어줘서 우리가 빼앗기는 시간이 매우 많을 거야. 사람은 그대로인데 일만 많아졌어."

"할 수 없죠. 대신에 급여 인상을 0%로 막았잖아요."

"맞습니다. 그게 가장 큰 성과였죠, 하하하."

김병석 대리와 이강영 대리가 한 마디씩 대답하자 주성규 대리도 이어서 말했다.

"과장님, 걱정하지 마세요. 노사회의에는 제가 들어가서 대화하고요, 회의 중반 이후에 과장님께서 들어오셔서 분위기 띄우며 적절히 몇 가지 말씀하시고 노사회의록에 서명해주시면 될 겁니다. 저… 그보다는요, 얼마 전에 전장훈 대리가 제게 전화해서 대화를 나누었는데요…. 전 대리는 회사 밖에선 과장님께 '형'으로 호칭한다고 하던데요? 저희는 그러면 안 되나요?"

"왜 안 되겠니…. 이것 참, 자격도 없는 내가 복이 터졌네. 성규야, 병석아, 강영아, 영규야… 그럼 우리 이제 회사 밖에서는 형, 동생으로 부르는 거다. 살룻(salud: 건강, 술자리에서 '건배')!"

"네, 조준이 형. 살룻!"

동료애도, 밤도 깊어갔다.

다음 날 새벽, 정조준은 니카라과 법인의 컴플라이언스팀 설립을 지휘하기 위해 니카라과의 수도인 마나과로 향하는 비행기에 탑승했다. 전날 과음했고 수면이 부족한 탓에 좌석에 앉자마자 피곤이 몰려옴을 느꼈다.

정조준은 장수진에게 사랑한다고 속삭였다. 한 손으론 그녀의 가늘고 예쁜 손가락을 부드럽게 만지며, 눈으론 장수진의 하얀 얼굴 구석구석을 헤매고 있었다. 나머지 한 손은 그녀의 등과 엉덩이를 조심스럽게 오갔다. 장수진의 입술이 살짝 벌어졌고, 정조준의 입술이 그녀의 입술에 막 닿으려 했다.

"조준아, 나 사랑해?"

"그럼, 당연하지. 말로 표현할 수 없을 만큼 사랑해."

"응. 나도 사랑해. 그런데… 위험한 일은 절대 하지 마. 위험한 사람과 부딪치지 말고, 위험한 일에 끼어들지도 말고. 알았지? 니카라과가 과테말라처럼 위험하지는 않다고 아무 데나 가면 안 돼. 약속해, 날 사랑한다면…."

"알았어, 수… 수진…. 이런! 꿈이었네. 무슨 꿈을 이렇게 생생하게 꿨나?"

짧은 비행 시간 동안 깊은 잠에 빠졌던 정조준이 중얼거렸다.

"아, 수진이 보고 싶네. 다음 주 목요일에 수진이가 과테말라에 오니까 난 다음 주 화요일까지 니카라과 출장을 잘 마치고, 과테말라에 가서 밀린 업무 좀 정리하면 주말은 수진이와 보낼 수 있을 거야."

기내 가방만 들고 여권 심사대를 통과한 정조준이 공항 건물 밖으로 향했다.

"과장님, 여기요!"

전장훈 대리가 손을 흔들며 외쳤다.

정조준

"기사만 보내도 되는데, 직접 나왔구나. 고마워. 오늘 몇 시부터 면접 시작이지?"

"두 시간 후 10시부터입니다. 며칠 전 과장님께서 품의서 진행하여 결재된 내용에 맞춰 니카라과 법인 컴플라이언스팀에 두 명을 채용해야 하는데요, 10시부터 순서대로 총 열 명의 후보자가 면접에 참가합니다. 10명 모두 즉시 입사 가능한 사람들입니다."

"그래, 준비하느라 수고 많았어. 인사가 만사라는 것은 과테말라 1공장장이었던 이성재 때문에 지난번에 우리가 제대로 배웠잖니? 정말 신중하게 살피고 대화하며 장단점을 분석해서 가장 적합한 두 명을 뽑아보자고. 아직 시간 좀 있지? 우리 커피는 한잔 마시고 가자. 어젯밤 김병석, 주성규, 이강영, 이영규와 밤 늦도록 들이붓다시피 마셨더니…."

"하하하! 네, 그럴까요? 그럼 여기 공항에서 드시고 가시죠."

두 사람이 공항 카페로 들어서려는 순간, 카페 안쪽에 비스듬히 앉아 있는 남자가 보였다. 정조준이 전장훈을 옆으로 살짝 잡아당기며 말했다.

"장훈아, 저기, 저놈. 보이지?"

"네, 청바지와 검은색 티셔츠 차림에 낡은 베이지색 배낭, 그리고 곱슬머리…. 저놈 곱슬머리 아돌포 같은데요."

"커피는 다음에 마시자. 그나저나 저 개 같은 새끼가 왜 여기까지 나타난 거야? 도대체 나와 무슨 악연인 거야? 전생에 원수였나? 그러지 않고서야 어떻게 멕시코, 과테말라에 이어 니카라과까지…. 나 정말 바르게 열심히 사는데 왜 이리 나한테 태클을 거나? 장훈아, 우리… 조심하자."

"네, 조준이 형. 그럼 회사로 가시죠."

"그래, 윤준석 법인장님께 인사부터 드려야겠어. 야, 정말 미치겠다. 별일 없겠지? 다음 주 목요일에 내 여자친구가 과테말라에 도착할 예정인데…"

"아, 형수님 오세요? 지난번 과테말라에서 인사드렸는데 저를 기억하실까 모르겠네요. 만나시면 안부 전해주세요."

잠시 후, 두 사람은 준영양행 니카라과 법인에 도착했다.

"법인장님, 안녕하셨습니까?"

"그래, 정 과장 잘 지냈니? 석 달 전 내가 니카라과 법인으로 발령난 후 처음 보는 건가?"

"네, 그렇습니다. 법인장님께서 애쓰신 덕분에 니카라과의 생산성이 많이 올랐다고 들었습니다."

"내가 한 게 뭐 있나? 직원들이 열심히 뛴 덕분이지, 하하하. 출장업무 잘 진행하고 내일이나 모레 저녁엔 이 형님과 술 한잔해야지?"

"네, 감사합니다. 오늘은 일단 컴플라이언스팀원 두 명 선발 및 채용하는 것에 집중하겠습니다. 내일부터는 전장훈 대리와 함께 새로운 팀원 두 명에 대한 교육을 진행하면서 동시에 협력업체 세 곳도 돌아보려고 합니다. 그리고 저녁엔 법인장님과 술 마시고요, 하하하…"

"그래, 정 과장 네가 일이 많다고 들었어. 심각한 컴플라이언스 문제와 갑자기 결성된 독립노조의 파업도 잘 해결했다며? 하여튼 내가 널 믿는다. 아, 그리고 장대훈 대리는 이번 주까지만 근무해. 어깨 좀 두드려주라고. 부모님 모시고 멕시코로 가기 위해 사직서를 냈다지만,

정조준

사실 이 녀석이 내가 부임하기 전부터 오발단 부장한테 너무 많이 시달려서 사직서를 낸 것 같아."

파란 하늘에 하얀 뭉게구름은 뜨거운 날씨 때문인지 느릿느릿 움직였으나, 빡빡한 스케줄을 거부하는 시간은 날씨와 관계없이 매우 빠르게 흘렀다. 정조준과 전장훈은 모든 일을 착오 없이 진행하기 위해 최선을 다해 일했다.

정신없이 이틀이 지났다. 토요일이었지만, 오후까지 근무하다 보니 어느새 저녁노을이 니카라과의 하늘을 붉게 칠하고 있었다. 윤준석 법인장과 생산기획팀장인 변도윤 차장, 정조준 과장, 장대훈 대리, 전장훈 대리, 회계팀장 김명호 대리가 해물 식당에서 니카라과의 특산품인 럼주 플로르 데 까냐(Flor de Caña: 경연대회에서 수시로 1등 하는 최고의 럼)로 가득 찬 잔을 부딪치고 있었다.

"정 과장, 출장 중에 대충 시간 보내지 않고 열심히 일해줘서 고맙다. 앞으로 한 달에 한 번은 출장 와야지?"

"네, 법인장님. 제가 과테말라와 니카라과 컴플라이언스팀을 총괄하게 되어 어깨가 무겁지만, 더욱 노력하겠습니다. 그리고요⋯. 사실 니카라과에는 안 올 수가 없겠습니다. 이 럼주가 너무 맛있어서요."

"하하하! 하하하!"

변도윤 차장이 말을 이었다.

"법인장님, 그동안 인사·총무팀의 장대훈 대리가 애 많이 썼습니다. 사실 오늘 토요일이라 장 대리는 쉬어도 되는데 오늘까지 최선을 다해 업무 인수인계를 했나 봅니다. 장 대리, 수고 많았어."

변 차장의 격려에 장 대리가 웃으며 대답했다.

"아닙니다. 제가 법인장님과 차장님을 오래 모시지 못하게 되어 죄송합니다. 그리고 가끔 출장 와서 제게 조언해주셨던 정 과장님께도 죄송해요."

"장 대리, 전혀 죄송할 일이 아니야. 네가 고생 많이 한 것 알고 있어. 멕시코로 간다고 했지? 멕시코시티에서 동쪽으로 약 2시간 거리에 위치한 뿌에블라(Puebla)시에 DM사가 있어. 내가 일했던 곳 말이야. 내가 DM사 관리 총괄 박상대 차장님에게 연락해놓았어. 내일 나한테 이력서 보내줘, 내가 그쪽으로 전달할 테니까."

"정말요? 고맙습니다."

장대훈 대리와의 헤어짐이 임박해 아쉬웠지만 훈훈한 대화가 계속 이어졌고, 변도윤이 말했다.

"앞으로 김명호 대리가 전장훈 대리와 호흡을 잘 맞춘다면 우리 조직이 탄탄해질 겁니다. 하지만 과테말라의 정 과장이 자주 니카라과로 출장 와서 김 대리와 전 대리를 도와주면 니카라과 법인에 큰 도움이 될 겁니다. 게다가 조만간 L사 오더가 배정될 것으로 예상되어 L사 컴플라이언스 규정에 맞는 여러 사항들을 점검해야 하는 상황입니다."

"그래. 정 과장은 변 차장 설명 잘 들었지?"

"네, 알겠습니다."

"아 참! 김 대리, 즐거운 자리에서 업무 얘기를 꺼내서 미안한데, 협력업체 원니카 말이야…. 우리가 지난주에 전도금으로 미리 지불해준 게 얼마였지?"

정조준

"약 12만 불 정도 됩니다. 제가 법인장님께 지출 결의서 결재 받은 후에, 원니카에 수표를 끊어서 주려고 했는데, 원니카 사장이 변도윤 차장에게 전화해서 수표는 추심에 근무 일수로만 3일 이상 소요된다며 계좌이체를 요청했습니다. 그래서 계좌이체 방식으로 지난주 목요일에 지불했습니다."

"으음···. 영 불안해. 자금 사정이 안 좋다는데 이해가 안 되네. 우리 준영양행처럼 제때에 공임 결제해주는 회사가 어디 있어? 꼬박꼬박 결제해주는데 왜 자금이 부족한 건지 원···. 게다가 요즘 생산되는 옷의 품질이 엉망이야. 오늘도 우리 품질팀장이 원니카에 갔다 왔는데, 불량이 아주 많다고 하네. 이런 식이면 바이어 측 제품 검사원이 불합격으로 처리할 수도 있겠어. 그럼, 불량을 수선해야 하고, 선적은 지연될 거고···. 야, 이거 벌써부터 머리가 지끈거린다. 변 차장은 어떻게 생각하나?"

"네, 법인장님, 저도 어제 원니카에 다녀왔습니다. 원래 원니카의 사장이 생산 관리를 총괄하는데, 이번 주 월요일에 다른 나라로 출장을 갔다고 합니다. 그 이후로 그 부인이 생산 관리를 대신하고 있는데요, 전문가가 아니다 보니 많은 문제가 발생하고 있습니다. 생산 수량도 목표 대비 현저히 떨어져서 다음 주 월요일부터 저희 팀원 한 명을 원니카에 상주시킬 계획입니다."

"그래, 좋은 생각이야. 생산도 품질도 별일 없어야 할 텐데···. 정 과장과 전 대리가 원니카에 한번 가봐라. 어차피 컴플라이언스 차원에서도 원니카를 관리해야 하니까."

"네, 월요일 오후에 방문하겠습니다. 저, 그리고··· 법인장님, 매우 중요한 사안을 하나 말씀드리겠습니다."

"그래, 말해봐."

"곱슬머리 아돌포라는 놈이 있는데요…."

"곱슬머리 아돌포? 그런데?"

정조준은 곱슬머리 아돌포가 멕시코 DM사의 독립노조와 준영양행 과테말라 법인의 독립노조를 사주하며 지원한 것, L사 컴플라이언스팀 수퍼바이저인 주디와의 연관성, 그리고 곱슬머리 아돌포 뒤에 미국의 거대한 노조 또는 극우 세력이 있을 가능성 등을 상세히 설명했다.

몹시 놀란 윤준석 법인장이 말했다.

"그렇다면, 얼마 전 과테말라 1공장에서 독립노조가 결성되며 파업을 했지만, 독립노조와 우리 회사 간에 단체협약이 신속히 체결되었고… 생산이 7일 정도 지연되어 출고도 지연되었지만, 모든 제품을 육상 운송이 아닌 비행기로 실어 보냈기에 L사는 피해를 입지 않았다? 바꿔 말하면, L사는 우리 준영양행에 배정한 오더를 회수하지 않았고, 그렇기 때문에 L사가 미국에 있는 의류 제조업체들에게 오더를 배정했을 리가 없다? 그럼, 미국 업체들의 생산이 증가하지 않으니까 고용도 증가하지 않을 거고, 미국의 노조 입장에서는 노조비를 많이 거둘 수 있는 좋은 기회를 잃었다는 건가?"

"네, 법인장님. 정확합니다. 그런데… 제가 이틀 전 아침 마나과 공항에 도착했을 때 정 대리와 커피 한잔하려고 공항 청사 내 카페에 들어가려고 했는데요, 그곳에 곱슬머리 아돌포가 있었습니다. 전 대리와 제가 분명히 봤습니다. 그 자식은 저희를 못 봤고요."

"아니 그런 개자식이 여긴 왜 온 거야? 이 더운 곳에, 이 가난한 나라에 뭐 해먹을 게 있다고?"

"그게 이상합니다. 정말 아니길 바라는데요…. 혹시 곱슬머리 아돌포가 니카라과에서 또 무슨 일을 꾸미는 게 아닐까 걱정됩니다. 전 대리는 어떻게 생각하니?"

"이런 말씀 드리면 괜히 우리 마음만 불안해질 텐데요…. 곱슬머리 아돌포가 비행기 타고 여기까지 왔다면, 분명히 뭔가 노리는 게 있을 것 같습니다."

대화를 듣고 있던 변도윤 차장이 말했다.

"순전히 제 소견인데요…. 혹시 협력업체 원니카와 관련된 것은 아닐까 하는 생각이 듭니다. 우리가 전도금으로 12만 불을 미리 줬더니, 생산 관리를 해야 할 원니카 사장은 갑자기 출장 가서 해외에 있고, 경리 업무를 보던 부인이 대신 공장을 관리하고 있다는 점이 영 꺼림직합니다. 혹시 원니카의 사장과 부인이 자신들의 운영자금과 우리가 전도금으로 미리 준 12만 불까지 모두 들고 야반도주…."

"야반도주…. 야반도주? 으음… 음…. 가능성이 없다고는 못 하겠어. 이것 참…. 변 차장, 정 과장, 장 대리, 김 대리, 전 대리, 미안한데… 오늘 술자리는 이만 끝내야겠다. 혹시 얼마 전 원니카에 공무실장으로 입사한 고 실장을 아는 사람 있나? 그 친구가 식당이나 슈퍼에서 나와 마주치면 꼭 인사를 하더라고. 이름은 모르고 성만 아는데…."

윤준석의 질문에 장대훈이 대답했다.

"네, 법인장님. 고승혁이라고 합니다. 저와 같은 타운에 살아서 가깝게 지내는 사이고요, 핸드폰 번호도 갖고 있습니다."

"그래? 장 대리, 지금 바로 그 친구에게 전화해봐라. 전화해서 원니카 사장 집이 어디 있는지 물어봐."

다행히 장대훈은 원니카 공무실장 고승혁과 바로 통화했고, 모두 함께 근처 타운하우스 단지 안에 위치한 원니카 사장 집으로 몰려갔다. 초인종을 눌렀으나, 아무런 인기척이 없었다. 정조준이 뒤뜰 쪽으로 가서 창문을 살폈는데, 열려 있었다. 창문을 두드리며 사람이 있는지 확인했지만, 조용했다. 정조준이 잠시 머뭇거리다가 창문을 통해 안으로 들어가 현관문을 열었고, 모두들 집 안으로 들어와 내부를 살폈다.

"이런! 급히 짐을 싼 듯한 흔적이 있습니다. 중요하지 않은 물건은 마구 내팽개친 것 같고요."

"여기저기 서랍이 열려 있고, 귀중품은 전혀 보이지 않습니다."

"이거 큰일났구나. 야반도주했나 보다. 이런 개 같은 경우가 있나! 저… 고승혁 실장님이라고 했지요? 나는 준영양행 법인장 윤준석입니다."

"네, 법인장님. 늘 존경해왔습니다."

"고 실장, 대단히 미안하지만, 원니카의 사장 부인에게 전화 좀 해볼 수 있겠어요?"

고승혁이 사장 부인에게 전화했으나, 전화기가 꺼져 있거나 서비스 지역을 벗어났다는 음성이 흘러나왔다.

김명호가 현관문 옆 우편함에서 고지서 두 장을 찾아냈다.

"여기 전기요금 고지서와 케이블 TV 고지서가 있습니다. 약 일주일 전에 배부된 것인데, 우편함에 그대로 꽂혀 있는 것으로 보아, 이 집에 살던 사람은 이 집 살림에 전혀 관심이 없었다는 것으로 추측됩니다."

윤준석이 혼란스러워 보이는 고승혁에게 말했다.

정조준

"고 실장, 혹시 원니카에 다른 한국인 관리자가 있나요?"

"없습니다. 사장님이 생산 관리 전체를 맡았고, 사모님은 경리 겸 인사·총무 일을 하셨습니다. 제가 공무를 맡고 있고요…."

"공무실장이니 공장 열쇠는 모두 갖고 있죠?"

"네, 갖고 있습니다."

"우리 지금 함께 원니카 공장으로 갑시다."

"네, 알겠습니다. 협조하겠습니다. 사실… 한 이 주일 전부터 사장님과 사모님이 좀 이상해 보였습니다. 생산에는 전혀 신경을 쓰지 않았고, 회사를 위한 지출은 모두 중단한 것 같았습니다. 심지어 화장실에 휴지도 떨어졌으니까요. 또 두 분 모두 불안해 보였어요. 그리고 최근 도미니카 공화국에 관해 자주 대화를 나누셨습니다. 제가 몇 번 들었습니다."

"그래요. 솔직히 말해주어 고맙습니다. 자, 김 대리와 전 대리는 지금 바로 우리 한국인 관리자들 전원 원니카로 오라고 해, 남자 직원이고 여자 직원이고 예외 없이 전부 다. 회사 트럭 2대는 원니카에 대기시키고. 비상사태다!"

준영양행 니카라과 법인의 한국인 관리자들이 협력업체 원니카에 모였다. 달빛이 환한 밤에 도둑질을 하는 것이 아니라, 준영양행의 자산을 회수하기 위해….

"전부 우리 공장으로 옮겨서 우리가 꿰매야 한다! 봉제 진행된 것은 우리가 포장해야 하고! 모두 우리 준영양행의 자산이란 점을 명심하기 바란다. 힘들겠지만, 모두들 땀 한 번 흘리자!"

윤준석이 힘찬 목소리로 직원들에게 명령했다.

준영양행이 원니카에 배정한 스타일을 가장 잘 아는 사람들은 생산기획팀원들이었고, 팀장인 변도윤 차장은 명석했다. 변도윤이 팀원들을 일사불란하게 지휘했고, 팀원들은 준영양행의 자산에 표시하기 시작했다. 준영양행이 며칠 전 원니카로 보낸 원단, 그리고 이미 원니카에서 재단이 진행된 재단물, 봉제 라인의 생산 과정에 있는 재공품, 완성반에 있는 완제품, 부자재와 완제품용 박스까지 전부 찾아내어 표시했다. 그리고 모두 함께 힘을 모아 그들의 자산을 도크 쪽으로 옮겨 분류했고, 트럭에 실어 준영양행으로 이동시켰다.

전도금 12만 불은 회수하지 못하더라도 생산과 출고에 차질을 빚을 수는 없었다. 바이어에게 제때 선적한다는 준영양행의 원칙을 깰 수 없었기 때문이다.

그리고 원니카의 근로자들이 그들의 사장과 부인이 야반도주한 것을 알게 되면, 못 받은 급여 대신에 원니카 안에 있는 모든 것들을 외부로 빼내 판매하려 할 수도 있으므로 이런 상황이 벌어지기 전에 준영양행의 자산을 회수한 것이었다.

윤준석 법인장의 빠른 판단과 직원들의 단합된 행동으로 어느 정도 손실을 줄이는 듯했다, 적어도 그날 밤에는….

일요일 새벽 3시, 원니카에서 준영양행으로 옮겨온 것은 잘 정리되었고, 정조준, 장대훈, 김명호, 전장훈은 지친 몸으로 차에 올라탔다. 움직이는 차 안에서 정조준이 창문 밖 서쪽에 걸린 환한 달을 바라보며 생각했다.

'달빛은 왜 이리 환한 거야? 좋은 일도 없는데…. 달빛이 슬퍼 보이는

정조준

건가, 아니면 내가 슬픈 건가? 에이씨, 왜 이렇게 세상이 나한테 태클을 거나? 아, 수진이 보고 싶어…. 수진이가 위험한 일에 끼어들지 말라고 했는데, 지난번 과테말라 공항에서도, 또 며칠 전 꿈속에서도….'

　월요일, 모두들 극도의 긴장 상태로 출근했다. 1공장장과 2공장장, 생산기획팀장과 팀원들, 그리고 윤준석 법인장은 회의에 회의를 거듭했다. 그러나 원니카가 생산할 수 없게 된 것을 두 개 공장과 협력업체 세 곳에서 대신 생산하기에는 무리가 있었다. 그나마 원니카로부터 준영양행의 자산을 회수해온 게 다행이었다. 새로운 협력업체를 찾아내야 했다.

　회의 중에 윤준석의 핸드폰이 울렸다. 원니카의 공무실장 고승혁이었다.

　"고 실장, 안녕하세요? 그쪽 상황은 어떤가요?"

　"법인장님, 안녕하십니까? 저희 사장님과 사모님이 야반도주한 것은 확실합니다. 시재용 금고가 열려 있고요, 사장님이 골프 동호회로부터 받은 홀인원 기념패가 사라졌습니다. 책상 위에 항상 자랑스럽게 놓여 있었는데, 안 보입니다. 그리고 근로자들이 몹시 동요하고 있습니다, 분위기도 험악하고요. 저는 사무실 안에 있는데…. 감금된 것은 아니지만, 제가 현장으로 들어가는 것은 위험할 것 같습니다. 일부 근로자들은 재봉틀을 공장 밖으로 빼내려 하고 있습니다. 헐값에 사 가는 업자들에게 팔려는 듯합니다. 사실 지지난 주 토요일에 근로자들에게 급여가 지급되지 않았고, 지난주 토요일에도 사모님이 안 계셔서 급여가 지급되지 않았거든요. 그리고 좀 이상한 것은 저희 직원이 아닌데, 한 놈이 공장 안에서 느릿느릿 어슬렁거리며 근로자들과 회의를 하고 있는데요, 이놈이 뭔가 열심히 설명하면 근로자들이 경청하는 분위기입니다."

"고 실장, 혹시 그놈이 청바지와 검은색 티셔츠 차림에 베이지색 배낭을 멘 곱슬머리인가요?"

"잠시만요… 아 네, 맞습니다."

"곱슬머리 아돌포…."

화요일 아침, 준영양행 니카라과 법인에 근로자들이 출근하지 않았다. 출근 시간은 이미 지나고 있었다. 정조준과 전장훈이 공단 정문을 바라볼 수 있는 곳으로 가보니, 한 무리가 정문 밖에서 정문을 막아서고 있었고, 이 때문에 준영양행의 근로자들이 정문을 통과할 수 없는 상황이었다. 정문을 막아선 무리 중 몇 명은 반복해서 외치고 있었다.

"우리는 원니카 근로자다. 원청업체인 준영양행은 우리의 급여와 청산금을 지급하라!"

정조준과 전장훈은 즉시 윤준석 법인장에게 보고했고, 경찰에 전화하여 타 회사 근로자들이 준영양행 근로자들의 출근을 방해한다고 신고했다. 근로자들 간의 충돌을 염려한 윤 법인장의 지시에 따라 정문 경비원들이 정문 밖에 있는 준영양행의 근로자들에게 귀가하라고 알렸다.

약 한 시간 후, 윤준석 법인장, 정조준 과장, 전장훈 대리, 김명호 대리 그리고 얼마 전 과테말라에서 니카라과로 발령 난 오청길 고문이 사무실 건물 로비에서 향후 발생할 여러 가능성에 대해 대화하고 있

정조준

었다. 그때 전장훈이 경비원으로부터 걸려 온 전화를 받았고, 잠시 후, 침통한 얼굴로 그 내용을 보고했다.

"우리 근로자들은 모두 귀가했고, 현재 원니카 근로자들만 정문 밖에서 농성 중이라고 합니다. 그 숫자는 500명 정도 되는데요… 조금 전에… 이 근로자들이 우리 정문을 마구 흔들며 밀어서 정문이 안쪽으로 쓰러졌다고 합니다."

"뭐? 그 큰 정문을?"

"다행히 경찰이 막 도착하여 원니카 근로자들이 우리 공단 안으로 밀고 들어오는 상황은 아니라고 합니다. 그런데 경찰이 겨우 두 명입니다."

잠자코 있던 오청길 고문이 말했다.

"윤 법인장, 지금 즉시 본사에 보고하지? 우선 사장님과 부회장님께. 나는 회장님께 보고할 테니."

"네, 오 고문님. 제가 오늘 아침 일찍 이미 사장님과 통화했습니다. 사장님께서 마침 고문 변호사와 함께 계서서 고문 변호사 의견을 받았는데요, 원니카 근로자들의 밀린 급여와 정산금은 원청업체인 우리 준영양행이 지불해야 할 것으로 보입니다. 그렇지 않으면 바이어들이 우리에게 책임을 물을 거라고 합니다."

오청길이 말을 이었다.

"그래? 그렇다면… 정 과장! 정문 앞에 가서 저 원니카 근로자들에게 돌아가라고 해! 이런 식으로 농성하고 우리 근로자들의 출근을 방해하는 것은 불법이라고 해. 그럼! 아, 뭐 해? 따라 나와! 시간을 좀 주면, 우리 준영양행이 해결 방법을 찾을 거라고 말해. 그럼!"

"저, 그건 위험할…"

윤준석이 말하려고 하는데, 오청길이 앞장서서 나갔다. 정조준도 따라 나갔다. 불과 얼마 전까지 과테말라 법인장이었던 오청길 고문의 말을 거역할 수는 없었기 때문이다. 그런데 한 30미터 정도 걷던 오청길이 멈춰서더니 정조준에게 말했다.

　　"정 과장, 저기 정문 앞에 가서 원니카 근로자들에게 잘 설명해서 돌려보내라고."

　　정조준은 혼자 걷기 시작했다. 왼편으로는 담장이 이어져서 안 보였지만, 자빠진 정문 쪽에 원니카 근로자들이 보이기 시작했다.

　　"펑! 펑!"

　　담장 밖으로부터 무언가 날아들어 와 안에서 터졌고 연기가 뿌옇게 퍼져 나갔다. 매우 위험해 보였다. 뒤를 돌아봤더니 오청길은 안 보였다. 정조준의 생각이 복잡해졌다.

　　'뭐야? 함께 갈 것처럼 나서더니 이미 사무실 건물로 들어가버린 거야? 난 출장자인데 이거 정말 너무하는 것 아닌가…. 저놈들이 지금 뭔가 막 쏘고 있는데, 나만 죽으라는 거잖아? 자기 자식이라면 과연 이런 일을 시킬 수 있을까? 정문까지 자빠뜨린 놈들이면 상당히 폭력성을 띠었다는 건데. 아 참, 수진이가 절대로 위험한 일에 끼어들지 말라고 했는데…. 수진아, 어떻게 하지? 그런데 난 월급쟁이라 명령을 어길 수는 없어. 에이 씨, 정말 개 같은 상황이네…. 지난번에 회사 그만두고 수진이와 함께 스페인으로 갈걸 그랬어. 수진아, 미안해. 나 지금 위험한 일에 끼어들고 있어….'

쓰러져 있는 정문까지 약 10미터 정도 남았고, 정문 폭만큼 뚫린 공간으로 성난 원니카 근로자들이 잘 보였다. 정조준이 자신의 발걸음을 매우 무겁게 느꼈을 때 몇 놈이 무언가를 들어보이며 정조준에게 소리쳤다.

"사제총! 이건 사제총이야! 사제총으로 쏠 거야!"

그 순간 정조준의 머리가 오청길에 대한 서운함, 무책임한 원니카 사장에 대한 원망, 불법 행위에 대한 분노로 가득 차며 잠시 멍해졌다. 눈앞은 흐릿해졌다.

쓰러져 있는 정문까지는 불과 5미터 거리였지만, 근로자들이 고함치는 소리가 매우 멀게 느껴졌다. 잠시 정신을 잃은 상태에서 짧은 시간이 흘렀다.

"원청업체 순영양행은…"

"펑!"

"원니카 근로자들에게 급여와 정산금을 지급하라!"

"펑!"

"당연하다, 당장 지급하라!"

"펑! 펑!"

여러 번 발사된 사제총 소리에 정조준은 정신이 들었다. 머리는 점점 맑아졌으나, 눈앞은 사제총 연기에 뿌예졌다. 정조준은 한 발 더 내딛고 고개를 좌우로 흔들며 손을 내저었다. 그리고….

정조준했다.

사제총으로 무장한 사람들을 그가 할 수 있는 가장 강렬한 눈빛으로 정조준했다, 바로 그의 이름 정조준처럼.

그리고 외쳤다.

"이건 불법입니다. 불법을 저지르면 법적인 책임을 져야 해요. 원니카 사장의 거취까지 우리가 감시할 수는 없잖아요? 우리에게 책임이 없다고 말하는 게 아니에요. 우리 준영양행이 빠른 시간 안에 해결 방법을 찾을 겁니다. 그러니 이만 돌아가세요. 더 이상의 불법 행위는 용납되지 않습니다."

그때 경찰관 한 명이 정조준을 옆에서부터 안아 뒤로 끌며 말했다.

"위험해요! 물러서야 합니다. 지금 저 근로자들은 격앙된 상태예요."

"아 네, 고맙…"

자신이 도대체 무슨 일을 하고 있는지 혼란스러워하며 고개를 숙인 채 사무실 건물 쪽으로 두세 걸음 옮겼을 때 정조준 앞으로 김명호와 전장훈이 뛰어왔다.

"과장님!"

"조준이 형! 괜찮으세요?"

"어…"

"어쩌자고 여기까지 혼자 오셨어요? 핑계 같지만, 저희는 윤 법인장님 말씀에 따라 경비실에 전화해서 경찰에 도움을 요청하라고 지시하고 있었어요."

"함께하지 못해 죄송합니다."

"뭐가 죄송해? 여기까지 너희들이 달려왔는데."

정조준

"아 진짜! 저 오청길 고문…. 너무하네요. 과장님을 데리고 나갔다가 자기 혼자만 뒤돌아 와서 사무실로 들어가버렸나 봐요."

"과장님이 해결하고 나면, 보나마나 회장님께는 자신이 함께 해결한 것처럼 보고하려고 그랬을 겁니다."

"됐어, 잊어버리자고. 그런데 저놈들 이젠 안 쏘나? 사제총 소리 안 들리지?"

"네, 안 들려요. 이젠 안 쏘는 것 같아요."

"아, 정문에 원니카 근로자들의 숫자가 줄고 있어요. 물러나고 있는 것 같아요. 경비실에 전화해서 확인해보겠습니다."

잠시 후, 윤준석 법인장 방에 변도윤 차장, 정조준 과장, 김명호 대리, 전장훈 대리가 모였다.

"야, 인마, 징 과장…. 하하하! 너 정말 제정신으로 정문 앞까지 간 거냐? 뭐라고 말한 거야?"

"그게… 저도 기억이 잘 안 납니다. 그냥 제 이름 정조준처럼 그 사람들을 강렬한 눈빛으로 정조준했습니다."

"하하하! 하하하!"

"과장님, 정말 대단하세요."

"내가 방금 본사 사장님과 다시 통화했어. 서울은 지금 늦은 밤인데, 사장님, 부회장님, 회장님까지 모두 모여 계시더라고. 정조준 과장이 출장 중이라고 말했더니 안심하시더라. 일단 내가 구두 보고하면서 우리 준영양행이 원니카 근로자들에게 밀린 급여 지급하고 또 원니카가 없어졌으니 청산금도 우리가 지불하는 것으로 재가 받았다.

김 대리는 대략 얼마가 소요되는지 계산해보고 전 대리는 품의서 초안을 작성해봐.”

윤준석의 설명을 들으며 정조준이 말했다.

“김 대리, 원니카가 혹시 언제부터 공장 가동했는지 아니?”

“5년 정도 된 것으로 알고 있습니다.”

“그럼, 평균 근속년수를 3년 정도로 가정해서 한 명의 해고비를 계산해봐. 휴가는 작년 연말에 모두 사용했을 테니 이 점 감안해서 휴가비 계산하고, 상여금은 작년 12월부터 지난 일요일까지로 계산한 후 모두 합해서 500명으로 곱해봐. 그 금액에 밀린 급여까지 합하고… 혹시 모르니 합계 금액에 10% 정도 올려서 은행과 현금 수송업체에 통보하면 될 거야. 전 대리는 원니카의 노무 매니저를 수소문해서 근로자들의 입사 날짜 및 급여 관련 모든 자료를 갖고 오라고 해. 그래야 정확한 계산을 할 테니까.”

“네, 그렇게 하겠습니다.”

윤준석이 고민 가득한 표정을 지으며 변도윤에게 말했다.

“변 차장, 다른 협력업체는 알아봤나?”

“네, 마침 최근 오더가 감소한 업체가 하나 있는데, ‘코니카’라고 합니다. 사장 이름은 이정후입니다. 우리 회사로부터 좀 멀리 떨어져 있고 또 컴플라이언스 상태가 엉망입니다. 하지만, 이 업체 사장은 우리 준영양행의 오더를 받을 수만 있다면 컴플라이언스 준수를 위해 여러 시설 점검 및 필요한 인허가 등을 진행할 의향이 있고, 근로자들의 급여와 생산 성과급도 공정하고 투명하게 지불할 수 있도록 관리하겠다고 합니다.”

"그래? 그나마 다행이군. 그럼 말이야, 원니카 오더를 우리 공장에서 꿰매고, 우리 오더 일부는 다른 협력업체에서 꿰맨다고 가정할 때 모든 바이어들의 오더를 납기 내에 우리가 전부 쳐낼 수 있겠나?"

"어렵습니다. 원니카의 생산 공백으로 인해 우리가 손해 보는 기간 그리고 새로운 협력업체가 될 코니카에서 생산을 시작할 수 있는 시점 및 적응 기간까지 감안하면, 아무래도 약 백만 장 정도의 오더는 우리 니카라과 법인에서 감당하기가 어렵게 되었습니다. 현재 본사 영업부와 협의 중입니다."

"그래…. 어쩔 수 없지. 자, 그럼 지금 중요한 것은 신속히 코니카를 우리 오더에 적합한 협력업체로 만드는 거야. 그렇지 않으면 더 많은 양의 오더를 뱉어 내야 해. 전 대리가 코니카의 컴플라이언스를 집중 관리해야겠어."

"네, 알겠습니다."

"그런데 말이야…. 정 과장, 너 오늘 출장 끝나지?"

"네, 법인장님…."

"야, 네가 이 형님을 두고 그냥 갈 거야? 내가 과테말라 김 법인장과 서 상무에게 여기 비상사태라고 이메일 쓸 테니까 이번 주까지 여기서 일하도록 해. 원니카 근로자들의 급여와 청산금 계산 마무리되면, 김 대리와 전 대리와 함께 네가 원니카에 가서 지불해야 하지 않겠어? 아 그리고, 지난 토요일에 마시다가 만 그 럼주, 플로르 데 까냐도 마셔야 하잖아? 이번 주 토요일에 그 술 마시고, 일요일에 과테말라로 가라고."

"네, 알겠습니다."

그때 전장훈이 눈치를 보며 말했다.

"저… 법인장님, 사실 정 과장의 여자친구가 모레 목요일 과테말라에 도착한답니다. 2002년 1월 초까지 L사 컴플라이언스팀에서 '수잔 창'이란 이름으로 일했던 매우 유능한 분인데, 지금은 스페인에 살고 있습니다."

"야, 전 대리, 그런 걸 왜 법인장님께 말씀…."

"그래? 가만있자…. 정 과장, 여자친구가 과테말라에 왔다가 언제 스페인으로 돌아갈 예정이니?"

"월요일입니다. 아, 그런데 신경 안 쓰셔도 됩니다, 법인장님. 제가 여자친구에게 연락해서 일정을 연기하라고 하겠습니다."

"아냐! 그럼, 이렇게 하자. 내가 개인 비용으로 과테말라-니카라과 왕복 항공권을 사줄게. 그럼 네 여자친구가 과테말라에 도착해서 바로 비행기 바꿔 타고 니카라과로 오면 되고, 일요일에 너와 함께 과테말라로 가면 되잖아. 전 대리, 이건 내 개인 신용카드야. 이 카드로 항공권 구매하고, 인터컨티넨탈 호텔에 더블룸으로 3박 예약해라."

"법인장님, 이렇게까지 안 하셔도 되는데요…. 정말 감사합니다. 남은 기간 더 열심히 하겠습니다."

"하하하! 네가 일 열심히 하는 것은 내가 잘 알지. 정 과장, 부탁 하나 하자. 여기 김 대리와 전 대리, 그리고 생산기획팀장인 변도윤 차장과 나까지 미스 수잔 창과 함께 저녁 먹으면서 컴플라이언스에 대한 수잔 창의 고견을 좀 들을 수 있을까? 도움이 많이 될 것 같은데."

"네, 법인장님, 물론입니다."

"변 차장, 그 자리에 우리 협력업체가 될 코니카 이정후 사장을 초대하면 어떨까? 컴플라이언스 교육을 아주 제대로 시켜주자고. 하하하!"

정조준

정조준은 문득 국제노동기구 멕시코 지역 매니저인 알렉산더를 떠올렸다.

'그래, 알렉산더에게 뭔가 조언을 좀 구해야겠어'라고 생각하며 전화기를 들었다.

"알렉산더, 어떻게 지내?"

"이게 누구야? 하하하, 라파엘, 마이 프렌드! 요즘 활약이 아주 대단해. 과테말라 준영양행의 독립노조 얘기는 들었어. 멕시코에서 보여줬던 활약보다 몇 배는 더 훌륭하던데?"

"네가 내게 준 여러 조언 덕분이야. 그보단 말이야, 너한테 꼭 알려주고 싶은 게 있어. 나 말이야… 수잔 창과 사귄다. 알고 보니 수잔과 나는 1987년에 한 캠퍼스, 한 건물에서 공부했었더라고."

"오 마이 갓! 하하하! 축하해, 정말 축하해! 내가 지난번에 말했듯이 미스 수잔 창은 멕시코 DM사의 독립노조와는 아무 관계가 없었어. 내가 보기엔 수잔 창이 오히려 일을 열정적으로, 또 감성적으로 잘했었지."

"그래서 말인데… 수잔은 2002년 초에 L사 컴플라이언스팀을 그만뒀어. 부하 직원이었던 주디가 팀의 수퍼바이저가 되어 입장이 난처해졌었거든. 그런데, 그 주디가 곱슬머리 아돌포와…"

정조준은 알렉산더에게 그동안 벌어진 모든 일을 차분히 설명했다.

"음… 그랬군. 라파엘, 내가 너한테 말해줄 수 있는 것은…. 음, 이거 정말 내 입장이 곤란한데…. 주디 뒤에 미국의 거대한 노조 또는 극우 세력이 있을 것 같다는 네 의견에 대해 내가 대답할 수는 없어. 하지만, 네 추리가 맞을 수도 있겠지? 그리고 내 생각엔 너무 이기려고 하지 않았으면 좋겠어. 곱슬머리 아돌포가 과테말라에서 얻은 게 하나도 없을 거야, 돈만 썼을 테고⋯. 그러니 이번에 니카라과에서는 아돌포 그 새끼가 뭔가 얻을 수 있도록 조금 방치하는 건 어떨까? 늘 이기기만 하는 건 오히려 위험할 수도 있고 또 내가 말했듯이 그 새끼는 질이 좋지 않아. 위험한 놈이라고."

"그렇지 않아도 약 백만 장 정도의 옷은 우리 준영양행이 니카라과에서 생산하지 못하게 됐어. 여기 니카라과엔 생산 인프라가 영 부족해서 말이야."

"오케이, 라파엘. 그 정도 선에서 마무리되는 게 좋지. 어쨌든, 라파엘, 마이 프렌드! 너 정말 대단하다. 난 네가 내 친구라는 게 자랑스러워. 넌 옷을 만들지 말고 정치를 해야 할 것 같아. 정치인 라파엘! 아주 잘 어울리는걸? 하하하!"

"하하하! 이 사람아, 농담하지 마! 난 국회의원들을 아주 혐오한다고, 하하하. 그나저나 곱슬머리 아돌포와 나는 도대체 무슨 악연인 걸까? 불교에는 전생이란 게 있어. 혹시 곱슬머리 아돌포와 내가 전생에 무슨 악연으로 얽혀 있는 게 아닌가 하는 생각이 들기도 해. 물론, 나는 가톨릭 신자니까 전생을 믿고 싶지는 않지만 말이야."

"난 뭐, 전생이란 건 잘 모르는데⋯. 단순히 말하면, 전생은 과거 아냐? 혹시 꺼림직하다면, 그냥 그 악연을 과거로 던져버리라고, 하하하."

"악연을 과거로 던진다?"

이틀이 지나 목요일이 되었다. 원니카의 노무 매니저와 준영양행 회계팀이 500명에 이르는 원니카 근로자들의 미지급 급여와 청산금 계산을 모두 마쳤다. 그리고 그날 오후, 정조준, 전장훈, 김명호와 회계팀원들은 원니카로 이동하여 근로자 한 명, 한 명에게 급여와 청산금을 지급했고, 기능이 뛰어난 근로자들에게는 준영양행에서 근무할 것을 권유했다.

정조준이 업무를 끝냈을 때는 이미 늦은 밤이었다.

마나과(Managua)의
감성적인 밤

스페인을 출발하여 과테말라를 거쳐 니카라과의 수도 마나과에 도착한 장수진은 택시를 타고 이미 인터컨티넨탈 호텔로 이동했고, 로비에서 정조준을 기다리고 있었다. 자정 무렵, 정조준이 호텔 로비에 들어서자, 그를 애타게 기다리던 장수진이 잰걸음으로 정조준에게 다가가 그의 넓은 품에 안겼다. 간절한 두 연인에겐 긴 포옹이 필요했다. 서로 꼭 안은 채 1분쯤 지났다.

"수진아, 늦어서 미안해. 그리고 사랑해."

"나도 사랑해. 그런데 몸은 괜찮은 거야?"

"응, 괜찮아."

"위험한 일에 끼어들지 않았지?"

"…."

"위험한 일 또 한 거야?"

"어, 그게…. 아주 위험한 건 아니었는데…."

"내가 위험한 일엔 절대 끼어들지 말라고 했잖아? 나한테 제일 중요한 건 자기야. 돈 버는 건 그다음이라고. 왜 그래, 정말? 안 되겠어. 회사 그만두고, 우리 함께 스페인으로 가자."

"수진아, 다신 안 그럴게. 그리고 우리 3주 만에 만나는 거야…. 우선 대화를 좀 하자."

"무슨 대화? 다른 문제가 있어?"

"아니, 몸으로 하는 대화, 헤헤헤."

"몰라, 조용히 말해. 누가 듣겠어. 웃겨! 후후후."

원주민 언어로 물이 많은 곳이란 뜻인 마나과(Managua)는 라틴아메리카에서 최빈국 중 하나인 니카라과의 수도이며 북위 12도에 위치해 있다. 열대 지방이므로, 낮엔 섭씨 37도를 넘나들고 커다란 마나과 호수에 접해 있어 다소 습기가 많지만, 깊은 밤에는 미풍이 불며 감성적인 분위기로 변화한다.

"여기… 만져봐도 돼?"

"몰라…. 묻지 말고, 그냥… 아아… 너무 좋아, 사랑해."

깊어 가는 밤, 깊어 가는 감성 그리고 더욱 깊어 가는 사랑…. 마음에 가득한 사랑이 육체적인 사랑을 만들었고, 육체적인 사랑은 정신적인 사랑으로 교감했다. 피부가 교감하며 영혼도 교감했다. 장수진은 정조준의 편안한 품에 안겨 잠들었고, 정조준은 장수진의 향긋한 숨결에 취해 잠들었다.

토요일 오후까지 빡빡한 스케줄을 소화한 후 정조준은 장수진과 함께 인터컨티넨탈 호텔의 석식 뷔페 식당에 자리 잡고 앉았다. 서쪽에 붉은 노을이 희미해지자 캄캄한 동쪽에서 고개를 내민 달이 은은

한 빛을 살며시 뿜어내기 시작했다.

정조준은 감성적인 저녁 풍경에 잠시 취하며 그리고 사랑하는 장수진을 부드러운 눈길로 바라보며 편안한 휴식을 맛보았다. 장수진은 그런 정조준 옆에 있는 것만으로도 행복했다.

잠시 후 윤준석 법인장, 변도윤 차장, 김명호 대리, 전장훈 대리, 이미 사직한 장대훈 대리, 그리고 코니카의 이정후 사장이 도착했다. 서로 통성명을 한 후 즐거운 저녁 식사를 시작했다. 각자 취향에 맞는 음식을 느긋하게 즐겼고, 니카라과의 특산품인 럼주 플로르 데까냐(Flor de Caña: 경연대회에서 수시로 1등 하는 최고의 럼)를 천천히 음미할 때 장대훈이 정조준에게 말했다.

"조준이 형, 저 DM사에 합격했습니다. 모레 니카라과를 떠나서 멕시코로 가게 되었습니다. 항공권도 받았고요."

"그래, 대훈아. 내가 오늘 DM사 상대 형과 다시 통화했어. 너에 대해 칭찬 엄청 해놓았다, 나보다 몇 배는 잘할 거라고, 하하하."

"네, 조준이 형. 고맙습니다. 가서 열심히 할게요."

정겨운 대화 중에 윤준석이 흐뭇한 표정으로 참석한 모두를 잠시 둘러본 후, 장수진에게 말했다.

"미스 수잔 창, 아니, 장수진 씨라고 부르는 게 나은가요? 허허허!"

"네, 법인장님, 어느 쪽이든 괜찮습니다. 그저 우리 조준 씨만 위험한 일에 빠지지 않게 해주세요."

"하하하! 하하하!"

"저는 정말 진심으로 말씀드리는 거예요. 지난번에 과테말라에서

정조준

서 상무님과 식사할 때에는 L사의 주디 그리고 곱슬머리 아돌포와 마주친 적도 있어요. 조준 씨가 저한테 전부 다 말하는 것 같지는 않은데요…. 대충 들은 얘기로 추측해보면 이번에도 분명히 위험한 일을 한 것 같습니다."

"하하하! 그래요, 알겠습니다. 그리고 정 과장이 부탁을 드렸을 텐데…. 컴플라이언스 관련 뭐든 좋으니 우리에게 도움이 될 만한 것을 좀 말씀해주세요. 자, 우리 지금부터… 가장 까다롭기로 유명한 L사의 컴플라이언스팀에서 5년 넘게 근무한 미스 수잔 창의 말씀을 경청하도록 하지요."

"정말 부끄러운데요…. 사실 저는 L사에서 5년 넘게 일했지만, 수퍼바이저로 승진하지 못해서 그만두었습니다. 제 부하 직원이었던 주디와 곱슬머리 아돌포의 관계에 대해 대충 들으신 분들도 계실 텐데요…. 만약 주디가 그런 나쁜 사람이 아니라면, 제가 이 자리에서 감히 컴플라이언스에 대해 논하지 않을 겁니다. 그런데 주디는 아무래도 뭔가 수상하죠. 그래서 제가 추구했던 컴플라이언스가 틀리지 않았다는 생각이 들었습니다. 그럼, 조금만 말씀드리겠습니다…."

장수진은 안전, 위생, 환경 관련 각종 인허가와 유지 및 관리 그리고 비상대피훈련과 소방훈련의 중요성은 근로자들뿐만 아니라 결국 회사를 위한 것임을 실제 사고 사례를 곁들여 설명했다. 화재가 난 공장, 수해를 입은 공장, 또 화산 폭발 때문에 대피해야 했던 공장에서 어떤 문제가 있었고 또 어떻게 대처했는지 그림 그리듯이 이어갔다. 현지인 반장이나 한국인에 의한 폭언, 폭행 또는 성추행 사건의 심각성을 언급했고, 급여와 생산 성과급을 투명하고 공정하게 지급하지 않을 경우, 또 이들의 문화를 존중하며 적합한 행사를 진행해주지 않을 경우 근로자들의 열정이 사그라든다는 점을 강조했다.

장수진은 잠시 말을 멈추고 생각했다.

'L사 컴플라이언스팀장 윌리엄도 또 주디도 내가 너무 감성적이라고 했지? 그렇지만 L사는 하마터면 큰 손해를 볼 뻔했어. 조준이가 일 처리를 잘해서 L사에 아무 손해도 발생하지 않은 거야. 컴플라이언스는 감성이야…'

장수진이 다시 입을 열었다.

"제가 L사에서 근무하며 경험한 수많은 의류 제조업체들 중에서 최악의 컴플라이언스와 최고의 컴플라이언스가 동시에 존재했던 업체가 있습니다. 멕시코 북부에 있었던 '치와코레'라는 업체인데요… 오더가 부족해서 수십 명의 근로자들을 해고했는데, 돈이 없어서 해고비는커녕 청산금도 지급하지 못했습니다. 그중엔 임신한 여성 근로자들도 있었고요. 그런데 단 한 건의 노동 소송도 발생하지 않았고, 단 한 명도 노조의 문을 두드리지 않았어요. 그 이유는 바로 그 회사의 최승수 사장님 때문이었습니다. 모든 근로자들이 최 사장님을 '미스터 최'라고 부르지 않고, '띠오 최'라고 불렀습니다. 띠오(tío)는 스페인어로 아저씨나 삼촌이란 뜻이잖아요? 바로 그거였어요. 최 사장님은 절대로 권위적이지 않고 늘 근로자들을 감성적으로 대했기 때문에 근로자들이 진심으로 최 사장님을 걱정하고 좋아했던 것입니다. 그래서 저는 이렇게 말씀드리고 싶습니다. 컴플라이언스는 감성입니다."

"짝짝짝짝짝!"

정조준

"컴플라이언스는 감성이다! 미스 수잔 창, 정말 훌륭합니다. 우리 코니카의 이정후 사장님, 어떻게 들으셨어요?"

"잘 이해했고, 공감합니다. 그리고 제게 이런 좋은 기회를 주시어 감사합니다. 다만… 당장 안전, 위생, 환경 관련 자금이 좀 필요하겠는데요, 정말 염치없지만, 전도금을 일부 지불해주시면 앞으로 저희 공장의 8개 라인 전체를 준영양행을 위해서만 운영하겠습니다."

"변 차장, 김 대리…. 또 전도금이다. 회장님이 나 쫓아내지 않을까 모르겠어."

"하하하! 하하하!"

컴플라이언스를 감성적으로 이해하고 대해야 한다는 것에 모두가 공감했다.

전 세계 최고의 럼주인 니카라과의 플로르 데 까냐는 정조준과 장수진의 감성을 흔들어놓았다. 부드럽게 사랑하며 감성적인 밤에 몸과 마음을 온전히 내맡겼다.

천천히 조심스럽게 깊은 곳으로 빠져들고… 서로 옥죄며 깊은 사랑에 빠져들었다. 마나과의 감성적인 밤은 그렇게 깊어갔다.

커튼 사이로 스며든 부드러운 미풍이 뜨거운 두 연인을 식혀줄 때 둥근 달이 이들에게 환한 미소를 보냈다. 정조준과 장수진도 서로 바라보며 미소를 보냈다. 눈이 스르르 감겼고, 여전히 미소 띤 얼굴로 깊은 꿈에 빠져들었다.

제6장

세비야의 의사

섹스는 원죄의 결과

"다가닥 따가닥, 다가닥 따가닥 따가닥…"

경쾌한 말발굽 소리가 조용한 밤공기를 찢고 있었다.

"이랴! 마스띤! 힘들겠지만 조금만 더 달리자. 강만 건너면 쉴 수 있어. 이랴! 이랴!"

라파엘(Rafael)은 자신이 타고 있는 말의 이름 '마스띤(Mastín)'이 마음에 들었다. 보통 목장에서 양이나 소를 지키는 스페인의 토종개를 마스띤이라고 한다. 덩치가 매우 크고 충직한데, 그의 친구 니꼴라스(Nicolás)가 이 말에 마스띤이란 이름을 붙였다고 했다.

마스띤과 한 몸이 된 라파엘은 환한 달빛 덕분에 비교적 쉽게 길을 잡으며 동북 방향 꼬르도바(Córdoba)의 입구를 향해 내달리고 있었다. 돌멩이가 조금이라도 있는 듯하면 말고삐를 잡아당겨 속도를 늦췄다. 하루 전에 출발한 곱슬머리 아돌포를 따라잡는 것도 중요했지만, 똘레도(Toledo)까지 가려면 말이 다치지 않는 것이 훨씬 더 중요했기 때문이다.

"이틀 동안 이동한 거리만 벌써 30레구아(legua: 1레구아는 5,573미터) 가까이 되는데…. 니꼴라스 박사가 며칠 전 마스띤 이 녀석에게 좋은 말편자를 갈아주어서 그런지 그리 힘들어하지는 않는군. 니꼴라스, 이 친구에게 무엇으로 보답을 하나? 밀려드는 환자들 보기에도 벅찼을 텐데 나를 위해 이렇게 잘 달리는 훌륭한 말까지 준비해줬어. 오늘 하루 쉬어 갈 주교 관할 숙소도 이 친구가 주선해줬으니…"

과달끼비르강(Río Guadalquivir)을 따라 달려 깔라오라탑(Torre Cala-horra)에 도착했다. 탑은 건설한 지 1,500년도 넘은 로마교와 연결되어 있다.

"이제 다 왔어! 다리 건너서 왼쪽으로 궁전을 지나 오른쪽으로 이어진 길을 따라가면 주교 관할 숙소가 있다고 했어. 숙소 관리인이 니꼴라스에게 큰 신세를 졌다니 니꼴라스가 써준 편지를 내밀면 오늘 밤 쉬어 갈 수 있을 거야. 다 잘될 거야. 곱슬머리 아돌포, 그 개자식이 그저께 당나귀를 타고 출발했으니 무리해서 달렸다면 지금쯤여기 꼬르도바 어딘가에 처박혀 있겠지. 난 어제 아침에 출발해서 지금 도착했고. 마스틴 이 녀석이 이틀 동안 무리했으니 충분히 쉬게하고 내일 아침엔 천천히 출발해야겠어. 그래도 어차피 내일 저녁엔 곱슬머리 아돌포나, 나나 몬또로(Montoro)에서 묵는 거야. 모레부터는 내가 앞서가는 거지. 게다가 곱슬머리는 내가 똘레도까지 걸어서 갈거라 생각하고 있겠지. 어쨌든, 당나귀를 타는 곱슬머리 아돌포보다 내가 똘레도에 이틀 먼저 도착하게 되니까 나와 내 가족에겐 이틀의 시간이 있어. 하지만, 만일의 사태에 대비해서 내가 똘레도에 도착하자마자 중요한 짐만 챙겨 바로 다음 날 히혼(Gijón)을 향해 출발하는게 안전할 거야. 히혼까지는 110레구아…. 그리고 그곳에서 배를 타야 해…."

중얼거리면서 신중하게 계산하고 계획을 세운 라파엘은 말안장 위에서 지난 일을 떠올렸다.

1547년, 유럽에서 가장 아름답고 부유하고 사치스러운 도시 세비야(Sevilla). 높이가 무려 104미터에 이르는 종탑은 바로 옆 세비야 대성당뿐만 아니라 구세계의 수도라 불리는 세비야를 더욱 돋보이게 했다. 바로 그 앞에서 교구의 지도 사제인 호세가 열변을 토해내고 있었다.

"아우구스티누스 성인께서는 '성행위를 통해 원죄가 전달된다'라고 말씀하셨소. 즉, 성행위가 원죄의 결과이므로, 성욕은 자연스러운 욕구가 아니라 철저히 단죄해야 할 육제적 죄악이오. 좀 더 쉽게 말하면, 성행위는 부끄러운 것이고, 결코 즐거워해서는 안 되는 것이며, 죄를 뉘우치는 마음으로 해야 할 것이오. 그리고 아무 때나 할 수 있는 것이 절대 아니오."

"…."

"쳇! 뭐라는 거야?"

"아니, 그럼 어떻게 하라는 거야? 난 농사지을 아들이 여럿 필요한데…."

"시키는 대로만 했더니, 난 지금까지 딸만 둘이야. 집에 일할 사람이라곤 나밖에 없어."

"난 그냥 잘 수가 없어. 내 예쁜 색시가 옆에 있는데 어떻게 그냥…."

"쉿! 이 사람아, 누가 듣겠어. 종교재판에 끌려가면 어쩌려고…."

사람들이 웅성거리자 호세 신부가 큰 소리로 말했다.

"오백 년 전, 저 무지한 이슬람교도들이 성행위가 건강에 이롭다는 내용으로 만든 책이 있었는데, 그 책이 라틴어로 번역되어 우리 유럽 사회에 큰 충격을 준 적이 있소. 성행위는 건강에 해로운 것이오, 명심하기 바라오. 그리고 성행위는 합법적인 부부에게만 허용되며, 쾌락이 아닌 생산을 위해서만 가능하오."

대제국 스페인의 수도인 똘레도(Toledo)로부터 20일 동안 거의 100 레구아를 걸어온 라파엘이 세비야 대성당 앞에 잠시 멈춰서서 교구의 지도 사제가 하는 말을 들었다.

"젠장! 말도 안 돼!"라고 자신도 모르게 큰소리로 내뱉었지만, 이내 조심스런 표정으로 주위를 휘휘 둘러봤다. 그리고 중얼거렸다.

"휴우…. 다행이야. 곱슬머리 아돌포, 그 늑대 같은 놈은 씨우닷레알(Ciudad Real)에서부터 더 이상 안 보여. 당나귀를 타고 어슬렁거리며 쫓아오더니…. 그만 돌아갔겠지?"

라파엘은 세비야 대학교를 향해 바쁜 걸음을 옮겼다.

똘레도 출신인 라파엘의 아버지는 초를 만들어 파는 상인이었고, 어머니는 시골의 가난한 이달고(hidalgo: 하급 귀족) 가문 출신이었다. 라파엘의 아버지는 초를 만들 때 일정한 간격으로 표시를 했다. 초가 타서 줄어든 높이로 시간을 가늠할 수 있게 하는 방법이었는데, 다른 제조업자들의 초보다 정확해서 벌이가 좋았던 시기가 있었다.

바로 그 시기에 라파엘은 마드리드 인근 알깔라(Alcalá) 대학교에서 의학을 공부했다. 하지만 일부 교수들의 다소 진보적이었던 성향과 보수적인 가톨릭 교회 간의 모순을 발견하며 의학 공부에 대한 확신을 갖지 못했다. 라파엘이 확신 없이 공부를 이어가던 중, 아버지에게 초의 재료를 공급하던 업자가 바뀌었고, 그 시점부터 초가 타는 양과 시간이 들쑥날쑥해졌다.

그 후, 아버지의 장사가 급속도로 기울더니 병을 얻어 돌아가셨다. 그리고 얼마 지나지 않아 어머니도 저세상 사람이 되었다. 몇 년에 걸쳐 어려운 형편을 극복했고, 가까스로 의학사 학위를 받으며 그가 가장 감사했던 것은 니꼴라스 모나르데스(Nicolás Monardes)라는 좋은 친구를 얻었다는 사실이었다. 젊은 라파엘과 니꼴라스는 또래 젊은이들과 마찬가지로 여성에게 관심이 많았다. 그 때문에 두 사람은 여성을 향한 자신들의 욕망과 교회의 억압적인 성 윤리 의식 사이에서 늘 번민했고 반항적인 자세를 취하곤 했다.

의대를 졸업한 후, 라파엘은 똘레도에서 아름답기로 둘째가라면 서러울 여인 수사나(Susana)와 결혼했다. 라파엘과 수사나는 유년 시절부터 한 동네에서 자주 마주쳤고 간혹 대화도 나누었는데, 청소년기에 접어들며 두 사람 사이에는 이미 연정이 싹트고 있었기에 두 사람의 결혼은 자연스러웠다.

게다가 수사나의 부모는 개종한 유대인이었기에 딸 수사나를 결혼시킬 적당한 가문과의 교류가 쉽지 않았다. 그러므로 가난하고 별 볼일 없는 가문 출신이라 해도 의사가 된 라파엘은 이들에게 최고의 사윗감이었다.

정조준

수사나의 아버지는 고리대금업으로 비교적 많은 돈을 모았기에 라파엘이 의사로서 일을 시작할 수 있도록 도와주었고, 라파엘은 또메성인 성당(Iglesia Santo Tomé) 근처에 작은 진료실을 열었다.

라파엘과 수사나의 신혼 살림은 부족함이 없었다. 부족한 게 있다면 시간이었다. 부부는 서로 더 많이 만지고 입 맞추며 사랑을 나누고 싶었지만, 가톨릭 교회의 가르침을 모두 지키려면 사랑을 나눌 수있는 시간이 고작 일주일에 채 한 번도 안 되었다. 그래서 두 사람은부부이면서도 서로 더욱 간절히 원했고, 수시로 교회의 가르침을 어기며 짜릿하고 달콤한 사랑을 즐겼다. 특히 환자들이 없는 틈을 타진료실 뒤 작은 방에서 나누는 사랑은 온몸이 녹을 듯 강렬했다.

결혼 후 몇 년이 지난 어느 날 아침, 길거리는 늘 그렇듯이 아낙네들의 대화 소리로 가득했다. 서로 자신의 가톨릭 신앙이 더 굳건함을드러내기 위해 크고 과장되며 연극적인 목소리로 떠들고 있었다.

"글쎄, 어젯밤 내 꿈에 예수님께서 나타나셨어. 그래서 그분 손에입을 맞췄지."

"아, 그래? 내 꿈엔 성모 마리아께서 나타나셨어. 여기 똘레도를 감아 도는 따호강(Río Tajo) 앞에 내가 서 있었는데, 내 손을 잡아주시고강을 건너게 해주셨지."

"내 꿈에도 주님께서 나타나셨어. 내가 따호강(Río Tajo) 앞에 도착하자 내가 건널 수 있도록 주님께서 강물을 갈라주셨어, 마치 모세가홍해 가르듯이…"

수사나의 어머니가 말했는데, 앞집 여자가 얼굴색이 변하며 지적했다.

"뭐라고? 모세? 지금 혹시 유대인을 옹호하는 건가?"

"아니야, 그럴 리가 있나? 그런데 예수님도 유대인이었잖아…."

"예수님은 다르지! 역시 너희는 유대인이었다가 가톨릭으로 개종한 지 얼마 안 된 티가 나네. 그리고 보니, 지난 주일에 그 집 딸 수사나와 사위 라파엘이 미사에 안 왔어."

"오해야, 우리 모두 독실한 가톨릭 신자라고. 우리 수사나와 라파엘 모두 견진성사(가톨릭의 7대 성사 중 하나)를 위해 열심히 기도하며 공부하고 있어. 지난 주일에는 감기에 걸려서 쉰 것뿐이야."

"부부가 함께 감기에 걸렸다고? 혹시 우리 교구 지도 신부님의 가르침을 어기며 부부 관계를 쾌락의 도구로 사용하는 건가?"

"아니야! 아직 아이도 없는걸…."

"그것도 이상해! 부부가 관계를 하며 절정에 이르렀음에도 출산하지 못한다면 죄를 짓는 거라고…."

결국, 수사나 어머니의 발언이 문제가 됐다.

'종교재판(la inquisición)'에까지 이를 수 있는 사안은 아니었지만, 상황에 따라 심각해질 수도 있다고 판단한 수사나의 아버지는 돈을 뿌리기 시작했다. 교구에서 진행하는 각종 건축 및 빈민 구제 사업에 돈을 냈다. 그리고 라파엘은 장인의 권유로 진료실에서 일하는 시간을 줄이는 대신에 추기경 관할 대농장을 수시로 방문하여 소작농들을 무료로 치료해주었다.

이렇게 한두 해가 지나자 이들에게 돈은 거의 남아 있지 않았고, 귀중품을 내다 팔며 살림에 보태야 하는 상황에 이르렀다. 그럼에도

정조준

불구하고 이웃과 교회의 감시망은 점점 더 이들을 조여왔다.

특히 라파엘의 어린 시절 이웃이었던 곱슬머리 아돌포는 누구의 명령을 받았는지 항상 라파엘과 수사나 주위를 느릿느릿 어슬렁거리며 기웃거렸다. 그의 이름 아돌포의 어원인 늑대처럼…. 그 때문에 수사나의 부모는 이미 십 년 전 똘레도를 떠나 스페인의 식민지 네덜란드 지역으로 이주한 유대인 가문 사촌 형제들에게 비밀리에 연락을 취했고, 언제든 위험한 상황이 닥치면 모든 것을 버리고 네덜란드로 도주할 준비를 항상 갖춰놓고 있었다. 북쪽 항구 도시인 히혼(Gijón)에서 제법 큰 범선을 운영하는 상인이 수사나의 아버지로부터 큰돈을 빌린 후 갚지 못했기에 배에 승선하는 것은 문제될 게 없었다. 그 범선이 깐따브리아해의 사나운 파도를 헤치고 나가 이들을 네덜란드에 내려줄 것이다.

하지만, 라파엘은 가장 소중한 친구 니꼴라스의 의학 박사 학위 수여식에 참석하지 않을 수 없었다. 며칠을 망설인 끝에 추기경 관할 대농장 관리인에게 양해를 구했다. 사실 대농장에서는 무료 진료를 했던 것이므로 양해를 구할 이유는 없었지만, 관리인의 눈 밖에 나는 것은 곤란했기 때문이다.

관리인은 몹시 탐탁지 않은 표정으로 말했다.

"어디에 가는데 그러나?"

"세비야에 가네. 나와 함께 알깔라 대학교 의대를 졸업한 친구가 세비야 대학교에서 의학 박사 학위를 받게 되어서."

"세비야? 여기서부터 100레구아 거리니까 어드레면 도착하겠군."

"아, 그게…. 이젠 우리 집안에 말이 한 필도 안 남아서 걸어가야 하니까…. 가는 데 20일, 오는 데 20일 걸리지. 또 세비야에서 일주일 정도 머물 예정이라 거의 50일 후에나 돌아온다고 보면 되네."

"50일씩이나? 소작농들 중에 아픈 사람이 있을 텐데?"

"걱정 말게. 루이스의 발은 이제 거의 다 나았고, 디에고와 라울은 기침을 멈췄어."

"그래? 치료를 잘했나 보군. 혹시라도 추기경님이나 주교님께서 오시면 내가 잘 말씀드려보겠네. 물론 좋아하시지는 않겠지만 말이야…."

세비야 대학교 교정에 들어선 라파엘은 곧장 행사장으로 향했다. 니꼴라스에게 의학 박사 학위가 수여될 때 라파엘은 그 누구보다도 환한 미소를 지으며 그의 가장 소중한 친구 니꼴라스에게 진심 어린 축하의 박수를 보냈다. 수여식이 끝난 후, 두 사람은 세비야 대학교 교정을 빠져나왔다. 과달끼비르강의 강변길을 따라 천천히 걸으며 의학에 관해 대화하던 두 사람이 황금탑(Torre de Oro) 앞에 이르렀을 때 대화의 주제는 어느새 바뀌어 있었다.

"섹스는 원죄의 결과라는 거야. 그래서 쾌락이 아닌 생산을 위해서만 섹스를 하라는 건데, 이게 말이 되나?"

라파엘이 씩씩대며 말하자, 니꼴라스가 대답했다.

"허허허! 말도 안 되지, 르네상스가 만연한 세상인데. 난 말이야… 내 아내와 섹스하는 게 너무나 즐겁다네. 라파엘, 자네는 어떤가? 평범한 여자와 사는 나도 즐거운데, 자네는 훨씬 더 즐거울 것 아닌가? 자네 부인 수사나는 미인이니까 말이야. 허허허!"

정조준

"하하하! 이건 정말 자네한테만 말하는 건데… 우린 가끔 진료실 뒤 작은 방에서 서둘러 사랑을 나눈다네, 의자 위에서. 이루 말로 표현할 수 없을 정도로 강렬하지. 얼마 전엔 그 의자가 부서졌는데, 아직 못 고쳤어. 하하하!"

"정말? 그것 참… 나도 한번 시도해봐야겠는걸. 내 진료실 뒤에 작은 방을 하나 만들어야겠군. 의자는 튼튼한 것으로 준비하고 말이야. 허허허!"

"그런데 참 희한한 것은… 그렇게 사랑을 하고 나면, 힘이 빠지는 게 아니라 오히려 힘이 솟구친다는 거야."

"흐으음… 그래, 충분히 그럴 수 있어. 섹스가 건강에 해롭다는 교회의 가르침엔 결코 동의할 수 없지."

"니꼴라스, 생각해보게. 너무나 많은 날에 섹스를 금지하고 있어. 주일, 수요일, 금요일, 부활절 전 40일, 크리스마스 전 40일, 각종 축일, 여성의 월경 기간, 임신 기간, 수유 기간 등…. 이걸 다 지키는 사람들이 있는지 모르겠네만, 만약에 다들 잘 지켰다면, 지금 여기 세비야의 인구가 과연 이렇게 증가할 수 있었을까? 1346년 흑사병으로 세비야 인구의 절반이 사망했는데?"

"어디 그것뿐인가? '토비아스의 밤' 말일세…. 결혼만 하면 남편이 죽었다는 사라의 여덟 번째 남편이 된 토비아스는 대천사 라파엘의 조언에 따라 사흘 동안 사라에게 손도 대지 않으며 금욕했고 그래서 죽지 않았다는 이야기도 있지 않나?"

"어떻게 신혼부부가 사흘 동안 금욕을 할 수 있겠어? 젠장!"

"아, 그래서 말인데, 혹시… 자네 세비야에 와서 나와 함께 연구할 생각은 없나?"

"어떤 연구? 섹스에 대한 연구? 하하하!"

"허허허! 라파엘, 자네와 내가 좋아하는 섹스도 포함해서 해야 할 연구가 산더미야. 다름이 아니라… 신대륙 아메리카로 향하는, 또는 아메리카로부터 돌아오는 모든 유럽의 배들은 바로 여기 황금탑에서 신고를 하게 되어 있어. 내 친구 하나가 황금탑에서 일하는데, 내가 약초를 연구한다고 말했더니 이 친구가 선장들에게 아메리카에서 여러 종류의 풀을 뜯어오도록 부탁할 수 있다는 거야. 아메리카의 풀이나 약초에 대해 본격적인 연구를 해서 사람들을 치료할 수 있는 약을 만들고 싶어. 자네만 좋다면 함께 연구하고 또 별도로 자네는 개인 진료실을 운영해도 좋고."

"음… 정말 자네와 함께하고 싶은데, 지금 우리 집안 사정이 매우 불안해. 내 장인, 장모가 개종한 유대인이잖아, 잘못 흘린 말 몇 마디에 표적이 됐다네. 종교재판을 피하기 위해 집안 돈은 전부 탕진했고 …."

바로 그때 기분 나쁜 목소리가 들렸다.

"신이시여! 여기 교회의 가르침을 어기는 라파엘이 있습니다. 흐흐흐!"

라파엘이 깜짝 놀라며 뒤를 돌아봤더니 황금탑 뒤에서부터 한 남자가 어슬렁거리며 다가왔다.

"너, 넌… 곱슬머리 아돌포…. 네가 어떻게 여기…."

"흐흐흐… 라파엘, 이런 날이 올 줄 알았지, 흐흐흐…."

"당신 누구요?"

니꼴라스가 라파엘을 지키고자 곱슬머리 아돌포 앞을 가로막았다.

"이봐요, 박사 나으리. 당신까지 종교재판에 넘겨질 수도 있어. 저리 비키시지, 흐흐흐."

"이봐, 아돌포! 니꼴라스는 너와 아무 관계가 없잖아?"

"그래, 라파엘. 내 관심사는 오로지 너와 너의 예쁜 마누라 수사나 그리고 더러운 유대인인 네 장인과 장모지. 수사나는 내가 어려서부터 쭉 연모…."

"입 닥쳐! 그게 무슨 소리야? 내 부인 수사나를 뭐 어쨌다고?"

"그건 됐고, 하여튼, 난 네가 하는 말을 다 들었어. 가톨릭 교회의 가르침을 어기기로 작정을 했군. 난 지금 이대로 똘레도로 돌아가야겠어. 우리 스페인의 수석 성당인 똘레도 대성당 주임 신부님께 네가 내뱉은 불경스런 말을 그대로 보고해야겠어. 너와 네 가족은 모두 종교재판소에 불려갈 거야, 흐흐흐…."

"아돌포, 난 그저 농담을 한 것뿐이야. 아니, 상상을 표현한 거지."

"아니! 절대 아니. 종교재판관이 네 진료실 뒤 작은 방에서 부서진 의자를 증거품으로 압수하게 될 거야, 12일 안에 말이야. 왠지 알아? 내겐 당나귀가 있어. 넌 걸어오라고, 천천히. 네가 똘레도에 도착할 때면 네 예쁜 마누라와 그녀의 부모는 이미 종교재판소 관할 감옥에 갇혀 있을 거야. 흐흐흐흐흐!"

"…."

"라파엘, 내가 분명히 하나 가르쳐주지. 섹스는 원죄의 결과야!"

곱슬머리 아돌포는 늘 그렇듯 느릿느릿 어슬렁거리며 사라졌다. 몹시 놀라 잠시 멍해진 라파엘에게 니꼴라스가 말했다.

"라파엘, 괜찮아? 이 사람아, 정신 차려!"

"어… 그래. 그런데 어쩌지? 니꼴라스, 아… 이거 정말 미안하네만, 난 지금 바로 똘레도를 향해 출발해야겠어. 우리 가족이 위험에 빠질 상황이라, 저 늑대 같은 곱슬머리 아돌포 때문에…."

"라파엘, 침착해야 해. 아돌포인지 곱슬머리인지 그 자식은 당나귀를 타고 간다고 했어. 맞지?"

"그래, 맞아. 그 자식이 씨우닷레알까지 당나귀를 타고 나를 쫓아왔는데, 어느 순간부터 안 보이더라고. 그런데 여기 세비야까지 쫓아왔을 줄은 몰랐네."

"으음… 이렇게 하세. 내게 좋은 말이 있어. 이름은 마스띤, 아주 튼튼하고 잘 달린다네. 마스띤을 자네에게 줄게. 마침 내가 이틀 전 이 녀석의 말굽에 편자도 갈아주었지. 자네가 오늘 하루 푹 쉬고 내일 마스띤을 타고 출발해도 그 곱슬머리보다 며칠 먼저 똘레도에 도착할 수 있을 거야. 그러니 너무 걱정하지 말게."

"니꼴라스, 자네에게 너무 큰 신세를 지는데…. 나와 수사나 그리고 장인과 장모는 네덜란드로 도주하게 될 거야. 종교재판을 피해 이주한 유대인들이 네덜란드에 많이 거주하거든. 그나저나 자네의 말 마스띤을 어떻게 돌려주나…. 아, 그렇지! 히혼에서 범선을 운영하는 상인이 우리 장인에게 큰 신세를 졌다는데, 내가 그 상인에게 마스띤을 맡기며 어떻게 해서든 자네에게 보내주라고 할게."

"아무려면 어떤가? 지금 중요한 것은 소중한 내 친구인 자네와 자

정조준

네 가족의 안전이야. 그리고 내가 아무래도 그걸 자네에게 줘야 할 듯싶네, 매우 귀중한 자료인데…. 우선 우리 집으로 가세, 어차피 마스띤도 집에 있으니까. 내 아내가 음식을 제법 맛있게 만든다네. 굴 요리와 하몽 이베리꼬(jamón ibérico: 염장·건조한 스페인 토종 돼지 뒷다리)로 푸짐하게 먹고 내일 아침 마스띤을 타고 출발하면 모레 꼬르도바에 도착할 걸세. 다 잘될 거야."

"어떻게 보답을 하나…. 니꼴라스, 정말 고맙네, 정말 고마워. 아 그런데 귀중한 자료란 뭔가?"

세비야의 의사 후안 데 아비뇽

(Juan de Aviñón)

"라파엘, 아까 자네가 말했잖아, 사랑을 하고 나면, 힘이 빠지는 게 아니라 오히려 힘이 솟구친다고? 어쩌면 그 말이 맞을 걸세. 나나 자네나 모두 의사지만⋯ 들어봤나? 세비야의 의사, 후안 데 아비뇽?"

"후안 데 아비뇽⋯. 세비야의 의사?"

1353년, 후안 데 아비뇽(Juan de Aviñón)은 까스띠야(Castilla) 왕국의 왕 뻬드로(Pedro) 1세의 명에 의해 세비야로 이주했다. 하지만 아름다운 세비야도 유럽의 여느 도시와 마찬가지로 흑사병을 피할 수는 없었고, 1346년부터 약 5년 동안 세비야 인구의 절반이 사망했기에 후안이 마주한 것은 절망한 사람들과 그들의 공포였다.

흑사병은 14세기 초반부터 중앙아시아에서 시작됐고, 1346년 몽고 제국이 크림반도에 있는 카파(오늘날 페오도시아)를 침략했을 때 흑사병을 일으키는 페스트균이 전이된 것으로 추측된다. 페스트균은 매우 빠르게 온 유럽으로 퍼져 나갔다.

이보다 조금 앞선 13세기 말, 소빙하기에 접어든 유럽에는 평균 기

정조준

온이 떨어지며 흉작과 대기근이 자주 발생했다. 이 때문에 영양 불균형 그리고 비위생적인 환경이 조성되어 1346년 창궐한 흑사병은 좀처럼 사그라들지 않았고, 1360년부터 1383년까지 여러 차례 더 유럽인들을 죽음과 공포로 내몰았다.

흑사병에 옮지 않으려고 약초를 채운 새부리 모양의 마스크를 쓴 의사들이 등장했다. 피를 뽑는다거나, 소변으로 몸을 씻게 한다거나, 창문을 모두 닫고 실내에만 있어야 한다고 주장하는 의사들도 있었다. 어떠한 방법도 통하지 않았다. 가톨릭 신앙으로 무장한 유럽인들이었지만, 그저 무력감만 느낄 뿐이었다.

병약한 사람들을 도우며 진정으로 예수 그리스도의 사랑을 실천하는 성직자들도 있었지만, 일부 성직자는 일신의 안위에만 급급했다. 그런 성직자 때문에 가톨릭 신앙에 의문을 품는 사람들도 생겨났다. 그리고 흑사병이 두려워 외출을 심가게 되면서 많은 사람들이 자연스럽게 교회로부터 멀어지기도 했다.

그 당시 후안 데 아비뇽은 의사로서의 사명감을 갖고 최선을 다해 일했지만, 보람보다는 한계를, 기쁨보다는 절망에 빠져 괴로워했는데 한 가지 특이한 점을 발견하게 되었다. 처음엔 반신반의했지만, 많은 환자들을 문진하는 과정에서 또 그들의 건강 상태를 관찰하면서 한 가지 사실에 주목했고 결국 확신하게 되었으며, 그 내용을 조심스럽게 글로 남겼다.

　　나는 세비야의 의사다.
　　셀 수 없이 많은 사람들을 진료했고 또 치료했다.

많은 환자들, 또 그들의 가족들과 신뢰를 쌓아가며 간접적으로 때로는 직접적으로 그들의 사생활이나 은밀한 것에 대하여 대화를 나누기도 했다.

교회로부터 멀어진 사람들 중에는 놀랍게도 토비아스의 밤을 지키지 않은 신혼부부들 그리고 교회가 금지하고 있는 날에 성행위를 한 부부들도 있었다. 이유를 알 수는 없지만 내가 발견한 것은 다음과 같다.

성행위를 자주 한 사람들은 대부분 흑사병을 피해 갔다. 흑사병뿐만 아니라, 다른 질병으로부터도 강한 면역력을 보였다.

어린아이들의 경우, 화목한 집안 분위기에서 부모가 자주 안아준 경우 아프지 않고 건강했다.

나는 많은 치료법을 연구했고, 1418년 세비야 대주교님의 명령으로 『세비야나 메디씨나(Sevillana Medicina: 세비야 의학)』를 저술했다. 물론, 그 책에 잦은 성행위에 대한 내용은 포함시키지 않았다. 아니, 포함시킬 수 없었다.

하지만, 이 중대한 발견을 나만 아는 것은 후대 사람들에게 죄를 짓는 것이라는 믿음 때문에 비밀 양피지에 이 글을 남긴다. 얇은 양피지에 이 글을 쓰고, 그 위에 다른 양피지를 덧붙여서 글이 보이지 않게 하지만, 부디 후대에 누군가 발견하기를 간절히 바란다.

흑사병이 창궐한 이후 교회로부터 멀어진 사람들이 있다. 그리고 그들 중에는 개혁적인 생각을 하는 사람들도 있다. 너무나 많은 사람들이 죽었기에 일손이 부족해졌고 그래서 대농장에 소속된 소작농들의 품삯이 인상되고 있으며, 어떤 소작농들은 그들이 제공하는 노동의 가치가 매우 크다는 것을 깨닫고 있다.

르네상스가 사람들의 가치관에 영향을 주고 또 세상이 변하고 있으므로, 후대엔 더 많이 변하지 않을까? 더 많이 변했을 때 그래서 내가 비밀리에

정조준

남긴 이 글이 공개되어도 아무 문제 없는 시대에 사는 사람들에게 이 글이 도움이 되기 바란다.

섹스는 원죄의 결과가 아니다.

서로의 사랑을 육체적으로 표현하는 것이다. 그리고 이 사랑은 ―내 공부가 아직 부족하여 의학적으로 증명할 수는 없지만― 우리의 몸에 강한 면역력을 만들어 준다고 믿는다.

그러므로, 모든 부부들은 부디 활발한 성생활을 유지하기 바란다. 더욱 건강해질 것이다.

세비야의 의사, 후안 데 아비뇽.

긴 설명을 이어가던 니꼴라스가 잠시 심호흡을 하더니 라파엘에게 말했다.

"라파엘, 내가 2년 전인 1545년에 후안 데 아비뇽이 1418년에 저술한 『세비야나 메디씨나(Sevillana Medicina: 세비야 의학)』를 정통 스페인어로 번역한 후 출판했다네. 후안 데 아비뇽이 저술할 당시에는 아직 인쇄기가 발명되기 전이라 모든 내용은 그와 그를 돕는 사람들이 직접 손으로 쓴 거야. 반 정도는 종이에 적혀 있었고, 나머지 반, 특히 중요한 내용은 종이보다 오래 보존되는 양피지에 적혀 있었지. 양피지들을 분류하고 확인하며 번역하는 과정에서 이상하게 아무것도 씌어 있지 않은 양피지를 발견했다네…."

"혹시 그 비밀 양피지?"

"그래, 맞아. 바로 그 비밀 양피지였어. 매우 얇았는데, 함수율(수분이 포함된 비율)이 잘 유지되도록 만든 최고급 양피지가 두 겹으로 겹쳐져 있었지. 조심스럽게 뜯어냈더니 이런 어마어마한 내용이 적혀 있었다네."

"섹스는 원죄의 결과가 아니므로 모든 부부들은 활발한 성생활을 유지하라는… 그래야 더욱 건강해진다는 내용?"

"그렇다네. 함수율이 잘 유지된 고급 양피지라 잉크가 날아가지 않고 이렇게 잘 보존되었다네. 자, 보게!"

니꼴라스가 라파엘에게 양피지를 내밀었다.

"이런! 이게 바로 그 비밀 양피지 원본이란 말인가?"

"그렇다네, 읽어보게."

라파엘이 놀라운 표정으로 천천히 읽는 것을 기다린 후, 니꼴라스가 라파엘을 바라보며 말했다.

"라파엘, 한 가지 염려스러운 것은 이 양피지 위에 덧붙여져 있던 양피지를 내가 분실했어. 그래서 이 양피지에 적힌 내용, 그러니까 잉크가 날아가지 않을까 염려스럽긴 하네만… 이 비밀 양피지를 자네가 갖고 가게."

"아니, 이런 귀한 것을 왜 내가…."

"세비야의 엄격한 분위기 속에 내가 이것을 갖고 있을 필요는 없을 듯하네, 하긴 똘레도가 세비야보다 더욱 엄격하겠지만…. 물론, 위험에 빠진 자네를 더욱 위험하게 만들려는 것은 아니야. 다만, 자네와 자네 가족이 네덜란드로 간다니 혹시 그곳에서는 이 비밀 양피지의 내용이 좀 더 귀하게 쓰이지 않을까 하는 생각이 드네…. 1517년 독일에서 마르틴 루터가 종교개혁을 시작했지. 1519년엔 스위스에서 개혁주의가 시작되었고. 그런데 개혁파 중에서 장 칼뱅이란 사람이 많은 갈등과 대립을 겪으며 요즘 제법 명성을 얻었고, 칼뱅의 사상이 네덜란

정조준

드 지역으로 많이 퍼져 나가고 있다 하더군. 자네나 나나 뼛속까지 가톨릭 신자임은 분명하네. 동시에 약간의 반항심을 갖고 있는 것도 분명하고. 특히, '섹스는 원죄의 결과가 아니다'라는 말에 긍정적으로 반응하고 말이야. 하하하! 여기 세비야보다 아니, 우리나라 스페인보다 네덜란드에서 이 양피지의 내용이 더 쉽게 받아들여지지 않을까?"

"다가닥 따가닥 따가닥, 다가닥 따가닥, 다가닥, 다각."
"워! 워! 마스띤, 수고했다. 이제 좀 쉬자꾸나."

꼬르도바 주교 관할 숙소에 도착한 라파엘은 관리인에게 니꼴라스가 써준 편지를 내밀었다. 탐탁지 않았던 관리인의 표정이 편지를 읽어 내려가며 부드럽게 변했다.

"니꼴라스 선생님의… 친구분이신… 아, 라파엘 선생님이시군요. 어서 들어오십시오. 마침 방은 있습니다. 제가 작년에 제 아내와 함께 세비야에 갔을 때 아내가 다친 일이 있었는데 그때 니꼴라스 선생님께서 제 아내를 치료해주시고 돈도 받지 않으셨지요."

"고마워요, 하룻밤만 신세 지겠습니다."

"내일 아침엔 꼬르도바의 대표 음식인 라보 데 또로(rabo de toro: 소꼬리찜)로 푸짐하게 드시고 출발하시면 됩니다."

"나보다는 말에게 좋은 여물을 주면 고맙겠어요."

"걱정하지 마십시오, 선생님. 얼마 전에 비가 와서 마구간 옆에 마침 부드러운 풀이 잘 자라 있습니다. 아마 벌써 먹고 있을 겁니다."

라파엘도 마스띤도 충분한 휴식을 취했다. 그리고 다음 날 오전, 가죽 물병에 포도주를 가득 채워 출발했다. 라파엘의 마음은 무거웠지만, 마스띤의 발걸음은 가벼웠다. 그리고 그 발걸음 덕분에 5일 후 오전 똘레도에 도착했다.

12세기 이후 똘레도에는 무데하르(mudéjar) 건축 양식이 성행했다. 이슬람식 벽돌 건물은 짓는 속도는 빠르나 유럽의 석조 건물보다는 약했다. 양쪽의 장점을 살려 스페인에서 탄생한 게 바로 독특한 무데하르 양식이었는데, 당시 똘레도에는 이 건축 양식으로 지어진 건물들이 즐비했다.

라파엘은 무데하르식 건물로 가득한 여러 개의 골목을 지났다. 이윽고 두 개의 작은 원기둥과 그 원기둥 상단에 이오니아식 양뿔 모양으로 장식된 르네상스 양식의 건물 앞에 이르러 말에서 내렸다. 그리고 당당한 석조 건물의 대문 가운데에 있는 문고리를 가볍게 두드렸다.

잠시 후 문이 열렸다.

"수사나! 너무나 보고 싶었어, 내 사랑."

"라파엘! 내 사랑, 라파엘…"

사랑하는 부부에겐 긴 포옹이 필요했다. 서로 꼭 안은 채 1분쯤 지났다.

"라파엘, 니꼴라스의 박사 수여식엔 참석했어? 어떻게 빨리 돌아온 거야?"

"말을 타고 왔어. 사실 세비야에서 문제가 생겼는데…. 여긴 별문제 없었지?"

정조준

"없어⋯. 늘 그렇듯 불안하지. 모든 사람들이 우리를 감시하는 것 같아서⋯. 어머니는 2층에 조용히 계시고, 아버지는 최근에 추기경 관할 대농장의 이익금 계산을 도와주셨어. 이젠 우리에게 돈이 없으니까 이런 봉사라도 해야 한다며⋯. 이상하게도 평소에 느릿느릿 어슬렁거리며 우리 주위를 기웃거리는 곱슬머리 아돌포는 요 며칠 통 안 보였어."

라파엘은 안도의 한숨을 내쉬며 지난 일을 빠르게 설명했다.

라파엘은 수사나와 함께 2층으로 올라가 장인 펠리뻬(Felipe)와 장모 메르쎄데스(Mercedes)에게 인사하고 세비야에서 발생한 문제를 설명했다.

"펠리뻬, 메르쎄데스, 죄송합니다. 제가 말을 함부로 하는 바람에⋯"

"라파엘, 아닐세. 차라리 잘되었어. 자네 잘못이 아니야. 이런 날이 올 줄 알았지. 굳이 따지자면 나와 메르쎄데스가 유대인인 게 잘못이지. 우리 때문에 수사나와 자네가 고생하는군. 잠시만 기다려보게."

펠리뻬는 거실 안쪽 돌로 지어진 벽 쪽으로 걸어가더니, 좌측 첫 열, 밑에서부터 다섯 번째 돌과 그 옆에 있는 돌 사이로 가는 꼬챙이를 집어넣었고, 다섯 번째 돌을 빼냈다.

"펠리뻬, 어떻게 그 돌만 폭이 한 뼘도 안 되는지요?"

"이걸 숨겨두려고 특별히 이 돌만 작게 만들었다네⋯. 자, 보게. 전부 1,000두까도(ducado: 16세기 금화, 1두까도는 약 196유로)일세. 이 돈으로 네덜란드에서 작은 장사를 시작해도 좋고, 자네가 진료실을 열어 의사로서 일하는 것도 좋겠지."

라파엘도, 수사나도, 수사나의 어머니 메르쎄데스도 가죽 자루에 담겨 있는 금화를 보며 모두 놀랐다.

"이런 날이 올 것을 대비해 내가 숨겨두었어. 자, 당장 떠나세. 내일까지 기다릴 이유가 없네. 곱슬머리 아돌포 그놈이 탄 당나귀가 갑자기 힘을 내서 내일 도착하면 어쩌겠나? 당장 나가서 적당한 마차를 구입하자고. 마차에 두 여자를 태우고 내가 마차를 몰겠네. 자네는 말을 타고 앞에서 길을 잡게."

"네, 펠리뻬. 여기서 히혼(Gijón)까지 거리는 110레구아 정도 됩니다. 말로 달리면 9일 거리이지만, 마차를 감안하면 12일 정도 걸릴 듯합니다."

"그래, 우리 모두 별 탈 없이 잘 도착할 거야. 그리고 히혼에서 배를 타는 거지. 아 참, 수사나, 너는 돈을 숨기거라. 반은 가죽 물병에 숨기고, 나머지 반은 빵의 속을 파낸 후 그 안에 숨기도록 해."

"네, 아버지."

"라파엘, 그리고 그 비밀 양피지 말이야…. 우리가 들고 다니는 것은 위험하지 않겠나? 반가톨릭적인 내용이고 또 낯 뜨거운 내용이라…. 내용은 이미 자네가 다 외웠을 테니 여기 돈을 보관했던 곳에 넣어두고 돌로 막아놓기로 하세."

"그런데, 펠리뻬. 우리 집은 어떻게 합니까?"

"허허허! 뭘 어떻게 하겠나? 우리가 떠난 게 소문나면 시청이 알아서 처리하겠지. 누군가 살게 되지 않겠나? 미련을 버리고 떠나야지. 그래도 혹시 모르니 열쇠로 대문은 잘 잠그고 떠나세. 후대에 누군가 비밀 양피지를 발견하려나? 몇백 년 후에도 이 건물은 끄떡없이 서 있을 걸세, 튼튼한 유럽식 석조 건물이니까…."

라파엘과 수사나, 그리고 장인 펠리뻬와 장모 메르쎄데스는 모두 네

정조준

덜란드로 떠났다. 네덜란드에 도착한 후, 라파엘은 작은 양피지에 다음과 같이 적었다.

나는 똘레도의 의사다.

종교재판을 피하기 위해 네덜란드로 이주했다.

똘레도에 있는 내 집의 거실 안쪽 벽에는 작은 공간이 있다. 좌측 첫 열, 밑에서부터 다섯 번째 돌은 겉에서 보기엔 다른 돌과 비슷하지만, 실제로는 폭이 짧은 작은 돌이다. 그 돌을 빼내면 안에 작은 공간이 있다.

그곳에 매우 귀중한 것을 숨겨두었다.

그것은 전염병에 걸리지 않고 면역력을 키울 수 있는 방법이 적혀 있는 비밀 양피지이다.

숨겨둔 비밀 양피지의 존재가 잊혀지지 않도록 하기 위해 그 위치를 지금 이 작은 양피지에 적어두는 것이다.

내 집 주소는 'Calle Los Arcángles 3, Toledo, Castilla-La Mancha, España(스페인 까스띠야-라만차 똘레도시 대천사길 3번지)'이며, 이 작은 양피지를 대문 열쇠와 함께 보석함에 보관한다.

악연을 과거로
던져버리다

"조준아, 눈 떠봐! 조준아, 괜찮아? 라파엘!"

"수사나! 수사나! 수… 어? 아, 수진아…."

"어머, 무슨 잠꼬대를 이렇게 심하게 해? 나쁜 꿈 꿨어?"

"아, 아니…. 꿈이 너무나 생생해서…. 수진아, 이리 와. 팔베개 해줄게."

정조준은 장수진을 부드럽게 안은 채 꿈 얘기를 시작했다. 14~15세기 세비야의 의사 후안 데 아비뇽, 16세기 세비야의 의사 니꼴라스 모나르데스, 똘레도의 의사 라파엘과 그의 부인 수사나, 이들 주위를 늑대처럼 어슬렁거리던 아돌포, 비밀 양피지, 그리고 섹스는 원죄의 결과가 아니고 서로의 사랑을 육체적으로 표현하는 것이며 사람의 몸에 강한 면역력을 만들어준다는 내용까지 모두 들은 장수진이 눈을 크게 떴다.

정조준은 살냄새가 은은하게 풍기는 장수진의 목에 천천히 입을 맞추기 시작했다. 몸을 살짝 뒤틀며 반응하던 장수진이 갑자기 정색을 하며 말했다.

"어머! 그런데 너무 이상하다…. 너희 집안처럼 우리 집안도 가톨릭이라 모두 세례명을 갖고 있어. 난 내 이름 수진과 비슷한 수산나잖아? 물론, 스페인어 발음은 수사나, 영어 발음은 수잔이고. 네 꿈속에서 똘레도의 의사 라파엘의 부인 이름이 수사나인 것은 네가 꿈속에서도 나를 떠올려서 동일할 수도 있다고 쳐⋯. 그런데 내가 우리 아빠와 엄마의 세례명을 너한테 말한 적이 없어⋯. 어떻게 네 꿈속에 똑같은 이름으로 등장한 걸까?"

"뭐라고? 그럼, 아버님 세례명이 필립보? 스페인어로는 펠리뻬(Felipe)이고, 어머님 세례명은 메르쎄데스? 내 꿈속에 등장한 장인, 장모와 같은 이름이란 말이야? 이럴 수가⋯."

"맞아, 정확해. 혹시 전생에 우리가 스페인 똘레도에 살았나? 곱슬머리 아돌포까지 얽혀서? 나⋯ 좀 무서워. 그리고 이 얘기와 비슷한⋯ 아니, 연결되는 듯한 얘기를 들은 적 있어."

"정말?"

"응. 글쎄, 얼마 전에 한 네덜란드 사람이 스페인 똘레도에 왔는데, 자신의 조상이 16세기에 똘레도에서 살았었다는 거야. 그 조상은 유대인이었기에 종교재판을 피하기 위해 똘레도에 있던 자신의 집을 방치한 채 네덜란드로 도주했는데, 똘레도 집의 대문 열쇠를 보석함에 넣어두었고, 그 보석함은 집안의 가보로써 몇백 년 동안 후손들에게 전해졌다고 해. 최근에 그 후손이 보석함을 열어봤더니, 보석함 안에 대문 열쇠와 똘레도 집 주소가 적힌 작은 양피지가 있었대. 작은 양피지에는 집 주소 외에 어느 벽의 몇 번째 돌 안쪽에 중요한 비밀 양피지를 숨겨놓았다는 내용도 적혀 있었고. 그래서 이 사람이 그 열쇠와 작은 양피지를 들고 스페인 똘레도를 방문한 거야. 너도 잘 알겠지만, 전통을 중요시하는 유럽에서는 웬만해선 길 모양도 길 이름도 바뀌지 않잖아? 당연히 주소도 그대로였고, 튼튼한 석조 건물도 그대로 있으니까…. 이 네덜란드 사람이 건물 주인에게 양해를 구하고, 열쇠를 대문에 꽂아본 거야."

"그래서? 문이 열렸대? 이거 완전히 아라비안 나이트의 '열려라 참깨'네."

"응, 맞아. 대문이 열렸대. 그리고 작은 양피지에 적혀 있는 대로 어떤 벽의 몇 번째 돌을 빼내니까 그 안에 아주 작은 공간이 있고, 그 공간에 비밀 양피지가 보관되어 있더라는 거야…."

"아… 이건 내가 방금 꿈에서 본 내용과 거의 똑같은데. 그럼, 섹스는 원죄의 결과가 아니므로 모든 부부들은 활발한 성생활을 유지하라는… 그래야 더욱 건강해진다는 내용이 적혀 있어?"

"안타깝지만, 그건 확인이 안 됐어. 잉크가 다 날아가서 그 양피지에 적혀 있던 내용을 확인할 수는 없었대. 정말 네가 꿈에서 본 것처럼 원래 두 겹의 양피지였는데, 위에 덧붙여져 있던 양피지가 사라져서 함수율에 문제가 생겼을까? 그래서 잉크가 다 증발됐을까?"

"아, 이게 무슨 상황이지? 어떻게 내가 꿈에서 본 게 현실에서 재현된 거지? 게다가 꿈속에서 너와 나를 쫓아다니며 괴롭힌 놈이 하필이면 그 곱슬머리 아돌포…."

"조준아, 아무래도 곱슬머리 아돌포와는 과거에서나 현재에서나 악연인 것 같아. 그러니까 이제… 악연은 과거로 던져버리자. 그리고 다시는 곱슬머리 아돌포를 떠올리지 말자. 과거에 양피지 위에 쓴 내용도 다 날아갔으니까…. 곱슬머리 아돌포, 또 그와 관련된 독립노조, 노조 분쟁, 파업까지 모두 과거로 던져버리면 다 사라지지 않을까?"

정조준

"악연을 과거로 던져버린다?"

"응."

"사실 며칠 전에 국제노동기구의 알렉산더도 내게 비슷한 말을 했어. 수진아, 네 말처럼 악연을 과거로 던져버리면 양피지의 잉크 증발되듯이 다 증발되어 사라질까? 그럼 앞으론 좋은 일만 일어날까? 얼마나 더 회사에 다녀야 할지도 생각해봐야겠어. 저축 좀 하면 우리 결혼해서 함께 살자. 스페인이 좋겠지? 내가 스페인에서 할 만한 일이 있으면 좋겠어…."

"응. 그런데, 있잖아… 그건 언제 해? 더 건강해진다는…."

"어떤 것? 아, 섹스? 섹스를 많이 하면 더 건강해지니까?"

"아이 참, 그렇게 꼭 직접적으로 말하지 말고…. 웃겨! 후후후."

"지금, 바로 지금. 사랑해, 수진아."

시간이 흘렀다. 아니, 정조준은 시간과 함께 뛰었다. 2004년 초, 차장으로 승진했다.

준영양행 과테말라 법인의 1공장에 구성된 독립노조의 여파로 2공장에도 독립노조가 구성되었다. 하지만 큰 잡음은 없었고, 파업으로 인한 생산 차질이나 수출 지연 등의 문제는 전혀 발생하지 않았다. 그만큼 바빴고 열심히 일했다. 그리고 2008년 초, 부장으로 승진했다. 관리부의 부서장으로서 인사·총무팀, 회계팀, 컴플라이언스팀, 생산지원팀을 모두 총괄했다.

장수진은 스페인 관광청 공인 가이드로서 일하며 스페인 영주권을 획득했다. 그러나 2007~2008년 세계 금융 위기로 인해 스페인의 관광

산업이 침체되어 장수진의 수입은 들쑥날쑥했다. 이에 장수진은 2008년 초 스페인 생활을 잠시 접고 과테말라로 이주했다.

그리고 2008년 온 세상에 꽃이 활짝 핀 어느 봄날, 정조준과 장수진은 한국으로 이동하여 성당에서 혼인 성사를 올렸다. 축하하러 온 친구들에 비해 매우 늦은 결혼인 만큼 더 행복할 것을 다짐했다.

"수진아, 사실 예전에 유럽의 가톨릭 교회가 금지했던 것을 굳이 따지자면 우린 그동안 성행위를 하면 안 되는 것이었잖아? 이젠 정식으로 부부가 됐으니 마음 편하게 더 적극적으로 사랑해야겠어."

"어머! 짐승, 미쳤어…. 요즘 우리가 얼마나 자주 하는데, 더 한단 말이야?"

"그래야지! 섹스는 원죄의 결과가 아니니까 그리고 더 건강해지게, 헤헤헤."

오랜만에 찾은 고국에서 두 사람은 신혼여행 대신에 가족들과 함께 여행을 다니며 많은 시간을 보냈다. 그리고 정조준의 직장이 있는 과테말라로 이동했다.

정조준

제7장

불의에 맞서다

금지된 카지노

"그러니까 카지노 출입은 절대 안 된다고! 최 과장은 왜 카지노에 출입한 거야?"

2009년 가을, 준영양행 과테말라 법인에 부임한 지 며칠 안 된 임효석 법인장이 눈을 가늘게 뜬 채 언성을 높이고 있었다. 당시 과테말라 교민들 중에서 카지노에서 밤새 시간 보내며 건강을 해치고 많은 돈을 탕진한 사례가 많았는데, 준영양행의 직원 한 명이 카지노에 자주 출입하다가 행방불명되어 소동이 일어났다.

"생산기획팀 총괄하는 곽진오 이사, 자네도 모르나? 생산기획 2팀의 최 과장 이 친구가 지금 어디에 있는지? 도대체 팀원 관리가 되는 거야, 안 되는 거야?"

"죄송합니다."

"그럼, 오발단 이사, 자네는 뭐 하는 거야? 자네 얼마 전에 니카라과 지사에서 본사로 쫓겨가 대기 발령 상태였지? 그게 무슨 의미인지는 잘 알 거고. 내 짐작으론 최 부회장님께서 예전에 자네와 한 직장에서 근무했던 인연으로 자네를 구제해주셨고, 그래서 자네가 여기 과테말

정조준

라로 발령되어 온 건데…. 지금 노조 관련 일을 맡았다고 그 일만 할 건가? 임원으로서 말이야 좀 더 잘해야지, 에이….”

“네, 법인장님. 그래서 요즘 주성규 과장과 대화하고 있습니다.”

“주성규 과장은 정 부장 관리하에 이미 잘하고 있잖아? 하여튼 앞으로 노조 관련한 일은 본사 지시대로 자네가 전부 담당하라고. 주성규는 바쁜 정 부장을 도우며 대관 업무를 해야 하니까. 아, 그리고… 정 부장, 그럼, 최 과장에 대해 뭔가 들은 것 있나?”

“현재 연락이 끊겼고, 과테말라에 있는지 또는 다른 나라로 갔는지 아직 파악이 안 됩니다. 13구역에 있는 크라운플라자 호텔 카지노에서 많은 돈을 잃었다는 얘기가 들리고, 카지노 안에서 어떤 한국인이 돈을 빌려주겠다며 접근했답니다. 그런데 그 한국인은 현지 조폭들과 관련되어 있다는 소문이 있습니다. 제가 관리부 부서장으로서 직원들 관리를 잘못해서 죄송합니다.”

“이게 뭐, 정 부장 잘못이라고 할 수는 없지. 하여튼 앞으론 지위 고하를 막론하고 카지노 출입하는 직원 또는 임원은 즉시 해고한다는 내용을 직원 규정에 추가하라고. 개정한 규정을 직원 수대로 인쇄해서 정 부장이 직접 각 직원에게 나눠주며 수령 서명을 받도록 해.”

“네, 법인장님, 즉시 시행하겠습니다.”

임효석 법인장, 곽진오 이사, 오발단 이사까지 임원 세 명과 부장급, 차장급들을 비롯한 모든 직원들에게 카지노에 출입하면 즉시 해고된다는 내용이 포함된 규정을 전달하고 수령 서명을 받았지만, 정조준의 마음은 착잡했다. 최 과장의 행방을 찾는 과정에 생산기획팀을 총괄

하는 곽진오 이사도 크라운플라자 호텔 카지노에 자주 출입한다는 것을 알게 되었기 때문이다.

'곽 이사가 설마… 앞으론 카지노에 출입하지 않겠지'라고 생각하며 믿었고, 주위 부하 직원들에게는 과거에 어떠했든 이제 카지노에 출입하면 정말 해고된다며 각별히 당부했다.

특히 카지노(casino)의 뜻이 이탈리아어로는 별장, 오락장이지만, 스페인어로 단어를 분리해보면 앞부분의 casi는 '거의'라는 뜻이므로 거의 안 된다는 의미가 된다는 것을 강조했다.

며칠 후, 퇴근 시간이 막 지났을 때 정조준은 본사로부터 급한 내용의 메일을 수신했다.

수신: 정조준 부장
발신: 이정호 부장
참조: 임효석 법인장, 구기정 회장, 최형우 부회장, 민영대 사장

제목: DBS 방송국 프로그램 준비의 건
DBS 방송국의 인기 프로그램인 '기업 진출'은 해외에 진출한 기업의 성공 사례를 보여주며 기업 홍보도 겸해주는 프로그램으로, 이번에 당사가 선정되었음.
기 출연한 다른 회사들처럼 밋밋한 내용이 되지 않도록 특별한 것을 포함시킬 필요가 있음.
이에 신속히 과테말라 대통령실에 연락하여 DBS의 PD를 비롯한 제작진

정조준

이 과테말라를 방문할 때 정조준 부장이 이들과 함께 과테말라 대통령을 방문 및 인터뷰하는 형식을 취하기 바람.

과테말라 대통령께서 우리 준영양행에 대해 노동법과 컴플라이언스를 철저히 준수하는 기업이며 약 7,000명의 직접 고용과 수만 명의 간접 고용을 창출하는 기업이라고 말씀해주시면 당사에 대한 홍보는 물론, 모든 바이어들의 당사에 대한 호감도가 더욱 상승할 것으로 예상됨.

신속히 추진 및 반드시 이뤄내기 바람.

메일에 첨부된 일정표를 확인해보니 DBS 방송국 제작진은 3일 후 도착 예정이었다.

'시간이 너무 촉박한데 어떻게 해야 하나…'라고 고민하는 정조준을 책상 위 전화가 방해했다. 수화기를 들어 대답했다.

"정조준입니다."

"야, 정 부장, 형이다."

"네, 사장님, 안녕하십니까?"

본사의 민영대 사장은 정조준과 특별한 친분은 없었지만, 가끔 스스로 자신을 형으로 지칭하며 친근한 척했다. 몇 주 전 과테말라에 출장 왔을 때 정조준이 민영대와 함께 섬유산업협회에 가서 미팅하며 통역을 했는데, 미팅 끝난 후에도 민영대는 스스로를 형으로 지칭하곤 했다.

"조준아, 메일 봤지? 야, 사실… 대통령을 방문 및 인터뷰하는 것은 내가 제안한 아이디어거든. 네가 이 형 체면을 좀 살려줘야지. 내가 회장님께는 과테말라에 정조준 부장이 있으니 대통령 만나는 게 어렵지 않을 거라고 이미 말씀드렸어. 할 수 있지? 회장님도 기대가 크셔. 꼭 해내야 한다, 하하하."

전화를 끊은 정조준은 시계를 봤다. 오후 18:30. '망설일 필요가 없지'라고 생각하며 좋은 친분을 유지하고 있는 섬유산업협회의 가브리엘 이사에게 전화했고, 상황에 대해 간단히 설명했다. 가브리엘은 모든 안테나를 동원해볼 테니 걱정하지 말라고 했다.

정조준은 과중한 업무로 인해 늘 스트레스를 안고 있었지만, 퇴근 길엔 아름다운 아내 장수진만을 생각하며 모든 스트레스를 회사에 두고 나오려고 애썼다. 그날도 그렇게 퇴근했다. 중산층 거주 지역인 13 구역과 14구역 사이에 있는 아메리카로를 따라 운전하여 14구역에 있는 집에 도착했다. 리모트컨트롤을 눌러 주차장 문을 열고 차를 주차한 후 현관에 들어서자마자 활짝 미소짓는 장수진과 포옹했다.

"하루 종일 보고 싶었어. 사랑해, 수진아."

"응, 나도 사랑해. 오늘은 좀 일찍 퇴근했네."

"너 보고 싶어서, 헤헤헤. 우리 좀 더 이렇게 껴안고 있자. 아, 좋다!"

그때 정조준의 핸드폰이 울렸다. 가브리엘이었다.

"미안해, 수진아, 잠깐만⋯. 올라(hola: 여보세요, 안녕), 가브리엘! 소식을 전하는 대천사 가브리엘처럼 뭐, 벌써 좋은 소식이라도 있는 거야?"

"그래, 라파엘. 방금 대통령 비서실장과 통화했어. 잠시 후 13구역 크라운플라자 호텔에서 만나기로 했는데, 네가 온다면 대화를 한 번에 끝낼 수 있을 거야. 네 집에서 가까우니 지금 오면 좋겠어."

집에 오자마자 다시 집을 나서는 정조준에게 장수진이 말했다.

정조준

"회사에 너무 충성하지 마. 며칠 전에 온 법인장은 자기밖에 믿을 사람이 없으니까 지금은 좀 부드럽겠지만, 앞으로 어떻게 변할지 몰라. 또 몇 달 전에 온 이사 두 명은 좀 이상하다며? 그 사람들이 말이야…. 일 잘하고 지나치게 청렴결백한 자기를 시기하고 해코지할 수도 있고…. 알았지? 여보! 내 말 들었어?"

장수진의 잔소리를 뒤로한 채 정조준은 크라운플라자 호텔로 향했다.

정조준은 가브리엘 그리고 대통령 비서실장과 저녁 식사를 하며 진지하게, 그렇지만 즐겁게 대화를 나누었다. 대화는 성공적이었다. 비서실장이 즉석에서 대통령의 스케줄을 확인해줬고, 5일 후 오전 10시 DBS 제작진과 함께 대통령궁을 방문하기로 했다. 정조준이 대통령을 인터뷰하는 형식으로 진행할 예정이며, 대통령에게 질문할 내용과 대통령이 답변할 내용은 정조준이 별도로 작성해서 다음 날 비서실장에게 보내주기로 했다.

밤 10시, 호텔 로비에서 가브리엘 그리고 비서실장에게 거듭 고마움을 전하며 헤어진 정조준은 임효석 법인장에게 전화했다.

"법인장님, 정조준입니다. 저녁에 갑자기 대통령 비서실장과 약속이 잡혔습니다. 조금 전 크라운플라자 호텔에서 대통령 비서실장과 저녁 식사하며 대화 잘 나누었고, 우리 본사와 DBS 방송국 제작진 의견에 맞춰주기로 했습니다. 5일 후 대통령궁을 방문하는 것으로 스케줄을 잡았습니다."

"오, 그래? 정 부장, 정말 수고 많았어. 야… 내가 정 부장 아니었으면 과테말라에서 어떻게 일할 수 있겠어? 저녁 식사 비용은 지출 결의하라고."

"아닙니다, 법인장님. 모든 지출 결의서를 검토 및 결재해서 법인장님께 올리는 사람이 바로 저니까 저부터 절차를 잘 지켜야 한다고 생각합니다. 법인장님께 사전에 승인도 받지 않고 제 마음대로 진행한 저녁 식사 비용을 지출 결의할 수는 없습니다."

"허허허, 이 사람아, 내가 지금 승인하지 않나? 자네 정직한 것은 회사 전체에 소문났더구만. 어이구! 저 곽 이사와 오 이사 두 놈이 좀 이렇게 하면 좋을… 아니다, 내가 쓸데없는 말을…."

그때 로비 한쪽 복도 끝에 있는 카지노에서 곽진오 이사가 술에 취한 얼굴로 어슬렁어슬렁 걸어 나오고 있었다.

"저, 법인장님. 죄송한데요, 잠시 전화를 끊어야겠습니다."

"왜? 무슨 일 있나?"

"제가 지금…. 법인장님, 잠시만요, 죄송합니다. 제가 사진을 좀…."

"정 부장, 왜 그러는데? 무슨 사진?"

"아, 그게… 참 말씀드리기 곤란한데요…. 지금 우리 직원 한 명이… 그게 저… 카지노에서 나오고 있어서요…."

카지노에서 로비로 통하는 유일한 복도를 느릿느릿 어슬렁어슬렁 걸어오는 곽진오의 모습을 핸드폰에 담으며 정조준은 생각했다.

'에이씨…. 곽진오 저 사람은 정말 무슨 생각으로 사는 거야? 회사의 임원이면 규정을 더 잘 지키며 직원들에게 모범이 되어야지. 카지노 출입하면 해고된다는 규정에 서명한 게 불과 며칠 전인데…. 그나저나 전화를 빨리 끊기 위해서 법인장님께 조금 말해버렸는데, 이건 또 어떻게 하나… 뭘 어떻게 해? 지위 고하를 막론하고 카지노 출입하는 직원 또는 임원은 즉시 해고한다는 내용을 규정에 추가하라고 지시한 게 법인장님인데… 할 수 없지, 뭐. 내일 보고드려야지. 하긴 생산기획팀 총괄 임원 곽진오 이사는 없어도 되지. 임정민 부장이 총괄하면 훨씬 더 잘할 텐데. 곽진오가 하는 일이 뭐 있어? 하청업체 사장들과 술 먹고, 골프나 치고…. 그뿐이야? 골프장에서 개인적으로 콜라 사 먹은 것까지 지출 결의를 하고…. 사람이 양심이 있어야지. 밑에 직원들 보기 민망하지도 않나? 명색이 임원인데?'

곽진오가 사라진 후, 정조준은 카지노 입구로 가서 지배인을 찾았다. 금방 나간 곱슬머리 한국인 언제 왔냐고 물었더니, 그 곱슬머리 단골 고객은 저녁 7시 전에 혼자 와서 지금까지 많은 돈을 잃었다며 히죽거렸다.

다시 기웃거리는 악연

집에 돌아온 정조준은 DBS 방송국의 '기업 진출' 프로그램에 대해 장수진에게 말하면서 카지노에서 나오는 곽진오를 찍은 사진을 보여 줬다.

"어머! 그럼 자기가 TV에 나오는 거야? 와, 잘됐다! 이건 무슨 사진이야? 어머머머… 이게 곽진오 이사야? 이름이 어떻게 보면 카지노와 발음이 비슷하네. 곽진오? 카지노…. 사진 배경에 '카지노(casino)'라고 크게 적혀 있는 글씨가 아주 잘 보이네. 회사의 임원이 어떻게 이럴 수가 있어…. 웃겨! 드럽게 못생겨 가지고."

"곽진오, 이 자식 평소에 하고 다니는 꼬락서니가 영 마음에 안 들더니만, 결국 사고를 치네. 한심한 새끼…. 글쎄, 몇 주 전에 본사 사장님 왔을 때 말이야…. 사실 곽진오 이사와 오발단 이사가 과테말라에 온 지 얼마 안 되었으니까 이놈들이 어떻게 일하는지 사장님이 쓰윽 한번 보려고 온 것 아니겠어? 그런데 세상에…. 과테말라 식 스테이크 하우스인 아씨엔다 레알(Hacienda Real)에서 럼주 마시며 회식을 했는데, 곽진오가 안 보이는 거야. 회식 끝나고 사장님과 식당을 나오는데… 곽진오가 식당 입구 대기자용 벤치에 누워서 자고 있는 거야. 사장님이 그걸 보시고 한심하단 표정을 짓더라고. 생산기획 1팀장 임정민 부장이 막 깨우는데도 정신을 못 차리고 안 일어나는 거야."

"어머어머! 큰 회사의 임원이 어떻게 그럴 수가 있어? 이기지도 못하는 술은 또 왜 마시고?"

"내 말이 바로 그거야. 사실 그날 회식 전에 임정민 부장이 나한테 '형, 내가 오늘 회식 초반에 곽 이사 술 많이 먹여서 보낼게요'라고 말하며 웃더라고. 하하하! 아무리 그래도 참 한심해. 본사에서는 제대로 검증도 안 하고 사람을 뽑는지…. 어떻게 사람 보는 눈이 그렇게 없나? 나 원 참, 어떻게 이런 새끼를 임원으로 채용했나 모르겠어. 그런데 술은 또 맨날 처먹어. 문제는 우리 회사 운전기사들이 곽진오 이 새끼 차는 서로 안 맡으려고 해."

"왜? 임원 차 운전하면 좋은 것 아닌가? 용돈도 좀 줄 테고."

"용돈? 용돈은커녕 자기 집까지 운전한 기사를 걸핏하면 그냥 보내. 곽진오가 사는 타운하우스가 저기 과테말라시 외곽 살바도르길 위쪽에서 안으로 한참 들어가야 하는데, 한밤중에 기사가 그곳에서 택시를 잡을 수가 없으니까 살바도르길까지 한 시간 넘게 걸어 나와야 한다는 거야. 이 위험한 과테말라에서, 그것도 깜깜한 밤에. 용돈이라도 좀 주면 좋을 텐데. 이 새끼는 현지인들을 아주 무시하는 스타일이거든. 이 때문에 기사들 중에 어느 누구도 곽진오 차를 맡지 않으려고 해서 요즘엔 순번을 정해놓고 교대시켜주고 있어. 어휴! 나쁜 새끼. 항상 느릿느릿 어슬렁거리며 이 팀 저 팀 기웃거리기나 하고…."

그때 장수진이 핸드폰 속의 곽진오 사진을 다시 쳐다보며 말했다.

"여보, 그런데… 이 사람… 곱슬, 곱슬머리네?"

"응. 왜?"

"곱슬머린데… 느릿느릿 어슬렁거리며 기웃거려? 독립노조 지원하고 노조 분쟁 일으킨 곱슬머리 아돌포처럼? 또 자기 꿈… '세비야의 의사'라고 자기가 예전에 마나과에서 꿈 얘기해준 적 있잖아? 꿈속에서 자기와 자기 아내와 장인 장모, 어쩌면 그게 나와 우리 아빠 엄마인데…. 하여튼 우리 주위를 어슬렁거린 바로 그 곱슬머리 아돌포?"

"…."

"이 사진, 곽진오…. 어떻게 보면, 풍기는 느낌이 곱슬머리 아돌포와 비슷한 것도 같아."

"수진아, 우리 2003년 여름 마나과에서 악연은 과거로 던져버렸잖아? 그래서 그 뒤에 별일 없었어. 난 차장으로, 또 부장으로 승진했고, 우리 결혼해서 이렇게 행복한데?"

"내가 그때 2003년에 과테말라 공항에서 위험한 일엔 절대 끼어들지 말라고 말했잖아? 그런데 자기는 내 말 안 듣더니 결국 니카라과에서 위험한 일에 끼어들었어. 거기서 그놈들이 사제총을 막 쐈다며? 만약에 다치기라도 했으면 어쩔 뻔했어? 날 정말 사랑한다면, 위험한 일엔 절대 끼어들지 마. 부탁이야, 응? 여보, 나 사랑해?"

"응. 그런데… 지금 뭐 위험한 일은 없어."

"곽진오 이사가 카지노 출입했잖아, 이 사진 갖고 법인장에게 보고할 거 아냐? 자기 성격에 보고 안 할 리가 없잖아. 법인장에게 이번 일 보고하지 마. 예감이 좋지 않아. 내 생각엔 곽진오가 꼭 곱슬머리 아돌포 같아. 이 사람은 우리와 악연이라고! 여보… 회사 그만두면 안 될까? 자기 꿈속에서 똘레도를 떠나 네덜란드로 간 것처럼 우리 과테말라를 떠나 스페인으로 가자. 난 스페인 영주권자야. 우린 합법적인 부부고. 그러니까 서류만 준비해서 가면 자기도 영주권 바로 신청할 수 있어. 금융 위기도 얼추 극복해서 요즘 스페인도 다시 회복세라고 해. 난 가이드로 일하면 되고, 자기가 할 수 있는 일은 천천히 찾아보면 되지 않을까?"

불의에 맞서다

"정 부장!"

다음 날, 정조준의 책상 바로 옆 법인장 사무실로부터 법인장의 목소리가 들려왔다.

정조준은 용수철처럼 벌떡 일어나 법인장 사무실로 갔다.

"네, 법인장님, 찾으셨습니까?"

"어젯밤, 자네가 전화로 말한 것 말이야. 카지노 출입한 놈, 도대체어떤 새끼야? 당장 해고 절차 밟으라고!"

정조준은 장수진이 한 말을 떠올리며 시치미를 떼기로 마음먹었다.

"아 네… 법인장님, 그게 제가 잘못 본 것 같기도 합니다."

"그게 무슨 소리야? 자네가 분명히 우리 직원 하나가 카지노에서나왔다고 말했잖아?"

"제가… 어젯밤에 술이 좀 과했던 것 같습니다."

"어제 자네 목소리는 멀쩡했는데? 정 부장, 내가 과테말라에 부임하기 전에 본사 사장님께서 내게 뭐라고 하셨는지 아나? 과테말라에가면 관리부 정 부장과 생산기획 1팀장인 임정민 부장만 믿으라고 하시더군. 두 사람만 격려해주면 알아서 다 잘해낼 거라고."

"…"

정조준

"게다가 정 부장 자네가 정직하고 청렴결백하다고 소문이 자자해서 자네를 전적으로 신뢰하고 있는데…. 그 카지노 출입한 놈이 자네가 맡고 있는 관리부 소속 직원이라도 되나? 제 식구 감싸기라도 하는 건 아니겠지? 난 정 부장이 그런 사람이라곤 생각하지 않는데…."

정조준의 눈빛이 심하게 흔들리더니 핸드폰 속 사진을 열면서 무겁게 입을 열었다.

"저, 법인장님. 그게 사실은… 이 사진 보십시오. 곽진오 이사입니다. 법인장님께서 카지노 출입한 사람은 지위 고하를 막론하고 임원이든 직원이든 무조건 해고하겠다고 말씀하셨지만 또 실제로 규정에 그렇게 기재되어 있지만, 사실 제 입장에서 저보다 직급 높은 임원을 상대하기는…."

"어이쿠, 이 새끼, 이거 미친 것 아냐? 곽진오 이 자식이, 임원이라는 놈이…. 이게 제정신이야? 정 부장, 이 새끼 당장 불러와!"

정조준은 잠시 멍해졌고 눈앞이 흐릿해졌다. 몇 분 고민 끝에 생산기획팀 총괄 임원 사무실로 갔다. 불행인지 다행인지 곽진오는 없었다.

정조준의 모습이 평소와 다르다고 느낀 생산기획 1팀장 임정민 부장과 2팀의 이상정 과장이 정조준에게 다가왔다.

"형, 왜 그러세요? 무슨 일 있는 거야?"

"부장님, 무슨 일 있으세요? 표정이 안 좋으신데요…."

"어? 그게…. 에이씨, 정말 드럽게 꼬이네…."

평소 정조준, 임정민, 이상정은 매우 각별했다. 정조준의 설명을 모두 들은 임정민이 씩씩댔다.

"형, 정말 곽진오는 임원감이 아니야. 자격도 없고…. 아, 생각할 게 뭐 있어요? 법인장님 지시대로 그냥 해고하는 거지. 지금 외근 중인데, 아마 오후 늦게나 돌아올 거예요. 오늘 저녁에 전 직원 주간 회의 있잖아요? 회의 끝나고 처리하면 되겠네."

이상정도 거들었다.

"부장님, 저야 뭐, 높은 분들 일이라 말씀드리기 어렵지만, 저는 부장님의 판단을 늘 믿습니다."

"형, 너무 걱정하지 마세요. 회의 끝나고 소주나 한잔해요."

그때 생산기획 1팀의 이경운이 보이자 임정민이 말했다.

"경운아, 한식당 호돌이에 예약 좀 해라. 너도 함께 가자. 상정이도 시간 괜찮지?"

관리부장 정조준의 법인 전체 현황 발표, 1공장장부터 4공장장까지 각 공장의 주간 생산 현황 발표, 생산기획 1팀장과 2팀장의 오더 진행 상황, 신규 오더 및 바이어 동향 관련 발표, 관리부 생산지원팀장의 공장별 손익 발표, 관리부 컴플라이언스팀장의 각 공장과 협력업체 현황 발표, 품질팀장의 품질 문제점과 개선책 발표 등으로 이어지는 지루한 회의가 끝났다. 모두 해산했고 임효석 법인장, 생산기획 총괄 곽진오 이사, 생산기획 1팀장 임정민 부장, 2팀장 최영배 부장, 노조를 맡게 된 오발단 이사, 관리부 정조준 부장과 전에 노조를 담당했던 주성규 과장만 남았다.

눈을 가늘게 뜬 채 경계와 의심의 표정을 짓고 있는 임효석 법인장

정조준

은 '곽진오 저놈을…. 어휴! 저 새끼 카지노 출입한 문제는 그냥 덮어야겠어…. 내가 카지노 출입한 사람은 무조건 해고할 거라고 말했고 또 정 부장이 사진까지 찍어서 갖고 있지만… 내가 과테말라로 부임한 지 얼마 되지도 않았는데 이런 시끄러운 일이 생기면 곤란해. 이사급 이상 임원에 대한 인사 조치는 회장님 결재를 득해야 하니까 본사에서 불편해할 거야. 회의 끝나면 정 부장만 따로 불러 술 한잔 사주면서 이번엔 그냥 조용히 넘어가자고 말하면 되겠지…'라고 생각하면서 표정을 관리했고, 부드러운 눈길로 가장하며 주성규에게 말했다.

"주성규 과장, 우리 주 과장이 그동안 두 개의 독립노조를 잡음 없이 관리하느라 애 많이 썼어. 오발단 이사, 주 과장으로부터 각 노조에 대한 현황, 특성, 단체협약의 유효 기간, 그동안 작성해온 노사회의록 등 모든 내용을 전달받았지?"

"네, 그렇긴 한데…. 으… 그동안 잘못 운영해온 것 같아서, 으… 제가 요즘 고민하고 있습니다."

"뭐가 잘못 운영되었다는 거야? 내가 듣기로는 2003년 1공장에서 독립노조 문제로 그 난리가 났을 때 정 부장과 주 과장이 다 해결했고, 그 후 2공장에도 독립노조가 구성되었지만, 주 과장이 노조 간부들을 잘 관리하고 통제해왔다는데…. 단체협약에 우리에게 불리한 내용도 거의 없는 것으로 들었고."

"그게 아니라… 각 노조별로 노사회의를 매주 1회씩 하고 있는데, 으… 이건 과도합니다."

오발단 이사가 말하자 주성규 과장이 대답했다.

"오 이사님, 노사회의를 매주 1회 진행하는 것은 여기 정조준 부장과 함께 당시 오청길 법인장님과 서영식 상무님의 재가를 받은 것인데요, 가장 큰 이유는 단체협약에 우리에게 불리한 내용을 포함시키지 않는 대신에 노사회의를 매주 1회 진행하는 것으로 양보했기 때문입니다."

"야, 주 과장. 너 이제 과장 3년 차지? 뭘 안다고 그래? 응? 노사회의를 매주 1회 진행하는 게 말이 되냐고? 응? 그럼 노조가 두 개니까, 응? 노사회의를 일주일에 두 번이나 해야 하잖아?"

오 이사의 가시 돋친 말에 정조준이 나섰다.

"오 이사님, 조금 전 주 과장이 말씀드렸듯이 당시 오 법인장님과 서 상무님 재가를 받았고요. 또 노조 측 요구였던 급여 인상 50%를 0%로 막는 등 다 그만한 이유가 있었습니다. 주 과장이나 제가 많은 시간을 빼앗긴 것은 사실이지만, 노조 간부들과 수시로 만나 대화 나누면서 노조 간부들의 동향도 파악하고 또 무슨 생각을 하고 있는지도 넌지시 알아볼 수 있는 방법이 되었습니다. 그래서 지금까지 별잡음 없이 관리된 것이기도 합니다."

"오 이사, 노조 외에 맡은 일도 없는데 매주 1회면 어떻고 2회면 어때? 지난주 노사회의 중에 오 이사 때문에 대화 못 하겠다고 하면서 노조 간부들이 나가버렸다며? 왜 그런 거야?"

임 법인장이 오 이사에게 핀잔을 주자 오 이사가 대답했다.

"그게 아니라… 노사회의 중에 회의록을 주 과장이, 으… 즉석에서 직접 작성하더라고요…. 회의록을 한국 사람이 작성하면 틀릴 수도 있고 또, 으… 노조 간부들이 싫어할 겁니다."

정조준

오 이사 말에 주성규가 대답했다.

"오 이사님, 노조 간부들이 글을 잘 못 씁니다. 그리고 그 사실을 창피해합니다. 그래서 제가 일부러 나서서 매 회의 때마다 작성했던 것이고, 노사회의 끝에 양측이 회의록을 읽고 확인한 후 서명하기 때문에 노조 간부들이 싫어할 이유가 없습…."

주성규가 대답할 때 주성규의 왼쪽에 있던 오발단 이사가 오른손 손날로 주성규의 가슴을 쳤다.

"퍽!"

주성규는 "헉!" 하며 말을 멈췄고, 어깨를 부들부들 떨었다.

"야, 주 과장, 어디서 과장 주제에, 응? 임원이 말하는데 나서는 거야? 응? 그리고…."

오 이사가 뭔가 더 말하려고 하는데, 정조준이 오 이사의 말을 막았다.

"오 이사님! 지금 뭐 하는 겁니까? 왜 폭력을 쓰는 겁니까? 부하 직원이라고 막 때려도 되나요?"

그 순간 주성규의 눈동자가 심하게 동요했고, 일어서서 오발단을 한번 노려보더니 밖으로 나갔다.

"오 이사! 너 뭐야? 뭐 하자는 거야? 너 빨리 나가서 주성규 과장에게 사과해! 잘 달래라고. 지금 정 부장이 주성규와 해야 할 일이 얼마나 많은데. 빨리 안 나가?"

정조준이 먼저 일어서서 주성규를 찾으러 가려 했는데, 임효석 법인장이 말했다.

"정 부장은 가만히 있고…. 자, 회의 계속하지."

오발단 이사는 회의실 밖으로 나갔고, 곽진오 이사가 말했다.

"저는 오늘 뭐 특별한 것은 없습니다. 생산기획 1팀 임정민 부장과 2팀 최영배 부장도 별것 없지? 그럼 됐고…. 제가 관리부 정조준 부장에게 한마디 해야겠습니다. 정 부장, 지금 우리 법인의 모든 구매 결의서와 지출 결의서를 정 부장이 검토 및 결재하고 법인장님께 올려 결재 득한 후에 회계팀에 전달하고 있는데…. 너무 느린 것 아냐?"

"곽 이사님, 무슨 말씀이신지요?"

"무슨 말이냐고? 내가 1공장부터 4공장까지 공장장들과도 대화해 봤는데, 자신들이 개인 돈으로 선 지출한 것 또는 공장 시재에서 지출한 것에 대해 결재가 지연되어 돈을 빨리 못 받는다고 하더군. 내가 가만히 보니까… 생산기획 1팀장인 임 부장이 지출 결의한 것은 빨리 처리해주고 말이야. 임 부장과 친하니까 그렇겠지? 내가 지출 결의한 것은 고의적으로 지연시키는 것 같고…."

정조준은 순간적으로 가슴 한구석에서부터 화가 치밀어 오르는 것을 느꼈다. 바로 그 화를 눈빛에 담아 곽진오를 정조준했다. 임효석 법인장이 '곽진오, 저 미친놈…. 맨날 술이나 처먹고 규정 어기면서 카지노 드나드는 놈이 청렴결백한 정 부장에게 저런 말을 하면 안 되는데'라고 생각하며 만류하는 듯한 표정으로 정조준을 쳐다봤다. 그러나 이미 늦었다. 정조준이 작정한 표정으로 이미 입을 열고 있었다.

"곽 이사님, 임정민 부장의 지출 결의서는 깨끗합니다. 누가 봐도 지출의 근거가 명확해요. 반면에 이사님의 지출 결의서는 누가 봐도 미심쩍은 게 많습니다. 협력업체 사장들과 식사하시고 술 드시면 항상 이사님이 지불하시는지요? 어떻게 매주 몇 번씩 이사님이 지불하

정조준

시는지 모르겠습니다. 그것도 비싼 술집만 골라 다니면서요. 조금 전에 결재 지연 관련 공장장들과 대화하셨다고 말씀하셨죠? 그럼 저는 협력업체 사장들과 대화 한번 해볼까요? 뭐라고들 대답하는지요? 심지어 개인적으로 골프장에서 콜라 사 드신 영수증도 지출 결의서에 붙어 있습니다. 한두 번도 아니고 여러 번요. 저 같으면 부하 직원들 볼까 봐 창피해서 못 합니다. 게다가 카지노 출입하면 지위 고하를 막론하고 직원이든 임원이든 즉시 해고한다는 규정에 서명한 지 불과 며칠 되지도 않았는데, 어젯밤에 어디 계셨습니까? 크라운플라자 호텔 카지노에 계셨지요? 부하 직원들에게 모범이 되어야 할 임원이 어떻게 이럴 수가 있습니까?"

"…야, 어젯밤엔 내가 협력업체 사장들을 위로해주려고 함께 간 거야."

"정말 그렇습니까? 제가 이 얘기까진 안 하려고 했는데요, 거짓을 말씀하시니 못 참겠네요. 제가 어젯밤 이사님이 카지노를 떠난 후, 카지노 지배인과 대화하며 확인했습니다. 저녁 7시도 안 되어 카지노에 혼자 도착해서 많은 돈을 잃으셨다고 하더군요. 그리고 단골 고객이라고요."

"…."

잠시 흐르는 침묵은 전혀 어색하지 않았는데, 임효석 법인장이 어색한 표정과 음성으로 침묵을 깼다.

"음…. 오늘 회의는 이것으로 마치지. 다들 수고했어."

정조준은 회의실을 나와 주성규 과장을 찾았다. 자리에 없었다. 물론, 퇴근 시간 후에 회의가 진행되었던 것이므로, 그 시간에 주성규가 퇴근했다 해도 전혀 잘못된 것은 아니었다. 하지만, 단 한 번도 정조준에게 보고하지 않은 채 먼저 퇴근한 적이 없는 주성규였기에 정조준은 수심 가득한 얼굴로 이리저리 찾아다녔다.

그때 오발단 이사가 자신의 사무실에 태연히 앉아 있는 게 유리창을 통해 정조준의 눈에 들어왔다. 정조준은 목구멍까지 올라온 욕설을 억지로 참았다. 그 대신에 치미는 화를 다시 한 번 눈빛에 담아 정조준하며 오발단 이사의 방으로 들어갔다.

"오 이사님, 주성규 과장에게 사과하셨습니까?"

"아니, 내가 왜, 응? 그렇게 틀린 말을 한 것도…."

"네? 지금 뭐라고 하셨나요? 사람을 때렸잖아요, 그것도 회의 도중에…. 법인장님께서 사과하라고 지시하셨잖아요? 아니, 오늘 임원 둘이 내 인내심 시험하기로 작정했습니까?"

참지 못한 정조준이 몇 마디 쏟아내고 오 이사의 방을 나왔다. 자신의 책상으로 가서 차 열쇠를 들고 주차장으로 향하며 생각했다.

'이런 개자식들! 저런 것들이 임원이라고, 방 하나씩 차지하고 앉아 월급을 받나? 결국 난 내 성격대로 불의에 맞선 거야…. 그냥 대충 넘어갈걸 그랬나? 에이씨, 아니지! 아무리 직급 체계가 있다 해도 어떻게 이런 상황에 가만히 있어? 내가 내 눈으로 정조준하면서 칼도 물리쳐봤고 총도 물리쳐봤는데. 그나저나 이제 저 이사 두 놈과는 척을 졌네. 아무려면 어때? 개자식들…. 그런데… 법인장님은 왜 아무 말 안 하는 거지? 곽진오의 카지노 출입을 처음 알았을 땐 이 새끼 저 새끼 하며 난리 치더니, 이상하네. 방금 회의 중에 내가 말해버려서

그 자리에 있던 사람들이 다 들었는데, 법인장님은 왜 가만히 있는 거야? 규정은 자기가 만들라 해놓고….'

눈을 가늘게 뜬 임효석 법인장은 일그러진 표정으로 앉아 있었다. 한 시간 넘게 고민하더니 전화기를 집었다. 그리고 회의에 있었던 사람들 한 명 한 명에게 전화했다. 정조준에게도 전화했다, 큰 목소리로 마치 즐거운 대화 나누듯이, 그리고 아무 일도 없었다는 듯이….

"어, 정 부장! 집에는 잘 들어갔나?"

"아닙니다. 소주 한잔하고 있습니다."

"아, 그래? 맛있게 먹고…. 저, 오늘 회의 끝에 있었던 일은 함구하자고."

"그럼, 없었던 일로 하라는…."

"그래! 내 얼굴을 봐서 말이야. 하하하! 아, 내가 과테말라에 부임한 지 얼마 되지도 않았는데 시끄러우면 되겠어? 회장님께 걱정거리를 드릴 수는 없으니까…."

식당 내 조용한 방에 함께 있던 임정민과 이상정이 정조준을 위로할 때 막내 이경운이 술자리는 즐거워야 한다며 의자 두 개를 나란히 놓더니 각 의자 가로대에 발을 올려놓고 일어서서 따가닥거리며 재미있는 춤을 춰 보였다. 모두들 잠시 스트레스를 떨쳐 냈다.

하지만 정조준의 기분은 풀리지 않았고, 집에 도착한 후 자신도 모르게 중얼거렸다.

"인사 관리의 핵심이 되는 기본 원칙은 공정이야, 공정…."

옆에 있던 장수진은 곽진오 이사의 카지노 출입에 관련된 것임을 직감했다. 걱정스런 눈빛으로 잠시 바라보다가 두 팔로 정조준의 목을 감싸 안으며 말했다.

"무슨 일인지는 모르지만, 아무 말 하지 마, 아무 생각도 하지 말고. 나 안아줘. 그래, 그렇게…. 우리 이렇게 꼭 껴안고 있자. 잠시 이렇게 있으면 마음이 편해질 거야."

정조준

과테말라 대통령

며칠 후, 정조준은 DBS 방송국의 '기업 진출' 프로그램 제작진과 함께 과테말라 대통령궁을 방문했다. 과테말라에서 수출 금액으로 1위인 준영양행의 요청이었기 때문인지, 또는 섬유산업협회의 가브리엘이 잘 처리해주었기 때문인지 어떠한 지연도 없이 모든 게 순조로웠다.

특히 정조준이 작성하여 보낸 내용을 대통령 미겔(Miguel)이 모두 암기하고 있었는데, 이 점이 매우 놀라웠다. 그래서 정조준이 질문하고 대통령이 답변하는 형식의 인터뷰 진행은 실수 없이 단 한 번에 촬영을 끝낼 수 있었다.

촬영이 끝난 후, 미겔 대통령은 친절히 웃으며 DBS 방송국 제작진들과 일일이 악수했고 기념 촬영에도 응하면서 정조준에게 말했다.

"라파엘, 우리 둘이 한 장 찍을까?"

대통령과 정조준이 나란히 카메라 앞에 섰을 때 대통령이 말했다.

"자네 몹시 바빠 보이는군. 한국인들이 다 그런지는 모르겠지만, 가끔 쉬어 가는 것도 필요해. 자네가 바빠 보여서 내가 엔지(NG) 없이 한 번에 끝낸 거야. 하하하!"

"네, 대통령님. 하하하! 조언 주셔서 감사합니다."

"바쁜 자네 덕에 내 얼굴이 한국에도 알려지게 되었군, 고맙네."

정조준은 대통령궁을 방문하기 위해 당연히 정장 차림이었다. 대통령을 만나기 직전 접견실에서 카메라 감독을 비롯한 DBS 방송국 제작진이 분주히 촬영을 준비할 때 담당 PD가 정조준에게 몇 가지 질문을 했다. 과테말라와 준영양행에 관한 것이었기에 정조준은 자연스럽게 답변했다. 카메라가 앞에 있었지만, 촬영 준비하는 것으로 생각했다. 실제로 촬영 중인 것은 전혀 몰랐다. 만약, 촬영 중인 것을 알았더라면 자연스럽게 답변하지 못했을 수도 있다.

대통령 인터뷰를 마친 후, 정조준과 DBS 방송국 제작진이 준영양행으로 향하는 길에 정조준은 차를 운전하며 마침 동승했던 담당 PD와 대화를 나누었다.

"PD님, 오늘 수고 많으셨습니다. 저희 회사에 대한 홍보가 잘 되게 좀 도와주세요."

"수고는 정 부장님이 하셨죠, 하하하. 그런데 스페인어를 매우 유창하게 하십니다."

"아 네, 제 전공이 스페인어였고 또 스페인어 사용 지역에서 계속 일했으니까요. 혹시 오늘 제가 대통령에게 질문하고 대통령이 답변한 내용에 대해 한국어로 번역한 자료가 필요하시다면, 제가 작성해서 드리겠습니다."

"감사합니다. 제가 확인해보겠지만, 아마 그런 수고는 안 하셔도 될 겁니다. 저희 방송국에 번역 전문가들이 직접 들은 후에 자막을 넣을 겁니다."

"다행입니다. 사실 지금 사무실에 결재해야 할 서류가 산더미처럼 쌓여 있거든요. 제가 좀 바쁜 사람입니다. 하하하! 저, 그리고 PD님, 한 가지 부탁이 있습니다. 제가 대통령 인터뷰를 진행하는 역할이었기에 방송에 나올 텐데요, 그건 어쩔 수 없겠지만… 혹시 저희 회사 법인장님을 좀 촬영하시어 방송에 나오도록 해주시면 감사하겠습니다. 저만 방송에 나오면 곤란합니다. 제 입장이 매우 난처해질 겁니다. 부탁드립니다."

"네, 그래야죠. 어제 공항에서 준영양행으로 향하는 길과 준영양행의 공장 그리고 공장 주변은 카메라 감독이 다 담았으니까, 오늘 오후에는 한국인 직원분들의 근무하는 모습을 좀 담아보려고 해요. 그때 법인장님을 잠시 인터뷰하며 카메라에 담아보겠습니다. 그런데 좀 걱정이 되네요."

"무슨 문제가 있나요?"

"어제 법인장님과 점심 식사할 때 대화를 좀 했는데요, 헤헤헤… 글쎄, 목소리만 크고, 좀 횡설수설하시더라고요. A로 시작했으면 B를 거쳐 C로 끝나야 하는데, 갑자기 Z로 갔다가 M으로 끝난다고 할까요? 말씀을 조리 있게 못 하시는 것 같은데… 일단 촬영하고 편집을 해봐야죠."

정조준은 PD가 한 말을 누구보다 잘 이해했다. 부임한 지 얼마 안 된 임효석 법인장을 가까이에서 모시고 있는 정조준은 임 법인장과 가장 많이 대화를 나누는 사람이었다. 처음엔 실수일 것이라 생각했지만, 자주 횡설수설해서 여러 번 질문해야 하는 경우가 많았다.

한번은 임 법인장이 이렇게 말한 적도 있다.

"정 부장, 수고가 많아. 그런데 관리부 직원들이 열심히 일함으로써 우리 공장에 생산성 향상을 위해서는, 에… 어제 내가 지시한 게 다 진행되었으니까, 에… 오후에 모두 모이라고 해, 내일 다시 회의를 해야지…"

정조준은 도저히 이해가 안 되어 예의를 갖추어 질문하고 또 질문할 수밖에 없었고, 눈을 가늘게 뜬 임 법인장의 눈빛에 불쾌감이 서려 있는 것을 느꼈다.

DBS 방송국 제작진은 일정을 마친 후 떠났다. 그리고 약 2주 후, PD가 정조준에게 전화했는데 편집은 거의 끝났지만 임효석 법인장을 촬영한 것은 내보내기 어렵다고 말했다. 염려했던 대로 지나치게 횡설수설하여 도저히 편집을 할 수 없었다는 것이다. 정조준은 자신의 입장이 매우 곤란하니 어떻게 해서든 임 법인장 얼굴과 목소리가 나오도록 해달라고 거듭 부탁했다.

그로부터 얼마 후, DBS 방송국의 '기업 진출: 준영양행 편'이 방영되었다. 그리고 그다음 날 아침, 정조준은 주차장에서 곽진오 이사와 마주쳤다.

"야, 정 부장. 완전히 네 세상이더라. 대통령 인터뷰하는 장면이 길게 나왔는데, 너 혼자 과테말라와 회사에 대해 설명하는 것도 한참 나오더라. 정장 차림에 방송 타려고 아주 작정을 했었나 봐?"

"대통령 만나는 것 외에는 제가 나올 리 없습니다. 그리고 대통령궁에 가니까 정장 차림을 한 것이지 카메라 앞에 서려고 한 것은 절대 아닙니다."

정조준은 저녁에 퇴근 후 장수진과 함께 '기업 진출'을 봤다.

"어머! 우리 여보 너무 잘 나왔다. 대통령 만나는 것도 멋지고 혼자 설명하는 것도 아주 자연스러워."

"아, 이걸 어쩌나? 혼자 설명하는 건… 대통령궁의 접견실인데, 난 촬영하는 상황인지 전혀 몰랐어. 큰일이네. 임효석 법인장이 하나도 안 나왔어. 얼굴도, 목소리도…. 그래서 곽진오가 아침에 비아냥댄 거야."

"곽진오 그 사람이 곱슬머리 아돌포 같다니까! 우리와 악연이야. 이제 어떻게 할 거야? 곽 이사와 껄끄럽고 오 이사와도 안 좋다며? 주성규 과장은 어떻게 됐어? 회사로 돌아왔어? 자기가 정말 아끼는 사람이잖아?"

"아니, 주성규는 그 뒤로 계속 결근했고, 내가 지난번에 밖에서 따로 만났을 때 나한테 죄송하다고 하면서 사직서를 제출했어. 오발단이 같은 놈과는 한솥밥 먹기 싫다며 사업하겠다고 하네. 내 딴에는 불의에 맞선다고… 맞서봤는데, 안 되네. 마음이 너무 아파. 내가 엄청 부려 먹기만 했는데, 방패가 되어주지 못했어. 정말 일 잘하는 녀석인데…."

"느낌이 안 좋아. 나쁜 일들이 한꺼번에 발생하고 있어. 회사 그만두면 안 될까? 곱슬머리 아돌포와 엮이지 말고…. 우리 스페인으로 가자, 응?"

그때 정조준의 핸드폰이 울렸다. 액정 화면에는 이름 없이 모르는 번호가 떴다.

"라파엘, 어떻게 지내나? 나 미겔일세. 내 목소리 기억하나?"

"아! 대통령님! 안녕하십니까?"

"라파엘, 그냥 편하게 미겔이라고 부르게. DBS 방송국의 '기업 진출' 프로그램은 잘 봤네. 나도 자네도 아주 잘 나왔더군. 고맙네. 그리고 내가 한 말 잊지 말게. 가끔 쉬어 가는 것도 필요해. 사실 내가 좀 쉬고 싶은데 아직 임기가 2년도 더 남았어. 하하하! 아, 그리고 나도 이유를 모르겠는데, 왠지 말이야⋯. 자네와 가까이 지내고 싶군. 이 전화번호를 아는 사람은 몇 안 되네. 언제든지 연락하게."

정조준

삼 대 일

임효석 법인장은 눈을 가늘게 뜬 채 불쾌감으로 가득한 표정을 짓고 있을 때가 많았고, 그의 생각은 더욱 복잡해졌다.

'정조준 부장이 정직하고 청렴결백한 것은 세상이 다 알아. 일도 잘하고 스페인어도 능통하고 게다가 예의도 깍듯하지. 밑의 직원들이 매우 잘 따르고. 그런데 방송에는 저놈만 출연하고 내 얼굴은 나오지도 않았어, 내가 여기 법인장인데 말이야. 이걸 내 입으로 말할 수도 없고…. 아주 패씸해. 그리고 저 친구가 너무 조리 있게 말을 해서 대화할 때 뭔가 불편하기도 해. 아무래도 저 멍청하고 한심한 곽 이사, 오 이사와 손을 잡아야겠어. 관리부 정 부장과 생산기획 1팀 임정민 부장 통해서 이제 과테말라 법인에 대해 어느 정도 파악은 다 했으니까. 아, 그런데… 내가 과테말라로 출발하기 전에 회장님을 만났을 때 회장님이 이런 말을 했는데…. 정 부장처럼 명쾌하게 통역하며 대통령이나 장관들과 좋은 분위기를 만드는 사람은 본 적이 없다고…. 회장님이 정 부장을 많이 아끼는 것 같단 말이야. 그렇지! 사원부터 부장급까지 인사 발령 관련한 결재는 사장님 전결이니까 회장님은 알 수가 없지. 뭐, 나중에 알게 되더라도 이미 진행된 후에 뭘 어쩌겠어?'

정조준을 찾는 일이 눈에 띄게 줄었다. 한 시간에 한 번은 큰 소리로 '정 부장!'이라고 외치며 정조준을 찾던 사람이 억지로 참기라도 하듯이 간혹 불러서 필요한 것만 말하고 대화를 서둘러 마무리 지었다.

그 대신에 곽진오 이사와 오발단 이사가 수시로 임효석 법인장의 방을 드나들었다. 셋이서만 식사하러 가는 경우도 있었고, 매주 함께 골프를 치러 다니기 시작했다. 곽 이사와 오 이사를 대놓고 무시했던 임 법인장이 완전히 다른 태도를 보이기 시작하더니, 간혹 셋이 함께 회의하며 정조준을 불러서 이것저것 물으며 잘잘못을 따지기도 했다. 정조준은 머리가 복잡해졌으나, 고개를 흔들며 '어이가 없네. 어쩌다가 저 셋이 한편이 된 거야? 완전히 정치를 하고 있어. 삼 대 일로 싸우는 기분이네. 신경 쓰지 말자. 내 일만 열심히 하면 되지'라고 단순히 생각했다.

그리고 해가 바뀌어 2010년 1월이 되었을 때 준영양행 본사에서 재경팀 서 이사와 기획팀 조 부장이 과테말라 법인으로 출장을 왔다. 정조준은 의아하게 생각했다. 과테말라 법인에 본사 재경팀이나 기획팀과 관련된 문제가 전혀 없었기 때문이다. 그리고 임효석 법인장, 곽진오 이사, 오발단 이사와 본사 출장자 2명이 정조준은 배제한 채 이틀 동안 회의에 회의를 거듭했기에 더욱 의아했다.

하지만 늘 바쁜 정조준은 신경 쓰지 않고 일에 파묻혀 있었다. 그리고 이틀 후, 임효석 법인장이 정조준을 불렀다.

임 법인장은 본사 서 이사, 조 부장과 함께 있었다. 분위기가 매우 무거워서 그런지 세 사람의 생각이 무거워서 그런지 모두들 눈을 내리깔고 있었다. 더듬거리며 서 이사가 꺼낸 이야기는 정조준에게 매우 충격적이었다.

2003년 준영양행의 1공장에서 독립노조가 구성되며 파업이 발생한 배경에는 근로자들 다섯 명을 폭행하고 협박하며 내쫓은 사건이 있었는데, 그 배후에는 사무실 관리자가 있었고, 당시 사무실 관리자는 라파엘인데, 수년이 지난 지금도 준영양행에서 근무하고 있다는 사실을 용납할 수 없다는 내용으로 한 바이어가 강력하게 항의를 해왔고, 당장 해결하지 않을 경우 거래를 중지하겠다는 것이었다.

"…그래서 얼마 전 과테말라에 새로 설립한 법인 겸 프린트 공장으로 정 부장을 발령 내기로 결정했어요."

서 이사가 계속해서 눈을 밑으로 내리깐 채 말을 마치자 임효석 법인장이 이어서 말했다.

"소나기는 피하고 봐야지. 정 부장이 잘못했다는 게 아니야."

"정 부장님께서 이런 상황을 이해하시고…"

조 부장이 한마디 거들 때 정조준이 조 부장의 말을 끊으며 말했다.

"이것 때문에 두 분이 출장 오셨나 봅니다. 법인장님께서는 최근 곽진오 이사, 오발단 이사에 대한 평가가 부쩍 달라지신 것 같고요. 어느 바이어가 그러는 것인지요? 사실관계만 확인하면 될 일이라고 생각합니다. 이 사건은 2003년 당시 1공장장이었던 이성재와 노무 매니저 알렉스가 벌인 일입니다. 이 사건을 주도적으로 해결한 사람이 바로 접니다. 당시 과테말라 법인의 관리를 총괄하셨던 서영식 상무님은 회사를 떠났지만, 본사 컴플라이언스팀장이었던 전장훈 대리가 증인입니다. 과테말라로 출장 와서 저와 함께 조사했으니까요. 전장훈 대리는 그 후, 니카라과 법인을 거치며 과장으로 진급했고 현재 바로 여기 과테말라 법인의 컴플라이언스팀장입니다. 전 과장 불러서 확인하시면 간단합니다. 그리고, 바이어가 표현한 '사무실 관리자'는 아마 당시 1공장 총무였던, 그러니까 1공장 사무실 관리자였던 차정후를 지칭하는 것 같은데요, 당시 정황상 차정후는 어쩔 수 없이 가담했던 것으로 보입니다."

정조준이 설명을 마치자 눈을 가늘게 뜬 임 법인장이 말했다.

"아, 그럼! 내가 우리 정 부장이 해결했단 얘기는 들었지. 그런데 바이어로부터 항의를 받은 영업본부가 신속하게 대응하기 위해 걱정이나 문제를 만들지 않겠다고 이미 바이어에게 약속을 했다는 거야."

"어느 바이어입니까?"

정조준이 질문하자 서 이사가 대답했다.

"자세히 알아봐야 정 부장만 답답해질 것이고 그래서 혹시 정 부장이 바이어에게 메일이라도 발송하면 영업본부 입장만 난처해질 수도…."

"국제노동기구 멕시코 지역 매니저인 알렉산더라는 사람이 있습니다. 이 사람이 저에 대해 잘 설명해줄 수 있습니다. 알렉산더로부터 메일을 한 통 받아서 그것을 제가 바이어에게 전달하며 오해를 풀어보겠습니다. 게다가 과테말라 법인 컴플라이언스팀은 제가 창설했습니다. 니카라과 법인의 컴플라이언스팀도 제 책임하에 있었고요."

정조준이 항변했는데, 조 부장이 끼어들었다.

"정 부장님이 워낙 관리통이니까 프린트 공장에서 생산 관리를 경험하시는 게 오히려 좋은 기회가 될 수도 있다고 생각합니다. 더군다나 프린트 공장이 지금 초창기라 어려움도 많고요."

"그럼, 그럼! 오히려 정 부장에게 좋은 기회야. 당분간 스트레스도 좀 줄이고 말이야. 가끔 관리부에 와서 직원들이 일 제대로 하는지 살피면서 조언도 좀 해주고…"

며칠 후 정조준은 프린트 공장으로 근무지를 옮겼고, 공장장 및 관리자들과 인사를 나눈 후 현황을 파악하기 시작했다. 의욕은 전혀 없었지만, 업무에 집중하려고 노력했다.

그런데 정조준 대신 관리부를 맡게 된 오발단 이사가 프린트 공장에 비리가 많다며 공장장을 의심하기 시작했다. 정조준은 자신과 대화할 때 스스로 형이라 지칭했었던 민영대 사장에게 도움을 청하기로 마음먹었다.

2003년에 독립노조가 구성된 배경, 파업, 단체협약 체결, 바이어인 L사에 피해 없이 적기에 선적했던 상황 등에 대한 상세한 설명과 함께 현재 자신이 과테말라 대통령은 물론 노동부 장관, 검찰총장, 대법원 판사 등과 좋은 관계를 유지하며 대관 업무를 진행하고 있는데 그런 자신을 프린트 공장으로 발령한 게 회사의 손실이 되지는 않을지 살펴 달라는 내용으로 민영대 사장에게 메일을 발송했다.

회신은 오지 않았다. 회신 대신에 마침 출장 와 있던 영업본부의 이봉석 상무가 정조준을 찾아와 말했다.

"정 부장, 사장님이 좀 걱정하시는 것 같아서…. 나한테 정 부장과 대화해보라고 지시하셨는데…. 이번 인사 발령 때문에 혹시 회사를 상대로 소송을 생각하는 건가?"

"네? 그게 무슨 말씀입니까? 저 그런 사람 아닌데요…. 으음… 몹시 서운합니다. 잘 알겠습니다. 삼 대 일인 줄 알았는데, 오 대 일, 육 대

일로 점점 늘어나네요."

정조준은 처참한 심정으로 사직서를 썼다. 2003년에 대한 설명과 함께 자신에 대한 인사 발령은 카지노에 출입한 곽진오 이사와 주성규 과장을 때린 오발탄 이사에게 대든 것, 그리고 DBS 방송국의 프로그램인 '기업 진출'에 임효석 법인장의 얼굴이 나오지 않은 것이 원인이라고 썼다가 쓴웃음을 지으며 전부 지워버렸다. 오만 가지 생각을 접어둔 채 형식적으로 간단히 적었다.

> 사직서
> 수신: 임효석 법인장님
> 작성자: 부장 정조준
> 작성일: 2010년 1월 ○○일
> 상기인은 개인적인 이유로 사직합니다. 그동안 베풀어주신 모든 은혜에
> 깊은 감사를 드립니다.

정조준은 국제노동기구 멕시코 지역 매니저인 알렉산더에게 전화했으나, 연결되지 않았다. 이메일을 발송하여 준영양행을 그만두게 되었고, 곧 스페인으로 떠날 계획임을 알렸더니 알렉산더로부터 바로 회신이 왔다.

> 마이 프렌드, 라파엘;
> 잘 지내? 네가 사직했다니 준영양행에겐 큰 손실이겠어. 하지만 다 그럭

정조준

저럭 돌아가더라고.

난 너를 매우 높이 평가하고 또 나의 좋은 친구라고 생각해. 예전에 멕시코에서 네가 일 처리하는 것을 보며 말했듯이 넌 생각이 바르고 합리적이며 매우 멋진 사람이야.

무슨 일을 하든 항상 행운이 너와 함께하기를 기원할게.

난 몇 개월 전 멕시코를 떠나 스위스 제네바에 있어. 현재 국제노동기구 본부에서 일하고 있어. 내가 판단해서 선을 넘지 않는 범위라면 무슨 정보든 제공할 테니 언제든 연락해, 네가 필요할 때 언제든지.

친구, 알렉산더.

제8장

소설 속으로

펜을 들고 정조준하다

한 달 후 2010년 2월, 정조준과 장수진이 인천발 독일 프랑크푸르트로 향하는 비행기 안에서 남들의 눈을 피해 가볍게 입 맞추며 미소 지었다.

"여보! 나 지금 너무 행복해. 아참, 프랑크푸르트에서 환승할 때 5시간 정도 여유 있어서 내 친구 소피아와 잠시 만나려고 하는데 괜찮아?"

"아, 그 국회의원 됐다는 친구? 와, 내가 우리 아름다운 부인 덕분에 독일의 국회의원을 다 만나게 되네."

"후후후! 자기는 뭐 대통령에, 장관에 또 검찰총장에 하여튼 높은 사람들은 다 만나고 다녔잖아? 소피아 만난 다음에 프랑크푸르트 출발해서 마드리드에 도착하면 밤이지만, 호텔은 이미 예약해놓았으니까 아무 문제 없어. 우리 내일 아파트부터 찾아보자. 자기는 어느 지역이 좋아?"

"우리가 2002년 10월 초 프라도 미술관에서 재회했잖아? 그래서 프라도 미술관 근처에 살고 싶어."

"어머! 나도 그 동네가 좋은데, 레띠로 공원(Parque del Retiro: 관광명소가 즐비한 대형 시민 공원)이 있어서. 그나저나 우리 2주 전에 미국 라스베가스에서 83만 불, 돈벼락 맞은 건 어떻게 할 거야? 뭐, 우리나라 은행에 예금해놓았으니까 아무 걱정 없지만. 자그마치 10억 원이야…"

"하하하! 생각만 해도 기분 좋지? 공돈이니까 어디에 쓰면 좋을지 생각해보자. 세상에 내가 카지노에 가게 되리라곤 생각도 못 했어. 회사 그만두길 정말 잘한 것 같아. 사실 카지노도 한국에 가기 전에 한번 들러보자고 네가 하도 졸라서 갔던 건데."

"그런데 카지노에 들어가자마자 그날따라 내가 유난히 더 예뻐 보인다면서 자기가 그냥 방으로 올라가자고 했잖아? 그래서 빨리 한번 돈 걸어보려고 고민도 안 한 상태에서 7이 행운의 숫자라며 우리가 갖고 있던 700달러를 그냥 룰렛의 스트레이트 배팅에 걸었지…"

"스트레이트 배팅이 35배인 것도 그날 처음 알았고, 룰렛은 세금 적용 대상이 아니라는 것도 처음 알았고. 하하하! 그런데 그게 맞았어!"

"35배가 된 24,500달러에서 원래 우리 돈인 700달러를 뺀 나머지 23,800달러는 공돈이라며 전부 다 스트레이트 배팅에 또 걸었는데…"

"하하하! 그게 또 맞아서 83만 달러가 넘었고, 뱅크 오브 아메리카 수표로 받았지."

"이제 우리가 하는 모든 일이 다 잘될 거야. 후훗!"

"수진아, 그런데 나… 부탁이 있어. 나 한두 달 정도 좀 쉬어도 될까?"

"당연하지! 마음껏 쉬어. 지금까지 너무 힘들게 일만 했잖아? 나는 2년 정도 쉬었으니까 일하고 싶어졌어. 내가 돈 벌어올게. 후후훗! 다시 가이드로 일하려고 이미 가이드 친구들과 몇몇 여행사에 연락도 했어."

"수진아, 나 펜을 들고 정조준해보고 싶어."

"그게 무슨 뜻이야?"

"글을 좀 써보고 싶어. 지금까지 용감하게 일한 것, 현실에서 또 꿈속에서도 악연이었던 곱슬머리 아돌포, 세상이 나한테 태클을 걸었지만 잘 피해나간 것 등을 엮어보려고…."

"그래? 재밌겠다. 혹시 제목도 생각해봤어?"

"응. 제목은…『정조준』이야."

"그냥 자기 이름으로? 그럼, 자서전이 되는 건가?"

"아니, 소설인데, 내가 주인공이고… 주인공 정조준이 '강렬한 눈빛으로 정조준한다' 하는 식의 문장을 상황에 맞춰 여러 번 넣으려고 해."

"오…. 아이디어 좋아. 아무것도 하지 말고 푹 쉬면서 글만 써."

"글 쓰는 것 외에 중요한 일이 또 있는데?"

"잠깐! 나 뭔지 알 것 같아. 그거 맞지? 사랑을 많이 하면 더 건강해지니까…. 하여튼 그게 중요하다는 거잖아? 후후훗, 웃겨!"

정조준은 소설 속으로 빠져들며 펜을 들고 정조준했다. 그가 겪은 일, 위험했던 순간, 그리고 스스로 옳다고 믿는 것에 장애가 되는 것들을 정조준했다.

정조준

갑작스런 방문

이메일을 읽으며 정조준은 고민에 빠졌다. 곱슬머리 아돌포 때문에 고생했던 것, 사제총을 쏘아대는 난폭한 근로자들 앞에서 설득했던 순간, DBS 방송국 제작진과 대통령궁을 방문했지만 결과적으론 눈을 가늘게 뜬 음흉한 임효석 법인장의 질투심을 유발한 일, 한심한 임원 곽진오 이사와 오발탄 이사 등, 돌이켜보면 준영양행과는 다시 얽히고 싶지 않았다. 하지만 7년 넘게 일했던 준영양행의 회장이 보낸 메일이니 무시할 수는 없었다.

정 부장, 오랜만일세. 나 구기정 회장이네.

자네 인사 파일을 찾아보니 자네의 개인 이메일 주소가 있더군.

나는 자네가 왜 갑자기 사직했는지 모르네. 다만, 과테말라 법인의 전장훈 과장에게 개인적으로 전화하여 물어봤고, 석연치 않은 일들이 있었다는 것을 알게 되었지.

거두절미하고, 난 지금까지 사업을 하면서 정 부장 자네처럼 보고서를 일목요연하게 잘 쓰고 스페인어 통역을 매끄럽게 하는 사람을 못 봤네. 게다가 자네는 정직하고 청렴결백한 것으로 둘째가라면 서러운 사람이지.

그런데 말일세, 회사에서 임원으로 성공하는 사람들을 보면, 자네와 같은 유형은 많지 않다네. 이게 분명히 잘못된 것임을 내가 잘 알아.

하지만, 어떤 임원들은 자네 같은 부하 직원이 계속 성장하도록 돕지 않는다네. 어느 순간에 쳐내지. 내가 회사 안의 모든 부서에서 일어나는 일을 전부 파악할 수는 없지만, 어쩌다가 이런 일을 알게 되어도 개입하기는 어려워. 모든 임원들을, 또 모든 부서들을 내가 상대할 수는 없고, 몇 명의 직원이 아닌 회사 전체를 이끌고 가야 하기 때문이지.

이 정도 설명했으니 내가 자네를 각별히 생각한다는 점은 이해했으리라 믿네. 그리고 준영양행에 대한 섭섭한 마음이야 내가 어떻게 할 수 없지만, 나에 대해서는 섭섭한 마음을 갖지 않길 바라네.

자네가 스페인 마드리드로 이주했다고 들었어.

내가 3월 15일 밤 마드리드에 도착하는데, 나 혼자 가네.

자네도 알다시피 내 영어가 유창하지는 못하고, 스페인어는 전혀 못하니 자네가 마중 나오지 않으면 내가 몹시 곤란해질 거야. 3월 15일부터 18일까지 자네가 나와 동행하며 통역을 좀 해줘야겠어. 3월 17일 아침에 인디텍스(INDITEX) 본사 방문 약속을 잡았네.

내가 우리나라 부자 순위로 100위밖에 안 돼서 그런지 전 세계 부자 순위 1위인 오르떼가(Ortega) 회장이 나를 만나주지는 않는구만. 구매 본부 부사장을 만나기로 했네.

요즘 우리 준영양행이 인디텍스(INDITEX)의 유명 브랜드인 자라(ZARA)와 마시모듀티(Massimo Dutti)의 여러 스타일을 베트남에서 생산하고 있다네.

상기 일정에 맞춰 호텔 예약도 해주기 바라고, 소요된 경비는 내가 도착해서 넉넉히 지불하겠네.

그리고 매우 중요한 일을 자네에게 부탁하려고 해. 만나서 이야기 나누세.

마침 정조준과 장수진이 눈여겨봐둔 중고차가 있었다. 현대자동차의 투산으로, 출고한 지 1년 되었고 주행 거리는 만 킬로미터가 채 안 되는 거의 새 차였다.

"유럽이라 당연히 수동 변속기인데… 수진아, 운전할 수 있겠어?"

"뭐, 별로 좋아하진 않지, 헤헤헤, 할 수 있어. 2년 전까지 내가 여기 마드리드에 살 때도 수동 변속기 차를 갖고 있었어. 인디텍스(INDITEX) 본사가 있는 라꼬루냐(La Coruña)까지 600킬로미터 거리야. 중간에 피곤하면 말해. 내가 잠깐씩이라도 운전할게."

며칠 후 밤, 마드리드 바라하스(Barajas) 국제공항에 청바지와 자켓으로 수수한 복장을 한 구기정 회장이 도착했다.

"회장님, 안녕하십니까? 오랜만에 인사드립니다."

"그래, 정 이사, 잘 지냈어?"

"네, 회장님. 먼 길 오시느라 수고 많으셨습니다. 그런데 왜 저를 정 이사라고…."

"하하하! 그냥 그렇게 불러보고 싶어서. 차차 얘기하지. 아, 이쪽은 …. 내가 이름까진 기억 못 하지만, 한 2년 되었나요? 내가 두 사람 성당에서 결혼할 때 갔어요."

"네, 회장님, 안녕하세요? 정조준 씨 아내 장수진입니다."

"그래요, 장수진 씨, L사 컴플라이언스팀에서 근무했다는…."

"어머! 기억해주셔서 감사합니다."

"감사는 내가 해야지. 두 사람이 이렇게 나를 위해 마중을 나왔는데요."

"회장님, 오늘은 밤이 늦었으니 일단 호텔로 모시겠습니다. 내일 아침 9시쯤 출발할 예정이고, 참고로 인디텍스 본사가 있는 라꼬루냐까지는 약 600킬로미터 거리입니다. 고속도로는 우리나라 수준에 결코 뒤지지 않지만, 워낙 거리가 멀어서 서너 번 정도 휴식을 감안하면 내일 저녁에 도착할 겁니다. 그리고 저녁 식사를 위해 '라사르뗀 데 꼬루냐(La Sartén de Coruña)'라는 식당에 예약해놓았습니다. 바닷가에 있고 문어 요리가 일품인 식당입니다. 사실 여기 제 집사람이 스페인 관광청이 발행한 라이센스를 갖고 있는 정식 가이드입니다. 그래서…"

"하하하! 그래? 그럼 이번엔 시간이 없어서 안 되지만, 다음번엔 내가 여러 사람들을 데리고 와야겠구만. 그리고 정 이사, 자네는 말이야, 통역을 할 때든 아니든 간에 식당에 대해 또 음식에 대해 식당 직원에게 질문한 후에 내게 자세히 설명해줘서 내가 항상 즐거웠어. 그리고 과테말라와 니카라과의 고위직 공무원들과 미팅할 때에도…. 내가 몇 번이나 느꼈는데, 그 사람들이 정말 즐거워하더란 말이야. 자네가 사람들 기분을 좋게 만드는 재주가 있지. 언젠가 한 번은 노래도 불렀지?"

"아 네, 좋게 봐주셔서 감사합니다. 그런데 사실 통역할 때 진땀 많이 흘렸습니다. 제가 스페인어를 알아듣지 못할 때도 많거든요. 특히 회장님 통역은 복잡한 내용이 많아서 더 그랬습니다."

"난 잘 못 느꼈는데…. 그럴 땐 어떻게 했나?"

"웃으면서 다시 질문했습니다."

"하하하! 그게 잘하는 거야. 괜히 넘겨짚는 게 아니라 다시 질문해서 정확하게 통역했다는 거잖아. 내가 그래서 자네를 믿지. 아 그리고, 사실 이번에 내가 굳이 인디텍스를 방문할 필요는 없는데… 자네를 만

정조준

나러 스페인에 올 핑곗거리가 없더구만. 그래서 얼떨결에 인디텍스의 오르떼가 회장과 미팅 일정을 잡아보라고 지시했더니 구매 부사장과 미팅이 잡힌 거야."

"네, 회장님. 그런데 왜 혼자 오셨는지요?"

"오며 가며 정 이사 자네와 대화하려고. 내가 자네한테 부탁할 일이 있거든. 하지만 장수진 씨가 동행해도 전혀 문제가 되지 않아. 오히려 더 좋지, 스페인에 대해서 잘 알 테니까."

회장의 꿈

구기정 회장은 1980년대 옷 만드는 사업을 시작했다. 근면 성실함으로 악착같이 일했고, 승부사적인 기질로 공격적인 경영과 수출 전략을 펼친 덕분에 회사는 급성장했다.

회사의 성장 과정에는 무엇보다도 좋은 직원들이 함께했음을 구 회장은 잘 알고 있었다. 하지만, 자신이 믿었던 좋은 직원들이 회사에서 밀려나거나 또는 그만두는 것을 보며 늘 마음이 허전했고, 돈을 벌면 벌수록 자신을 진심으로 걱정해주는 사람보다는 오히려 그 반대로 자신을 이용하려는 사람들 또는 아부하는 임원들도 있다는 것을 느꼈다.

좋은 차를 탔고 좋은 집에 살았지만, 그러한 사실이 행복인지 의구심이 들기도 했다. 행복이란 무엇인가, 행복은 무엇에서 비롯되는가와 같은 질문을 스스로에게 던지기 시작했고, 사회 현상에 관심을 갖게 된 후 정치로 눈길을 돌렸다.

대한민국에 존재하는 여러 정당, 각 정당의 정치 성향 등을 파악하며 구의원이나 시의원이 아닌 이왕이면 국회의원에 도전해보겠다는 꿈을 갖게 되었다. 국회의원이 될 수 있는 여러 경로를 조사했는데, 지역구로 출마하는 것은 정치 신인에게 너무 부담이 크다는 것을 쉽게 알 수 있었다.

정조준

그래서, 재력을 갖춘 사람으로서 의석수가 많은 정당에 우선 당원으로 가입하여 자발적인 후원금을 많이 내고, 정당의 여러 행사에 적극적으로 참여하는 것은 물론, 정당에 도움 될 만한 아이디어 제안과 어떤 정책에 대한 비판 및 대안을 제시하며 비례대표 후보가 되는 게 국회의원이 되기 위한 지름길이란 결론에 이르렀다.

"정 이사, 내가 만약 어떤 정당의 비례대표 후보가 되고, 그 정당이 획득한 정당 득표율에 따라 의석수가 배분될 때 내 순번까지 돌아와서 내가 국회의원이 된다면 말이야… 나는 국회 외교통상통일위원회 소속으로 일해보고 싶어. 외교와 통일에는 내가 관여하지 못하겠지만, 열심히 공부하면서 내가 사업가로서 갖고 있는 경험과 경력을 더하면 통상 분야에는 내가 좀 도움이 되지 않을까 생각하네. 특히 탁상공론이 아닌 현실적인 부분에서. 그리고 국회의원이 된다면 재선에는 관심을 두지 않을 생각이야. 즉, 당에 얽매이거나 구속되지 않고 눈치도 안 볼 생각이야. 임기 4년 동안만 열심히 일하고, 할 말도 다 할 생각이네. 재선되어도 좋고, 안 되면… 재단을 하나 만들어서 내 돈을 필요로 하는 곳에 지원하며 우리 사회가 좀 더 건강해지도록 노력하고 싶네."

정조준이 운전하는 차는 북서쪽을 향해 달렸고, 구기정 회장은 정조준과 대화하기 위해 상석을 마다하고 조수석에 앉아 있었다.
뽄페라다(Ponferrada)시 근처에 이르렀을 때 뒤에 있던 장수진이 말했다.
"회장님, 지금 뽄페라다에 도착하고 있는데요, 템플 기사단, 그러니까 성당 기사단의 성이 있는 곳으로 유명합니다. 한국인 관광객들이 찾는 지역은 아니지만, 템플 기사단의 성은 12세기에 건축되었고, 15세기와 16세기에 증축되었어요. 오늘 이 성을 방문하지는 않지만 근처에 좋은 식당이 있습니다. 성을 바라볼 수 있는 곳에서 식사하며 잠시 쉬겠습니다."

"아, 그래요? 그렇게 오래전에 지은 성이라니 언젠가 한번 제대로 구경하러 와야겠어요. 알려주어 고마워요."

세 사람이 탄 차는 '무나(Restaurante Muna: 2021년 미슐랭 별 획득)'라는 고풍스런 식당 앞에 멈췄고, 웃음 가득 띤 직원의 안내를 받았다.

"다행히 시간에 맞춰 도착했습니다. 예약은 했지만, 워낙 까다로운 식당이라서요. 메뉴는 여기 레온(León) 지방의 식재료를 이용해서 그날그날 상황에 따라 바뀝니다."

고풍스런 석조 건축물 위로 파란 하늘이 펼쳐졌고, 파란 하늘은 바로 앞에 템플 기사단의 성을 부드럽게 감싸고 있었다. 마치 오래된 성을 모진 세월로부터 지키려는 듯했다. 파란 하늘과의 완벽한 조화 때문인지 돌로 쌓은 성곽과 성이 차갑게 느껴지지 않았다.

부드러운 미풍이 세 사람의 얼굴을 스칠 때 파란 나무들이 은은한 향을 흩뿌렸다. 저절로 기분이 좋아지는 오후였다.

구 회장이 아이처럼 맑은 미소를 지으며 말했다.

"정 이사, 자네들이 나보다 백 배는 행복한 사람들이네. 이렇게 멋진 식당이 있는 스페인에 살고 있으니 말이야."

정조준

"회장님, 자주 오세요. 언제든지 좋은 곳으로 모시겠습니다."

"그래요, 장수진 씨, 고마워요. 아 그리고… 정 이사, 나는 이제 회사 경영에서 완전히 손을 뗄 생각이야. 정치에 입문하기 위해 이미 한 정당에 당원으로 가입했고, 이제부터 적극적으로 여러 활동을 시작하려고 하네. 내가 자네를 정 이사로 부르는 게 의아했지? 서울에 우리 준영양행 외에 지주 회사와 몇 개의 계열사가 더 있는데, 자네를 지주 회사 소속 이사로 채용하려고 하네. 자네만 좋다면 내일이라도 바로 인사팀장에게 지시할 거야. 자네는 스페인이든 또는 다른 어떤 나라든 원하는 곳에 거주하면 되네. 많은 일을 맡기지는 않을 것이므로 급여는 기본급 정도만 지급하려고 해. 자네 성격에 이렇게 해야 급여를 받을 테지, 안 그런가? 하하하! 내가 자네한테 시킬 일은… 자네의 안테나가 뻗치는 모든 국가들로부터 정보를 입수하는 거야. 정치, 경제, 사회, 문화… 무엇이든 좋아. 특히 무역 또는 통상에 관련된 정보, 해당 국가의 노동 또는 노조 상황, 정치 상황, 대미 정책이나 대중 정책이 어떤 상태인지, 어느 국가 또는 지역과 자유무역협정을 추진하려 하는지 알려주면 큰 도움이 되겠네. 어때, 정 이사? 할 수 있겠지?"

"네, 회장님, 감사합니다. 스페인에 거주하며 월급을 받을 수 있다니 제가 최대한 정보를 모아 수시로 보고드리도록 하겠습니다. 현재 제 안테나가 뻗을 수 있는 곳은… 우선 과테말라 대통령 미겔과 언제든지 개인적으로 통화가 가능합니다. 몇몇 장관 등 고위직 공무원들과도 연락이 가능하고, 호형호제하는 주성규 과장이 얼마 전부터 개인 사업을 준비하고 있는데 이 친구가 저보다 더 많은 고위직 공무원들과 친분을 유지하고 있습니다. 멕시코에는 제가 데리고 있던 노무 매니저가 변호사인데, 멕시코 제도혁명당의 당원으로 활동하며 정치가로 변신 중이고 항상 대화가 가능하며, 코스타리카에 친한 변호사 한 명이 국회의원에 출마할 예정입니다. 라틴아메리카의 스페인어 사용 국가 대부분에 대학 동문들이 있고, 국제노동기구 제네바 본부에서 일하는 미국인 친구가 있습니다. 그리고 제 아내 장수진이 미국 L사에서 근무할 때 가장 친했던 동료가 현재 독일의 국회의원입니다. 지난달에 함께 만난 적도 있습니다. 또 미국 헐리우드의 중년 여배우 비너스와도 소통이 가능합니다. 정치, 경제, 무역, 통상 등 주제별로 획득한 정보를 표로 정리하여 보고드리며 신뢰도를 백분율로 표기하겠습니다. 그리고 각 항목의 진행 상황도 일목요연하게 정리해서 수시로…"

"하하하! 정 이사, 내가 이럴 줄 알았다니까. 내가 사람을 정확하게 본 거지, 하하하…. 내가 생각했던 것 이상으로 좋은 정보들이 쏟아지겠군. 기대되는걸? 하하하! 아, 그리고… 정보를 얻기 위한 것이라면 언제든지 두 사람이 함께 어느 나라든 여행해도 좋아. 독일이든, 멀리 남미든. 항공권은 물론 숙박비와 식대도 모두 청구하게. 사전 결재나 품의서 작성은 필요 없어. 하하하! 그냥 영수증 보내며 설명만 덧붙이게."

차는 두 시간을 더 달렸고, 저녁 무렵, 스페인 서북부 갈리씨아(Galicia) 자치 공동체에 위치한 소도시 라꼬루냐(La Coruña)에 도착했다. 호텔에 여장을 풀고 잠시 휴식을 취한 후, 세 사람은 저녁 식사를 위해 '라사르뗀 데 꼬루냐(La Sartén de Coruña)'로 걸어갔다.

문어와 조개 요리, 그리고 생선과 해물을 섞은 볶음밥은 한국인 입맛에 매우 잘 맞았다.

정조준

"점심 식사도 좋았고, 저녁 식사도 훌륭하군. 스페인이 이렇게 멋진 나라인 줄은 미처 몰랐어. 다음엔 꼭 우리 집사람과 함께 와야겠어. 그리고 여기 바닷가 풍경은 지중해와는 다른 것 같아. 어떻게 보면 우리 동해안과 비슷한 느낌도 있고, 지중해보다는 좀 더 거친 느낌인데 …. 어, 저기… 저 사람들은 뭔가?"

그때 대학생 전통 음악 서클인 뚜나(Tuna)가 나타났다.

"뚜나라고 합니다. 스페인의 각 대학교마다 있는 음악 서클인데, 복장이나 주로 부르는 애창곡, 음악적 스타일이 거의 동일합니다. 제가 1993년 스페인에서 공부할 때 뚜나에 가입하려고 했지만 외국인이어서 불가능했습니다. 요즘엔 어떤지 모르겠습니다."

"노래가 좀 슬픈 곡조인 듯한데…. 예쁘게 부르는 게 아니라 매우 남성적으로 씩씩하게 불러서 그런지 묘하게 흥이 나는군."

전통 복장을 한 일고여덟 명의 뚜나 단원들이 다양한 악기를 연주하며 노래를 부르기 시작했다. 그런데 작은 도시인 라꼬루냐(La Coruña)에서 좀처럼 보기 힘든 한국인들을 발견한 뚜나가 세 사람이 앉아 있는 테이블에 시선을 보냈다.

"정 이사, 몇 년 전 과테말라 어느 식당에서 마리아치 악단이 나타났을 때 자네가 함께 노래 부른 적 있지? 그때 참 즐거웠는데…. 오늘 잠시 뚜나에 도전해보는 건 어때?"

"회장님, 그때도 그랬지만, 저는 누가 노래시키면 절대 마다하지 않습니다. 하하하!"

"하하하! 좋아, 그럼…."

마침 뚜나가 한 곡을 끝내자, 구기정 회장이 뚜나에게 손짓을 했다.

단원들 중 대표로 보이는 사람이 활짝 웃으며 가까이 와서 "올라(hola: 여보세요, 안녕)"라고 인사했다.

구 회장이 정조준을 가리키며 영어로 "저 사람이 노래를 잘해요. 당신들과 한 곡 불러도 될까요?"라고 제안했다. 뚜나는 대환영이라며 정조준에게 손짓했다. 정조준이 자리에서 일어나 뚜나에 합류하며 단원들을 자세히 보니 젊은 대학생들이 아니라 대부분 사오십 대 중년으로 보였다. 이유를 물으니 자신들은 학창 시절에 뚜나 단원이었는데, 그 시절이 그리워서 간혹 이렇게 모인다고 했다.

정조준으로부터 이 상황을 전해 들은 구 회장이 생각했다.

'사오십 대 중년들이 이렇게 눈에 띄는 전통 복장 차림으로 식당에서 노래한다는 것은 대단한 용기인데…. 올해 쉰아홉인 내가 국회의원이 되려는 꿈을 가졌으니 나도 용기 있게 도전해야겠어….'

그리고 정조준이 뚜나와 함께 두 곡을 불렀다. 20세기 중반 스페인에서 만들어져 널리 퍼진, 가장 스페인다운 노래 '끌라벨리또스(clavelitos)'와 19세기 말 멕시코에서 시작되어 모든 스페인어 사용 국가는 물론 세계 3대 테너들도 부른 노래 '씨엘리또 린도(cielito lindo)'였다. 한국인이 뚜나와 노래하는 것을 본 사람들이 식사를 잠시 중단하고 따라 불렀다.

장수진의 감동한 눈망울은 정조준에게 고정되어 있었다. 정조준과 눈이 마주쳤을 때 소리는 내지 않고 입 모양을 크게 하며 "떼 끼에로(te quiero: 널 사랑해)"라고 말했다. 정조준은 자신의 아내 장수진에게 사랑의 미소를 보냈다.

아직 이른 봄, 스페인 서북부에 작은 도시 라꼬루냐의 바닷바람은

정조준

차갑고 매서웠지만, 식당 내부는 훈훈한 기운으로 가득했다. 바닷가에서 휘몰아쳐 오는 찬 바람이 얼씬거리지 못했다.

다음 날 아침, 인디텍스에서의 미팅은 오더 또는 신규 스타일에 관련된 복잡한 내용이 아니었다. 서로 인사하고 한국과 스페인에 대해, 또 세상 돌아가는 것에 대해 즐겁게 대화했다. 이 점이 오히려 인디텍스 부사장에게 좋은 인상을 주었다.

미팅을 마친 후 세 사람은 마드리드로 이동했고, 그다음 날 구기정 회장이 공항에서 탑승권을 받은 후 말했다.

"정 이사, 우리 지주 회사의 인사팀장에게 연락해놓았어. 입사를 축하하네."

"감사합니다, 회장님."

"아 그리고, 자네가 식당에서 노래 부른 것 말이야…. 아마 내가 살면서 겪은 가장 재미있는 에피소드 중 하나가 될 거야. 자네 덕분에 주위에 있는 사람들도 모두 즐거워했으니까. 한국인이 외국에서 이렇게 하는 건 쉽지 않지. 하하하! 이게 바로 정 이사 자네의 장점이야. 이 장점을 잘 살려서 앞으로 많은 사람들과 교류하며 좋은 정보 보내주기 바라네."

국회의원의 본보기

10년의 세월이 뛰어가듯이 빠르게 지나갔다. 2020년 4월 15일 제21대 국회의원 총선거는 만 18세 이상 유권자가 처음으로 참여한 선거이며, 준연동형 비례대표제가 적용된 첫 선거였다.

구기정 회장은 10년 전 국회의원에 도전할 꿈을 구체화할 때 자신의 출신 지역에 관계없이 비례대표 국회의원에 당선될 확률이 높은 정당이 어느 당인지 고민한 끝에 국민당에 당원으로 가입했고, 적극적으로 활동했다.

특히 전 세계적인 무역과 통상의 추세, 그리고 여러 국가의 정치, 외교, 노동 상황과 대미 정책, 대중 정책을 신속하고 효과적으로 분석하며 대한민국이 나아가야 할 방향을 제시함은 물론, 국익에 반하는 제도나 정책을 비판하며 대안도 제시해왔다. 그 결과, 제21대 국회의원 총선거에서 국민당의 위성정당인 미래국민당의 비례대표 명단에 이름을 올렸고 비례대표 국회의원에 당선되었다.

구기정 의원과 관계가 있는 준영양행과 계열사들은 십수 년 이상 모든 세금을 성실히 납부했다. 그리고 구기정 자신은 사업가였으면서도 어떤 사람과도 나쁜 인연을 만들지 않았고 그 누구에게도 마음의

정조준

빚을 진 일이 없기에 국회의원으로서 사심 없이 당당하게 의정 활동을 펼칠 수 있었다.

자신 주변의 지인들이나 그들의 기업에 유리한 법안이 아닌 실제로 필요한 법안 발의에 최선을 다했다. 재선되는 것에 티끌만큼도 관심이 없었기에 당내 3선 의원이나 4선 의원의 눈치를 볼 생각도 하지 않았다. 그저 자신이 옳다고 믿는 것을 위해 뛰었다. 진심으로 나라와 국민을 위한 길만을 생각했고, 국회의원 임기가 끝난 후에는 재단을 설립하여 자신의 재력을 좋은 일에 사용하기 위한 계획을 차곡차곡 쌓았다. 이렇듯 구기정은 국민당의 국회의원으로서 그 어떤 의원보다 월등하고 왕성한 의정 활동을 하고 있었다.

2022년 대선에서 승리한 국민당은 여당이 되었다. 하지만 검사 출신 대통령의 무능, 무소통, 국회에서 의결한 여러 법률안에 거부권 행사, 후쿠시마 원전 오염수 방출에 호의적인 태도, 언론 장악 시도, 변변치 못한 대통령실 직원들의 헛발질, 얕은 지식의 대통령이 내뱉는 말 한마디로 인한 혼란, 이 혼란을 수습하려는 대통령실, 뉴라이트적 역사관에 젖어 있음을 의심케 하는 언행, 검사 출신 인사들의 권력 장악 그리고 대통령 가족의 비리와 사건으로 사면초가의 위기에 처하게 됐다. 장관 및 주요 요직에 사람을 앉히려 해도 나서는 사람들이 별로 없다 보니 인사 검증을 철저히 할 수 없었고 또 인사 검증 후에 후보로 내세워도 인사 청문회에서 야당인 민주당 의원들이 여러 문제점을 파헤치기 일쑤였다.

대통령은 그나마 검증된 사람은 국회의원이라 판단하여 국회의원을 주요 요직에 앉히고자 했다. 그런데 지역구 출신 국회의원은 요직을 맡아도 국회의원직을 유지하게 되므로 국민당의 의석수를 유지하는 데 유리했지만, 이에 따른 비판도 거셌다.

그래서 지역구가 아닌 비례대표 출신 국회의원을 요직에 임명하기도 했다. 이 경우 국회의원직에 사직서를 제출하는 게 관례다. 비례대표 후순위자가 국회의원이 되어 남은 기간을 채우기 때문이다. 그러나 정부의 무책임한 행동으로 국민들의 고통은 커졌고, 경제는 추락하여 사방에서 아우성치는 소리가 들리고 있었다.

2023년 봄 멕시코 몬떼레이(Monterrey), 최상급 아라비카 원두만을 고집하기에 커피 맛이 훌륭한 카페 '라뽀스뜨레리아(la posrería)77'에 그윽한 커피 향이 이리저리 흩어졌다가 모이기를 반복하고 있었다. 커다란 유리창을 통해 들어오는 따스한 햇살에 커피 향도 따스하게 느껴지는 아침, 정조준과 장수진은 가장 가까운 지인들과 마주 앉았다. 정조준의 대선배인 강준상 박사와 부인, 그리고 1년 선배인 김정한과 부인이 이야기꽃을 피웠다.

K대학교 스페인어학과를 졸업한 후 콜롬비아, 멕시코를 거쳐 스페인 살라망까(Salamanca) 대학교에서 스페인 문학 박사 학위를 받은 강준상 박사는 문학 작품과 작가에 대해 깊이 있는 이야기를 들려주곤 했다.

김정한은 친형 같은 사람으로 정조준이 멕시코에서 사업을 시작할 때 많은 조언과 도움을 주었고 늘 가까이 지냈다.

아침 식사를 마칠 때까지 화사한 이야기꽃은 활짝 폈고, 시들기 전에 모임을 마무리했다. 그리고 창가에 마주 앉은 정조준과 장수진은

정조준

커피 냄새에 취한 듯 또는 서로에게 취한 듯 다정하게 바라보며 미소 짓고 있었다.

"수진아, 아까부터 이 말 하고 싶었는데… 창가에 앉아 있는 네 모습이 너무 예뻐. 사랑해."

"나도 사랑해. 그런데… 선배님들 가시고 나니까 혹시…. 지금, 아침부터 뭔가, 그러니까 그걸…."

"뭐? 섹스? 혹시 지금 섹스하고 싶어?"

"어머머머! 쉿! 조용히 해…. 누가 들으면 어쩌려고 그래?"

"헤헤헷! 아 뭐, 난 네가 원하는 것 같아서."

"어머! 내가 아니고, 자기가 그런 생각을 하는 것 같아서 말한 거지. 웃겨! 후후훗…."

"수진아, 우리 스페인 마드리드에 살 때 코로나가 터졌잖아…. 스페인, 프랑스, 영국, 미국 또 여기 멕시코에서 정말 많은 사람들이 죽었어. 코로나에 걸려서 심하게 아팠던 사람들도 많았고. 그런데 우리는 스페인 정부나 마드리드시에서 금지시킨 것만 제외하곤 뭐든 다 했어, 마음껏 돌아다니고, 사 먹고…."

"그런데, 우린 코로나에 단 한 번도 안 걸렸다. 사랑을 많이 해서. 지금 그 얘기 꺼내려는 거잖아? 후후!"

"그래! 바로 그거야. 섹스는 원죄의 결과가 아니고 서로의 사랑을 육체적으로 표현하는 것이며 사람의 몸에 강한 면역력을 만들어준다…. 기억하지? 세비야의 이발사가 아니라… 세비야의 의사가 알려준 것, 물론 꿈이었지만. 그러니까 우리 이거 먹고 바로 집에 가자, 쇼핑은 오후에 하고."

"아, 몰라…. 그런데 자기가 자꾸 얘기하니까 나도 좀…. 후후훗!"

"내가 며칠 전에 인터넷에서 봤는데… 1346년 유럽에서 흑사병이 창궐했잖아? 2022년에 미국 시카고 대학교, 캐나다 맥마스터 대학교, 프랑스 파스퇴르 연구소가 공동 연구팀을 꾸려서 흑사병 시기와 그 시기 이후 약 100년 동안 사망한 사람들의 유골 500구를 몇몇 공동묘지로부터 찾아내어 조사를 했나봐. DNA를 추출해서 염기 서열을 분석한 결과 면역 반응과 관련된 유전자 356개 중에서 245개가 흑사병 이후 유전자 변이를 일으켰다고 해. 특히 ERAP2 유전자의 면역 체계 능력이 향상되었는데, ERAP2 유전자에 변이가 생긴 사람은 그렇지 않은 사람보다 생존률이 50% 정도 높아진 것으로 추측된다는 거야. 단 ERAP2 유전자는 크론병을 유발할 수도 있다고 하네."

"크론병은 뭐야?"

"크론병은 주로 소화기관에 발생하는 만성 염증성 질환인가 봐. 고혈압, 당뇨, 비만과 함께 현대인의 질환으로 꼽힌다네."

"그럼… 흑사병을 거치면서 사람들의 유전자에 변이가 생겼는데, 뭐라고 했지? 크론병? 그러니까 유전자 변이가 크론병을 유발할 수는 있지만, 어쨌든 사람들의 면역 체계가 향상되었고 생존률도 높아졌다는 뜻이지? 그러니까 자기가 하고 싶은 말은 남녀가 그… 그걸 많이 하는 것도 분명히 면역력을 높여준다는 거잖아?"

"아주 정확히 이해했네. 그럼 우리 이제 면역력 높이러 갈까? 하하하!"

정조준의 커피잔이 빈 것을 본 카페 직원이 단골인 정조준에게 다시 커피를 채워줄 때 정조준의 핸드폰이 울렸다.

"어? 우리 K대학교 테니스 서클 친구였던 성수네."

정조준

"2020년 국회의원에 다시 당선된 이성수 의원?"

"응, 수진아, 잠깐만…. 어이쿠, 우리 이 의원님! 의정 활동은 잘 하시나? 서울은 늦은 밤인데 어쩐 일이야?"

"조준아, 잘 지내? 사업은 어때?"

"코로나 때 한 푼도 못 벌고 돈을 쓰기만 했는데, 코로나 끝난 후에 사업 시작해서 또 돈만 까먹고 있지. 하하하! 그래도 스트레스 안 받으려고 일은 열심히 안 한다. 직원들에게 다 맡겨놓고 있어. 성수 넌 국민들의 혈세로 월급 받으니까 죽어라 일해야 한다. 386세대의 정신을 잊지 말라고, 알았지? 386세대가 이제 586, 686세대가 되었는데 이들 중 일부 정치인들은 타락하며 기득권이 되어버렸어. 물론 너를 포함한 많은 586, 686세대가 민주주의와 바른 정치를 위해 노력하고 있지만 말이야. 그리고 정부가 독도 관련 예산 삭감했잖아? 나 이건 정말 못 참겠더라. 국회 차원에서 좀 어떻게 잘할 수 없는 거니?"

"하하하! 그래 알았다. 이 자식 입담은 여전하구나…. 정치는 네가 해야 한다니까. 내가 보기엔 너한테는 국회의원이 딱 어울려. 넌 이해관계에 얽힌 게 없잖아. 누구 눈치도 볼 일이 없으니까 할 말 다 하고 정말 국민을 위해 일할 수 있을 텐데…."

"야야, 내가 어떻게 국회의원이 되니? 너희 민주당에서 나를 비례대표로 밀어주겠어? 하하하! 우리 구 회장님처럼 비례대표로 국회의원 되고 또 국민당의 뜻과는 전혀 상관없이 소신대로 의정 활동하는 게 쉬운 일이겠어?"

"조준아, 그래서 말인데…. 이번에 대통령이 구기정 의원을 중소벤처기업부 장관으로 임명하려고 해."

"뭐, 회장님을? 장관에? 난 회장님께서 국회의원이 되신 후에는 회사도 그만뒀고, 더 이상 연락을 안 하고 있어. 그게 회장님을 돕는 길이라고 생각했거든."

"아, 그랬구나. 구 의원님이 중소벤처기업부 장관 후보가 되면 당연히 인사 청문회가 진행되어야 해. 그런데 말이야, 너나 나나 386 이젠 586세대로서 국민당의 정체성 자체를 이해하지 못하지만, 국민당의 구기정 의원님은 솔직히 내가 진심으로 존경하는 분이야. 개인적으로 몇 번 만나기도 했어. 그리고 우리 민주당에 구 의원님을 존경하는 의원들도 좀 있어. 그리고 내가 볼 땐 대통령과 현 정부가 지금까지 한 일 중 제일 잘한 게 구 의원님을 장관 후보로 내세운 거야."

"성수야, 그럼, 뭐가 문제인데?"

"그게…. 너도 인터넷이나 유튜브 통해서 웬만한 뉴스는 다 접하겠지만, 워낙 무능한 정부고 검증도 제대로 안 된 사람을 장관 후보로 지명하곤 해서 우리 민주당이 인사 청문회에서 철저히 검증하고 있거든. 그런데 흠잡을 데 하나 없는 구 의원님이 장관 후보가 된 거지. 그렇다고 우리 민주당이 인사 청문회에서 날카로운 질문을 안 하고 너무 긍정적으로 진행한다면, 추후 대통령이 제대로 된 인사 검증 절차 없이 장관이나 국무위원 후보로 부적격자를 내세우고 임명할까 봐 염려되는 상황이야. 그래서 내가 보좌관들과 여러 자료를 검토해봤는데… 준영양행 과테말라 법인에서 노사 분규가 있었더라고, 2003년에. 혹시 조준이 네가 그 당시 과테말라 법인에 근무하고 있었니?"

"그래, 맞아. 바로 그 노사 분규 한가운데에 내가 있었어."

"아, 잘됐네! 너 지금 멕시코에서 사업하는 건 잘 아는데…. 네가 여

의도로 좀 와서 인사 청문회에 증인으로 출석할 수 있겠니? 노사 분규에 대해 질문하려고 해. 당시 준영양행이 잘못한 것은 없는지 확인하려고. 이 기회에 국회의사당과 의원회관 구경도 좀 하고."

"그렇지 않아도 우리 엄마와 장모님 뵈러 한국에 조만간 한번 갈 생각이었어. 출석하는 건 어렵지 않아. 이 기회에 국회의원놈들, 아니, 국회의원님들이 일 열심히 하는지 내 눈으로 확인 좀 해야겠는걸? 하하하!"

"흔쾌히 대답해줘서 고맙다. 자세한 일정은 내가 따로 알려줄게."

"그런데 성수야, 내가 증인으로서 어떤 종류의 대답을 해줘야 하는 거니?"

"그건 순전히 네 판단에 달렸지. 난 어느 쪽이든 상관없어. 내가 구의원님을 존경하니까 인사 청문회를 잘 통과하셨으면 좋겠지만, 또 좋은 의원 한 분이 국회를 떠난다고 생각하면 안타깝기도 하네."

"내가 증인으로 출석하면 성수 네가 나한테 질문하게 되니? 아니면, 다른 국회의원들도 질문하나?"

"내가 주도하게 될 거야. 다른 의원들도 질문할 수 있지만, 구 의원님이 워낙 흠이 없는 분이라 아마 싱거운 인사 청문회가 될 듯해."

"그럼, 혹시 내가 답변을 아주 간략하게 해도 되니? 그리고 남는 시간에 내가 국회의원들에게 하고 싶은 말 좀 쏟아내도 될까?"

"하하하! 넌 역시 정치에 어울린다니까. 네 마음대로 해. 아예 그냥 죽여버려. 하하하! 난 현재 재선 상태인데, 3선에 도전할 생각이 없어. 아니, 어쩌면 그런 자세로 일한다고 표현하는 게 맞겠네. 아닌 건 끝까지 아니라 하고, 맞는 건 끝까지 맞다고 버티며 일하고 있다. 나 3선 못 하면 네가 날 책임져라."

"미친놈, 하하하…. 네가 멕시코에 와서 열심히 일한다면 월급은 줄게. 가끔 함께 테니스나 치자고, 이젠 예전처럼 뛰지는 못하지만 말이야. 하하하!"

10% 팁을 얹어 계산을 마친 후, 정조준이 장수진의 손을 잡아끌며 말했다.

"수진아, 사랑해! 얼른 집에 가서 면역력 높이자. 세비야의 이발사, 아니, 세비야의 의사가 알려준 것 해야지."

"어머 어머, 미쳤나 봐! 그래도 싫진 않아, 후후후. 그런데 정말 내가 아직도 예뻐?"

"응, 점점 더 예뻐지는 것 같아, 헤헤헤."

열흘 후, 정조준과 장수진은 멕시코에서 미국 LA로 이동하여 대한항공으로 환승했고, 비행기는 열두 시간을 날아 한반도 상공에 들어서며 고도를 낮추고 있었다. 너무나 작은 영토와 영해, 그렇지만 수천 년, 아니 그 이상을 대대로 지켜왔기에 전쟁과 평화, 혼란과 질서, 슬픔과 기쁨, 몰락과 부흥이 깊이 각인된 우리의 바다이고 우리의 땅이다.

장수진의 뺨에 맑은 눈물 한두 방울이 흘렀다.

"수진아, 왜 그래? 무슨 걱정거리라도 있어?"

"아니, 걱정은 무슨…. 자기랑 함께 있는데. 그냥, 나이가 들어서 그런지 비행기에서 우리나라를 보니까 좀 감격스럽기도 하고. 우리가 외국에 살아서 그런가? 요즘엔 한국 사람이라는 게 정말 자랑스럽기도 하고…."

정조준은 장수진의 보드라운 손을 꼭 잡으며 말했다.

"우리는 이렇게 한국인으로서 긍지를 갖고 있는데, 그런 국민을 배신하는 놈들이 많아. 그래서 말인데… 나 이번에 인사 청문회에 증인으로 나가서 국회의원들에게 정신 차리라고 야단 좀 칠 거야."

인사 청문회

2023년 4월, 중소벤처기업부 장관 후보인 구기정 의원에 대한 국회 인사 청문회장에서 구기정이 후보자 선서에 이어 모두발언을 했는데, 끝부분에 언급한 내용이 모두를 놀라게 만들었다.

"…저는 장관 후보로 이 자리에 섰지만, 장관직에 욕심이 없습니다. 그리고 인사 청문회를 통과하지 못한 후보를 대통령이 직권으로 밀어붙이는 경우가 있는데, 이건 매우 잘못된 것입니다. 아무리 국회의원 자격을 갖추지 못한 국회의원들이 많다고 해도 삼권 분립의 원칙을 존중해야 하는데, 대통령이 국회를 존중하지 않는 것은 옳지 않습니다."

여당인 국민당 소속 국회의원인 구기정이 장관 후보자로서 인사 청문회 자리에서 대통령과 국회의원들을 동시에 싸잡아 비난하자 여기저기에서 웅성거렸다. 그리고 당황, 염려, 불편함이 뒤섞인 시선이 구기정에게 쏟아졌다. 하지만 구기정은 전혀 개의치 않는다는 표정으로 발언을 이어갔다.

"이번 인사 청문회를 준비하신 의원님들께서 저와 제 가족에 대해, 또 제가 한때 소유했거나 저와 관련된 회사들에 대해 이미 다 조사하셨기에 잘 아실 겁니다. 아마 털었지만 먼지가 안 났을 겁니다. 저는 국회의원 재선에 관심이 없습니다. 국민당이 추진하는 것에 제가 별로

정조준

동조하지 않으므로, 다음 총선에서 비례대표에 다시 제 이름을 올려줄 리가 없고 공천도 안 해줄 겁니다. 다른 정당에서 저를 비례대표로 밀어주신다면 도전해볼 수도 있겠지만, 미련을 갖고 있지는 않습니다. 제가 국회의원이 된 것은 배우고 경험하며 진정 우리나라에 필요한 게 무엇인지, 어떤 단체나 사람을 도와줘야 우리나라에 이로운 것인지를 파악하기 위함이었습니다. 따로 모아둔 자금이 있는데, 탈세와 관계없는 깨끗한 것으로 제가 국회의원 임기 또는 장관 임기를 마친 후에 재단을 설립해서 운영하기 위한 자금입니다. 물론, 그 재단은 단체든, 기업이든, 사람이든 도우면서 우리 사회가 좀 더 건강해지는 데 좋은 역할을 담당할 것입니다."

구기정 후보의 모두발언이 끝나자, 민주당의 이성수 의원이 질의를 시작했는데, 그도 정상적이지 않은 말을 꺼냈다.

"존경하는 구기정 의원님…."

야당이 아닌 국민당 의원들이 눈을 크게 뜨며 귀를 의심했으나, 이성수는 눈길도 주지 않고 말을 이어갔다.

"오늘 본 인사 청문회에 중소벤처기업부 장관 후보로 나오셨습니다. 제가 자신 있게 말씀드리는데, 구 의원님께서 장관이 되신다면 중소기업과 벤처기업에 좋은 영향력과 경쟁력이 생겨날 거라 믿어 의심치 않습니다. 다만, 현재 비록 소속된 정당은 다르지만 국회에서 한솥밥 먹는 저로서는 구 의원님처럼 훌륭한 동료 의원을 정부로 보내드리고 싶지 않다는 제 솔직한 심정을 이 자리에서 밝힙니다."

민주당 소속 위원들이 준영양행과 그 지주 회사 및 계열사들의 투명한 회계 관리와 세금 납부 현황, 그리고 구기정의 가족 중 회사와 관련된 사람들과 주식 보유 현황 등을 확인하는 부드러운 질문에 구기정이 답변했다. 오히려 구기정 후보와 같은 당인 국민당의 의원 한 명이 모아 둔 자금의 규모가 300억 원이 넘는다며 자금 형성 과정을 의심하는 내용으로 질문했고, 이에 대해 구기정은 기다렸다는 듯이 자금 관련 서류를 제시했다.

인사 청문회가 시작된 지 15분도 채 안 되어 거의 끝날 분위기가 되었을 때 이성수 의원이 증인 신문을 요청했다.

"증인 명단에 있는 정조준 씨를 증인으로 불러 신문하겠습니다."

정조준이 등장했고 증인 선서를 한 후, 증인석에 앉았다. 구기정의 얼굴에 조금 놀란 표정이 스친 것은 찰나였다. 구기정의 흔들리지 않는 당당한 눈빛을 정조준은 놓치지 않았다. 그리고 구기정이 입 모양으로 '정 이사, 노래 한번 해'라고 말하는 것도 놓치지 않았다.

정조준은 구기정에게 눈으로 대답했다.

'회장님, 오늘 제가 노래 한번 하겠습니다. 국회의원의 본보기가 바로 회장님입니다. 저는 회장님의 뜻을 잘 알고 있으며 늘 응원합니다.'

"증인, 정조준 씨는 준영양행과 그 지주 회사에서 오랜 기간 근무하셨지요?"

"네, 그렇습니다. 17년 반 동안 근무했습니다."

"2003년 준영양행 과테말라 법인에서 노사 분규가 있었는데, 준영양행이 노조원들을 탄압한 것입니까?"

"엄밀히 말씀드리면, 노사 분규가 아니라 불법 파업이었습니다. 제가 그 당시 준영양행 과테말라 법인의 인사·총무팀장 겸 컴플라이언스 팀장이었고, 제가 바로 분쟁을 해결한 사람이기에 정확히 기억하고 있습니다. 미국의 극우 세력과 관련되었을 것으로 추정되는 사람이 일부 근로자들을 사주하여 독립노조가 구성되었는데, 당시 준영양행은 집회결사의 자유를 철저히 존중하는 회사로서 독립노조 구성에 반대하지 않았습니다. 1차 협상에서 독립노조는 과장된 요구 조건을 제시했고, 회사 측의 설명은 들으려 하지도 않은 채 노동부에 파업 신고를 하지도 않은 불법 파업을 시작했습니다. 그럼에도 불구하고 회사는 독립노조와 여러 차례 대화하며 단체협약을 체결했고, 파업으로 인한 엄청난 손실 금액에 대해 독립노조에 아무런 요구도 하지 않았습니다. 그리고 독립노조는 지금까지 회사 내에서 활동하고 있는 것으로 알고 있습니다."

"네, 잘 알겠습니다. 혹시 덧붙일 말씀 있으십니까?"

이성수 의원의 질문에 정조준은 '고맙다, 성수야. 그리고 회장님, 제가 노래 한번 하겠습니다'라고 생각하며 입을 열었다.

국회의원들을 정조준하다

국회방송과 유튜브를 통해 전국으로 생중계되는 인사 청문회에서 정조준은 전혀 주눅들지 않았다. 국회의원들을 정조준했다. 총칼도 물리쳤던 그의 강렬한 눈빛으로.

"저는 정치인들이 무슨 일을 하는지 잘 모릅니다. 하지만 정치인들이 무엇을 해야 하는지는 알 것 같습니다. 국민당과 민주당의 국회의원님들께 감히 한 말씀 드립니다. 아니, 간곡히 부탁드립니다. 다음 총선 때 공천받을 생각, 좋은 지역구에 출마할 생각, 재선 또는 삼선 될 생각은 버리고 진심으로 국민을 위해서 일할 수는 없습니까? 권력을 쥐었다 생각하지 말고 국민 위에 군림하지도 말고요…. 민주주의를 유지하고 더욱 발전시키며 국민을 위해 봉사하는 게 어렵습니까? 예전에 우리나라의 공영방송국 기자와 PD가 덴마크 국회의원들을 방문·취재한 프로그램을 봤습니다. 덴마크 국회의원 한 분이 직접 다과를 내오더군요. 보좌관은 몇 명 되지도 않고 또 보좌관 한 명이 국회의원 두 명을 돕는 구조이며, 모든 국회의원들이 비좁은 사무실에서 정말 열심히 일하는 모습이었습니다. 그 국회의원이 순전히 보여주기 위해 쇼를 한 것일까요? 저는 아니라고 생각합니다. 카메라 앞인데도 불구하고 다과를 내오는 모습이 전혀 어색하지 않았기 때문입니다. 그뿐만이

정조준

아닙니다. 덴마크 국회의원들의 1/3은 걸어서 출퇴근하고, 1/3은 자전거로 출퇴근하며, 나머지 1/3은 차량으로 출퇴근하는데 대부분 직접 운전한다고 합니다. 물론, 덴마크의 수도 코펜하겐과 우리나라의 수도 서울의 환경이 다를 수 있겠지요. 그래서 덴마크 국회의원들이 하는 것을 우리 국회의원들은 할 수 없다면, 뭔가 다른 것을 하면 어떨까요? 대중교통으로 출퇴근할 수도 있고요, 국민들의 생활 현장에 더 자주 가서 보고, 젊은이들의 고민은 무엇인지 들어보고, 중소기업 경영진 또 직원들과 직접 만나 대화도 해보고요… 선거철에만 보좌관과 비서관들에 둘러싸인 채 해당 지역구 길거리에서 인사하는 것 말고, 평소에 해야 합니다. 매일 매시간 과연 국민을 위해 최선을 다해 일하고 있는지 반성하셨으면 합니다. 그리고 국회의원들은 일반 공무원이나 일반 기업에서 일하는 사람들과 다른, 선출직입니다. 즉, 국민의 대리인에 불과합니다. 그런데요… 왜 출마하셨죠? 왜 국회의원이 되셨죠? 국민에게 봉사하기 위한 것 맞습니까?"

사방에서 터지는 카메라 플래시 소음과 사람들이 웅성거리는 소리가 허공에서 엇갈렸다. 여당 의원들은 정조준을 제지하고 싶었으나, 생방송으로 촬영하고 있는 카메라가 두려웠다. 주제에서 벗어난 얘기는 하지 말라고 조그맣게 말하는 여당 의원들도 있었지만, 이성수 의원이 이들을 저지하며 증인의 얘기를 들어보자고 말했다.

정조준은 마치 생방송을 보고 있을 국회의원들에게 말하듯이 잠시 카메라를 정조준하더니, 결의에 찬 표정으로 다시 말하기 시작했다.

"국회의원님들께 공식적으로 질문드립니다. 국민에게 봉사하기 위해 국회의원 되신 것 맞습니까? 가족이나 지인들이 운영하는 기업에 이익을 주려고 국회의원 되신 것 아니죠? 그렇다면 지인들에게 연구, 조사를 맡긴다거나 지인이 운영하는 기업에 유리한 정책을 유도하는 방법으로 국민의 세금이 지인에게 지불되도록 하시는 분은 안 계시겠죠? 어차피 할당된 연구·용역비라고 대충 지인들에게 지불하시지는 않겠죠? 진정으로 봉사하는 마음과 바른 철학을 갖고 계신 것 맞죠? 그렇다면 '넌 짐이나 챙겨' 하는 식으로 여행 가방을 운전기사에게 휙 밀어버린다거나, 기차에서 앞 좌석에 구둣발을 올려놓는다거나, 공무원과 짜고 도로 공사 프로젝트의 노선을 변경해서 자신 또는 가족이나 지인이 소유한 땅값을 오르게 하는 일도 없겠죠? 우리의 역사나 가치관보다 저 극우 일본인들의 역사와 가치관을 우선적으로 고려해서 우리 독립 영웅의 숭고한 희생과 헌신을 짓밟는 일도 없겠죠? 국회의원님들께서는 기본적으로 훌륭한 인성과 예의, 그리고 바른 역사관을 갖추었기 때문에 국회의원으로 선출되신 것 맞죠? 그렇다면 말입니다. 혹시 우리 국회의원님들과 달리 정부에 그렇지 못한 공무원들이 있다면 지위의 고하를 막론하고 그런 분들을 교육하시기 바랍니다. 대정부 질의 자리든, 청문회 자리든, 그런 공무원들에게 무엇이 잘못됐는지 정확히 알려주시고, 온 국민이 알 수 있도록 해주시기 바랍니다. 그리고 이건 법적으로 가능한 것인지 잘 모르겠는데요…. 국민에게 봉사하실 결심으로 국회의원이 되신 게 맞다면, 물론 각자 경제 사정에 따라 적절한 차이는 있어야겠지만, 월급도 반납하시면 어떻겠습니까? 어떤 규율에 의한 반납이 아니라 각자 스스로 판단하여 전액 또는 경제 사정에 따라 일부를 반납하면 좋을 듯합니다. 그리고 국민의 세금으로 지급하는 보좌관

정조준

월급도 만만치 않죠? 물론 젊고 유능한 보좌관은 필요하며 이런 보좌관에겐 당연히 합당한 월급을 지급해야겠지만, 혹시 다음 선거에 국회의원에 출마하실 분들이 봉사하는 마음으로, 그러니까 월급을 받되 반납하면서 보좌관이나 비서관으로 근무하면 어떨까요? 근무하면서 열심히 배운 후에 출마하면 유권자들이 더 지지할 거라 생각합니다. 국회의원을 한 번 또는 재선까지 하신 분은 더 이상 출마하지 말고, 무보수로 봉사한 보좌관에게 양보해서 보좌관이 다음 선거에 출마하도록 하고요, 국회의원직 그만두신 후에는 경험을 살려 국회의원실에서 보좌관이나 비서관을 도우며 봉사하면 어떨까요? 의원실도 45평씩이나 돼서 충분히 넓으니까요. 그리고 지금 시청하시는 모든 국민들께 한 말씀 드립니다. 선거 때 어떤 후보가 우리 동네 아파트 가격을 올려줄 수 있는가를 생각하면 안 됩니다. 저는 경제에 대해 잘 모릅니다만… 아파트 가격이 오르면 오를수록 우리 자식들이 아파트 구입하는 것은 더욱 어려워지지 않겠습니까? 아이는 더욱 낳지 않으려 할 것이고요. 결국 아파트를 구매할 사람들이 감소하면 아파트 가격도 떨어질 겁니다. 여기서 벌면 저기서 잃을 수 있습니다. 어떻게 항상 벌기만 하고 이기기만 하겠어요? 깔고 앉아 있는 아파트 가격이 오르는 것보다는 적절한 가격에 더 많은 매매가 이뤄져야 돈이 돌고 경제가 활성화될 거라 생각합니다. 이기심보다는 이타심이 필요하지 않을까요? 특히 종교를 갖고 계신 분들은 과연 종교가 가르치는 대로 살고 있는지 반성해야 합니다. 그리고 선거 때 돈 많이 쓰는 후보는 절대로 찍으면 안 된다고 생각합니다. 돈 많이 쓰고 국회의원에 당선되면 쓴 돈만큼, 또는 그 이상 거둬들이려 할 게 뻔하며 당연히 가족이나 지인들에게 많은 이익이 돌아가게 할 겁니다. 바로 우리가 내는 세금으로 말이죠. 돈 안 쓰고도 합리적인 정책을 공약하는 후보, 좋은 인성과 예의 그리고 바른 역사관을 가진 후보, 진정으로 국민에게 봉사하며 국민의 행복을 위해 고민하는 후보에게 투표해야 한다고 생각합니다."

정조준이 잠시 고민하는 표정을 지었다.

'에라 모르겠다. 국회의원들을 정조준했으니 한번 지르지 뭐, 수진이가 화내진 않을까?'라고 생각하며 비장한 눈빛으로 어딘가에서 비웃고 있을 친일파들을 정조준했다.

"요즘 일본이 우리 동해를 일본해라 부르고 독도를 다케시마라 부르며 그 망언의 수위가 도를 넘고 있는데, 이런 상황에서 정부가 독도 관련 예산을 삭감했다는 기사를 접했습니다. 친일파가 아니라면 어떻게 이럴 수가 있습니까? 훌륭한 국회의원님들, 좋은 뜻을 가진 기업인들, 또는 애국심을 표현하고 싶은 부자들이 삭감된 독도 예산을 스스로 메꿀 수 있도록 그리고 좋은 일, 예를 들면 독립 유공자의 후손들을 위한 일에 앞다퉈 기부할 수 있도록 제가 길을 트겠습니다. 저에게 현금 10억 원이 있는데요, 전액 기부하겠습니다. 조사해보시면 아시겠지만, 저한테 이 금액은 거의 전 재산입니다."

인사 청문회장은 매우 시끄러워졌으나, 이성수 의원은 엷은 미소를 지으며 "정조준이 제대로 정조준했네. 난… 3선은 포기해야겠어, 허허허. 조준이와 뭔가 좋은 일을 해야겠어"라고 중얼거렸다.

그때 구기정 의원이 무언가 결심한 표정으로 마이크에 대고 말했다.

"저는 이 시간부로 중소벤처기업부 장관 후보를 사퇴합니다. 중소기업과 벤처기업을 위해 좋은 일을 해볼까 생각했지만, 현 정부에서는 별의미가 없을 듯해요. 그리고 제가 모두발언 중에 제게 모아둔 자금이 있다고 언급했는데요, 이 자금은 독립 유공자의 후손들을 위한 그리고 우리 땅 독도를 지키기 위한 재단 설립 및 운영에 사용하겠습니다."

구기정이 자리에서 일어나더니 주위 사람들은 아랑곳하지 하고 정조준 쪽을 향해 외쳤다.

"정 이사! 하하하!"

정조준은 벌떡 일어나 구기정 앞으로 가서 인사했다.

"회장님, 안녕하셨습니까? 3년 동안 연락을 못 드렸습니다, 죄송합니다."

"무슨 소릴! 내가 정 이사 마음을 다 알지. 자네가 증인으로 들어올 때 내가 아주 잠시 놀라긴 했어, 반가워서 말이야. 오늘 자네는 아주 영화처럼 등장했구만…."

카메라 플래시가 연신 터졌고 기자들이 카메라와 마이크를 들이댔지만, 두 사람은 신경 쓰지 않았다.

"회장님께서는 오늘 아주 영화처럼 퇴장하십니다."

"하하하! 그런가? 아 참, 아까 자네가 들어올 때 내가 입 모양으로 '노래 한번 해'라고 말한 것 눈치챘지?"

"네, 회장님. 그래서 오늘 국회의원들한테 노래 한 곡 제대로 불러줬지 않습니까?"

"하하하! 아주 잘했어. 하하하! 정 이사, 저녁에 시간 어때? 소주 한 잔해야지?"

"네, 회장님. 이성수 의원과 국회의사당 구경 좀 하고 저녁에 뵙겠습니다."

구기정이 잠시 두리번거리더니 이성수에게 손짓하며 말했다.

"이 의원, 오늘 저녁에 여기 정 이사와 함께 소주 한잔합시다. 지난번에 대학 동창이라고 말한 것으로 기억하는데, 둘이 가깝나요?"

"네, 구 의원님. 심한 욕도 주고받는 사이입니다. 하하하!"

"아, 그래요? 하하하!"

정조준

아리랑

같은 날 저녁, 사람들로 북적대는 평범한 대폿집에 구기정 의원과 이성수 의원 그리고 정조준이 삼겹살에 소줏잔을 기울이고 있었다.

"저 사람 아까 인사 청문회에서 10억 내겠다고 한 사람 아니야?"

"맞는 것 같아. 그래, 맞아. 그 옆에는 바로 그 국회의원이잖아?"

"누구? 아, 그래, 구… 구기정 의원…. 털어도 먼지 안 나는 사람인데, 청문회에서 스스로 장관 후보를 사퇴하며 자기가 모아둔 돈으로 독립 유공자의 후손들을 위한, 또 독도를 지키기 위한 재단을 설립해서 운영하겠다고 말했어."

"저런 사람이 장관 하면 잘할 텐데…. 하긴, 어쩌면 국회의원으로 남은 임기 채우는 게 국민들한테는 더 좋은 일일 수도 있겠어."

"그 옆에도 국회의원이야. 일 열심히 한다고 소문났지. 민주당 의원인데 아까 청문회에서 국민당 구기정 의원에게 존경한다고 말했잖아?"

"아, 그렇네. 그리고 저 사람, 10억 내겠다고 한 사람…. 정말 대단해. 거의 전 재산이라던데. 보통 사람은 아닌가 봐."

사람들이 웅성댈 때 정조준의 핸드폰이 울렸다.

"회장님, 죄송합니다. 제 아내라, 잠시만 통화하겠습니다."

"어서 통화해. 장수진 씨에게 내 안부 전하고."

정조준이 긴장한 표정으로 전화를 받았다.

"어, 수진아, 나 지금 회장님과 이성수와 저녁 먹고 있어. 회장님께서 너한테 안부 전해달라고 하시네."

"응…. 뭐, 할 말 없어?"

"아, 그게…. 인사 청문회에서… 그때 상황이…."

"잘했어."

"수진아, 미안해…. 10억이 엄청 큰돈인데, 이제 우리한테 돈도 별로 없고…."

"잘했어."

"…."

"진짜 잘했다고. 후후후! 역시 내 남편 정조준이야. 1987년 캠퍼스에서나 지금이나 여전히 멋있어. 사랑해."

정조준이 전화를 끊자 이성수가 물었다.

"조준아, 괜찮아? 10억 낸다고 한 것 때문에 제수씨가 화 많이 났지?"

"그게…. 잘했다고 하네."

"정 이사, 정말인가?"

"네, 회장님, 정말로 잘했다고 합니다…."

"하하하! 장수진 씨가 보통이 아니구만. 하여튼 걱정은 말게. 재단법인을 설립하면 자네가 이사직을 맡아. 월급은 사회 통념상 이해할 수 있는 선에서 책정하기로 하지."

"네, 회장님, 감사합니다. 그럼 저는 잠시 멕시코 몬떼레이(Monterrey)에 가서 정리를 좀 하고 돌아오겠습니다. 제가 운영하는 회사에 제가

정조준

없어도 큰 문제는 없지만, 조금 살피고 직원들에게 몇 가지만 주지시키면 됩니다."

"구 의원님, 제가 지금 재선 상태인데, 3선에는 도전하지 않겠습니다. 이번 임기 끝나면 저도 그 재단에서 일하고 싶습니다. 박봉이라도 괜찮고, 무보수라도 상관없습니다. 구 의원님처럼 훌륭하신 분과 함께한다는 자체가 즐거움이고 우리 사회를 건강하게 만드는 데 도움이 되도록 노력하겠습니다."

"이 의원, 정말 고마워요. 우리 남은 임기 동안 국민들에게 부끄럽지 않도록 최선을 다해서 의정 활동하고, 그 후 함께 일합시다. 남은 임기 동안 열심히 안 하면 정 이사한테 야단맞을 거예요. 하하하!"

"하하하! 하하하!"

옆 테이블에 있던 사람들이 조심스럽게 다가와 인사를 건넸다.

"안녕하세요? 저, 실례지만… 국회의원… 맞죠?"

"아 네, 맞아요. 구기정입니다."

"안녕하세요? 민주당 이성수입니다."

"저는 10억 기부할 일반 시민 정조준입니다. 하하하!"

"하하하! 이거 정말 영광입니다."

다가온 사람들 중 한 명이 식당 내 모든 사람들이 들을 수 있도록 큰 소리로 말했다.

"저, 잠시만요! 식사들 하시는데 죄송합니다. 여기 오늘 청문회에 나왔던 구기정 의원님, 이성수 의원님이고… 그리고 이분은 아까 청문회에 증인으로 나왔다가 국회의원들 야단치고 나서 10억 원 내겠다고 하신 분입니다. 오늘 청문회가 정말 훈훈했는데, 우리 이분들께 박수 한 번 보내드리기로 하죠."

"짝짝짝짝짝!"

"아 네, 시민 여러분, 고맙습니다. 저는 재선에 도전할 생각이 없는, 그래서 소신 있게 일하는 국회의원 구기정입니다. 여기 오늘 식대는 제가 냅니다. 국민들의 혈세를 쓰려는 것 아닙니다. 제가 개인적으로 내는 것이니 마음껏 드세요! 저… 식당 사장님! 이거 제 개인 신용카드인데 미리 받아두세요."

"와! 박수!"

"짝짝짝짝짝!"

박수 소리가 잦아들자 구기정이 말했다.

"오늘 분위기 좋은데요, 여기 정조준 이 친구가 노래를 아주 잘합니다. 한 곡 부탁하면 어떨까요?"

"와! 짝짝짝짝짝!"

정조준이 일어서서 말했다.

"노래시키면 절대 마다하지 않는 정조준입니다. 제가 해외에서 오랫동안 생활해서 그런지, 아니면 나이가 좀 들어서 그런지 이 노래만 부르면 눈물이 나는데요…. 그래서 끝까지 부를 수 있을지 모르겠습니다. 제가 노래를 부르다가 중단할 수도 있는데, 여기 계신 분들이 함께 불러주시면 감사하겠습니다."

"좋아요! 함께 부르죠!"

"아리랑 아리랑 아라리요 아리랑 고개로 넘어간다…. 흐윽, 흑흑…"

정조준

정조준이 목이 메었는지 노래를 멈추자 식당 안의 모든 사람들이 이어서 부르기 시작했다.

"…나를 버리고 가시는 님은 십 리도 못 가서 발병 난다. 아리랑 아리랑 아라리요 아리랑 고개로 넘어간다…."

심금을 울리는 한민족의 노래 아리랑, 중요한 순간마다 한민족을 하나로 묶어주는 힘을 가진 아리랑을 함께 부르며 눈시울이 붉어진 사람들, 눈물을 참으며 소주를 들이켜는 사람들, 먹먹해진 가슴을 진정시키려고 박수를 치는 사람들…. 모두가 바로 우리 자랑스런 한민족이자 대한민국의 국민들이었다. 식당 주인은 이 뜨거운 광경을 핸드폰으로 촬영했다.

"회장님, 우리가 설립할 재단법인의 이름이 필요한데요…. '아리랑 겨레'로 하면 어떻겠는지요?"

"재단법인 아리랑 겨레? 아리랑 겨레가 독립 유공자들의 후손을 돕고 또 우리 땅 독도를 지킨다…. 좋아!"

"구 의원님, 아리랑 겨레, 좋은 이름입니다. 취지에 아주 잘 맞는 이름이라고 생각합니다. 야, 조준아! 너 오늘 정말 대단했어. 난 네가 내 친구라는 게 자랑스럽다. 그리고 말이야…. 나 국회의원 임기 끝나면 바로 아리랑 겨레에서 일할 거다. 월급 안 줘도 좋으니 너무 구박만 하지 마라."

"하하하! 하하하!"

2023년 5월, '재단법인 아리랑 겨레'가 설립되었다. 신문과 방송은 연일 '재단법인 아리랑 겨레'에 대해 보도했다. 물론, 늘 그렇듯 뉴라이트 계열 언론사들은 대통령과 대통령 부인에 초점을 맞춘 기사들과 이념을 가르는 원색적인 기사들만 써냈지만, 많은 국민들의 관심이 아리랑 겨레로 옮겨갔다.

구기정이 기업을 운영하며 언젠가 좋은 일에 사용하려고 모아둔 투명한 자금 300억 원과 정조준의 10억 원은 '재단법인 아리랑 겨레'를 설립하여 조직을 만들고 사업 방향을 정하는 데 즉시 투입되기 시작했다.

그리고 독도 관련 기부금을 내고 싶다는 개인과 기업, 또 여러 단체들의 문의가 빗발쳤다. 아리랑 겨레의 이사를 맡은 정조준은 공식적인 입장을 인터넷 홈페이지에 게시했다.

'재단법인 아리랑 겨레'에서 알립니다.
아리랑 겨레에 쾌척하시는 기부금은 독립 유공자의 후손들을 돕는 일에, 그리고 우리 땅 독도를 지키기 위한 일에 사용됩니다. 저희에게 보내주시는 기부금은 금액의 많고 적음에 관계 없이 감사히 수령되며 본 홈페이지에 날짜순으로 항상 게재됩니다. 모든 지출을 투명하게 관리하며 정기적으로 회계 자료를 공개함은 물론, 진행되는 모든 프로젝트와 진행 상황을 항상 최신 상태로 유지하겠습니다. 감사합니다.

정조준은 자신이 기부한 10억 원이 정부가 삭감한 독도 관련 예산을 메꾸는 데 사용되기를 희망했지만, 정부와의 소통이 쉽지 않았다. 이에 국민당 소속 국회의원 구기정 그리고 민주당 소속 국회의원 이성수와 수시로 연락하며 협의했다.

정조준

결국 정부와는 관계없이 재단법인 아리랑 겨레가 독도 지키기 행사를 기획하여 진행하기로 뜻을 모았다. 행사 제목은 '독도 아리랑'으로 정했다. 이미 오래전부터 독도 지킴이를 자처해온 가수, 배우, 기업, 민간 외교 사절단 등은 물론 구기정과 이성수의 뜻을 따르는 약 20명의 국회의원들이 적극적으로 협조했다.

그즈음, 폭발적인 조회 수를 기록하는 동영상 하나로 유튜브가 뜨거워졌다. 구기정, 이성수, 정조준이 대폿집에서 소주 마실 때 정조준과 손님들이 함께 아리랑을 부르는 모습이 식당 주인에 의해 촬영되었는데, 주인 아들이 '아리랑(Arirang)'이란 제목으로 동영상을 유튜브에 올리자마자 뜨거운 반응을 보이며 수천만 회가 넘는 조회 수를 기록했던 것이다.

아리랑을 부르다가 울컥하는 정조준, 술 마시다가 말고 함께 아리랑을 부르는 평범한 시민들과 국회의원 두 명, 노래하다가 우는 사람들, 그리고 울음을 술로 삼키는 사람들…. 한민족이라면 누구나 이해할 수 있는 아리랑과 울음의 의미를 전 세계인들이 조금씩 이해하기 시작했을 때 조회 수는 계속해서 증가하여 1억 회를 넘기고 있었다.

무덥고 습한 한국의 여름이 왔다. 그렇지만, 정조준과 장수진은 아침 일찍 산뜻한 마음으로 준영양행 빌딩 앞에 도착했다. 빌딩 내 빈 사무실을 재단법인 아리랑 겨레가 리모델링하여 사용하고 있기 때문이었다.

늘 그렇듯 다정하게 사무실에 출근하여 직원들과 아침 인사를 나누고 정성스럽게 커피를 내려 직원들과 나누었다. 장수진은 월급을 받지 않고 봉사했는데, 영어와 스페인어 실력을 갖추었고 감성적으로 업무를 섬세하게 바라봤기에 재단에서 좋은 역할을 담당하며 직원들을 살폈다.

두 시간 정도 업무에 몰두했을 때 정조준 핸드폰의 와츠앱(Whats App) 전화가 울렸다.

"헬로우, 마이 프렌드, 라파엘. 나야, 알렉산더."

"알렉산더! 이게 얼마 만이야? 한 1년 넘은 것 같네. 자주 연락 못 해서 미안해. 그런데 지금 스위스는 한밤중인데…"

"하하하, 난 LA에 있어. 벌써 1년 됐네. 국제노동기구 그만두고, 미국 헐리우드 배우 노조연맹의 연맹장이 됐어. 내 모든 경험을 살려 배우들의 권리와 영화 제작사들의 좋은 제작 환경을 위해 뛰고 있어. 요즘 한국 영화가 너무 뛰어나서 헐리우드가 분발해야 하거든. 하하하!"

"하하하! 그래? 축하해, 알렉산더."

"이 친구야, 내가 유튜브에서 동영상을 하나 봤어. 난 네가 그렇게 노래를 잘하는지 몰랐어. 네 덕분에 그 노래가 '아리랑'이고 2012년에 유네스코 인류무형유산으로 등재되었다는 것도 알게 됐어. 야, 술 취한 서울 시민들도 노래 잘하던데? 아주 감동적인 장면이야."

"하하하! 요즘 그 동영상이 좀 뜨겁긴 하지. '아리랑' 얘기가 나와서 말인데, 얼마 전부터 내가 '아리랑 겨레'라는 재단에서 일하고 있어. 사연이 좀 복잡한데…. 재단의 설립 목적과 프로젝트 등은 우리 인터넷 홈페이지를 확인해주면 고맙겠어. 한국어, 영어, 스페인어, 불어, 중국어까지 다섯 개 언어로 운영되고 있고, 홈페이지 주소는 내가 잠시 후 문자로 보낼게. 우리가 지금 독도를 위한 행사를 기획하고 있어. 뜻있는 국회의원들은 물론 여러 단체들과 함께 독도에 직접 가서 인터넷을 통해 생방송을 하며 아리랑을 부르려고 해. 네가 헐리우드 노조연맹장이라니 혹시 헐리우드 배우들도 이 행사에 참석할 수 있으면 좋겠는데⋯. 항공권을 비롯한 모든 여행 경비는 당연히 우리 재단이 지불할 거야."

"오케이! 라파엘 네가 계획하는 것이라면 난 당연히 응원하고 지원할 거야. 일단 너희 홈페이지를 보며 취지를 이해한 후에 내가 몇몇 배우들과 대화해볼게. 그리고 내가 예전에 네게 약속한 것 기억나? 다음에 만날 땐 내가 몇 마디라도 한국어로 말하기로 한 것? 이번에 만나게 되면 그 약속 꼭 지킬게, 하하하."

통화하는 것을 옆에서 들은 장수진이 컴퓨터에서 몇몇 파일들을 찾아 열며 말했다.

"드디어 이 사진들을 써먹을 수 있는 순간이 왔어. 내가 예전에 자기한테 보여줬는데 기억나?"

"어디 봐. 하하하! 이거 옛날에 네 남자친구였던 마크가 여배우 비너스와 바람피우다가 너한테 딱 걸려 찍힌 사진이지? 하하하! 야, 이거 정말 선정적인걸? 왜? 이 사진으로 협박이라도⋯. 아니다! 비너스가 언젠가 꼭 신세를 갚을 거라고 약속했다고 했나?"

"맞아. 내가 치사하게 이 사진들을 공개하겠어? 호호호! 비너스한테 연락해봐야겠어. 알렉산더에게 협조해주면 고맙겠다고. 그렇게 하면 더 이상 나한테 신세 진 것은 없다고 말이야. 요즘 비너스가 매우 잘나가는 것 같아. 중년 여배우로서 연기력이 뛰어나다는 평가를 받고 있거든. 후후훗!"

장수진은 L사에서 근무했던 수잔 창을 기억하냐고 물으며 비너스에게 연락했다. 연기력 부족으로 힘들어했고 그것을 극복하기 위해 마크를 유혹했던 예전의 비너스가 아니었다. 탄탄한 연기력을 갖춘 아름다운 중년 여배우이며 동료 배우들과 좋은 관계를 유지하는 영향력 있는 배우가 되어 있었다.

비너스는 흔쾌히 협조하겠다고 약속하며 말했다.

"내가 헐리우드 노조연맹장 알렉산더와도 친분이 두터워요. 지금 바로 알렉산더와 대화할게요. 그리고 수잔, 난 마크와 결혼해서 지금까지 잘 살고 있어요. 당신한테 진심으로 미안하고 또 고마워요"라고 말했다.

정조준

밀려온 먹구름

평균 해발 고도 500미터인 멕시코 북동부 몬떼레이(Monterrey) 지역에 1,821미터 높이로 우뚝 솟은 시야산(Cerro de la Silla)은 단연 돋보였다. 말안장과 모습이 비슷해서 시야(silla)라는 이름이 붙은 산 주위는 비교적 맑았지만, 산업단지가 밀집한 아뽀다까(Apodaca)시의 하늘엔 먹구름이 밀려왔다. 하늘을 시커멓게 뒤덮은 먹구름이 무거워 보인다 싶더니 동쪽 멀리서 번개가 꿈틀거렸다.

산업단지를 느릿느릿 어슬렁거리는 한 남자의 희끗희끗한 곱슬머리에 빗방울이 떨어지기 시작했다. 한 방울, 두 방울, 세 방울…. 머리숱이 줄었는지 머리에 떨어진 빗방울이 이마를 타고 흘러내렸다.

"젠장! 오늘도 별 소득이 없네. 배도 고프고 여자 생각도 나고…. 도대체 여자와 마지막으로 잔 게 언제였지? 기억도 안 나. 여자도 그립고, LA에 있는 마누라도 그립고…. 비는 또 왜 오는 거야? 코카콜라에 따꼬(taco)나 먹으면서 비를 피해야겠어"라고 중얼거리며 허름한 따꼬집으로 들어가자 식당 여주인이 야릇한 추파를 던지며 인사했다.

"오오오오올라(hola: 여보세요, 안녕), 곱슬머리 양반. 또 오셨네요. 따꼬 그링가(taco de gringa: 치즈를 넣은 따꼬) 하나 드릴까?"

사십 대 중반의 남자가 희끗한 곱슬머리를 긁적이며 대답했다.

"두 개 줘요. 아침도 못 먹어서…."

희끗한 곱슬머리는 뚱뚱한 여주인의 엉덩이를 쳐다보며 생각했다.

'저 여자라도 어떻게 해볼까? 아냐, 저 멕시코 여자는 너무 뚱뚱해. 하긴 뭐, 나도 원래는 멕시코인이지…. 하지만 난 부모님과 어렸을 때 미국으로 갔다고. 우리 부모님이 고생하면서 우리 모두 불법 체류기간을 잘 넘겼고 그래서 난 미국에서 교육받았어. 난 위대한 아메리카의 시민이라고. 내가 저런 여자와 잘 수는 없지, 아무리 여자 생각이 나도….'

이내 고개를 저었다.

잠시 후, 따꼬를 받아 들고 삐걱대는 의자에 털퍼덕 주저앉았다. 따꼬에 양파와 고수를 얹고 레몬을 뿌린 후 한입 물었을 때 핸드폰이 울렸다.

"웁, 젠장…. 우적, 우웁적…. 으음, 음, 네, 에버렛! 안녕하세요? 어떻게…."

"이봐, 아돌포! 지금까지 아무 보고도 안 하는 걸 보니 아직 아무런 성과가 없는 모양이군. 난 네가 우리 위대한 아메리카의 시민이 맞는지 묻고 싶어. 네가 멕시코에서 필요로 하는 활동비는 계속 보내주고 있는데 도대체 뭘 하고 있는 건가? 지금은 어디에 있는 거야?"

"지금은 몬떼레이에 있는데요…."

"그 지역은 대부분 자동차 산업과 관련된 업체들인데 뭐 하러 간 건가? 부품업체 한 곳이 가동을 멈춘다고 미국에서 바로 생산할 수 있는 게 아니야. 좀 더 신중할 수는 없는 건가?"

정조준

"그게 아니라…. 이곳에도 봉제와 관련된 업체들이 있어요. 카시트를 생산하는 업체도 있고 또…."

"이봐, 아돌포! 좀 똑똑하게 일할 수 없나? 난 데이빗 님에게 뭐라고 보고해야 할지 모르겠어."

"멕시코에 있는 거대 노조연맹들이 저를 위험인물로 간주하고 있어서 제가 활동하는 게 좀 어렵…."

"시끄러워! 활동비와는 별도로 매월 너에게 지불하는 월급 4천 달러가 아깝다는 생각이 들지 않도록 하란 말이네. 뭔가 큰 건을 잡으라고!"

"에버렛, 헬로우…. 에버렛…. 오 마이 갓! 전화를 끊었네. 젠장! 도대체 뭘 어떻게 하라는 거야? 멕시코의 산업 환경이 바뀌어 옷을 만드는 업체들이 감소했고, 남아 있는 업체들에는 이미 노조가 잘 정착되어 있어서 내가 뚫고 들어갈 틈이 없어. 상황이 예전과 다르단 말이야. 게다가 노조연맹들은 나를 원수 취급하는데…. 월급 4천 달러로는 미국에서 내 가족을 먹여 살릴 수가 없어. 내 나이가 40대 중반이라 이제 내가 마땅히 일할 만한 곳도 없어. 뭔가 큰 건이 필요해, 위대한 미국을 위한 아주 큰 건이…."

희끗희끗한 곱슬머리 아돌포는 따꼬를 우적우적 씹으며 핸드폰에서 유튜브 앱을 눌렀다. 조회 수 1억 회가 넘는 동영상이 떴다.

"뭐야? 노래하는 거잖아…. 어! 어…. 이놈은 라파엘…. 준영양행의 라파엘인데. 뭐야? 왜 다들 노래하며 울먹이는 거야? 쳇! 어디 댓글들을 좀 볼까?"

곱슬머리 아돌포는 영어와 스페인어로 작성된 댓글들을 찾아 읽으며 정조준과 함께 있는 두 명이 대한민국의 국회의원이고, 특히 구기정 의원은 예전에 준영양행의 회장이었으며, 정조준과 구기정이 재단법인 아리랑 겨레와 관련 있다는 것까지 알게 되었다.

그는 즉시 아리랑 겨레 홈페이지를 찾았고, 영어와 스페인어가 지원되고 있어서 재단의 활동을 쉽게 이해할 수 있었다. 미국 헐리우드 배우 노조연맹장인 알렉산더와 중년 여배우 비너스가 독도 관련 행사를 지원할 뿐만 아니라, 10월에 한국을 방문할 예정이란 내용을 읽으며 희끗한 곱슬머리 아돌포의 눈이 번쩍 뜨였다.

그리고 게시판에는 적극적인 의견들이 자유롭게 게시되었는데, 외국에 거주하는 한국인들이 영어로 쓴 의견들도 많았다. 몇몇 의견은 위대한 미국을 위협하는 내용이었다.

"그래, 바로 이거야…. 어디 보자…."

한국의 독도를 다케시마라 부르며 자신의 땅이라고 우기는 일본 정부를 규탄한다.

어정쩡한 태도를 보이는 미국 때문에 우리 한국 사람들은 격앙되었다.

유럽에서 수 세기 전에 제작된 지도에서도 독도가 한국의 영토임을 알 수 있고, 1800년대까지만 해도 유럽에서는 한반도 동쪽의 바다를 한국해로 표기했으나, 일본은 이 바다를 일본해라고 부르고 있다.

그러나 2023년 8월 미 국방부가 동해를 일본해로 표기했고, 미 국방부의 입장은 일본해가 공식 표기이며, 미 국방부뿐만 아니라 미국 정부 기관들의 정책이라고 발표했다.

바로 그 바다 한가운데에 있는 독도를 일본에 빼앗길까 봐 한국인들은 일본과 미국에 분노를 표출하고 있다.

동해에서 한미일 3국의 합동 군사 훈련이 진행되었지만, 이를 반대하는 한국인들이 많다.

미국은 중국, 러시아, 일본, 북한 사이에서 한국을 단지 군사적 완충 지대로써 이용하고 있을 뿐이다.

미국은 한국을 동맹으로 여기지 않는다.

미국은, 역설적이지만, 미국의 영토인 하와이를 침공했던 일본을 동맹으로 여긴다.

전 세계의 경찰 역할을 맡아온 미국은 경찰 역할을 똑바로 해라.

미국은 물러가라.

한국의 대통령은 친일파다. 그래서 일본이 원하는 것을 다 내주려 한다.

일본은 한국의 동맹이 아니며, 절대로 동맹이 될 수 없다.

한국의 대통령은 정치도 외교도 모르면서 무조건 일본과 미국 편만 들고 있다. 그래서 중국과 러시아와는 거리가 멀어지고 있다.

한국의 대통령은 대통령으로 취임한 후 1년 반이 지나도록 야당 대표와 만나지 않고 있다. 고집불통이며, 가족의 비리만 은폐하고 있다.

한국의 대통령은 언론을 통제하기 시작했다. 한국의 민주주의는 퇴보하고 있다.

정부가 무능하니 국민이 나서야 한다

한국은 코로나 시기에 질병에 대한 통제와 국민들의 질서를 전 세계에서 가장 모범적이고 완벽하게 유지하면서 어느 나라와 비교해도 정부 부채 증가율이 가장 낮았고 경제도 굳건했으나, 현 대통령이 정권을 잡은 후 한미일 협력만 강조했을 뿐 경제는 나락으로 떨어졌다. 경제 성장률은 코로나 시기보다도 더 낮아졌다.

모든 게 현 대통령과 정부 때문이다. 그리고 미국과 일본 때문이다…

"흐흐흐흐… 이거 아주 흥미로운데? 라파엘, 너를 어떻게 끝장내줄까? 내가 2001년부터 몇 년 동안 너 때문에 허비한 시간이 얼만 줄 알아? 내가 계획했던 모든 것들을 네가 다 망쳐버렸어. 과테말라에서 또 니카라과에서도. 그래서 난 아직도 월급으로 4천 달러를 받고 있다고. 오 마이 갓! 내가 위대한 미국의 시민인데, 또 내가 40대 중반인데 겨우 4천 달러라니…. 그런데 넌 거의 77만 달러를 기부했다고? 이건 말도 안 돼! 에버렛에게 보고해야겠군, 감히 위대한 미국을 욕하다니. 이 내용들을 전부 모아서 에버렛에게 이메일로 보고해야겠어. 흐흐흐흐흐…"

미국 앨라배마(Alabama), 50대 남성과 60대 남성이 스타벅스(Starbucks)에서 대화를 나누고 있었다.

"데이빗, 요즘 좋은 소식을 전해드리지 못해 죄송합니다. 멕시코나 중미에서 옷을 만드는 제조업체들의 수가 조금 감소하기도 했고 또 요즘 의류 제조업체들은 컴플라이언스를 잘 준수하고 있습니다. 그래서 아돌포를 계속 지원하고 있지만 독립노조를 침투시키거나 생산을 멈추게 할 만한 틈이 없습니다. 또 이미 우리가 침투시킨 독립노조들이 잘 정착했는데… 이게 좋은 것인지 모르겠어요. 노조와 회사 사이에 협력 관계가 형성되어 다툼이나 분쟁이 거의 없습니다."

"에버렛, 자네 이름의 뜻인 '용감한 멧돼지'처럼 자네가 예전엔 꽤나

정조준

용감하게 많은 일을 처리했는데 말이야…. 자네나 나나 나이를 먹었어. 허허허! 나도 알아, 환경이 변했다는 것을. 하긴 여기 앨라배마에도 한국의 현대·기아자동차 공장과 그 협력사들의 규모가 대단해. 다행인 것은 우리 위대한 미국에서 생산한다는 거지. 멕시코 몬떼레이에도 기아자동차의 공장 규모가 제법 크다지?"

"네, 데이빗. 다만, 그쪽은 이미 멕시코의 대형 노조연맹들이 자리잡고 있어서…."

"알고 있네. 게다가 옷을 생산하는 것과 다르기 때문에 멕시코에 있는 자동차 부품 제조업체 한 곳에서 생산을 멈추게 만든다고 바로 우리 미국에서 생산할 수 있는 게 아니지…. 에버렛, 우리 미국 의류 제조 분야의 거대 노조연맹을 도우며 동시에 우리 위대한 미국에도 도움이 되는 게 없을까?"

"저, 데이빗… 이것 좀 보십시오. 아돌포가 보고해온 것인데, 한국의 국회의원이 관련된 재단법인 아리랑 겨레의 게시판에 올라온 댓글들을 발췌한 것입니다."

"오 마이 갓! 이런, 이런, 감히 우리 위대한 미국을 욕하다니…. 그냥 묵과할 수 있는 일이 아니야. 게다가 헐리우드 배우 노조연맹장인 알렉산더 이 사람은 내가 좀 아는데, 국제노동기구에서 오랫동안 일하면서 정부와 기업 그리고 노동자들 사이에서 균형을 잡는 것은 물론 각 부문을 적절히 대변했고 합리적인 방안을 도출하곤 했지. 그런데 이 사람이 왜? 그리고 비너스는 나도 좋아하는 아름다운 중년 여배우인데 무엇 때문에 아리랑 겨레를 지원하려는 건가?"

"데이빗, 아서야 할 게 하나 더 있습니다. 아리랑 겨레를 설립할 때 구기정이란 국회의원이 약 2,300만 달러, 그리고 정조준이란 사람이 77만 달러를 기부했습니다. 그런데 구기정은 예전에 준영양행의 회장이었고, 정조준은 준영양행의 직원이었습니다. 특히 정조준은 아돌포와 늘 부딪쳤고 아돌포의 계획을 무산시켰습니다. 멕시코에서는 아돌포가 어느 정도 성과를 거뒀지만, 과테말라에서는 아무것도 얻어내지 못했고, 니카라과에서도 좋은 성과는 없었습니다. 알렉산더가 정조준을 돕는 이유는… 2001년 멕시코 DM사에 구성된 독립노조를 우리가 지원하며 파업을 유도했을 때 마침 알렉산더가 국제노동기구 멕시코 지역 매니저였고 DM사와 독립노조를 중재하는 역할을 맡았는데, 아마 그때 정조준과 친분이 생겼을 것으로 추측합니다."

"흐음…. 우리가 원하는 것은 미국에서의 생산을 늘려 고용이 확대되고 근로자들이 노조에 가입해서 노조비를 내도록 하는 거야. 그래서 노동집약적 산업인 의류 생산 분야가 우리에게 가장 적합하지. 노조를 통해 얻는 수익은 우리 위대한 미국을 위해 사용될 수 있고. 그런데 요즘 기독교 신앙을 노동 운동에 접목하여 사회 복음 운동을 추진하는 '전미자동차노조'는 오히려 미국의 생산성을 떨어뜨리고 있어. 또 스트리밍 서비스 때문에 수익이 감소했다고 주장하는 헐리우드 배우 노조연맹도 결코 우리 미국에 도움이 되지 않아. 그 영화, 뭐였지? 한국에서 만든… '기생충'이었나? 우리 미국에서 촬영하지도 않았고, 미국의 배우들이 출연하지도 않은 그깟 하찮은 한국의 영화가 92회 아카데미 시상식에서 4개 부문을 수상했지 않나…. 말도 안되는 일이 벌어지고 있어. 그런데 알렉산더와 비너스가 왜 아리랑 겨레를 돕는다는 건가? 게다가 아리랑 겨레는 준영양행과 관련되어 있

정조준

고, 준영양행은 미국이 아닌 중미에서 옷을 만들어 우리 미국에 팔아먹는, 그러니까 우리 미국으로 하여금 달러를 지출하게 만드는 회사인데…"

"데이빗, 아돌포를 지금 바로 한국으로 보내겠습니다. 아리랑 거레가 추진하는 독도 관련 행사를 방해하도록 해보겠습니다. 독도는 일본해(Sea of Japan) 한가운데 있습니다. 한국이 독도를 실효 지배하고 있지만, 일본 입장에서는 점령당한 것입니다. 일본은 2차 세계 대전 끝에 우리로부터 아주 호되게 얻어맞은 후로는 절대 우리 미국에 도전하지 않습니다. 하지만 지금 한국인들은 우리 미국에 모든 잘못을 떠넘기고 있어요. 일본해가 맞기 때문에 미 국방부가 일본해라고 표기한 것을 가지고 한국인들은 일본과 우리 미국을 싸잡아서 규탄하려 합니다."

"국방부에 있는 내 친구 말로는 한미일 3국의 합동 군사 훈련이 매우 중요하다고 해…. 중국의 군사력이 너무 강해져서 만약 우리와 전면전을 벌일 경우, 물론 우리 미국이 승리하긴 하지만 우리의 피해도 엄청날 거라는데, 이 피해를 줄이기 위해서는 한미일 동맹이 매우 중요하다는 거야. 그런데 일본은 군사력이 약하고 특히 군인들의 상태도 별 볼 일 없는 반면, 한국의 군사력, 특히 전차부대와 미사일 그리고 매우 훈련이 잘된 군인들은 우리 미군도 감탄할 정도라고 하네. 아돌포에게 출장비를 넉넉히 지급하고, 한국어에 능숙한 사람을 동행시키게."

"네, 알겠습니다. 미국의 의류업계에 고용을 늘려 많은 근로자들이 노조에 가입하도록 하는 것도 중요하지만, 우리 위대한 미국의 정책에 대항하는 놈들에게 피해를 주는 것도 중요하다는 말씀이시죠?"

"그렇지, 정확하네. 이제 자네도 우리 위대한 아메리카의 진정한 애국자가 되었군. 자, 어서 서두르게. 나는 윗선에 보고해야겠어."

2023년 10월, 가을 날씨에 어울리지 않게 밀려온 먹구름으로 하늘이 보이지 않았다. 먹구름을 뚫고 내려온 비행기가 인천 국제공항에 근접한 줄도 모른 채 졸고 있던 희끗한 곱슬머리 아돌포는 비행기가 활주로에 착륙하는 약간의 충격과 소음에 눈을 떴다. 그리고 옆에 있는 프란씨스까(Francisca) 쪽으로 천천히 고개를 돌려 윙크했다. 동행한 프란씨스까는 다시 불안감에 휩싸였다.

콜롬비아 국적인 프란씨스까는 콜롬비아와 한국 정부의 장학금을 받아 한국의 K대학교에서 영문학을 전공하여 학사 학위는 물론 석사 학위까지 받았다. 졸업 후 멕시코 몬떼레이로 옮겨 기아자동차 협력 업체에서 3년 정도 근무했으나, 자신의 급여가 동료 한국인의 급여보다 훨씬 적은 것을 알고 실망감에 젖어 있었다.

그래서 구직 플랫폼에 이력서를 올려놓았는데, 한 헤드헌터가 통역 일을 제안했다. 숙식 제공에 2주 동안 한국으로 여행 가는 것이고 보수가 매우 높았다. 결과에 따라 추후 멕시코 또는 미국에서 근무할 기회를 줄 수도 있다고 하여 제안에 응했고, 회사에는 휴가를 신청했다.

한국을 매우 좋아하는 그녀는 들뜬 마음으로 여행을 시작했다. 그러나 자신이 수행하며 통역 서비스를 제공해야 할 대상인 아돌포를 미국 LA에서 만난 직후, 무언가 잘못되었음을 직감했다. 희끗한 곱슬

정조준

머리 아돌포가 음탕한 눈빛으로 끊임없이 자신의 몸을 훑고 있었기 때문이다. 하지만 멕시코를 출발하면서부터 이미 업무는 시작되었고 비행기는 한국에 도착했다.

엄청난 위용과 완벽한 서비스를 제공하는 전 세계 최고 수준의 인천 국제공항에서 아돌포는 다소 놀란 모습으로 두리번거리면서도 프란씨스까를 향한 음흉한 시선을 거두지 않았다. 마치 어슬렁거리며 먹이감 주위를 기웃거리는 늑대처럼. 저녁 식사 후, 아돌포가 호텔 로비에서 맥주 한잔하자고 말했으나, 프란씨스까는 피곤하다고 잘라 말하고는 방으로 올라가버렸다.

"젠장! 저년은 왜 이렇게 쌀쌀맞게 구는 거야? 비는 왜 이렇게 내리고? 몬떼레이에도 먹구름이 잔뜩 끼어 있었는데 서울도 마찬가지구만…"

아돌포는 혼자 맥주를 들이켰다.

프란씨스까는 방문을 꼭 잠그고 고리까지 걸었다. 혼자 있게 된 프란씨스까는 K대학교 영문학과에서 함께 공부하며 친했던 한국인 친구들에게 에스엔에스(SNS)를 통해 연락했고, 스페인어학과의 황환 교수에게는 전화를 걸었다.

황 교수는 프란씨스까의 전공이었던 영문학과와는 무관하지만 스페인어 원어민인 그녀에게 간혹 도움을 주었고, 특히 그녀가 어려워하는 한국어 문법을 스페인어로 쉽게 설명해주기도 했기에 황 교수는 그녀가 존경하는 은사였다.

"프란씨스까, 우리 K대학교에서 나와 함께 공부한 스페인어학과 87

학번 동기들 중에 내가 가장 좋아하는 내 인생의 친구가 있어요. 한국어 이름은 정조준이고, 세례명은 라파엘. 지난 봄까지만 해도 멕시코 몬떼레이에서 사업을 했는데, 5개월 전부터 한국에서 일하고 있어요. '재단법인 아리랑 겨레'의 이사로서 총책임자예요. 그리고 그의 부인 장수진 씨는 프란씨스까의 직속 선배네, 영문학과 87학번이니까. 연락 한번 해봐요. 전화번호는…."

전화번호를 받아 적은 후 전화를 끊고 프란씨스까는 잠시 고민에 빠졌다.

'황 교수님께서 아리랑 겨레를 언급하셨어. 아, 그럼… 아돌포는 도대체 아리랑 겨레와 무슨 관계일까? 아니, 어떻게 알았을까? 한국의 한 재단법인에 관심을 갖는다는 자체가 이상하잖아? LA 공항에서 노트북으로 아리랑 겨레의 홈페이지와 게시판의 몇몇 글을 나한테 보여줄 때 몹시 화난 표정이었어. 그러고 보니 혼자 중얼거리면서 라파엘이 뭔가를 망쳤다고 말한 것 같아, 욕설도 내뱉었는데…. 그렇다면 바로 황 교수님께서 말씀하신 라파엘이란 얘긴데. 느낌이 좋지 않아. 통역 일을 맡는 게 아니었나 봐. 은사이신 황 교수님의 친구 라파엘에게 피해를 줄 수는 없어. 학과는 다르지만 다 같은 K대학교 선배이고, 게다가 라파엘의 부인 장수진은 영문학과 직속 선배라는데…. 늑대 같은 아돌포는 항상 음흉한 눈빛으로 내 몸을 쳐다보고 있어. 이것도 견딜 수 없고….'

다음 날, 아돌포와 프란씨스까는 한 극우 유튜버를 만났다. 한국에서 8년 넘게 공부했던 프란씨스까는 한국에 대해 꽤나 많은 것을

정조준

알고 있었다. 그래서 이 극우 유튜버가 정상적인 사람이 아니라, 오로지 돈벌이 수단으로 욕설을 섞어가며 과격한 내용으로 방송하는 수준 낮은 사람이란 것을 한눈에 알 수 있었다. 극우 유튜버의 채널 이름은 '대통령님 만세'였고, 아리랑 겨레의 게시판에 올라온 댓글 중에서 대통령을 비방하는 내용과 한미일 3국의 합동 군사 훈련을 반대하는 내용에 반박 댓글을 여러 개 올렸다.

희끗한 곱슬머리 아돌포와 극우 유튜버 '대통령님 만세'는 대화를 나누며 아리랑 겨레가 추진하고 있는 '독도 아리랑' 행사를 방해하기 위한 음모를 꾸미기 시작했다. 신중한 접근을 원하는 아돌포와는 달리 '대통령님 만세'는 속전속결로 진행하기를 원했고, 결국 적당한 합의점에 이르렀다.

통역하기도 부끄러운, 너무나 수준 낮은 대화 때문에 프란씨스까는 의욕을 잃었다. 그리고 황 교수의 친구인 라파엘과 그가 이끌고 있는 아리랑 겨레를 곤란하게 하는 일에 동참하기 싫었다. 통역을 하는 프란씨스까의 불안감은 점점 고조되고 있었다.

재단법인 아리랑 겨레 사무실에는 일찍 출근한 직원들이 업무에 열중하고 있었다. 뿐만 아니라, 독립 유공자 후손들 몇 명이 찾아와 일손을 거들었다. 10월 25일 '독도의 날'에 맞춰 예정된 '독도 아리랑' 행사가 며칠 남지 않았기 때문이다.

민간단체인 '독도수호대'가 10월 25일을 '독도의 날'로 제정한 지 23년이 지났지만, 아직 법령상 정해진 기념일은 아니다. 일본은 자신들의 독도 영유권 억지 주장을 뒷받침하기 위해 2005년 시마네현에서 다케시마의 날을 조례로 제정했고, 매년 2월 22일 다케시마의 날 행사를 하고 있다.

반면에 우리는 이에 대응하기 위해 경상북도 의회가 '독도의 달' 조례안을 가결한 게 전부다. 아직 법령상 정해진 기념일은 아니지만, 그래도 매년 10월 25일 '독도의 날'에는 독도 관련 다채로운 행사가 열린다.

그런데 2021년 '독도의 날'에는 '독도 수호 결의 대회'를 열었던 경상북도가 2022년과 2023년에는 열지 않았다. 게다가 정부는 독도 관련 예산을 삭감했다. 일본을 자극하지 않으려는 수준을 넘어 일본이 원하는 것은 다 해주려는 게 아닌가 하는 의심이 들 정도로 친일 행보를 보이는 대통령에 대한 국민들의 원망은 점점 커졌다.

"좌파고 우파고 또 진보고 보수고 다 좋아. 심지어는 정확한 의미도 모르면서 또 각각의 장점과 단점이 무엇인지도 모르면서 맹목적으로 우파와 보수만을 지지하는 사람들도 이해한다고 치자. 하지만 일본의 독도 영유권 주장에 미온적으로 대응하고, 미 국방부가 동해를 일본해로 표기한 것에 대해 제대로 항의도 못 하는 것은 정말 잘못하는 거야. 난 이 정부를, 대통령을 정말 이해할 수가 없어⋯ 아, 미안해, 수진아. 너한테 화내는 게 아닌데, 나도 모르게 흥분했네."

"응, 이해해. 나도 같은 생각이니까. 그런데⋯ 이것 좀 볼래? 요즘 우리 아리랑 겨레 홈페이지의 게시판에 이상한 댓글이 부쩍 많아졌어. 특히 이 사람."

"아이디(ID)가 대통령님 만세? 정말 어이가 없네."

"극우 성향의 유튜브 채널도 운영하는 것 같은데, 직원들 말로는 채널 이름도 대통령님 만세라고 하네. 너무 저속하고 유치해서 차마 볼 수 없는 수준의 동영상들을 올리고 있대."

"댓글도 너무 저속해. 물론 게시판에 올라오는 글 중에 비록 우리 아리랑 겨레를 지지하는 사람이라 해도 과격한 단어로 논리 없이 대통령이나 미국을 무조건 비방하는 글이 있긴 하지, 이런 건 옳지 않아. 하지만… 이 '대통령님 만세'가 올린 글은… 이건 뭐, 그냥 싸우자는 거잖아? 나 원 참…."

"아 참, 조금 전에 어떤 콜롬비아 여자애가 나한테 전화했는데, 글쎄 우리 학교 영문학과 후배야. 2012년에 한국에 와서 우리 K대학교에서 한국어 배우고 14학번으로 영문학과에 입학한 후 대학원까지 졸업했다네. 내 직속 후배라서 좀 챙겨주고 싶어. 그리고 자기 친구 있잖아? 스페인어학과의 황환 교수. 바로 그 황 교수를 은사로 생각한대."

"아, 그래? 그럼 환이가 아끼는 학생이었나 보네. 스페인어, 영어, 한국어까지 능통하면 우리 아리랑 겨레나 아니면 멕시코 몬떼레이에 내가 운영하는 회사에서 일 시키면 잘할 것 같은데?"

"그것도 좋겠어. 통역하러 왔다고 하는데 한국을 너무 좋아한대. 마침 호텔이 여기에서 아주 가까워. 한 10분 거리에 있어. 그래서 내가 저녁에 호텔로 간다고 했어."

"나도 가고 싶은데…. 난 회장님과 이성수 의원과 저녁 먹기로 해서…."

"자기는 요즘 국회의원들과 저녁 먹는 게 일이네. 후후후! 이러다가 혹시 정치한다고 나서는 건 아니겠지? 정치는 하지 마! 절대 안 돼, 알았지?"

"알았어. 하하하! 걱정하지 마. 아 그런데, 그 후배 이름은 뭐야?"

"프란씨스까. 거짓말 안 하는 사람이란 뜻이겠지. 아주 좋은 이름 이야…. 아 그런데, 비너스가 오늘 오후 인천 국제공항에 도착해. 여 기… 문자를 보내왔는데, 잠깐만…."

"수진아, 공항에 마중 나가지 않아도 되겠어?"

"내가 뭐, 비너스와 친한 사이도 아니고, 사실 2001년 그 일이 있 고 난 후에 한 번도 연락한 적이 없어. 그런데 내가 이번에 도와달라 고 하니까 비너스가 기꺼이 응한 거지. 비너스가 나한테 했던 약속을 지키는 거라 고맙긴 한데, 사실 그때 상황을 돌이켜보면 아주 나쁜 사람이지, 호호호…. 어머! 비너스 문자를 보니까 우연의 일치인데, 비 너스가 예약한 호텔이 프란씨스까가 있는 호텔과 같아. 그럼 저녁에 비너스도 잠깐 만나봐야겠는데?"

"와, 대단한걸. 헐리우드의 유명 배우를 다 만나고 말이야."

재단법인 아리랑 겨레 근처 G호텔, 장수진은 로비 카페에서 프란씨 스까가 알려준 대로 흰색 바지에 파란색 티셔츠 차림의 남미 여성을 기다리고 있었다. 장수진이 커피 한 잔을 주문했을 때 약 10미터 거 리에 있는 엘리베이터 문이 열렸다. 프란씨스까로 보이는 외국 여자 가 매우 당황한 표정으로 내리려고 하는데, 한 남자가 뒤에서 그녀를 껴안았다. 여자는 뿌리치며 엘리베이터 밖으로 나오려 했지만, 남자 가 그녀의 손과 팔을 잡아끌었다. 여자의 몸이 엘리베이터 안으로 반 쯤 끌려 들어갔고, 남자의 손이 여자의 어깨와 가슴을 오갔다.

정조준

여자가 혼신의 힘을 다해 남자의 손을 뿌리치며 엘리베이터 밖으로 간신히 나왔을 때 장수진이 카페를 나와 여자가 있는 쪽으로 뛰어가며 외쳤다.

"프란씨스까?"

"네! 제가… 프란… 아아악!"

희끗한 곱슬머리의 중년 남자가 다시 그녀를 잡아끄는 바람에 프란씨스까는 말을 끝맺지 못한 채 비명을 질렀다.

장수진이 영어로 소리쳤다.

"당신 지금 뭐 하는 거야?"

희끗한 곱슬머리는 흠칫했다. 장수진을 알아본 듯 눈빛이 몹시 흔들렸다. 묵은 감정이 살아났지만, 일단 그 상황에서 벗어나기 위해 느릿느릿 강경한 표정을 지으며 말했다.

"당신이 무슨 상관이야? 우린 좋은 관계라고, 흐흐흐…."

"그 손 놓지 못해?"

장수진이 다시 소리쳤지만, 희끗한 곱슬머리가 프란씨스까를 계속 잡아끌고 있었다. 한국에는 어디에나 CCTV가 흔하게 설치되어 있다는 것을 모르는 외국인임에 틀림없었다.

장수진이 용감하게 다가섰을 때 로비로 막 들어선 한 무리의 미국인들 중 금발의 중년 여자가 뛰어왔고, 그 뒤로 미국인 남자도 뛰어왔다. 금발 미인이 큰 소리로 말했다.

"이봐, 당신 뭐야?"

"참견하지 마! 난 미국인…."

희끗한 곱슬머리가 말을 채 끝내지 못했다.

"닥쳐, 멍청아! 나도 미국인이야."

쫓아온 미국인 남자가 그의 팔을 잡아채며 말했다.

그때 장수진은 프란씨스까를 추행한 남자의 모습을 빠르게 관찰했고, 불현듯 20년 전 과테말라에서 L사의 주디와 함께 있었던 남자를 떠올리며 생각했다.

'청바지와 검은색 티셔츠 차림에 베이지색 배낭을 멘 곱슬머리… 아돌포? 이젠 머리숱이 줄어든 희끗한 곱슬머리? 나쁜 놈, 내 남편을 그렇게도 못살게 굴던…. 어쩌면 전생에 나와 내 남편 주위를 어슬렁거렸던 그 늑대 같은 아돌포….'

장수진이 목소리를 높여 말했다.

"당신, 아돌포? 맞지?"

"…"

아돌포의 팔을 잡고 있던 미국인 남자가 아돌포를 뚫어져라 관찰했다.

"청바지와 검은색 티셔츠 차림에 베이지색 배낭을 멘 곱슬머리 아돌포, 맞지?"

장수진이 다시 목소리를 높였다. 그리고 이어서 호텔 직원에게 소리쳤다.

"경찰에 신고 좀 해주세요. 지금 바로요. 이 남자가 방금 이 아가씨를 성추행했어요. CCTV에 기록이 남았을 거예요."

그때 금발 미녀가 장수진을 바라보며 말했다.

정조준

"저, 혹시⋯ 수잔? 맞죠? 수잔⋯."

"비너스? 오 마이 갓! 당신은 예전보다 훨씬 더 멋져 보이는군요. 나와 한 약속을 지키려고 한국까지 와줘서 고마워요."

"수잔, 그런 말 말아요. 난 늘 빚을 안고 사는 느낌이었어요. 그때 일, 다시 한번 더 진심으로 사과할게요. 정말 미안해요. 그리고 이번 행사에서 내가 도움이 되도록 노력할게요."

아돌포의 팔을 계속해서 꽉 잡고 있는 미국인 남자가 말했다.

"그럼⋯ 당신이 라파엘의 부인 수잔인가요? L사 컴플라이언스팀에 근무했었던 수잔?"

"네, 맞아요. 그런데 어떻게⋯."

"저는 알렉산더입니다. 헐리우드 배우 노조연맹장이고, 라파엘의 오랜 친구죠. 라파엘을 도우려고 헐리우드 배우 30명과 함께 왔어요. 물론 여기 있는 비너스가 적극적으로 협조했기에 가능한 일이었죠."

잠시 후, 경찰이 출동하여 아돌포를 연행했다. 장수진과 프란씨스 까도 경찰서로 이동했고, 프란씨스까는 아돌포를 고소했다. 아돌포는 경찰서로 연행되어 온 후, 연행된 사실은 중요하지 않다는 듯 표정의 변화 없이 생각에 잠겨 있었다.

'수잔⋯ 여전히 아름다워. 예전에 L사 컴플라이언스팀에서 일했던 수잔이 원수 같은 라파엘의 부인이라니 믿을 수 없어. 오 마이 갓! 수잔은 내 이상형이야, 꿈속에서도 그렸던 이상형. 그런데 항상 나를 방해하는 라파엘이 나에게서 내 이상형 수잔까지 빼앗아 가다니⋯.'

장수진과 프란씨스까는 한숨 돌리며 호텔로 돌아가 대화를 시작했다. 장수진은 프란씨스까에게 아리랑 겨레 또는 멕시코 몬떼레이 소재 정조준의 회사에서 근무할 수 있는 가능성에 대해 설명했다.

　"선배님, 좋은 제안을 해주셔서 정말 감사합니다. 고민해보고 내일까지 말씀드리겠습니다. 그리고… 저는 이번 통역 일은 더 이상 진행할 수 없게 되었어요. 제가 수행해야 하는 사람을 고소했으니까요. 후후후! 저… 선배님. 사실 아돌포가 극우 유튜버 '대통령님 만세'와 몇 번 만나서 나쁜 계획을 꾸몄어요."

　"어머! '대통령님 만세'? 요즘 우리 아리랑 겨레의 게시판에 원색적인 내용의 댓글을 올리면서 싸움 걸듯이 우리의 활동을 비판하고 있는 사람인데…."

　"네, 맞아요. 바로 그 극우 유튜버예요. 아돌포의 목적은 아리랑 겨레가 진행하는 '독도 아리랑' 행사를 방해하는 거예요. 왜 그러는 것인진 저도 몰라요. 다만 아돌포가 라파엘, 그러니까 정 이사님을 매우 혐오하는 것 같았어요. 뭔지는 몰라도 정 이사님이 다 망쳤다며 욕도 했어요. 그리고 아돌포가 '대통령님 만세'에게 현금으로 8천 달러를 줬어요. 원화로 천만 원이 넘잖아요…. 아돌포와 대통령님 만세는 포항으로 가서 방해하려는 음모를 꾸몄어요."

　"왜 포항으로…. 아! '독도 아리랑' 행사를 위해서 우리가 배를 타러 일단 포항으로 가니까?"

　"네. 한국의 영화배우, 가수 그리고 미국의 헐리우드 영화배우들도 포항에서 모이니까요. 아돌포의 의도는 이런 유명한 사람들의 이동 경로를 몇 개로 나누어 이들을 따라다니며 촬영하고 방해하면서 유튜브를 통해 생방송을 하려는 거예요. 유튜브 생방송은 당연히 '대통령님 만세'가 하는 것이고요. 그런데 '대통령님 만세'는 그렇게 나누어서 방송하는 것은 힘들다며 그냥 포항 여객선 터미널 앞에서 한 번만 방송을 하겠다고 했어요. 그 대신에 극우 단체인 '어머니 팀'을 불러오겠다고 했어요."

"어머니 팀? 아… 어머니 팀은 보수라고도 우파라고도 할 수 없어. 그냥 일본 제국주의와 식민 지배 논리를 옹호하고 찬양해. 심지어는 일본군의 성노예로 끌려갔던 위안부 피해자들을 당연하다는 듯이 조롱하기도 하는 정말 부끄러운 단체인데…."

"네, 저도 알아요. 그래서 아돌포와 '대통령님 만세' 사이에서 통역하며 정말 부끄러웠어요. 더군다나 황환 교수님께서 자신의 가장 친한 친구가 라파엘, 그러니까 정 이사님이라고 하셨는데…."

"하하하, 내가 라파엘 정조준입니다. 프란씨스가 맞죠?"

"어머! 여보, 언제 왔어? 어… 프란씨스까, 인사해."

"정 이사님, 안녕하세요? 제가 프란씨스까입니다."

"여보, 구 의원님과 이 의원과 저녁 먹었어? 술은 안 마셨나 보네."

"독도 아리랑 행사가 코앞인데 어떻게 술을 마시겠어. 하하하!"

"알렉산더도 이 호텔에 있어. 아마 비너스와 다른 배우들과 함께 이 호텔을 예약했나 봐."

"그러게 말이야. 항공권은 우리 아리랑 겨레가 구매해서 알렉산더에게 이메일로 보내줬는데, 호텔 비용은 자신이 내야 한다고 고집을 피우더니 이미 예약을 진행했다는 거야. 어느 호텔인지 안 가르쳐주다가 조금 전 내게 문자를 보내왔더라고. 이미 너하고 인사도 했다며? 아돌포를 잡은 상황에서? 하하하! 오늘은 너무 늦어서 내일 아침에 만나기로 했어. 자, 그럼, 프란씨스까, 지금부터 한국어와 스페인어를 섞어서 우리 얘기 좀 더 해볼까?"

프란씨스까로부터 자초지종을 들은 정조준이 말했다.

"신경은 쓰되 너무 걱정하지는 말자고. '독도 아리랑' 행사의 직접적인 관련자들 외에 이 행사를 지지하는 많은 사람들과 시민 단체들, 또 영화배우들과 가수들의 팬들도 많이 모일 거야. 게다가 헐리우드 배우들 때문에 더 많은 사람들이 모일 테니 '대통령님 만세'는 큰 관심을 끌지는 못할 거라고 생각해. 또 우리가 막을 수도 없고. 프란씨스까, 아돌포가 얼마나 나쁜 놈인지 잘 모르지? 청바지와 검은색 티셔츠 차림에 베이지색 배낭을 멘 곱슬머리 아돌포…. 그놈과 나의 악연은 2001년 멕시코 뿌에블라(Puebla)에서 시작됐어. 그리고 과테말라, 니카라과로 이어졌지…"

그 시각, 희끗한 곱슬머리 아돌포는 경찰서에 있었다. 자신은 미국인이며, 프란씨스까는 함께 여행 온 콜롬비아 여성인데 경제적으로 여유가 없어 자신과 함께 한국으로 여행 와서 통역을 해주고 용돈을 벌기로 했고, 이미 서로 좋은 관계로 발전하는 과정이었는데 오해가 발생한 것뿐이라는 주장을 반복했다.

밤이 되어 모두가 지쳐갔다. 통역을 담당하던 경찰이 잠시 자리를 비웠고, 담당 경찰도 바쁜지 아돌포에게 별 신경을 쓰지 않았다. 경찰들은 여기저기에서 잡범들을 상대하고 있었다.

정조준

아돌포는 슬쩍 일어서더니 그의 습관처럼 어슬렁거리는 걸음걸이로 천천히 복도로 걸어나갔다. 아무도 그를 눈여겨보지 않았다. 혹시 어느 경찰이 물으면 화장실에 간다고 대답하면 그만이라고 생각했다. 그의 이름 아돌포의 어원인 늑대처럼 위험이 없음을 본능적으로 알아챘다. 복도를 따라 문으로 향했고 밖으로 나오며 중얼거렸다.

"난 포항으로 가야 해. 포항 여객선 터미널 앞에서 '대통령님 만세'와 만나기로 했으니까. 구글맵에서 검색해봐야겠어. 그렇지, 역시 구글이야. 이게 바로 위대한 미국의 기업이지, 흐흐흐. 어디 보자⋯. 일단 택시를 타고 고속버스 터미널이나 기차역으로 가서 포항으로 이동하면 되겠군. 혹시라도 문제가 있으면 무조건 주한 미국 대사관으로 연락하면 될 거야. 그럼 에버렛과 데이빗이 다 알아서 조치해줄 테니까, 흐흐흐⋯."

악연을 끝장내다

2023년 10월 25일 이른 아침, 포항 여객선 터미널 앞에는 연예인부터 정치인까지 유명한 사람들은 다 모인 듯 수천 명의 인파로 북적거리고 있었다. 며칠 전까지만 해도 한반도 상공에 정체했었던 먹구름은 썰물처럼 물러갔고, '독도 아리랑' 행사에 직접 참석하는 사람들을 지원하고 격려하는 사람들이 밀물처럼 몰려들었다.

극우 유튜버 '대통령님 만세'는 겹겹이 쌓인 인파 때문에 제대로 방송을 진행할 수 없었다. 어디에 누가 있는지 찾아낼 수도 없었고, 이쪽저쪽으로 이동해봐도 연예인이나 정치인 앞을 막아설 수는 없었다. 마이크를 막 들이대려던 계획은 물건너갔다.

대통령님 만세를 지원하려고 온 극우 단체 '어머니 팀'도 많은 인파 때문에 무엇 하나 제대로 할 수가 없었다. 그리고 '어머니 팀' 소속 수십 명은 지나가는 영화배우들과 가수들 쳐다보기에 바빴다. 하지만 '대통령님 만세'는 이미 아돌포로부터 8천 달러를 받아서 손해볼 게 없으므로, 오로지 조회 수를 늘리는 데 집중했다.

매우 시끄럽고 혼잡한 상황 속에서 극우 시청자들의 호응을 얻기 위해 마이크에 대고 꽥꽥 소리치며 거친 언사를 쏟아내기 시작했다.

"애국 시민 여러분, 저기 민주당 국회의원들, 에이씨! 그러니까 개

정조준

자식들이 승선하고 있습니다. 독도가 우리 땅이라고 주장하는 가수와 배우 쌍것들도 있고…. 또 저건 뭐야? 헐리우드 양키 새끼들은 왜 이런 말도 안 되는 개빡치는 독도 관련 행사에 왔는지 모르겠습니다. 저 새끼들만 빼고 미국은 우리의 동맹이죠, 그렇죠? 에이씨! 자칭 독립 유공자 후손들도 왔는데요, 한 마디로 개지랄 떠는 거죠. 정부가 돈도 주잖아요? 그 돈으로 밥이나 처먹으면 되지, 뭐 때문에 시끄럽게 구는 거야? 우리 대한민국이 일본과 관계가 나빠지면 안 되잖아요? 왜냐하면, 한미일 합동 군사 훈련과 또… 뭐죠? 그렇지, 한미일 동맹이 얼마나 중요한지 여러분들 잘 아시죠? 지금 북한이 군사 위성을 쏴 올리고 있는 상황이란 말예요. 어휴! 저 병신들…. 아 그리고, 애국 시민 여러분, 여기 멀리 미국에서 오신 귀한 분이 있어요. 이름은 아돌포, 아주 멋진 이름이죠? 박수! 통역하는 나쁜 년이 사라져서 지금 통역은 안 되고 그냥 이분이 영어로 말할 겁니다. 아… 미스터 아돌포, 플리즈….”

“헬로우, 한국인 여러분, 저는 대한민국과 위대한 미국을 사랑하는 아돌포입니다….”

정조준은 '재단법인 아리랑 겨레'가 주관하는 '독도 아리랑' 행사에 참석하는 사람들이 모두 승선한 후에 마지막으로 승선했다. 구기정 의원에게 인사하러 가려고 할 때 장수진이 정조준에게 생방송되고 있는 '대통령님 만세' 채널을 보여줬다.

“지금 바로 저기 아래에서 방송하고 있는 것 같아. 그냥 쌍소리만 해대고 있어. 우리 직원들도 이 채널 보면서 혹시라도 우리 행사에 영향을 주지는 않는지 신경 쓰고 있어."

"어… 그런데… 이거 아돌포 아냐? 이 개자식이 왜 여기 있지? 경찰서에 잡혀 있어야 할 놈이…."

"어머! 정말 아돌포네. 이게 어떻게 된 거지? 경찰서에 전화해볼게."

정조준이 배에서 아래쪽을 처다봤다. 행사에 직접 참석하는 사람들이 모두 승선했기 때문인지 아래쪽에 있던 많은 인파들이 흩어지고 있었다. 그리고 정조준은 '대통령님 만세' 채널의 카메라 앞에서 떠들고 있는 청바지와 검은색 티셔츠 차림에 베이지색 배낭을 멘 희끗한 곱슬머리 아돌포를 찾아냈다.

"수진아, 출항하려면 아직 15분 정도 여유 있지? 그리고 이 배는 어차피 우리가 전세 낸 거야. 혹시 내가 늦으면 출항 못 하게 해줘. 이 새끼가…."

정조준이 곱슬머리 아돌포를 강렬한 눈빛으로 쏘아보며 정조준했다. 그리고 뛰어 내려갔다.

"여보! 여보! 어디 가는 거야? 안 돼!"

바로 그때 정조준의 친구인 민주당의 이성수 의원이 장수진 쪽으로 다가오며 물었다.

"제수씨, 안녕하세요? 아니, 조준이 이 친구 지금 왜 뛰어 내려가는 거죠? 정 이사! 조준아!"

마침 구기정 의원도 다가왔다.

"장수진 씨, 안녕하세요? 아, 이 의원, 이 의원이 이쪽으로 오는 걸 보고 나도 쫓아왔는데…. 정 이사가 왜 도로 내려가나요? 왜 뛰는 거지?"

정조준은 예전처럼 빨리 뛰지는 못했다. 숨이 차지 않을 정도로 리듬을 유지했고 '대통령님 만세'가 촬영 중인 곳을 향해 곱슬머리 아돌포를 정조준하며 뛰었다.

10미터 앞, 5미터 앞, 3미터 앞에 이르렀을 때 소리쳤다.

"아돌포, 이 개자식아!"

그리고 농구에서 레이업 슛을 하듯이 점프했다. 점프한 짧은 시간에 많은 사건과 좋은 사람들이 주마등처럼 빠르게 스쳐 지나갔다. 2001년 멕시코 뿌에블라의 DM사에서 벌어진 독립노조의 불법 파업과 눈이 선했던 박상대, 2003년 과테말라 준영양행에서 벌어진 독립노조의 파업과 동료 선후배였던 서영식, 유종구, 임정민, 이상정, 이강영, 전장훈, 주성규, 김병석, 이영규, 이경운 그리고 니카라과 윈니카 근로자들이 사제총을 쏘아댔던 사건과 동료 선후배 윤준석, 변도윤, 장대훈, 김명호 등.

정조준의 눈앞에 펼쳐졌던 파노라마가 걷히고 방어 태세를 갖춘 곱슬머리 아돌포의 모습이 보였다.

대학 시절의 날렵한 몸은 아니었지만 점프한 상태에서 왼 무릎을 앞으로 세웠다. 무릎으로 곱슬머리 아돌포의 가슴을 가격하고 동시에 주먹으로 얼굴을 내리찍는 상황을 선명하게 그리며 정조준했다.

2미터 앞, 정조준이 점프한 상태로 카메라에 잡혔다.

1미터 앞… 정조준의 몸이 곱슬머리 아돌포에게 날아들었다.

테니스의 서브와 유사한 폼으로 팔과 어깨를 움직이며 오른쪽 주먹을 아돌포의 왼쪽 뺨에 꽂아 넣었고 그의 왼 무릎은 아돌포의 가슴을 가격했다.

"퍽, 뻑!"

"헉…"

곱슬머리 아돌포는 뒤로 자빠졌다. 정조준은 자빠진 아돌포의 가슴을 발로 짓누르며 말했다.

"야, 이 개자식아! 넌 경찰서에 있어야지. 도대체 어떻게 도망친 거야? 이 개자식아!"

"으윽…. 라파엘, 너 때문에 내 인생을 망쳤어. 게다가 수잔… 으윽!"

"입 닥쳐! 감히 수잔이란 이름은 들먹이지도 마! 곱슬머리 아돌포, 네 인생은 너 스스로 망친 거야. 잘못된 극우 세력을 위해 일하며 시간만 낭비한 거라고."

"으윽… 흑, 흑, 흑…"

'대통령님 만세'는 조회 수를 올리기 위해 아무 말이나 지껄이기 시작했다.

"대박! 애국 시민 여러분, 대박입니다. 지금 여기 격투기가 벌어졌습니다. 실제 상황입니다. 아리랑 겨레 재단 설립을 위해 10억 원을 기부한 정조준 이사가 지금 격투기 선수가 되어 나타났습니다. 방금 미국에서 온 아돌포를 정조준 이사가 무릎과 주먹으로 때려눕혔습니다. 아돌포는 울고 있습니다. 정조준 이사님, 어떻게 된 것인지 한

정조준

말씀 해주세요."

대통령님 만세가 마이크를 정조준에게 건넸다. 정조준은 마이크를 받아들었다.

한쪽 발로 여전히 아돌포의 가슴을 압박하면서 고개를 들어 카메라를 정조준했다. 흩어지던 사람들이 '대통령님 만세' 채널의 카메라 주위로 모여들었다.

"우선 누가 경찰 좀 불러주세요! 이놈은 성추행범입니다. 피해자가 경찰서에 고발했고 경찰이 이놈을 연행했는데, 경찰서에서 도망친 것 같아요. 아, 네… 음, 음, 안녕하십니까? 저는 재단법인 아리랑 겨레의 정조준 이사입니다. 도주한 성추행범을 잡기 위해 제가 폭력을 조금 썼는데 벌을 받아야 한다면 달게 받겠습니다. 이놈 이름은 아돌포이고 불법 파업을 사주하고 다녔던 놈입니다. 특히 멕시코와 중미에 진출한 한국계 섬유업체에서 문제를 일으켰지요. 이번엔 우리나라에까지 쫓아와서 '독도 아리랑' 행사를 방해하려고 했습니다. 기왕 마이크를 잡았으니 '대통령님 만세' 채널의 시청자분들께 한 말씀 드립니다. 극단적인 우파 또는 극단적인 보수는 바람직하지 않습니다. 대통령이나 정부 또는 국회의원들이 잘못하는 게 있으면 이의를 제기하고 항의도 하고 또 합법적으로 시위도 하는 게 바른 국민이고 시민입니다. 그래야 올바른 민주주의가 유지될 수 있다고 생각합니다. 지금 대통령이 외교한답시고 계속 외국에 나가 있는데, 별 성과도 없이 세금만 낭비하고 있습니다. 무엇이 바른길인지 우리 다 함께 고민해야 할 때입니다. 그리고, 전시 작전통제권은 언젠가 우리가 되찾아와야겠지만, 어쨌든 한미 동맹은 당연히 옳은 것입니다. 하지만 한미일 동맹은 아닙니다. 일본은 우리의 동맹이 아니기 때문입니다. 우리 독도를 집어삼키려는 일본이 어떻게 우리의 동맹이 되겠습니까? 일제 강점기의 위안부 피해자들과 강제징용 피해자들에게 보상하지 않는 일본이, 진심으로 사죄하지 않는 일본이 어떻게 우리의 동맹이 되겠습니까? 깊이 생각하시기 바랍니다. 저는 지금 '독도 아리랑' 행사 때문에 이만 가봐야겠습니다. 감사합니다."

정조준이 말을 끝맺자 '대통령님 만세'가 정조준에게 가까이 다가와 마이크를 돌려받으려고 했다. 정조준과 '대통령님 만세'가 함께 카메라에 잡혔을 때 정조준이 다시 마이크를 들고 말했다.

"아 그리고, 이봐! 당신 말이야, 채널 이름이 '대통령님 만세'가 뭡니까? 유튜브 채널을 운영하는 건 당신 자유지만, 좀 좋은 내용으로 운영하세요. 채널 이름도 좀 바꾸시고."

구기정 의원과 이성수 의원이 비서관들과 함께 다가왔다. 장수진도 다가왔다. 장수진은 놀랐지만 웃는 얼굴로, 그리고 사랑 가득한 눈으로 정조준을 바라봤다.

"존경하는 시민 여러분, 저는 민주당 이성수 의원입니다. 여기 이 사람이 바로 재단법인 아리랑 겨레의 정조준 이사인데요, 바로 이런 사람이 국회의원을 해야 한다고 생각합니다."

"짝짝짝짝짝!"

카메라 주위에 있던 사람들이 박수를 보낼 때 구기정 의원이 정조준의 손을 잡으며 말했다.

"하하하! 정 이사, 어서 승선하자고. '독도 아리랑' 행사 지연되면
안 되잖아? 이 성추행범은 우리 비서관들이 경찰서에 넘길 거야. 자,
어서 가세."

독도 아리랑

"철썩! 처얼썩! 처얼써억! 철썩…"

파도 소리가 규칙적이었다, 마치 그룹사운드의 드럼 소리처럼.

"뿌움! 뿌우움!"

뱃고동 소리는 유난히 묵직했다, 베이스 기타 소리처럼.

"끼룩! 끼루욱! 끼이루욱…"

갈매기 떼 울음은 날카로운 퍼스트 기타의 애드립이 되었고, 세 개의 소리가 멋진 연주를 시작했다.

"뿌우우움! 뿌우우우움…"

베이스 기타가 다시 굵은 여운을 남길 때 출항한 배는 '독도 아리랑' 행사를 위해 한반도의 동쪽 바다, 바로 우리 동해를 힘차게 항해하기 시작했다. 동쪽 저 멀리 하늘과 바다가 맞닿은 수평선을 향해 약 2시간 50분 동안 시퍼런 물을 헤쳐 나갔고, 마침내 울릉도 저동항에 도착했다.

잠시 산책하며 휴식을 취했다. 그리고 우리 바다 동해 한가운데 있는 독도를 향해 다시 출발했다.

날씨가 좋지 않으면 입도하기 어려워 배가 독도 주위를 한두 바퀴 돌고 다시 울릉도로 돌아간다. 하지만 10월 25일 '독도의 날'에 진행되는 '독도 아리랑' 행사를 동해가 헤아렸는지 입도가 가능하다는 안내

정조준

방송이 흘러나왔다. 파란 하늘보다 더 파란 바다는 줄곧 평온함을 유지했고, 독도는 행사에 참여한 모든 사람들을 안정적으로 맞이했다.

대부분이 처음으로 독도를 방문하였기에 신중한 발걸음을 내딛었다. 감격스런 순간, 우리 바다인 동해가 감싸고 있는 독도에서 모두가 다리에 힘을 주고 걸었다. 그리고 역사적으로 우리 땅이고 우리 바다인 이곳을 지키는 경찰 대원들에게 인사를 건넸다.

천주교 정의 구현 사제단의 사제 3명, 헐리우드 배우 노조연맹의 알렉산더와 헐리우드의 영향력 있는 중년 여배우 비너스를 비롯한 30여 명의 헐리우드 배우들, 배우 손인구, 가수 이정설, 가수 김창헌을 비롯한 100여 명의 배우들과 가수들, 민간 외교 사절단과 독도 캠페인을 벌여온 기업 측 10명, 독립 유공자 후손 50여 명, 20여 명의 국회의원들과 야당 대표 그리고 국내외 기자 및 관계자까지 수백 명이 정조준을 바라보고 있었다.

"친일파 후손들은 대부분 잘사는데, 독립 유공자의 후손들 중에는 경제적인 어려움을 겪고 있는 분들이 많습니다. 이게 말이 됩니까? 다행히 2018년부터 독립 유공자 후손들에게 생활지원금이 지급되고 있지만, 넉넉하지 않습니다. 독립 유공자들의 경제 수준이 친일파 후손들의 경제 수준보다 훨씬 앞서야 한다고 저는 생각합니다. 이게 옳다고 저는 믿습니다. 그렇지 않으면 누가 나라를 위해 몸을 던져 싸우겠습니까? 앞으로 기부 활동이 지속적으로 이어져 저희 '재단법인 아리랑 겨레'가 우리 사회를 더욱 건강하고 견고하게 만들 수 있게 되기를 기대합니다."

"저… 제가 영어를 잘 못합니다. 하지만 멀리서 오신 헐리우드 배우

님들께 부탁드립니다."

정조준이 투박한 발음이지만 영어로 말을 이었다.

"헬로우, 마이 프렌드 알렉산더 그리고 헐리우드 프렌드… 와주셔서 고맙습니다. UN 산하 여러 기구에서 활동하고 계신 헐리우드 배우분들께 부탁드리는데요, UN 본부 또는 중요 사무국을 대한민국 경기도 파주시에 있는 판문점으로 이동할 수 있도록 서명 운동과 캠페인을 진행해주시면 좋겠습니다. 이유는 다음과 같습니다. 첫째, 전 세계에서 유일한 분단 국가인 대한민국의 판문점에 UN이 들어서면 전 세계 모든 나라들의 평화 유지를 위한 상징이 됩니다. 평화 유지는 바로 UN의 기본 정신입니다. 둘째, 군사력 순위 2위인 러시아, 3위인 중국, 8위인 일본, 핵무기를 보유한 북한을 동시에 견제할 수 있습니다. 셋째, 어느 누구도 이 땅에서 전쟁을 일으킬 수 없습니다. UN 본부 또는 중요 사무국이 있는 나라를 상대로 전쟁을 일으키는 것은 전 세계를 상대로 전쟁을 일으키는 미친 짓이기 때문입니다. 이 때문에 자연스럽게 남북 통일도 이뤄질 것이라 생각합니다. 요즘 중국, 일본, 러시아의 행보가 평화를 추구하는 것으로 보이지는 않습니다. 그러므로 이들 나라에 둘러싸인 한반도에 항구적인 평화가 정착되어야 하며, 평화를 바탕으로 한반도 스스로 균형자의 역할을 해야 합니다. 이를 위해 필수불가결한 것이 한반도의 안정 그리고 남북 통일이며 UN이 대한민국의 판문점에 들어선다면 가능할 것이라 생각합니다."

헐리우드 배우 노조연맹을 이끄는 알렉산더와 여배우 비너스를 비롯한 헐리우드 배우들이 긍정적인 표정을 지으며 박수를 보냈다. 그때 알렉산더가 손을 번쩍 들었고, 어눌한 발음이지만 한국어로 말했다.

정조준

"라파엘 정조준, 멋진 사람. 나 정조준 응원합니다."

카메라가 헐리우드 배우 노조연맹장인 알렉산더를 크게 비췄고, 알렉산더는 정조준을 향해 엄지를 들어 보였다.

정조준이 손인구를 비롯한 한국 배우들과 가수들을 향해 눈길을 돌렸다.

"이번에 '독도 아리랑' 행사를 준비하며 배우분들과 가수분들의 영향력을 실감했고, 현재 기부 행렬이 이어지고 있습니다. 더 많은 기부금을 모아 판문점 근처에 대형 영화 촬영 세트장과 음악 공연장을 만들면 어떨까요? 만약 UN 본부 또는 사무국까지 유치된다면 우리 영화와 음악이 UN을 통해 더욱 빨리 전 세계에 전달되지 않을까요? 판문점으로 UN을 유치하는 것에 도움을 주신 헐리우드 배우분들이 혹시 영화를 만들러 오시면 할인도 좀 해드리고요…."

"하하하, 하하하…."

여기저기에서 큰 웃음소리가 들렸다.

잠시 후 웃음이 가시자 정조준이 손으로 동쪽을 가리키며 동시에 강렬한 눈빛으로 바라보면서 마지막 말을 정조준했다.

"그리고 다시 말씀드립니다. 저는 제 이름 정조준처럼 항상 정조준합니다. 혹시라도 독도를, 동해를 그리고 우리 영토와 영해를 침략하려는 무리가 있는지 항상 정조준하고 있을 겁니다."

100여 명의 가수들과 배우들이 미리 연습한 '독도 아리랑'을 합창하기 시작했다.

독도 아리랑

– 황수현

아리랑 아리랑 독도 아리랑
아리랑 아리랑 동해 아리랑

빗장을 푼 바람이 쏟아지는 날
잠시, 땀내 나는 기억을 더듬어
스러진 아픔을 소환하리
마침내, 바람이 외로운 섬을 흔들고
수난의 기억을 호명하면
호미를 든 이의 팔뚝과 나무하던 어깨를
부여잡고 불러보리

오랜 외로움이여
숨겨둔 상흔이여
켜켜이 쌓아둔 아픔이여

그림자 맑은 어둠 더듬어
바닷길을 열면

정조준

어둠 너머로 장벽 너머로

달려가리니

아리랑 아리랑 독도 아리랑

아리랑 아리랑 동해 아리랑

※ 황수천: 문학 박사(라틴아메리카 문학), 경희대학교 스페인어학과 교수

독 도 아 리 랑

시 : 황수현
작곡 : 정 욱

정조준

잠 — 시 땀 내 나는 기 — 억 을 더 듬 어 — —
를 — 든 이 의 팔 — 뚝 과 나 무 하 — 던   어 깨

스 러 진 아 — 픔 을 소 환 하 리 —
를 — — 부 여 잡 — 고 불 러 보 리 —

오 — 랜 외 로 움 이 여 숨 겨 둔 상 흔 이 여

켜 켜 이 쌓 아 둔 아 픔 이 여 그 림 자 맑 은

어 듬 더 듬 어 바 닷 길 을 열 면 어 듬 너 머 로

장 벽 너 머 로 달 려 가 리 니 —

장 — 벽 너 머 로 — 달 려 가 리 니 —

2023년 10월 25일 '독도의 날'에 '독도 아리랑' 행사를 위해 독도에 모인 모든 사람들은 독도와 동해에 울려 퍼진 노랫소리를 마음에 담으며 각자 중요한 결심을 했다. 인터넷을 통해 '독도 아리랑' 행사를 접한 국민들도 정의, 양심, 도덕, 올바른 정치, 독립 유공자, 바른 역사관 등에 대해 생각하고 대화를 나누기 시작했다.

심지어 '대통령님 만세'를 시청하는 극우 성향의 사람들 중에도 정조준이 아돌포를 때려눕히는 장면을 보며 옳고 그름에 대해 자성하는 사람들이 생겨났다. 그 어떤 정치인의 말 한마디보다 파급력이 컸다.

그리고 정부가 독도 관련 예산을 삭감한 것에 대해 항의라도 하듯 때마침 '독도 챌린지'가 시작되었다. 아이돌 가수들의 춤에 '독도는 우리 땅' 노래를 덧씌운 영상이 SNS를 통해 활발히 공유되었는데 이를 '독도 챌린지'라 불렀고, 많은 사람들이 우리 땅 독도와 '독도의 날' 그리고 '독도 아리랑' 행사에 대해 깊이 있게 생각하며 마음에 새겼다.

독립 유공자 후손들은 재단법인 아리랑 겨레의 금전적인 지원을 받으며 '독도 아리랑'이라는 이름으로 카페를 창업하기 시작했다. 얼마 지나지 않아 전국에 수십 개가 넘는 카페가 생겨났고, 이에 독립 유공자들이 '독도 아리랑'이라는 프랜차이즈 회사를 설립했는데 재단법인 아리랑 겨레는 이 회사에도 적극적으로 지원했다.

몇 개월 만에 '독도 아리랑' 간판을 내건 카페가 수백 개로 늘어났다. 젊은 학생들은 물론 60대, 70대, 80대까지 다양한 연령층의 사람들이 '독도 아리랑'에 모였다. 서로 인사하고 존중하는 태도로 대화하며 생각을 주고받았다.

특히 1960년 4·19 혁명의 주역이었던 80대, 그리고 1987년 6월 민주항쟁 당시 넥타이부대였던 60대와 70대 장년층들 중에서 뉴라이트 사관이나 극우를 지향했던 사람들의 반성과 중도로의 전향이 도미노 현상처럼 번져나갔다.

보통 카페보다 손님이 두세 배 이상 많았고, 이 때문에 많은 카페들이 간판을 내리고 독립 유공자들이 운영하는 '독도 아리랑' 프랜차이즈에 가입하며 새롭게 개업하기 시작했다. 곧이어 전국적으로 스타벅스 매장 수를 능가하더니 2천 개가 넘는 '독도 아리랑'이 성황리에 운영되었다. 그리고 '독도 아리랑' 간판이 붙은 모든 카페의 카드 결제 시스템에는 기부금을 낼 수 있는 시스템이 추가되었고, 기부금 관련 안내문이 카페 매장 내 곳곳에 붙었다.

> 카페 '독도 아리랑' 기부금 관련 알려드립니다.
> 기부하시는 모든 금액은 재단법인 아리랑 겨레를 통해 다음 활동에 사용됩니다.
> 첫째, 판문점으로 UN 본부 또는 사무국 유치.
> 둘째, 판문점 근처 영화 촬영 세트장 및 음악 공연장 설립.
> 카드 결제 시 10%에서 200%까지 숫자를 선택하시면 백분율만큼 추가로 결제되며 기부금으로 분류됩니다.

'독도 아리랑' 카페를 찾는 대부분의 사람들이 결제 시 기꺼이 기부금을 냈고, 커피값을 훨씬 상회하는 기부금을 결제하는 중장년층 사람들이 매우 많았다.

'독도 아리랑' 각 매장의 매출은 스타벅스 매장 1개의 월평균 매출인 1억 원을 훨씬 넘어섰고, 각 매장의 기부금은 매출액의 50%에 이르렀다. 전국의 2천여 개 매장에서 매월 기부금 1,200억 원 이상이 모금되었다.

그리고 가수들과 배우들이 진행하는 각종 행사와 공연 수익이 기부금에 추가되었고, 이들을 응원하는 팬들과 일반 국민들 그리고 기업들이 기부금 대열에 합류하자 국회의원들도 기부금을 내놓기 시작했다. 천문학적인 금액이 모였다.

2002년 월드컵 당시 국민들이 보여준 결집을 능가하는 수준으로 2023년에 국민들이 하나의 거대한 아리랑 물결을 만들었고, 우리 아리랑 민족, 우리 아리랑 겨레의 아리랑 물결은 끊임없이 이어졌다.

정조준을 지지하고 돕는 헐리우드 배우 노조연맹장 알렉산더, 그리고 장수진에게 진 마음의 빚을 갚고자 적극적으로 움직이는 중년 여배우 비너스가 의기투합하여 UN 본부 또는 중요 사무국을 대한민국 경기도 파주시에 있는 판문점으로 이동시키기 위한 서명 운동과 캠페인을 미국과 전 세계에서 진행했다. 그리고 이들의 캠페인과 활동 상황은 '재단법인 아리랑 겨레'의 홈페이지에 수시로 게재되었다.

2023년 12월 어느 날 저녁, 동장군은 이미 11월부터 한반도를 휘젓고 있었기에 사람들의 움츠린 모습과 종종걸음이 어색하지 않았다. 아리랑 겨레 사무실에 정조준 이사, 구기정 의원, 이성수 의원이 모였다.

"구 의원님, 이제 이 국회의원이라는 무거운 짐 짊어지는 것은 딱 5개월 남았습니다. 저는 공천 명단에 포함될 수도 있지만, 저 스스로 지

정조준

역구 출마를 포기한다고 선언했습니다."

"이 의원, 나도 들었는데, 왜 그랬어요? 우리가 소속된 당은 서로 다르지만, 이 의원은 민주당에서는 물론 지역구 유권자들로부터 많은 지지를 받고 있는데요? 나야 뭐, 국민당 비례대표 명단에서 벌써 제외되어 있겠지만…"

"구 의원님, 제가 구 의원님 존경하는 것은 잘 아시죠?"

"무슨 존경까지. 이 의원이야말로 열심히 일하는 국회의원의 본보기 아닌가요? 허허허!"

"지난번에도 말씀드렸듯이 저는 재단법인 아리랑 겨레에서 일하고 싶습니다. 무보수라도 상관없습니다. 하하하!"

"야, 성수야, 월급을 주고 안 주고는 내가 정하는 거야. 하하하!"

"하하하! 조준이 이 친구 입심 센 것은 알아줘야죠. 이 친구가 국회의원에 도전해야 한다니까요."

"무슨 소리야? 난 지금 아리랑 겨레 이사로 일하는 것에 만족하고 있어. 회장님, 앞으로 더 열심히 일하겠습니다."

"하하하! 정 이사, 명심하라고, 가장 중요한 것은 독립 유공자의 후손들을 돕는 것과 우리 땅 독도를 지키는 것, UN 본부 또는 중요 사무국을 판문점으로 유치하는 것, 그리고 우리 사회의 소외된 곳을 돕는 거야. 나도 국회의원 임기 끝나면 열심히 돕겠네."

"네, 회장님. 늘 고민하겠습니다."

"구 의원님, 제가 아리랑 겨레에서 일하고 싶은 또 하나의 이유가 있습니다. 저도 조준이 이 친구처럼 구 의원님께 회장님이라고 부르고 싶어서요, 가까이 있으면서요."

"하하하! 아니 그게 무슨 소리예요? 하하하!"

"하하하! 하하하!"

모두들 크게 웃었다. 그리고 잠시 후 정조준이 말했다.

"2002년 월드컵 당시 내걸었던 '꿈은 이루어진다'라는 슬로건이 실제로 이루어졌듯이, UN 본부 또는 중요 사무국 유치가 현실이 될 수 있을 거라고 생각하는 사람들이 점점 많아지고 있습니다. 꿈은 이루어질 것입니다. 반드시 이루어집니다. 우리 스스로 위대한 한민족임을, 그리고 아리랑 겨레임을 잊지 않는다면…"

손 편지

정조준은 소설 속으로 빠져들어 펜을 들고 정조준한 이후 긴 꿈을 꾸는 듯했다. 긴 글을 쓰기 위해 구상에 구상을 거듭했고, 새로운 아이디어가 떠오르면 구상을 변경했다. 각 등장인물의 역할과 내용 전개에 맞는 연결 고리를 차분히 엮어나갔다.

썼다가 정정하고 때론 삭제하고 다시 쓰기를 반복했다. 긴 꿈에서 깨어나 프롤로그와 에필로그까지 모두 마무리했을 때 마침 한 출판사와 계약을 맺었고, 그가 쓴 세 번째 장편소설이 출판되었다.

그리고 정조준은 구기정 회장에게 손 편지를 썼다.

회장님, 안녕하십니까?

정조준입니다. 오랜 기간 격조하여 죄송합니다. 제가 회사를 떠난 후 많은 시간이 경과했습니다.

회장님과 준영양행을 위해 근무했던 그 시절을 돌이켜보면 원망스런 일도, 또 보람된 일도 있었습니다. 전자도 사람 때문이었고, 후자도 사람 때문이었습니다.

다 잊고 훌훌 털어버려야 스스로 행복해진다는 얘기나 글귀를 종종 접하지만, 원망스러웠던 일들은 사실 쉽게 잊히지 않았습니다. 그래서 이렇게 소설 내용에라도 간접적으로 표현하여 저 자신에게 스스로 카타르시스를 부여하는 기회를 만들었습니다.

물론 회장님을 비롯하여 보람을 느끼게 해준 동료 선후배들을 소설 속에 등장시키는 것은 카타르시스를 넘어선 기쁨이고, 그들에게 깊은 감사를 전하는 저 나름의 방법이 되었습니다.

간혹 날로 번창하는 회사 소식을 접하면 저도 모르게 가슴이 벅차오르기도 합니다. 그리고 동시에 저만 뒤처지고 있는 것은 아닌가 하는 불안감도 갖게 됩니다. 어쩌면 바로 이 불안감을 해소하고자 소설 쓰기에 도전했는지도 모르겠습니다.

물론, 학창 시절부터 소설 쓰기에 대한 로망을 갖고 있었습니다. 그리고 그 로망을 실현하기 위해 이미 두 편의 장편소설을 출판했지만 판매는 매우 저조했습니다.

회사에서 옷을 만들 때에도 투입된 원자재, 부자재와 공임 대비 손실 없이 제대로 생산하여 수출까지 이어지는 수율 관리가 잘되어야 하는데, 지금까지 두 편의 소설은 수율 관리가 전혀 되지 않았습니다. 한마디로 회사에서 배운 것을 제대로 사용하지 못한 것입니다.

하지만 초기 투자 단계에는 기계, 설비, 건물 등 당연히 비용이 많이 들고 수익은 차후 발생하듯이 지금까지 제가 쓴 두 편의 소설은 투자 단계였고 그래서 이번에 쓴 세 번째 소설은 반드시 베스트셀러, 아니, 밀리언셀러가 될 거라는 믿음을 갖고자 합니다.

본 소설에 등장하는 좋은 동료 선후배들과 회장님께 제가 세 번째로 쓴 장편소설『정조준』을 헌정하며 우편으로 발송해드립니다.

저의 믿음처럼 베스트셀러, 밀리언셀러가 된다면『정조준』2편 쓰기에 도전할 것이며, 그렇지 않을 경우에는 수율 관리가 안 되므로 절필할 생각입니다.

부디 즐겁게 읽으시고, 주위에 적절히 홍보해주시기를 청합니다.

회장님의 건강을 기원하며, 깊은 감사를 담아 정조준 올립니다.

에필로그

　정조준은 손 편지와 소설 『정조준』을 정성껏 포장해 구기정 회장과 동료 선후배들에게 발송했을까요? 그들이 소설 『정조준』을 즐겁게 읽어준다면 그것만으로도 정조준은 잠시 행복해질까요?

　정조준이 칼을 물리치고 총을 물리쳤을 때, 그리고 불의에 맞서 삼 대 일로 싸우며 역부족임을 느꼈을 때의 감정과 이런 사건들의 전후 관계에 얽힌 모든 일에 얼마나 많은 고민과 노력 그리고 스트레스와 땀이 배었는지는 정조준 자신만이 알고 있을 것입니다. 그리고 정조준이 믿는 좋은 동료 선후배들은 함께 일했던 그 시절의 정조준을 좋은 사람으로 기억해줄 것이며 정조준 또한 그들을 늘 생각하고 시간이 허락한다면 자주 만나 커피든 술 한잔이든 나눌 것입니다.

　인터넷과 정보 기술의 발전으로 인해 업무 외에는 지인 간에 이메일을 쓰고 읽는 것도 등한시되는 우리 사회에서 소설을 사서 읽는 재미가 멀리 달아났음을 거론하는 것이 새삼스러울 수도 있겠습니다. 그래서 소설이 완성된 시점보다는 꿈꾸듯 소설의 내용을 전개하며 한 문장씩 써내려갈 때 차라리 더 행복했는지도 모르겠습니다.

　제조 기업의 복잡한 수율 관리를 소설 쓰기에 대입하는 것은 사실

　　　　　정조준

논리적이지 않다는 것을 잘 알고 있습니다. 논리적이지 않은 만큼 소설 쓰기는 측정하기도 어렵고 외로운 작업이며 자신과의 싸움입니다. 그렇기에 부디 많은 사람들이 소설『정조준』의 소중한 독자가 되어 소질이나 능력이 부족한 저에게 힘과 용기가 되어주기를, 그래서 제가 『정조준』2편에 도전할 수 있게 되기를 기대해봅니다.

　제가 직접 또는 간접적으로 겪었거나 주위 지인들로부터 들은 이야기가 소설 내용의 대부분을 지배하고 있습니다. 특히 칼을 든 농부들에게 포위되었던 일, 사제총을 쏘아대는 곳에 맨몸으로 나아갔던 일 등 위험했던 상황은 —제 가족이 당시에 알았더라면, 당장 그만두라고 했겠지만— 모두 사실입니다. 돌이켜보면 당시 제가 젊었기에 매우 무모했습니다. 그러나 무모했기에 경험할 수 있었고, 그 경험을 소설 내용 속에 생생히 묘사할 수 있었습니다.

　그리고 오늘날 소설을 읽는 독자가 많지 않은 현시대에서 이렇게 소설에 도전하는 게 또 다른 무모함인지도 모르겠습니다. 하지만 무모한 도전이 아니라 가능성을 확인하는 계기가 되기를, 그리고 이 소설『정조준』을 읽는 분들이 스스로 독도에 대한 시각, 바른 역사관, 올바른 정치인의 모습과 자세에 대해 고민할 수 있게 되기를 기대합니다.

　그리고 소설 내용 중에 등장하는 세비야(Sevilla)의 의사 후안 데 아비뇽(Juan de Aviñón)과 또 다른 의사 니꼴라스 모나르데스(Nicolás Monardes)는 실제로 스페인의 세비야에서 활동했던 인물입니다.

　후안 데 아비뇽(1323~1328년경 출생, 1418~1419년경 사망)은 세비야 대주교의 명령에 의해 1418년 『세비야나 메디씨나(Sevillana Medicina: 세비야 의학)』를 저술했습니다. 니꼴라스 모나르데스(1508년 출생, 1588년 사망)는 후안 데 아비뇽이 저술한 『세비야나 메디씨나』를 1545년에 출판했고, 1547년 세비야 대학교에서 의학 박사 학위를 받았으며 많은 저서를 남겼는데, 특히 아메리카의 약초에 관한 연구가 두드러집니다.

다음 분들에게 특별한 감사를 드립니다.

유년 시절 논리적으로 글 쓰는 기본을 제게 알려주신 선친.

유년 시절 음악과 재미있는 이야기로 제 감성을 깨워주신 사랑하는 제 어머니.

늘 저를 믿고 따라주며 현명한 의견을 주는 사랑스런 제 아내.

제 노트북 컴퓨터 관리에 늘 도움을 주는 사촌동생 김윤택.

품격 있는 좋은 글로 부족한 저를 가르쳐주시며 따뜻한 조언을 주시는 전 천안아산경실련 대표 이상호 선생님.

깊이 있는 지식과 지혜를 나눠주시는 경희대학교 스페인어학과 대선배 강호상 박사님.

멕시코 생활에 적응할 수 있도록 물심양면 도와준 경희대학교 스페인어학과 1년 선배 김종한 형.

평생 우정을 나눌 경희대학교 스페인어학과 교수이자 87학번 동기이며 본 소설에 실린 시 '독도 아리랑'을 써준 황수현.

출국 전에 따뜻한 한 끼 식사와 그보다 더 따뜻한 격려를 해준 경희대학교 스페인어학과 교수이자 2년 선배인 김찬기 형.

정조준

함께 일할 때 명석한 직장 선배였고 동시에 경희대학교 스페인어학과 2년 선배인 편도균 형.

늘 안부와 함께 정겨운 인사를 전하시는 경희대학교 스페인어학과 임효상 교수님.

아직도 제 스페인어 실력이 부족하여 죄송하지만 학창 시절 큰 가르침 주신 경희대학교 스페인어학과 김한상 명예교수님.

그리고 제가 부덕하여 미처 살피지 못했음에도 불구하고 항상 저를 응원해주시는 분들과 이 책을 읽는 모든 독자들께 깊은 감사를 드립니다.

멕시코 몬떼레이(Monterrey)에서 정욱 배상